外教社 外国文学研究丛书

从后现代到"后后现代"
——当代英国小说诠论

Contemporary British Fiction:
From the Postmodern to "the Post-Postmodern"

◎ 张和龙 著

上海外语教育出版社
SHANGHAI FOREIGN LANGUAGE EDUCATION PRESS

图书在版编目（CIP）数据

从后现代到"后后现代"：当代英国小说诠论 / 张和龙著. -- 上海：上海外语教育出版社，2024
（外教社外国文学研究丛书）
ISBN 978-7-5446-8228-2

Ⅰ.①从… Ⅱ.①张… Ⅲ.①小说研究—英国—现代 Ⅳ.①I561.074

中国国家版本馆CIP数据核字（2024）第104051号

出版发行：上海外语教育出版社
（上海外国语大学内） 邮编：200083
电　　话：021-65425300（总机）
电子邮箱：bookinfo@sflep.com.cn
网　　址：http://www.sflep.com
责任编辑：苗　杨

印　　刷：上海新华印刷有限公司
开　　本：635×965 1/16　印张 19.75　字数 265千字
版　　次：2024年11月第1版　2024年11月第1次印刷

书　　号：ISBN 978-7-5446-8228-2
定　　价：63.00元

本版图书如有印装质量问题，可向本社调换
质量服务热线：4008-213-263

序言一

欣闻张和龙教授的新作《从后现代到"后后现代"——当代英国小说诠论》即将付梓。作者将其十余年来在 CSSCI 期刊及其他专业期刊上发表的高质量论文编纂成书并出版。这不仅体现了张和龙教授善于系统盘点研究成果、努力建构学术体系的专业精神,而且也为研究或关注当代英国小说的读者今后学习与参考大开方便之门。张和龙教授在当代英国小说研究领域辛勤耕耘了 20 余年,陆续发表了一系列重要论文和著作,是我国这一领域的杰出学者。当我得知本书即将出版,喜不自禁,欣然提笔作序。

但凡熟悉英国文学历史的人都知道,20 世纪是英国小说艺术变化最大、发展最快的时代。随着后现代主义等文学思潮风起云涌,以及第二次世界大战之后帝国崩溃、经济危机、民族矛盾激化,英国小说呈现出兼容并蓄、多元发展的态势。由于一部分后现代主义作家将小说实验推向了极限并由此造成了"形式绝望"之感,不少读者和批评家曾对小说的前途感到十分担忧,以致当时预言"小说死亡"是非常时髦的事。时至今日,坚持这种观点的人已十分少见。在为艺术上的极端主义付出了一定的代价之后,英国小说家们似乎不再以抛弃普通读者来无休止地拓展艺术疆界。当代英国文坛涌现出了约翰·福尔斯、金斯利·艾米斯、马丁·艾米斯、多丽丝·莱辛和石黑一雄等国际著名小说家，他们的创作无疑为当代英国小说创作注入了新的活力。

在战后的半个世纪中，英国小说批评摆脱了战争期间不景气的局面，迎来了小说理论更迭、学术著作涌现的时代。无论在理论上，还是在对具体作家的研究上，人们对英国当代小说批评的兴趣显著提高。小说批评从原先只有在几个大城市的几十个绅士般的业余批评家和报刊记者所喜爱的学术活动，变成了一种由国际学术界和出版界无数集团组成并与无数大学、期刊、学会和会议密切相关的行业。在战后英国文学批评界，人们依然对长期以来困扰小说批评的一个重要问题争论不休：即亨利·詹姆斯强调的艺术形式和 H.G. 威尔斯关注的生活经验之间的冲突。与此同时，当代英国批评家不同程度地受到了国际上文学批评思潮的影响。自步入 21 世纪以来，这种影响不但越来越强烈，而且与英国本土的小说批评融为一体。随着科技的迅速发展和互联网、新媒体、全球化时代的到来，英国小说批评步入了所谓的"后批评时代"。英国文学批评界一度成为国际上五花八门的新"主义"争妍斗奇的竞技场。由于每一种文学理论和批评方式都形成了一种不易受到竞争者挑战的自圆其说的能力，因此开放的批评界难免出现远离普通读者的倾向。当然，"理论热"在一定程度上也对英国小说批评的专业化和多元化发展起到了强大的催化作用。

张和龙教授的《从后现代到"后后现代"——当代英国小说诠论》体现了一个中国学者多年的研究心得，其间闪烁着他的智慧和深刻思辨的火花。我相信，这部著作的出版不仅能为我国读者提供深入了解当代英国小说家及其创作思想和小说艺术的机会，而且也将对我国当代英国小说研究的发展产生积极的影响。我认为，本书完全可以作为英国文学尤其是当代英国小说研究者的参考用书。最后，我借此书出版之机，表达对作者的更高期望，愿他在学术道路上不断前行，再创辉煌。

李维屏

2022 年 3 月

序言二

如果不将顶好的神话、史诗计算在内,相较于诗歌和戏剧,小说这一叙事文类的确非常年轻。据伊恩·瓦特在《小说的兴起》一书中所讲,英国小说是晚至18世纪才兴起的;更准确地说,是随着笛福、理查逊和菲尔丁等英国人的作品问世,才有了小说这一文类。要让一般英国学者也知道紫式部的《源氏物语》早在11世纪初年就已问世,施耐庵的《水浒传》早在14世纪中叶就已写成,而同时期稍后罗贯中的《三国演义》也已成书,那要求实在是太高了。但仅就欧洲小说而言,瓦特的观察大体上是能够成立的,但前提是意大利人、法国人等不跟他理论。考虑到瓦特所谓小说与现代性的勾连非常紧密,情况更是如此。而真正将18世纪以降的西方小说和传统小说区分开的,正是现代性,或者说,是前者所表现出来的更显白、更张扬的现代性。

现代性是瓶中魔鬼,一放出来便不可收拾。中了现代性之魔的英国小说似乎也是瓶中魔鬼,同样是一放出来便不可收拾。尽管如此,在其生命最初的一个多世纪,英国小说大体而言算是中规中矩,甚至可以说相当"保守",即心无旁骛地讲故事。然而,现代性既然是魔鬼,就一定会骚动不安,所以19世纪末20世纪初,正当人们忧心忡忡地以为,维多利亚和晚期维多利亚小说已把小说的潜力穷尽时,现代主义爆炸了!准确地讲,绘画领域的印象派和波德莱尔、福楼拜等文学先锋在欧洲大陆引爆了现代主义,随即在一峡之隔的英国引起连锁反应,康拉德、乔伊斯、伍尔夫、劳伦斯等现代派小说家崛起于文坛。现代性固然有深刻的经济、社会、政治背景和思想史、艺术史渊源,但现代派小说最令人瞩目之处,可能还在于小说家对形式的着迷,以及随之而来层出不穷的形式实验,如情节的消失、人物刻画传统的淡化、叙事视角的多元化、作者的隐匿与其他叙事技巧实验、"意识流"、对经典的结构性互文利用、不同语体和社会方言的穿插、非叙事文体的挪用、不同文类的相互渗透,以及戏拟、讽拟、剪接、拼贴,甚至排版和字体上的小把戏,诸如此类,不一而足。

回头看,尽管现代主义导致诸如《芬尼根的守灵夜》等"天书"大量出现,导致一些功成名就的小说家不断炮制"皇帝的新衣",但它仍大大丰富、深化了小说的内涵,甚至永久性改变了人类的小说观和创作实践。从此以后,小说似乎再也回不到从前那种只讲故事的单纯状态了。现如今,但凡是"严肃"的文学写手,都不得不进行现代主义式的形式实验,否则就会被评论家嫌弃。正是由于实验性的缺位,1931—1961年的英国小说整体性地被弗里德里克·R.卡尔一类评论家视为平庸[1]。然而,恰恰从20世纪60年代起,疲软了大约30年的现代主义的幽灵重新崛起。约翰·福尔斯、安东尼·伯吉斯、多丽丝·莱辛等富于现代派精神的小说家正是在此时登上文坛的;至20世纪80年代及稍后,更涌现出马丁·艾米斯、朱利安·巴恩斯、伊恩·麦克尤恩、石黑一雄等先锋小说家。在学院派话语中,他们属于后现代时期的小说家,甚至可能被视为"后现代"作家。他们的作品正是张和龙教授的《从后现代到"后后现代"——当代英国小说诠论》的研究对象。

《从后现代到"后后现代"——当代英国小说诠论》所研究的小说既然被归于后现代时期,我们就得期待,这些小说在表现出某种现代派"范儿"的同时,还超越了现代主义。约翰·福尔斯的代表作《法国中尉的女人》正是这样一部作品。令人欣慰的是,这部小说一改20世纪

30—60年代英国小说创作的沉闷乏味,有大量可谓超越现代派小说的"创新点"。这既表现在"元小说"的实验上——从企图穷尽所有形式的鼎盛期现代派小说家的角度看,这或许是一条太大的漏网之鱼,尽管早在18世纪劳伦斯·斯特恩就已首食螃蟹。这也表现在从人物、语言等方面对维多利亚小说的戏仿上,更表现在采用一种貌似现实主义的叙事风格的同时,却进行一场激进的叙事革命上,如除"元小说"以外,还有时空穿越和三个结局任你选择的开放式结尾。这些都是当年现代主义经典作家所难以想象的。实际上,无论把福尔斯的创作归为现代主义、后现代主义,还是对现实主义的回归,其实验性和先锋性都是无可置疑的。

接下来出场的一个重要人物是安东尼·伯吉斯。上承玛丽·雪莱的《弗兰肯斯坦》、H. G. 威尔斯的《隐形人》,以及阿尔道斯·赫胥黎的《美丽新世界》,伯吉斯推出了《发条橙》。在故事中,因政府新治安政策的实施和新生物技术的运用,亚力克斯这个有暴力犯罪前科的17岁青年被作为实验品变成了一个没有人的实质和机能、只有人的外形的存在,宛如一只上了发条的橙子。这里又是一个"恶托邦":将来某一天,如果社会中很大比例的人口被"路德维克疗法"加以改造,规模性地变成"发条橙",那不活脱脱是一个"美丽新世界",还能是什么?但是,伯吉斯的"恶托邦"不同于赫胥黎的故事,更有异于一般科幻小说,因其故事含有对一些重大问题——自由意志、自由的价值以及自由的限度——的哲学、政治学和社会学思考。进行这种思考,正是"严肃"主流文学的标配。伯吉斯的做法或许不宜归于现代主义,但比之20世纪初以来层出不穷的形式实验,价值高得多。

英国小说的恶托邦传统绵亘不辍。40多年后,20世纪80年代步入文坛的石黑一雄发表了《别让我走》。通过女主角凯茜的回忆,小说讲述了一个与世隔绝的寄宿学校中一群貌似按正常人来培养的克隆人的故事。随着情节进展,孩子们发现,他们成长到一定阶段后当局便会不断从他们身上摘取器官用于移植;也就是说,他们其实并非人类,而只是人类饲养的一群专用于生长人体器官的动物。从科学角度来看，这个故事是不能成立的——既然能克隆整个人，那么克隆个别器官、培养至成熟再加以移植，就不是问题，甚至更容易，因而克隆整个人以摘取器官所致的伦理风险就可以避免。但是，科学上能否成立并非石黑一雄的首要考虑。他所醉心的是，如何艺术地揭示现代性——准确地说，权力与技术不可避免地勾结——所可能带来的巨大威胁。这并不是典型现代派小说的路子，但《别让我走》集悬疑、爱情、道德反思和细腻笔触于一体，有力揭示出在高度发达的科技社会，人类所可能面临的道德困境。这种具有深刻思想性的文艺型科幻小说显然非一般科幻作品能比。

20世纪60年代走红的多丽丝·莱辛像伯吉斯、石黑一雄那样，也写过文艺型科幻小说，对小说形式实验同样表现出了相当大的兴趣。其代表作《金色笔记》就包含高调的叙事技巧实验，在讲述女主人公安娜的故事的同时，抛出了安娜所写的关于自身经历的若干"笔记"——"黑色笔记"讲其在非洲的生活，"红色笔记"讲其政治经历，"黄色笔记"讲其试图写一部关于自己的小说，"蓝色笔记"则记录了其心理崩溃、文学信念崩溃和伴随而来的心理治疗。四部笔记描写了安娜生活的各个侧面，所讲诸多故事相互勾连，彼此呼应，作者得以对现实的真实性或虚构性、小说的真实性或虚构性、作家的自我欺骗性，以及文学的"撒谎"本质进行了有趣的探讨。从中，可以看到莱辛对于大众传媒时代艺术能否真实地反映现实所抱有的疑虑，左派政治的方方面面与是非曲直，以及急剧变化的女性意识及其给女性带来的社会心理困惑，甚至能看到作者本人虽然否弃了现实主义，却对小说不应再有连贯主题、文学语言已然崩溃等时髦观点提出了异议。这就解释了为什么莱辛的小说与一般现代派作品不同，其有着清晰的主题、语言、情节、描写、议论和分析。这其实是走现代主义之路又超越现代主义。

后起的马丁·艾米斯在形式实验方面与莱辛相像，看似不那么激进，或者说在叙事手法上似乎并没有表现出某种特别的先锋性，至少其

"元小说"的玩法不像福尔斯那么张扬,即在故事发展中占有结构性的重要地位。但是,他会在看似老老实实的叙事中插入激进的"元小说"要素,如《伦敦原野》女主角妮科拉用肉体贿赂叙事者以换取对情节发展的操纵,以最终实现三个男性人物对自己的奸杀;再如在《金钱:绝命书》中,男主角塞尔夫与剧中人"艾米斯"就究竟谁才是故事操纵者所发生的一本正经的争论。然而,较之叙事技巧,艾米斯对其他方面——如死亡(谋杀、自杀或他杀性自杀)、性或性与死亡的结合、乱伦、变态、暴力,以及颓废、狂郁、吸毒等,不一而足——的兴趣似乎大得多。不仅如此,较之上述 20 世纪 60 年代以来所有小说家,艾米斯对小说市场的嗅觉更加灵敏,对读者口味的把握更加准确,再加上对学院派节奏的拿捏和迎合,结果是在赚得盆满钵满的同时,又大受学院派青睐,成为广大研究生和教授的宠儿。这是康拉德、乔伊斯、伍尔夫、劳伦斯们完全没法想象的。对于评论界对其享受"恶心"、消费"龌龊"的批评,艾米斯自辩他只是"追求笑声"。窃以为,若一定得有一个完美体现现代性之魔的作家,此人非艾米斯莫属。

仅从叙事手法来看,与艾米斯大致同时出道的朱利安·巴恩斯更忠实地继承了现代主义的实验传统。读他的"小说",难免困惑于他究竟在写什么——是传记、笔记、散文、文学理论还是所谓虚构"文学"作品?再加上所有这些文字的直接撰写者很可能是作者笔下一个不那么高明的角色,巴恩斯那副超然云端的模样便令人无法企及。文类的不断变换意味着叙事视角的不断变换,《十卷半世界史》中的一卷甚至使用了一只蛀虫的视角。这需要何等扭曲的幽默和想象力!然而,巴恩斯实验的真正亮点不在于这些小招式,而在于用上述种种手段对叙事艺术的真实性或虚构性乃至现实本身的真实性或虚构性所做的思考,或者说对这种思考所做的尽可能的艺术呈现。在巴恩斯看来,企图用结构完整、逻辑严密的线性故事再现现实,不啻走上了一条寻找"福楼拜的鹦鹉"的无谓之路———定要在 100 多年后找到福楼拜写鹦鹉"露露"时所用的那只标本,无异于求镜中月、水中花,既不可能,也不应该。

所以，在《十卷半世界史》中，巴恩斯借着对法国护卫舰"梅杜萨号"触礁沉没事件的叙述，转而讨论了艺术如何由生活转化而来以及创作过程中艺术家有多少主观立场和情感的介入。在短篇小说《画像师》中，巴恩斯更揭示了在旧时法国有钱人绘像的习俗中，画像所表现的尊贵如何屏蔽了生活中的不堪，或者说艺术中的美如何置换了现实中的丑。值得一提的是，巴恩斯竟还没有中米歇尔·福柯的毒。这是幸事。在巴恩斯那里，生活仍有地位，仍稳稳当当充当着艺术的源泉和虚构的凭靠。假如他已被福柯理论俘虏，则不仅艺术是虚构，包括生活真实在内的一切都将是虚构，只不过名称不同，现在叫作"话语"。

帝国辉煌既然早已成为过去，以"落日余晖"来形容也显不当。可是英国小说仍有不小的影响力。欲窥其详，还得好好读张和龙教授的《从后现代到"后后现代"——当代英国小说诠论》。

阮 炜

2022 年 4 月

注释

[1] Frederick R. Karl, *A Reader's Guide to the Contemporary English Novel* (Syracuse: Syracuse University Press, 2001).

自　序

就20世纪英国小说而言,1945年虽然是一条"人为的界线",但是对学习者、研究者来说,仍然是无法取代的有效的文学史认知节点。以"20世纪英国文学"为研究对象的学术著述似乎也很难抹平这一客观存在、已被广泛接受的分水岭。当然,1945年不可能是文学长河中一个断崖式的分界点。英国现代主义文学经历了20世纪20—30年代的"伟大岁月"后,20世纪40年代跌入低谷。20世纪50年代,英国小说强劲复兴,一大批新作家崛起,散发着时代气息的新作品纷纷面世,"战后英国小说"(postwar British fiction)这一概念由此诞生,一度成为内涵稳定、包容性很强的批评术语。很长一段时期内,1945年以后的小说都被命名为"战后英国小说"。

随着时间的推移,"战后"之内涵与外延逐渐显露其局限性。1991年,海湾战争结束后,"战后"一词已具备引发多重歧义的可能性。为了避免概念不清或发生误解,不少著作用"二战后"取代原先普遍使用的"战后"。不过,"战后小说"或"二战后小说"在时间上并不具备延伸性,时至今日已失去其当下性,成了一个指称特定历史时期的批评概念。20世纪40年代后期仅创作了两部小说的乔治·奥威尔,20世纪50年代脱颖而出的小说家群体,甚至20世纪60—70年代的小说家,都可以被称作

"战后作家"。不过，20世纪80年代撒切尔夫人执政时期涌现出来的新一代小说家，以及此后踏入文坛的小说家们，很难再贴上"战后"的标签，已经非"当代"莫属了。由是，与之并行的另一概念"当代英国小说"（contemporary British fiction）顺理成章地取而代之。

如同"战后"一样，"当代"一词的内涵与外延也不稳定，其时间上限就难以确定。在众多批评著作中，"当代"之起点各不相同，如1945年、20世纪70年代中叶、20世纪80年代、21世纪初等。细究下来，这些起点并不比"1945年"更具适用性和学理性。由于"当代"是无法固定的，"当代英国小说"实际上也是一个权宜性的概念。不过，任何概念都已包含所指对象或事物本身的重要属性，且约定俗成的惯性力量也不太容易阻抗。正所谓"名无固宜，约之以命，约定俗成，谓之宜"。本书副标题中的"当代英国小说"就是取"1945年以来的英国小说"之意，是对本书研究对象和范围的框定。书稿所论及的英国小说家皆可划入"当代"这一概念范畴之内。

本书主标题中的"后现代"既是指西方二战后兴起的文学文化思潮，也是指当代英国小说创作特征或美学倾向。二战后，现代主义实验精神并没有因为现代主义文学大师乔伊斯、伍尔夫的离世而湮灭，也没有因为20世纪中叶"反现代主义"思潮的兴起而一蹶不振。因时而异的先锋精神在20世纪下半叶继续开枝散叶，于是一大批小说家被崇尚创新的批评界用"后现代"命名。如果说，英国现代主义小说是对维多利亚小说的反叛，那么后现代主义小说既是对现代主义先锋实验精神的延续，也是对现代主义小说的反拨。20世纪80—90年代，后现代主义理论热兴起后，二战以来的这段历史也常被文史家们称作"后现代时期"。

"后现代"这一概念自诞生之日起就争议不断。"后现代热"过后，学界甚至提出过独树一帜的新思考，如阮炜教授认为，所谓"后现代主义"与现代主义并没有什么本质区别，而是一脉相承、两位一体的。21世纪以来，在各种新理论与新批评潮流的冲击下，"后现代"已丰姿不再,但是其新锐的先锋性仍然留下了不可磨灭的印记,继续在 21 世纪英国小说中闪烁着魅影。2001 年,"9·11 事件"爆发,西方历史进入一个新阶段。虽然 21 世纪初常被称作"后 9·11 时期",但英美批评界也用"后后现代主义时期"(the post-postmodernist period)为之命名。"后后现代主义"的出现宣告 20 世纪下半叶曾经风行一时的后现代主义思潮的终结,标志着英美文学史、文化史的一个新开端。

  本书是一本当代英国小说论稿,之所以取名"从后现代到'后后现代'",主要是基于上述认知与考量。书稿是笔者过去十多年来从事当代英国小说教学与研究的心得,正文分为"总论""上篇"与"下篇"。"总论"主要讨论当代英国小说从"后现代时期"到 21 世纪初的总体创作进程与艺术发展脉络。"上篇"十章聚焦 20 世纪下半叶的英国小说,主要探讨金斯利·艾米斯、安东尼·伯吉斯、多丽丝·莱辛、约翰·福尔斯、马丁·艾米斯、朱利安·巴恩斯等人的小说创作。"下篇"共八章,主要评点 21 世纪初的英国小说,涉及"9·11 小说"、石黑一雄的《别让我走》、麦克尤恩的《赎罪》、霍林赫斯特的《美丽线条》、扎迪·史密斯的《论美》等。附录收入一篇当代英国族裔小说家卡里尔·菲利普斯的访谈。书稿是在前期研究成果的基础上编纂而成,有较多增补与修订,每章有其独立性,但大致能连成一体,希望能对"当代英国小说"起到窥斑知豹的作用。当然,书稿以区区数章,诠论"当代英国小说"之精详,实无可能,只能择其一点,不及其余,难免挂一漏万。如今付梓出版,委实诚惶诚恐,唯其浅陋谬论,敬请方家批评指正。

张和龙

2023 年 4 月 13 日

目录

总　论　从后现代到"后后现代" ······················ 1

上　篇

第一章　《幸运的吉姆》：新类型"反英雄"及其
　　　　　双重美学形塑 ································ 41
　第一节　新类型"反英雄"的人物美学实践 ········ 42
　第二节　对传统道德文化与价值观念的摒弃 ······ 45
　第三节　现实主义与现代主义双重美学呈现 ······ 48

第二章　《发条橙》："暴青""后人类"及其人物
　　　　　美学 ·· 55
　第一节　"暴青"形象及其独特美学内涵 ·········· 56
　第二节　"后人类"形象的塑造及其审美效果 ······ 60

第三章　多丽丝·莱辛小说中的女性主义思想
　　　　　 ·· 69
　第一节　《野草在歌唱》：对女性生存的关注 ······ 70
　第二节　《金色笔记》：对"女性自由"的思考 ······ 72
　第三节　跨越性别疆界的人类情怀 ················ 75

· i ·

第四章 《法国中尉的女人》中的"元小说"再审视 ………… 80
- 第一节 新先锋理念:对历史先锋与战后先锋的双重反叛…… 82
- 第二节 作者与读者的共生:多重先锋主义小说思想……… 86
- 第三节 面向读者:开放式的阅读理念………………………… 89

第五章 "文坛坏小子"马丁·艾米斯的小说创作 ………… 96
- 第一节 "颓废三部曲":从"坏"开始………………………… 96
- 第二节 《金钱:绝命书》《伦敦原野》:谋求新声的巅峰之作 …… 99
- 第三节 1990年以来的小说创作 ………………………………… 101

第六章 道德批评视角下的马丁·艾米斯 ………………… 106
- 第一节 否定性的道德形象………………………………… 107
- 第二节 后现代叙事伦理与道德指向……………………… 111

第七章 《金钱:绝命书》:后现代都市的欲望狂欢………… 118
- 第一节 欲望都市:后现代诗学空间的建构……………… 119
- 第二节 欲望狂欢:主题内涵与艺术风格………………… 123
- 第三节 欲望叙事:后现代道德之维……………………… 127

第八章 马丁·艾米斯小说中的情色叙事及其反讽张力 …… 135
- 第一节 《金钱:绝命书》:对男性气质认知的质疑与消解……… 137
- 第二节 《伦敦原野》:对女性气质认知的解构 ………………… 140
- 第三节 情色叙事模式及其反讽张力…………………………… 143

第九章 颠覆性的后现代游戏:马丁·艾米斯小说中的"后现代招式" ………………………………………………… 149
- 第一节 角色倒置………………………………………………… 150

第二节 时间倒流 ··· 155

第十章 朱利安·巴恩斯的后现代小说艺术 ······················ 163
  第一节 《福楼拜的鹦鹉》：文类杂糅的"元批评"小说 ··········· 164
  第二节 《十卷半世界史》：后现代的"字描法" ··················· 168
  第三节 《画像师》：对"忠实"和"摹仿"的戏仿 ··················· 172

下　篇

第一章 "9·11文学"：21世纪美英文学的审美转向？ ······ 179
  第一节 美英"9·11文学"的兴起及其"反叙事"特征 ············ 180
  第二节 "9·11文学"：转折性变化是否已经到来？ ·············· 182
  第三节 中国语境下如何研究美英"9·11文学"？ ··············· 185

第二章 《别让我走》："后人类"时代的生命困境 ············ 191
  第一节 科技对生命价值的漠视 ································· 193
  第二节 权力对生命的双重操控 ································· 195
  第三节 "后人类"生命书写的隐喻性 ···························· 198

第三章 权力压迫与"叙事"的反抗
    ——《别让我走》的生命政治学解读 ······················· 204
  第一节 空间隔离与"裸命"生存 ································· 205
  第二节 "例外状态"与生命权力的"合法"悬置 ················· 208
  第三节 "叙事"的反抗 ·· 211

第四章 《赎罪》：宏大而优美的心灵史诗 ······················ 216

第五章 《美丽线条》：认识西方社会的一个窗口 ············ 221
  第一节 2004年英国曼·布克奖 ································· 221

第二节 西方同性恋文学 …………………………………… 223
第三节 趋之若鹜不足取，畏之如虎非常态 …………………… 225

第六章 《论美》：文化冲突的艺术再现 …………………… 228
第一节 解读学院内外意识形态的冲突 ………………………… 228
第二节 英国的学院小说 ………………………………………… 230
第三节 《论美》：学院小说的闪光佳作 ……………………… 231

第七章 《大海》：艺术的胜利 ……………………………… 234
第一节 2005年英国曼·布克奖 ………………………………… 234
第二节 传之不朽的海洋文学 …………………………………… 236
第三节 "回归文学" ……………………………………………… 238

第八章 《团聚》：历史与记忆、情感与欲望的"家庭史诗"
………………………………………………………………… 240
第一节 2007年英国曼·布克奖 ………………………………… 240
第二节 对记忆与自我的解构 …………………………………… 242
第三节 撇开争议归正途 ………………………………………… 244

附录一 卡里尔·菲利普斯访谈录 ……………………………… 246

附录二 主要作家作品中英对照表 ……………………………… 264

参考文献 ……………………………………………………………… 276

后记 …………………………………………………………………… 297

总 论

从后现代到"后后现代"

英国批评家马尔科姆·布莱德伯里（Malcolm Bradbury，1932—2000）在《现代英国小说（1878—2001）》（*The Modern British Novel 1878-2001*，2001）一书中指出，二战后的西方世界进入"后现代时期"（the postmodern period），战后英国能真切感受到一种"后现代状况"的来临。[1]就20世纪英国小说而言，1945年无疑是文学史家、批评家们广泛认可的一道分水岭。20世纪40年代初，詹姆斯·乔伊斯（James Joyce，1882—1941）与弗吉尼娅·伍尔夫（Virginia Woolf，1882—1941）相继去世，"二三十年代的伟大岁月"[2]一去不复返，英国现代主义文学运动也落下了帷幕。然而，这并不意味着战后是一个现代主义彻底终结、后现代主义立即展开的时代。乔治·奥威尔（George Orwell，1903—1950）两部战后小说《动物庄园》（*Animal Farm*，1945）和《一九八四》（*Nineteen Eighty-Four*，1949），既不是现代主义，也不是后现代主义，更不是其本人20世纪30年代现实主义创作风格的简单延续。其政治寓言性、讽刺性以及反乌托邦性，完全脱胎于他对战后西方社会与文化的深刻领悟，呼应并影响了"铁幕"降临后东西方"冷战"的社会文化氛围。犹如英国在战后岁月经历短暂的物质匮乏一样,战后英国小说也经历了一个短暂的低谷期,除了奥威尔的两部作品外,乏善可陈。此后,英国小说在50年代与80年代两次强劲复兴,六七十年代遭遇"危机"时刻,进入21世纪后又不断推陈出新,各种文艺思潮与美学风格此起彼伏,甚至交错杂糅,其演进历程跌宕起伏,值得探究。

一、"反现代主义"

20世纪50年代,英国小说在经历了40年代的低谷后出现了一次强劲的复兴。这次复兴的主要特点在于对现代主义的自觉抵制以及对现实主义传统的回归,英国批评家戴维·洛奇(David Lodge,1935—)称之为"反现代主义"(anti-modernism)。"反现代主义美学"(anti-modernist aesthetics)在50年代成为文艺主潮后,英国小说面貌出现了巨大的变化。一批新生代小说家,如金斯利·艾米斯(Kingsley Amis,1922—1995)、约翰·韦恩(John Wain,1925—1994)、约翰·布莱恩(John Braine,1922—1986)、艾伦·西利托(Alan Sillitoe,1928—2010),在文坛强势崛起。这些作家没有发表过共同的文学宣言,也没有制定过共同的艺术纲领,却不约而同地创作了众多在题材、内容、手法与风格上非常相似并具有深远影响的文学佳作。他们不再像现代主义作家那样审视人物内心的意识流动或复杂多变的感觉印象,而是关注外部经验世界或具体的社会现实问题,着力描写特定环境中的个体生活与生存困境。他们自觉抵制现代主义的艺术理念,摒弃实验主义形式技巧,更多以写实主义的手法来书写"社会中的人",把人物、情节和传统艺术形式重新注入小说当中,由此带来了二战后英国小说创作的重要转向。

以艾米斯为代表的新生代作家,抛弃了以布鲁姆斯伯里团体(The Bloomsbury Group)为代表的现代主义创作手法,主要用"反英雄"方式回归传统的道德现实主义。这些作家大多来自社会底层,对转型时期社会疾苦与现实矛盾有着切肤的感受和深刻的认识,对青年一代的生活面貌和精神状况也了如指掌。因此,他们所描写的人物不再是内心孤独、意识流动或精神异化的中产阶级,而是出身中下阶层或深陷现实矛盾中的战后年轻一代。他们不再像伍尔夫、乔伊斯那样关注伦敦、都柏林等都市中的"现代人",而是将目光投向"外省人",聚焦那些无法进入体制的社会底层的普通个体,建构起了新一代的"反英雄"人物。艾米斯的《幸运的吉姆》(*Lucky Jim*,1954)、韦恩的《每况愈下》(*Hurry On Down*,1953)、布莱恩的《楼顶上的房间》(*Room at the Top*,1957)、西利托的《星期六晚上和星期天早上》(*Saturday Night and Sunday Morning*,1958)等,无不通过塑造鲜活、具体、现实的人物形象,表达了"一种相同或相似的主体情绪"[3],即愤怒或强烈不满的社会情绪。这些作家也因此被批评界通俗地称作"愤怒的青年"(Angry Young Men)。

从人物塑造及其审美功能来看,"愤怒的青年"小说已完全不同于现代派小说。现代派作家致力于表征人物的内在现实(inner reality)或自我内在性(interiority),揭示西方现代文明对中产阶级个体内心世界的影响,表现现代人的孤独、自闭、疏离、异化以及主体与身份困境等主题。新生代小说家不再关注城市中产阶级,主要将描写对象转向二战后福利国家时期的青年一代,即1944年《教育法案》(*The Education Act*)实施后接受过高等教育的一代青年,并直指社会现实弊端。二战后的英国,社会固化,等级秩序与阶级壁垒界限分明,不同文化价值观念相互冲突。出身底层的年轻一代虽然接受了高等教育,却很难进入中产阶级的社会或文化体制,更是无法被主流社会所接纳,因此感到愤懑、苦恼、压抑和消沉,甚至会产生明显的反抗意识。在"愤怒的青年"小说代表作中,"反英雄"主人公往往都承载着多重主题的美学呈现功能,如对社会等级制度的抗议、对文化精英主义的讽刺、对都市中心主义文化观念的批判等。在这些作品中,众多"反英雄"人物的困境是二战后英国社会矛盾与时代困境的典型写照。"愤怒的青年"这一标签已成为20世纪50年代人的典型形象,同时也是二战后英国社会转型时期突出的"文化符号"。[4]

艾米斯等人笔下的"反英雄"与现代主义文学中的"反英雄"存在着明显的差异。无论在人物形象的主题功能与艺术特质上，还是在个体困境的审美再现和书写方式上，都出现了很大的变化。戴维·洛奇所说的"摆锤"运动，即从现代主义美学向"反现代主义"美学的摆动，非常明显地体现在50年代的小说创作主流中。在这一时期的小说中，人物审美再现或书写方式主要以传统现实主义为主。"愤青"作家们在面对战后客观变化中的个体生存境况时，更多是从优秀的现实主义文学传统中寻找灵感，并旗帜鲜明地反对现代主义作家的形式实验。用艾米斯的话来说，这一批作家"用直白风格讲述可信人物的可靠故事；不玩花样，不搞愚蠢的实验之举"[5]。艾米斯本人还借用传统的讽刺文学手法，对青年一代身上所暴露的性格缺陷或人性弱点持批判态度。不过，战后小说家们虽然公开反对实验主义文学创作，但是他们的作品也"保留了不少主要现代派作家的技法"[6]。艾米斯作为50年代作家中的核心人物，虽然对现代主义表现出决绝的反对态度，但是在《幸运的吉姆》中也有意无意借用了现代主义的一些艺术手法。他对现代主义的态度表现出了既抵制又吸纳的双重性，现实主义"回归"也呈现出明显的复杂性。

除了艾米斯外，威廉·库珀（William Cooper，1910—2002）也是反对现代主义实验美学的早期重要代表人物之一。库珀将现代主义与现实主义两类作品中的人物区分为"孤独的人"与"社会中的人"。在他看来，"写实验小说是逃避写'社会中的人'，因为小说家们无法适应社会，也无法投入社会；他们躲起来写孤独的人的内心感受，因为他们无法忍受当下的工业化社会。"[7]库珀尖锐抨击实验小说过多关注"孤独的人"，而他本人则对描写"社会中的人"更感兴趣，并尽力从他的笔端放逐形式实验，将人物塑造、情节建构等传统艺术形式重新带回到二战后的英国小说中。他的成名作《外省生活花絮》（*Scenes from Provincial Life*，1950）着力描写外省场景与社会阶级现状，塑造了不守社会规则的人物形象，开创了战后"反英雄"人物形象的先河，对年轻一代小说家产生了很大的影响。库珀被批评界称作"愤青小说之父"。他的小说也是20世纪中叶英国"社会小说"(Social Novel)复兴的标志。此后,他在《婚姻生活花絮》(Scenes from Married Life,1961)以及《都市生活花絮》(Scenes from Metropolitan Life,1982)等小说中继续描写普通英国人的平凡生活与日常烦恼,以"地域写实主义"(regional realism)美学展现了沉闷庸碌的外省社会现实与主体生存境况。

C. P. 斯诺(C. P. Snow,1905—1980)是反现代主义的另一位代表作家。他的小说创作开始于30年代,文艺思想更接近老一辈现实主义作家。他猛烈抨击乔伊斯、伍尔夫、多萝西·理查逊(Dorothy Richardson,1873—1957)等人将小说带进了"最没有希望的死胡同"[8]。在他看来,实验主义作家摒弃了"小说中活的传统所赖以存在的众多元素",而实验小说因为"摄入的人生材料太少"而"死于饥饿"[9]。他的11卷本代表作《陌生人与亲兄弟》(Strangers and Brothers,1949—1970)主要以奥诺雷·德·巴尔扎克(Honoré de Balzac,1799—1850)的长河小说《人间喜剧》(La Comédie humaine,1829—1847)作为追求目标,以第一人称手法描写主人公的自我意识与道德成长,揭示了现实世界中具有代表性的各个阶层普通人的生活际遇、心理状况与道德困境,深刻反映了二战后英国的社会现实与个体生存境况。斯诺笔下的人物虽然囊括了社会各个阶层,但着力更多的是中产阶级或社会上层人物的思想意识与道德状况。换言之,斯诺主要聚焦特定社会群体的主体意识与精神风貌。与之不同的是,也有部分战后小说,如戴维·斯托利(David Storey,1933—2017)的《如此运动生涯》(This Sporting Life,1960)、斯坦·巴斯托(Stan Barstow,1928—2011)的《一种爱》(A Kind of Loving,1960)、西利托的《星期六晚上和星期天早上》与短篇小说《孤独的长跑运动员》("The Loneliness of the Long-Distance Runner",1959)等,以写实主义手法塑造了工人阶级人物形象,揭示了二战后英国工人阶级的生存困境,表现了"阶级对抗"的主题，客观地反映了英国社会的阶层差异、阶级固化与阶级主体的分裂状况。

值得关注的是，以"愤怒的青年"为代表的战后英国小说一度被纳入"后现代文学"的批评框架。20世纪60年代，"后现代"概念在西方批评界兴起后，不少学者将后现代主义看成对现代主义的反叛或反拨。因此，"愤怒的青年"对现代主义叙事实验的否弃和背离，曾被视作"后现代"之举。美国学者威廉·奥康纳（William Van O'Connor）认为后现代主义是对各种现代主义异化形式的背离，并较早将50年代的"新大学才子派"，即"愤怒的青年"和"运动派"（The Movement），纳入后现代主义范畴，指出这一派作家的涌现标志着现代主义的终结。[10] 美国学者维克多·泰勒（Victor Taylor）等人认为，"愤怒的青年"与"垮掉的一代"等文学流派"寻求把富有创造力的个人从现代派的枷锁中解放出来"，并通过创作形式、功能、媒介等层面的实验对现代派进行反叛，从而成为"后现代文学"的创造者。[11] 在国内学界，有学者基于其反现代派文艺的特征，将"愤怒的青年"看作20世纪50年代后现代主义文学萌芽的标志之一。[12] 也有学者依据其反叛资产阶级主流意识形态的特点，将"愤怒的青年"看作"后现代主义小说的雏形"。[13]

然而，"愤怒的青年"之"反现代主义"并不等于后现代主义。50年代的"反现代主义"思潮与此后兴起的后现代主义思潮都反叛现代主义文学，但明显是两条并行不悖、又各不相同的发展路径。50年代的一些小说，如《幸运的吉姆》描写了战后英国的"反高雅文化"现象，透着"后现代"的气息，但严格地说，并不能称之为"后现代小说"。"后现代主义"曾被美国批评家哈里·列文（Harry Levin）定义为一股改头换面的"反智性思潮"（anti-intellectual current）[14]，但他主要针对的是二战后的美国社会文化。"愤青"小说如《幸运的吉姆》虽然也流露出"反智主义"倾向，但实际上与"后现代主义"并没有多大关联。正如艾米斯本人所说，"愤怒的青年"只是"反动者而不是反叛者"，因为他们试图"回归乔伊斯之前的传统"[15]。西方批评界将20世纪后半叶称作"后现代时期"。换言之,"后现代"是相对于现代主义时期的一个"分期概念"(period conception)。正如"现代时期"的小说不可能都属于"现代主义文学","后现代时期"的很多小说也很难笼统地称作"后现代小说",因为同一历史时期往往呈现出多样性,甚至异质性的文学创作特征。

二、战后实验主义

英国文学的"摆锤"在50年代虽然摆向了"反现代主义"美学,但是现代主义的实验精神并没有因为伍尔夫、乔伊斯等人的去世而消亡。英国学者布莱恩·W.谢弗(Brian W. Shaffer)认为,20世纪下半叶英国小说对文学现代主义(literary modernism)的反应出现了两种相互对立的小说创作模式,第一种是以"愤怒的青年"为代表的"反现代主义现实主义"(anti-modernist realism),另一种则是"后现代实验主义"(postmodernist experimentation)。[16]二战后,劳伦斯·达雷尔(Lawrence Durrell,1912—1990)、马尔科姆·洛利(Malcolm Lowry,1909—1957)以及爱尔兰小说家萨缪尔·贝克特(Samuel Beckett,1906—1989)等人延续了现代主义的先锋实验精神。这些作家继承了20世纪上半叶现代主义实验美学,在小说形式上不断创新,甚至更加激进。达雷尔在"亚历山大四部曲"(The Alexandrian Quartet)中表现出了"对文学现代主义的多样化背离"[17]。洛利的小说《在火山下》(Under the Volcano,1947)被认为超越了现代主义并成为后现代主义"真正的先锋"[18]。贝克特更是走上了一条与乔伊斯完全不同的美学创作之路。他在50年代创作的"小说三部曲"特立独行,被认为是从现代主义美学向后现代主义美学转型的重要标志[19],被戴维·洛奇誉为"第一位重要的后现代主义作家"[20]。战后初期,英国先锋实验小说实际上并未形成气候,影响甚微。同欧洲大陆以及美国后现代小说强势崛起相比,英国先锋实验小说仍然处于艰难的探索阶段。

威廉·戈尔丁(William Golding,1911—1993)是当时既显露出一

定实验与变革倾向、又坚守传统小说艺术的小说家。他从代表作《蝇王》(*Lord of the Flies*，1954)开始，并未拒绝现实主义创作手法，但更多采用传统寓言讽喻和现代主义象征技巧。戈尔丁的小说美学既不同于新兴的后现代主义实验美学，也不同于当时占主导地位的反现代主义美学，而是自成一格，在二战后的英国文坛独树一帜。他50年代的小说，如《蝇王》、《继承者》(*The Inheritors*，1955)、《品彻·马丁》(*Pincher Martin*，1956)、《自由坠落》(*Free Fall*，1959)，主要表现人性善恶主题，寄托着小说家对人类生存普遍状况与主体困境的哲理思考。批评界曾一度认为，《品彻·马丁》与《自由坠落》不同于50年代毫无实验性的"愤青"小说，带有明显的实验性，属于"晚期现代主义"的作品，并将戈尔丁看作战后少数几位"成功的实验主义者"。[21]然而，早期戈尔丁尽管与传统现实主义艺术保持着一定的距离，但他并不是严格意义上的实验主义者。他的后期代表作《黑暗昭昭》(*Darkness Visible*，1979)才是其"后现代主义转向"的重要标志。[22]

20世纪60年代，英国进入一个政治激进的年代，社会生活剧烈变化，物质富裕与新技术带来了大众文化的兴起，根深蒂固的传统价值迅速解体。随着欧美后现代主义文艺思潮的兴起，小说创作中的自觉意识开始增强，且不乏革新动力，但创作成就较为有限。小说危机论与死亡论也随之而起。洛奇说，这是一个危机重重的时刻，小说家们站在"十字路口"而不知所措。伯纳德·伯冈兹(Bernard Bergonzi，1929—2016)认为，当代小说家们不仅视野狭窄，而且缺少创新精神，宣称"如果小说真的不再新了"，任何对"小说"的批评就需要重新修订，甚至连"小说"这一名称也需要更换了[23]。还有不少学者和作家干脆断言："小说死了。"尽管以B. S. 约翰逊(B. S. Johnson，1933—1973)等人为代表的极端实验派表现出了强烈的艺术革新与先锋实验精神，但是约翰逊本人的作品除了少数批评家关注外，读者很少。其他实验小说家，如克丽丝汀·布鲁克-罗斯(Christine Brooke-Rose，1923—2012)、安·奎因(Ann Quinn，1936—1973)、约翰·伯格(John

Berger，1926—2017）、布里吉德·布罗菲（Brigid Brophy，1929—1995）等，不仅在当时，即使是现在，其反响乃至文学史中的地位也很难与同时期美国实验小说家们相提并论。

不过，60年代仍然出现了几部影响较大并带有部分或较强实验性的小说佳作，如安东尼·伯吉斯（Anthony Burgess，1917—1993）的《发条橙》（*A Clockwork Orange*，1962）、多丽丝·莱辛（Doris Lessing，1919—2013)的《金色笔记》（*The Golden Notebook*，1962）、约翰·福尔斯（John Fowles，1926—2005）的《法国中尉的女人》（*The French Lieutenant's Woman*，1969）。伯吉斯的《发条橙》尽管创作于后现代时期，"故事发生的时代属于后现代社会"[24]，含有元小说因素，其语言实验技巧也颇具特色，但是这部小说更多延续了英国传统现实主义创作风格。《发条橙》刚出版时，批评界褒贬不一，后来之所以能产生广泛影响，应归功于1971年著名导演斯坦利·库比力克（Stanley Kubrick，1928—1999）改编的电影。《发条橙》与伯吉斯的另一部小说《缺失的种子》（*The Wanting Seed*，1962），以及乔治·奥威尔的《动物庄园》《一九八四》、戈尔丁的《蝇王》等，代表了二战后英国反乌托邦小说的兴起，其主旨在于社会批判与未来想象，尽管也有学者称伯吉斯是"实验写实主义者"[25]，但是其作品中的形式实验因素较为有限。

莱辛的处女作《野草在歌唱》（*The Grass is Singing*，1950）和福尔斯的处女作《捕蝶者》（*The Collector*，1963），基本采用传统艺术手法，烙下了战后现实主义文艺美学的深刻印记，先锋实验特征并不明显。但是在《金色笔记》和《法国中尉的女人》中，早期写实主义的某些元素得以保留，后现代元小说及其他实验小说技巧十分引人瞩目，代表了战后英国后现代主义审美与形式创新的重要成就。莱辛、福尔斯等人是20世纪60年代开一代风气者，他们的实验主义精神给冷清的英国文坛镀上了一些精彩的亮色，让后来者只能膜拜或模仿而难以忽略。不过，与欧陆、美国的激进实验主义相比，莱辛、福尔斯的小说创作更多熔现实主义、现代主义与后现代主义美学于一炉，保留传统但并不保守，勇于创新和实验又不激进,颇具英国特色。莱辛的《金色笔记》尽管结构与形式上不乏创新和实验,也使用了元小说技巧,被视作"后现代女性主义杰作"[26],但是其主题错综复杂,涉及战争、女性心理、殖民主义与种族主义批判、左翼激进主义反思、女权主义、存在主义、苏菲主义等,政治现实主义与心理现实主义融为一体。福尔斯的《法国中尉的女人》采用了元小说、作者闯入叙事、拼贴、戏仿、自反性等后现代实验技巧,常被视作英国最早的后现代主义小说之一。[27]福尔斯对维多利亚小说的后现代戏仿,挑战了经典现实主义小说的"真实"观,但是他对欧洲大陆罗兰·巴特(Roland Barthes, 1915—1980)、阿兰·罗伯-格里耶(Alain Robbe-Grillet, 1922—2008)等人的激进先锋实验理念并不完全认同,在维多利亚小说传统叙事与后现代自反性、元虚构之间保持着巧妙的平衡。

三、英国小说的"危机"

20世纪70年代,英国小说跌入创作低谷。布莱德伯里认为,70年代是英国小说创作的"衰落"年代,而且没有哪一个时期的小说能像70年代那样毫无特色;这一时期更像是缓慢消亡的60年与即将异军突起的80年代之间"一座短小的历史桥梁"[28]。英国老牌杂志《新评论》(The New Review)上曾刊登众多作家与批评家的感叹,他们众口一词地认为小说没人读了,小说衰落了。1980年,剑桥著名杂志《格兰塔》(Granta)第三期上曾发出了"英国小说终结"的集体叹惋。有学者指出,英国小说面临着严重的危机,其重要原因是持续恶化的经济危机给出版业带来了严重影响。[29]其实,与其说这场危机是当时政治、经济与社会危机的折射,不如说是艺术思想与审美取向上的危机的反映。洛奇的"十字路口"论是当时小说家们在艺术发展方向上无所适从的形象写照。在洛奇看来,现实主义是文学的主干道与中心传统,虽然被实验主义的小路短暂岔开,但50年代的一大批作家又坚定地重返了"正途"。60年代末,人们"对文学现实主义的美学观和认识论持越来越强烈的怀疑态度",小说家们看到另外两条截然相反的道路:非虚构小说与"虚构创作"(fabulation),不确定地摆在面前,让他们不知所措。[30]其实,小说家们所面对的并不是多样化的审美选择,而是一种多元化的后现代思想困境与艺术创新困境,即对文学现实主义和现代主义形式实验持双重怀疑或否定的态度。正如英国学者多米尼克·海德(Dominic Head)所说,"文学衰竭论"也可用来描述70年代的英国小说。[31]

20世纪70年代英国小说的"危机"实际上也源自小说家们的美学自觉,危言耸听的"小说死亡论"只是这场危机的外在表象。B.S.约翰逊是这一时期最极端、也最有趣的实验小说家。除了在书中挖洞、割去几页、留下空白页、将小说制成散页不装订等极端手段外,他还就小说的"真实"问题提出了自己的理论主张:"讲故事就是说谎。……我不想在我自己的小说里说谎。我以为文学和其他写作的差别就在于它教人们某种忠实于生活的东西:你怎么能用虚构的手法来传达真实呢?这在逻辑上不通,因为真实和虚构这两个词是对立的。"[32]与此相对应的是,他在小说《阿尔伯特·安琪罗》(*Albert Angelo*,1964)中让叙述者从幕后跳到台前:"然而,什么是生活真实,什么又是小说虚构呢?"小说最后在无标点的长句中结束:"去他妈的这些全是鬼话……讲故事就是撒谎而我想说真话……"[33]客观地说,约翰逊的小说创作不乏创新之举,但是对虚构与真实进行煞有其事的辨析,似乎只是为了表示与传统决裂而故作惊人之语。1973年,他在绝望中自杀,他略显才气的极端实验也走到了尽头。用小说家艾伦·梅西(Allan Massie,1938—)的话来说,他的自杀行为"在现在看来具有可悲的象征意义。"[34]

从约翰逊的小说中可以看出,当时的小说家们还要面对另一种可能的艺术选择:"元小说"(metafiction)。所谓"元小说"就是"有关小说的小说,是关注小说的虚构身份及其创作过程的小说。"[35]此前60年代两部最成功的"元小说"当属《金色笔记》与《法国中尉的女人》。前者通过五种颜色的笔记本,让"自由女性"安娜·伍尔夫探究讲故事的本质。后者的叙述者在第 13 章公开承认:"我正在讲的故事纯属想象。"作为后现代主义的审美原则,"元小说"具有自揭虚构性、自反性、艺术自觉性等特点。它的创造性运用是英国小说实验精神的延续与体现,也是英国小说发展进程中的革新机遇,可惜这一实验动力到了 70 年代却归于沉寂,并没有立刻成为英国小说崛起的转机。直到 80 年代,英国小说家们才开始广泛使用元小说创作技巧。

除了上述有限的或局部的实验创作外,一大批小说家在后现代文艺思潮的影响下仍然坚守现实主义创作传统。艾丽丝·默多克(Iris Murdoch,1919—1999)在 70 年代很有影响,但主要沿袭英国现实主义传统。她的小说表现善恶、性、无意识、道德等主题,其代表作《黑王子》(The Black Prince,1973)涉及有争议的性恋(erotic obsession)题材,被认为在哲学主题、叙事风格以及叙事手法层面含有"后现代元素"[36],使用了"各种后现代主义技巧"[37],其繁复的叙事结构也颇具实验色彩,但是她本人对"后现代小说"持反对态度。她的小说更多富于"现实主义想象"[38],同时也继承了英国小说中的黑色喜剧传统,形式实验与小说自觉意识十分有限。玛格丽特·德拉布尔(Margaret Drabble,1939—)是当时另一位重要的女性小说家,其早期作品主要关注女性的恋爱、婚姻、母亲身份等题材,表现女性道德成长主题,几乎没有实验痕迹,直到创作小说三部曲《闪光之路》(The Radiant Way,1987),《天生的好奇心》(A Natural Curiosity,1989)和《象牙门》(The Gates of Ivory,1991)时,才开始运用作者闯入式叙事法(an intrusive author)等后现代技巧,表现出了高度的实验自觉意识。

V. S. 奈保尔(V. S. Naipaul,1932—2018)是 60—70 年代英国最有影响的后殖民小说家。他擅长书写英国前殖民地的历史与现实,所继承的是查尔斯·狄更斯(Charles Dickens,1812—1870)或 H. G. 威尔斯(H. G. Wells,1866—1946)的"喜剧现实主义"(comic realism)。其代表作《比斯瓦斯先生的房子》(A House for Mr. Biswas,1961)与 70 年代布克奖小说《自由的国度》(In a Free State,

1971），以及80年代的《抵达之谜》(*The Enigma of Arrival*，1987)，更多以深刻的历史与现实穿透力见长，靠细腻而富有喜剧性的描写、辛辣的讽刺或反讽意蕴而取胜。正如诺贝尔颁奖委员会的评语所说，"奈保尔是一位继承《波斯人信札》(*Lettres Persanes*，1721)与《老实人》(*Candide*，1759)传统的现代哲学家。"批评界也注意到了他与现代小说家约瑟夫·康拉德(Joseph Conrad，1857—1924)之间的渊源关系，认为他是康拉德的"传人"。[39]他的小说《河湾》(*A Bend in the River*，1979)就是对康拉德《黑暗的心灵》(*Heart of Darkness*，1899)的后殖民重写。在西方批评界看来，奈保尔是20世纪重要的"后殖民作家"，但是他对第三世界历史与现实持严厉的批判态度，也有学者抨击他是"新殖民主义者"，但很少有人称他是"后现代主义者"。

英国布克小说奖创立于1969年，也可以看作英国小说"危机"意识的折射。70年代获奖的多部作品，如J. G. 法雷尔(J. G. Farrell，1935—1979)的《克里希纳普围城记》(*The Siege of Krishnapur*，1973)、露丝·鲍尔·贾华拉(Ruth Prawer Jhabvala，1927—2013)的《热与尘》(*Heat and Dust*，1975)、保尔·司各特(Paul Scott，1920—1978)的《眷恋》(*Staying On*，1977)等，反响不大。《克里希纳普围城记》主要从英国殖民者的角度描写1857年印度民族大起义时期印度某虚构小城被围攻时的生活场景，历史在具体而鲜活的细节描写中得以重构。这部小说是法雷尔的"帝国三部曲"之一，其主题是对大英帝国衰落的悲叹，其中也夹杂着对英帝国殖民主义历史的反思。《热与尘》如同E. M. 福斯特(E. M. Forster，1879—1970)的《印度之行》(*A Passage to India*，1924)一样，主要从西方人的视角审视英国殖民地时期印度的历史、宗教、风俗文化，尽管不乏对英国殖民统治者的戏谑与讽刺，但与其说是写"印度之恋"（改编成电影时的英译名），不如说是战后英帝国衰落过程中对殖民主义历史的想象性怀旧。《眷恋》写的是印度独立前后在印英国侨民或殖民者的生存状况，其中对印度殖民统治的怀旧与眷恋更加明显。同一时期，美国后现代小说家，如约翰·巴思

(John Barth，1930—2024)、唐纳德·巴塞尔姆(Donald Barthelme，1931—1989)、罗伯特·库佛(Robert Coover，1932—)、大卫·霍克斯(David Hawkes，1923—2009)、威廉·H.加思(William H. Gass，1924—2017)等人，采用"元小说"手法对小说与历史、真实与想象的边界进行消解，否认文本表征历史真实的艺术功能。相比之下，上述几位英国小说家不仅缺少美国小说家们的后现代主义创新动力，也缺乏奈保尔对历史与现实的后殖民批判精神。

四、"英式后现代主义"

1979年，撒切尔夫人(M. H. Thatcher，1925—2013)担任英国首相后，福利国家时期的"共识政治"宣告终结，"新右派"意识形态占据主导地位，英国经济从此前的衰退状态开始转入高速增长期，社会生活、文化氛围以及人们的道德观念、价值观发生急剧变化。与此同时，英国文学，尤其是小说也进入一个前所未有的新时期。英国小说继20世纪50年代之后又一次强劲复兴。很多批评家或评论家都认为英国小说进入一个空前繁荣期。布莱德伯里说："80年代是小说创作充满活力的多产期。新作家、新作品、新风格大量涌现。"[40]多米尼克·海德称80年代是"英国小说的复兴期"[41]。还有学者认为，80年代英国小说出现"爆炸"现象，政治批判更为明显，形式实验不断更新，新视角与新风格繁杂多样，不同类型的作家纷纷涌现。[42]盘点一下当代英国小说名家，如伊恩·麦克尤恩(Ian McEwan，1948—)、马丁·艾米斯(Martin Amis，1949—2023)、朱利安·巴恩斯(Julian Barnes，1946—)、萨尔曼·拉什迪(Salman Rushdie，1947—)、石黑一雄(Kazuo Ishiguro，1954—)、格雷厄姆·斯威夫特(Graham Swift，1949—)、彼得·艾克罗伊德(Peter Ackroyd，1949—)、毛翔青(Timothy Mo，1950—)、A. S.拜厄特(A. S. Byatt，1936—2023)、戴维·洛奇、安吉拉·卡特(Angela Carter，1940—1992)、詹尼特·温特森(Jeanette Winterson，1959—)、艾玛·坦南特(Emma Tennant，

1937—2017)等，无一不是在这个时期脱颖而出，或成为小说大家的。与此同时，一批老作家，如莱辛、伯吉斯、戈尔丁、福尔斯、金斯利·艾米斯、默多克、奈保尔等，仍然非常活跃，不断有佳作问世。

与 20 世纪 50 年代不同的是，这次复兴不是向现实主义回归，也不是重返现代主义，而是转向多元、包容、杂糅的后现代主义美学。在 20 世纪 80 年代的小说中，后现代主义艺术原则与美学思想占据主导地位，文学自觉与形式革新达到高潮，几乎所有重要作品都打上了后现代实验美学的烙印。虽然以人物塑造、情节构思以及表征现实为核心的现实主义美学并未被抛弃，表现个体心理与意识流动的现代主义美学也从未终结，但是在后现代主义理论与批评思潮的影响下，它们都退出主流或中心位置。在经历了六七十年代小说"危机"与早期实验小说家们的探索后，后现代主义审美已化为 80 年代小说家们自觉、强劲的创新动力。

英国学者谢弗指出，20 世纪 80 年代强势崛起的新一代小说家，如艾米斯、巴恩斯、拜厄特、卡特、麦克尤恩、拉什迪、斯威夫特等人，尽管他们的小说在形式、语言和主题等层面表现出鲜明的差异性，但是将他们召集在"后现代小说"的大旗下是合理的。在他看来，80 年代的小说家们不仅拒绝了 50 年代对现代主义的"反动"，而且还将现代主义的很多审美理念和文艺信条内在化了。[43] 与此同时，在后现代主义美学的影响下，元小说、自反性、不确定性、戏仿、拼贴、语言游戏、不可靠叙事、作者闯入叙事、打破体裁界限与文类混杂等实验主义特征或手法，在当时的小说中比比皆是，蔚然成风，小说总体面貌已完全不同于此前的英国小说。然而，正如后现代主义批评理论所宣扬的差异性与非本质性那样，"后现代小说"很难有统一的规定性或一致性，同一个标签下面可能会隐藏着巨大的差异。换言之，英国的"后现代小说"也并非铁板一块，而是林林总总、千差万别。纵观 80 年代的英国小说，其形态各异、错综复杂的状态更非"后现代"一词所能简单概括。

20 世纪 50 年代艾米斯等人旗帜鲜明地反对现代主义先锋实验，

六七十年代实验小说家们反过来又公开鄙弃"现实主义"理念。然而，80年代的"后现代"小说家们并没有受困于这两种看似水火不容的创作理念和方法。在他们的作品中，写实主义与先锋实验主义有机交织在一起，其中的界限并不分明。他们一方面继承了现代主义对传统现实主义美学与认识论的怀疑态度，甚至深化了现代主义对传统现实主义摹仿艺术的批判，另一方面又没有完全摒弃经典现实主义美学范式。他们以新颖独到的"后现代"方式书写现实，甚至批判现实，但是他们对"真实"的理解、对文本与现实关系的认识以及表征现实的方式已不同于经典现实主义作家。他们采用了各不相同的后现代实验主义创作手法，也明显不同于现代主义作家以及战后实验主义作家。与欧洲大陆以及美国后现代小说家们的激进主义相比，英国"后现代"小说家们态度相对温和，极少有人认同并尝试约翰逊式的极端实验写作。麦克尤恩甚至明确反对并拒绝激进的叙事形式实验，认为文学先锋主义是一条死胡同。他的后期小说虽然也融入一些后现代主义技巧，但是他的早期小说，如《水泥花园》(*The Cement Garden*，1978)、《陌生人的慰藉》(*The Comfort of Strangers*，1981)、《时间中的孩子》(*The Child In Time*，1987)、《无辜者》(*The Innocent*，1990)，表达性、乱伦、爱欲、暴力、死亡、心理成长、道德禁忌等主题，深刻而准确地展现了西方后现代社会的混乱现实，但叙事形式的实验性较其他作家相比极为有限。

如果将后现代主义定义为对宏大叙事的质疑，对文化权威的解构，以及对自足的虚构世界的反讽式消解，那么，艾米斯、拉什迪、卡特、艾克罗伊德等人似乎是颇具代表性的后现代主义者，但是这些作家并不只是以语言或形式技巧上的各种实验取胜，而是十分重视虚构叙事的道德与情感功能，坚持认为文本是通往世界的一座重要桥梁，可以让读者在虚构的世界以及他们所熟悉的真实世界之间建立重要联系，从而给读者带来真实的情感与道德反应。多米尼克·海德由此提出了"英式后现代主义"(British Postmodernism)之说。在他看来，英国后现代作家并不拒绝现实主义，而是对现实主义"重新加工"(reworking)，其

"后现代主义"是"一种与传统进行协商的杂糅性表达形式"。[44]艾利森·李(Alison Lee)也认为,"当代英国后现代小说似乎与现实主义传统有着更加紧密、更加有趣的联系"[45]。安德烈·加西耶克(Andrzej Gasiorek)则明确指出,二战后种类繁多的英国小说已经出现了现实主义与实验主义"妥协"的可能性,认为"在实验写作与传统写作之间作简单化的区分早已不再适合。"[46]还有学者以格雷厄姆·斯威夫特的《水之乡》(*Waterland*,1983)、马丁·艾米斯的《金钱:绝命书》(*Money: A Suicide Note*,1984)、朱利安·巴恩斯的《福楼拜的鹦鹉》(*Flaubert's Parrot*,1984)为例,提出了一个悖论性的概念,即"后现代写实主义"。[47]

总体来看,80年代很多"后现代"小说中的人物与情节大多符合传统现实主义的内在逻辑,人物经常面临各种生存困境,故事情节的发展仍然遵循着某种内在的因果逻辑,但是其所谓的"真实性"已经不再那么真实,主人公的本质主义世界观已经被后现代主义不稳定的"真实"理念所取代,现实、自我与艺术的关系被重新定义,其中既有对后现代时期社会现实的有力批判,也有对现实主义艺术理念与传统规范的扬弃。例如,马丁·艾米斯以独树一帜的艺术形式书写了80年代的英国社会现实,用颠覆性的"后现代招式"表现了当代西方消费主义思潮与末世论思想。其小说《金钱:绝命书》在一定程度上继承了19世纪"英国状况"小说的现实主义传统,尖锐批判了撒切尔时代商品拜物教、个体的异化和商品化、非道德化以及人性的贪婪。他的另一部代表作《伦敦原野》(*London Fields*,1989)戏仿了西方"世纪末小说"(the fin-de-siècle novel),通过营造充满"危机"的世纪末氛围尖锐批判了西方社会道德的堕落与人世的衰败。艾米斯的后现代小说是对撒切尔时代社会意识形态做出的审美回应,其现实批判力度并不亚于19世纪经典现实主义作家。

此外,80年代方兴未艾的各种理论与批评思潮(如后结构主义、后殖民主义、后精神分析学、新历史主义、女权主义等)对当时的英国小说创作也产生了巨大的影响,使之表现出各具特色的思想与艺术内涵,不拘一格的精神风貌,以及多元杂糅的美学取向。例如,当时很多小说家在新历史主义思潮的影响下,将历史与虚构杂糅在一起,认为历史的"真实"已经被文本化,因此,只有通过叙事文本或话语才能接近历史的"真实"。小说家巴恩斯在《十卷半世界史》(*A History of the World in 10½ Chapters*,1989)中说,"历史不是过去发生了什么。历史只是历史学家告诉我们发生了什么……什么是世界史?只不过是黑暗深处发出来的各种声音而已;各种形象燃烧了几百年,随后又湮灭;各种故事,以及古老的故事似乎交错重叠……我们编造故事以掩盖我们不知道或不愿接受的事实;我们保留一些真实的事实,并围绕这些事实编造新的故事。"[48]在他本人的多部小说中,巴恩斯用自反性的元小说手法表达了后现代主义的历史观与意义观,但是其后现代观并不是对历史、现实与意义的完全否定。又如,D. M. 托马斯(D. M. Thomas,1935—2023)的《白色旅馆》(*The White Hotel*,1981)、艾克罗伊德的《霍克斯默》(*Hawksmoor*,1985)与《查特顿》(*Chatterton*,1987)等小说不仅体现了话语建构与文本自反性的后现代特征,而且也将历史叙事当作理解和认识历史复杂性的重要手段。

80年代,随着大英帝国的逐渐衰落以及全球化浪潮的涌现,英国后殖民小说兴起,移民作家,如拉什迪、石黑一雄等脱颖而出。与此同时,80年代也是爱德华·萨义德(Edward Said,1935—2003)、霍米·巴巴(Homi K. Bhabha,1949—)、佳亚特里·斯皮瓦克(Gayatri C. Spivak,1942—)等人的后殖民理论与批评如日中天的时代,后现代主义美学与后殖民主义思潮错综复杂地交织在一起。严格地说,"后现代小说"与"后殖民小说"是两个完全不同的概念。前者带有欧美中心主义的话语霸权,充满游戏性或戏谑性。后者则是对欧洲殖民主义与西方中心论的自觉抵抗,更具严肃性或深刻的政治内涵。然而,拉什迪的《午夜之子》(*Midnight's Children*,1981)、《羞耻》(*Shame*,1983)、《撒旦诗篇》(*The Satanic Verses*,1988)等小说将"后现代"与

"后殖民"元素有机编织在一起,采用元小说、戏仿、拼贴、历史与虚构杂糅、后现代讽刺、魔幻现实主义等艺术手法,用后殖民主义的批判眼光重新审视了印度、巴基斯坦的历史与社会现实。石黑一雄的出生国日本不曾是西方殖民地,但是批评界颇具争议地将他纳入"后殖民作家"范畴。其80年代三部代表作《远山淡影》(*A Pale View of Hills*,1982)、《浮世画家》(*An Artist of the Floating World*,1986)、《长日将尽》(*The Remains of the Day*,1989)既表现了移民困境、少数族裔生存、民族身份、文化杂糅、世界主义等后殖民主题,同时又以后现代手法质疑宏大叙事,颠覆帝国话语霸权,解构"英国性"背后的本质主义民族观与帝国政治意识形态。

此外,随着女性主义思潮的兴起,这一时期的众多女性小说家,如安吉拉·卡特、艾玛·坦南特、詹妮特·温特森等,用神话、幻想和魔幻现实主义对"现实"进行重新加工,在性别或性的层面颠覆男权主义话语霸权。卡特被认为是一位典型的后现代主义者与"非典型"的女性主义者,其代表作《马戏团之夜》(*Nights at the Circus*,1984)是一部充满后现代主义实验的女性奇想小说,后现代主义、魔幻现实主义与乌托邦女权主义思想熔于一炉,既有巴洛克式的壮观,也有哥特式的神秘与恐怖,逼真的描写与荒诞的情节混杂,传统的童话结构被颠覆,语言粗俗而大胆,带有鲜明的戏仿性与狂欢化特征。坦南特也是后现代女性主义者,其小说《伦敦的两个女人》(*Two Women of London*,1989)是对罗伯特·路易斯·斯蒂芬森(Robert Louis Stevenson,1850—1894)《化身博士》(*Strange Case of Dr. Jekyll and Mr. Hyde*,1886)的后现代主义改写。她将事实与虚构、真实与想象融为一体,用后现代主义的奇想与童话版的魔幻风格颠覆了经典文本中的男权主义思想。温特森则是一位后现代女同性恋小说家。《橘子不是唯一的水果》(*Oranges Are Not the Only Fruit*,1985)描写一位年轻女孩对异性恋关系的焦虑以及对男性狡诈的恐惧,从同性恋女性主义的角度重写传统童话故事,挑战并颠覆童话寓言中的异性恋男权价值观,以及通过对西方经典文本《旧约》(*The Old Testament*)的结构性戏仿,解构了男性权威与男权意识形态。《给樱桃以性别》(*Sexing the Cherry*,1989)是一部带有强烈互文性的后现代历史小说,也是一部女性主义历史元小说,用奇想与怪诞、真实与魔幻相混合的手法戏仿传统历史小说,揭示传统历史文本中父权价值观对女性自我的压迫,用解构主义策略来达到其同性恋性别政治的目的。不难看出,这几位女性作家的作品蕴含着深厚的后现代女性主义思想,其后现代主义小说美学呈现出独树一帜的女性写作风格。

五、后现代历史小说的重塑

1989—1992年间,苏联与东欧发生剧变,西方学界发出"历史终结"的惊呼。与此相映成趣的是,很多英国作家对历史产生浓厚兴趣,"回归历史"成了20世纪90年代英国小说创作的重要思潮。多米尼克·海德认为:"历史小说转向在20世纪90年代是常见现象。"[49]布莱德伯里说:"回归历史是世纪末英国小说占主导地位的主题。"[50] 20世纪的最后十年见证了英国历史小说在批评界与商业上的双重成功,也见证了英国历史小说的重塑。这一时期的布克奖得主一多半是历史小说,如A. S.拜厄特的《占有》(*Possession: A Romance*,1990)、巴里·恩斯沃斯(Barry Unsworth,1930—2012)的《神圣的渴望》(*Sacred Hunger*,1992)、派特·巴克(Pat Barker,1943—)的《幽灵之路》(*The Ghost Road*,1995),以及本·奥克瑞(Ben Okri,1959—)的《饥饿之路》(*The Famished Road*,1991)、迈克尔·翁达杰(Michael Ondaatje,1943—)的《英国病人》(*The English Patient*,1992)等。布克奖对历史小说的推崇与重视一直延伸至21世纪,如希拉里·曼特尔(Hilary Mantel,1952—2022)的《狼厅》(*Wolf Hall*,2009)、艾仑·霍林赫斯特(Alan Hollinghurst,1954—)的《美丽线条》(*The Line of Beauty*,2004)、玛格丽特·阿特伍德(Margaret Atwood,1939—)的《盲刺客》(*The Blind Assassin*,2000)、彼得·凯里(Peter Carey,

1943—)的《凯利帮真史》(*True History of the Kelly Gang*，2000)等。此外，世纪之交深受批评界好评的两部小说——扎迪·史密斯(Zadie Smith，1975—)的《白牙》(*White Teeth*，2000)与麦克尤恩的《赎罪》(*Atonement*，2001)——虽然不是布克奖获奖作品，但同样是历史题材佳作。

如果说 90 年代之前的很多实验小说家们，如福尔斯、拉什迪、巴恩斯，以创作"历史元小说"(historiographic metafiction)为主，那么 90 年代的小说家们对"历史小说"这一文类进行较多的重塑。后现代历史元小说虽然在 80 年代成为主导潮流，但是至 90 年代，其影响力不断减弱。历史小说家们虽然没有拒绝后现代历史元小说的创作风格与形式实验，但是对"元历史"问题的自觉意识明显淡化。他们经常用回归"真实性"的方式揭示历史叙事的多元可能性、历史认识的多变性，以及真实与虚构、过去与现在之间难解难分的复杂关系。这里以 A. S. 拜厄特的《占有》为例。这部小说出版于 1990 年，似乎可以看作 80 年代兴盛一时的历史元小说的转折点。拜厄特一方面承续了后现代历史元小说的艺术理念与历史观，另一方面也没有摒弃传统历史小说的真实观、意义观，在作品中既虚构了历史人物，也重视对历史人物的"真实"再现。《占有》与福尔斯的历史元小说《法国中尉的女人》之间存在明显的互文关系与相似之处，即采用自反性元小说方式审视了 19 世纪维多利亚时代的人物与历史，甚至公开将后现代、后结构主义的理论元素融入虚构文本中，同样可以称之为"历史元小说"，连拜厄特本人也称之为"一部后现代、后结构主义小说"[51]。然而，《占有》又明显不同于《法国中尉的女人》，其元小说元素在虚构文本并不占据主导地位，现实主义与后现代主义风格并行不悖，和谐共存。此外，现实主义叙事风格并不是对维多利亚小说传统的后现代戏仿，虚构文本中所融入的后现代学术话语更像是对当代文学批评的反讽式模仿。拜厄特将历史人物与当代故事并置对应，各种文类、形式、风格等兼容并蓄地交错在一起，有效地完成了对历史元小说的"金身"重塑。

整体来看,90年代的历史小说明显不同于琳达·哈钦(Linda Hutcheon, 1947—)在《后现代主义诗学》(*The Politics of Postmodernism*, 1989)一书中所命名的"历史元小说"。"历史元小说"以后现代元小说叙事手法书写历史,运用多种叙事声音或自反性叙事手法质疑宏大叙事,消解历史与虚构的界线。而90年代不少作家则重回"真实历史小说"(True-story Historical Novel),将真实历史或真实历史人物作为故事的主要题材,或将真实历史设置为故事的重要背景,用多元复杂的审美视角表征历史,其历史观也呈现出多元杂糅的艺术特征。派特·巴克的"重生三部曲"(*The Regeneration Trilogy*, 1996)以历史事件与文学虚构相融合的方式书写第一次世界大战,以细腻的细节描写揭示战争的残酷及其对人类心理造成的巨大创伤。正如巴克所说,"本书将事实与虚构编织在一起,有助于读者认识什么是历史,什么不是历史。"[52]贝里尔·班布里奇(Beryl Bainbridge, 1932—2010)的《各自逃生》(*Every Man for Himself*, 1996)、《大师乔治》(*Master Georgie*, 1998)同样将历史事实与文学虚构结合在一起,用多重叙事声音和多重视角来讲述历史亲历者的所见所闻,其中既有平静和照相般的写实主义叙事,也有虚拟的内心活动与情感状态的现代主义审视,历史在真实与虚构的内在张力中走向读者。卡里尔·菲利普斯(Caryl Phillips, 1958—)的《剑桥》(*Cambridge*, 1991)、《渡河》(*Crossing the River*, 1993)和《血液的本质》(*The Nature of Blood*, 1997)同样用多重声音和多重视角重新解读了欧洲殖民主义者罪恶的奴隶贸易和大屠杀的历史。塞巴斯蒂安·福克斯(Sebastian Faulks, 1953—)的小说《鸟鸣》(*Birdsong*, 1993)从亲历者的视角描写了一战期间的"真实"灾难以及"真实"人物的战争创伤。历史能否被认识,历史如何被认识,已不再困扰90年代的小说家们。他们不再关注"历史元小说"对历史真实的解构,以及对宏大叙事的质疑,而是以多元杂糅的叙事与艺术形态来展现焕然一新的历史"真"面孔。

20世纪90年代,英国的小说出版量每年达到8 000部左右,其中类型小说（genre fiction）居多，严肃小说（literary novel）较少，而历史小说之所以能引起批评界的重视，是因为这一时期诸多代表作赋予历史小说更深刻的历史性与严肃性而使之得以重生，超越了流行的、落入传奇俗套的历史罗曼司（historical romance）。例如，拜厄特的《占有》、福克斯的《鸟鸣》、巴克的"重生三部曲"、麦克尤恩的《赎罪》重新展现了讲述历史故事的浓厚兴趣，但是历史的表征既受到后现代主义的影响，如同历史元小说那样带有较明显的"元历史"自觉意识，表达了对官方历史权威或合法性的不信任态度，但同时也超越了通俗历史小说的肤浅化与模式化套路，用多元杂糅的创作风格来表现更加复杂深厚的主题，既没有落入无深度感的后现代类型小说的窠臼，也赢得了普通读者与专业学者的高度肯定。有学者基于《黑犬》（*Black Dogs*，1992）、《赎罪》《无辜者》等小说用文本自觉意识书写历史的特点，认为麦克尤恩是"世界上最重要'历史元小说'作家之一"[53]，然而他的小说更多是在向经典现实主义作品与现代主义作品致敬。例如，《赎罪》基本延续了90年代对历史"真实"的思考，以全知全能的叙事视角表征历史事件，既是一部关于个体心理与道德意识的成长小说，也是一部关于第二次世界大战的战争创伤小说。麦克尤恩以意味深长的元小说结尾与适可而止的自反性意识消解了历史叙事的正统性与权威性，但同时又赋予虚构叙事表征历史真实、承载人类真实情感的审美意义与思想价值，呈现给读者的是一部宏大而优美的心灵史诗。

20世纪80年代是后现代理论的高光时刻，而90年代，文学理论家或文化批评家对"后现代主义"持越来越多的怀疑态度，后现代主义对宏大叙事的质疑以及对文化权威的批评反过来又受到质疑与批判。与严肃文学对后现代主义理念持审慎态度不同的是，流行文化（popular culture）对后现代主义摆出了热情拥抱的姿态。有学者将90年代称作"通俗化后现代主义的十年"[54]。后现代主义的一个重要特征是高雅文化与通俗文化界限的模糊，但是颇具反讽意味的是，严肃文学与流行文化在90年代并未趋同一致，严肃小说也没有因为满足大众消费的需要而消解历史深度感,从而走向平面化与通俗化。早在80年代,"英式后现代主义"小说家们已经对现实主义"重新加工",不同程度地融入经典现实主义对现实或真实的审美表征与情感认知。至90年代,则出现了现实主义美学对后现代主义美学更多的抵抗与反冲,其主导风格与美学形式已明显不同于此前的后现代历史小说。在众多历史小说中,从拜厄特的《占有》到麦克尤恩的《赎罪》,现实主义、现代主义并没有在后现代主义的实验中湮没,反而呈现出了独特的美学面貌与艺术特征。不过,值得一提的是,马丁·艾米斯的"大屠杀"小说《时间之箭》(*Time's Arrow*,1991)是90年代摒弃现实主义创作技巧、以全新的后现代主义视角审视历史的少数实验小说之一。艾米斯并不是对80年代历史元小说的复制或模仿,而是用别出心裁的时间倒流叙事手法表征纳粹集中营中的大屠杀事件,对历史、道德甚至时间本身进行后现代主义的质疑与解构。

六、后现代主义之后:21世纪初的英国小说

就20世纪下半叶的英国小说而言,"后现代主义"一词是批评界经常使用的术语。这一概念往往是相对于"现实主义"与"现代主义"而言的,但是任何对文学作品的批评指涉都是后置性的,回顾性的。当"后现代主义"成为耳熟能详的批评武器时,文学创作实践已在悄然进行新的实验尝试或美学转向。"实验主义"或"先锋主义"的背后是对文学成规或既有美学规范的不满。"现代主义"是对维多利亚小说与爱德华时代"现实主义"小说传统的反叛,在二战后又成为后现代实验主义的反叛对象。后现代主义以其激进实验主义对现代主义进行反叛或反拨,其自身具有多元差异性与自我颠覆性,同时也不断遭遇抵制或反冲。当代英国小说丰富多彩,精彩纷呈,其"后现代性"或"先锋实验性"更是与时俱进,各不相同,各具特色。尽管围绕"后现代主义"的争议从未止息过,但是"后现代主义"已成为20世纪后半叶文学史、文化史、文学批评史的重要组成部分,而且在很大程度上可以成为观察与考察20世纪

下半叶英国小说的一个重要切入点,其意义与价值不容否定。随着21世纪的到来,英国小说的"后现代主义时期"也落下帷幕。

2001年,美国"9·11"恐怖袭击事件震惊全球,美国以反恐名义联合英国等西方国家发动了两场战争,从而对世界政治与国际关系的格局以及西方文化产生了深远影响,美英两国进入所谓的"后9·11时期"。这一恐怖袭击事件给21世纪的西方小说家们带来史无前例的震撼。在事件爆发的第二天,英国小说家麦克尤恩在《卫报》(The Guardian)上撰文说:"即使是人类最杰出的头脑,那些描写人类巨大灾难的最出色、最黑暗的想象者,从托尔斯泰、威尔斯到唐·德里罗,都不可能把我们带进昨天下午电视新闻频道直播的噩梦中。"[55]马丁·艾米斯也深切感到,面对这样超乎想象的恐怖事件,小说家们"正在进行中的所谓创作,一夜之间就变成了一堆令人同情的胡言乱语……一种坏疽性的徒劳感感染了整个语料库。"[56]尽管如此,西方小说家们,以及阿拉伯国家的小说家们,都对这一事件及其后果做出艺术回应,创作了各不相同的"9·11小说"。他们以文学想象表征这一事件及其深层内涵,思考全球化时代人类的生存状况。尤其是在美英两国,"9·11小说"的诞生也见证了一个文学与文化新时期的到来。正如美国后现代小说家唐·德里罗(Don DeLillo, 1936——)所说,小说家们对这一恐怖主义事件的回应"标志着21世纪的真正开端"。[57]

美英"9·11小说"勃然兴起,很快成为21世纪文学批评的热点。批评界对小说家们关于"9·11事件"的文学想象与审美表征既有肯定,也有批判。肯定者认为,"9·11小说"试图清晰呈现这一事件的历史画面,旨在作出最恰当的伦理与价值回应,并赋予这一重要历史时刻以审美意义。批评者们指出,"9·11小说"虽然对暴力事件作出谴责,但容易出现对现状进行维护的保守主义立场,压抑了小说这一文类所隐含的激进主义冲动。[58]有的学者还抨击"9·11小说"对这一历史事件的书写苍白无力,流于平庸,缺乏形式革新与先锋探索精神。例如,英国学者巴勃罗·穆克吉(Pablo Mukherjee)认为,"主要英美小说家对美国恐怖袭击事件的反应令人沮丧,平庸而肤浅。"[59]就英国小说而言,麦克尤恩的《星期六》(Saturday,2005)、拉什迪的《小丑萨利玛》(Shalimar the Clown,2005)、帕特·巴克的《双重视域》(Double Vision,2003)、J. G. 巴拉德(J. G. Ballard,1930—2009)的《千禧人》(Millennium People,2003)、格兰·邓肯(Glen Duncan,1965—　)的《一天一夜又一天》(A Day and a Night and a Day,2009)、阿莉·史密斯(Ali Smith,1962—　)的《意外》(The Accidental,2005)、汤姆·麦卡锡(Tom McCarthy,1969—　)的《记忆残留》(The Remainder,2005)等都涉及"9·11事件"、反恐或创伤题材,但是论影响与创作成就,美国的"9·11小说"应该更胜一筹。

不过,英国"9·11小说"只是"后9·11时期"英国小说的冰山之一角,无法代表21世纪英国小说创作的总体成就。从主题与创作技法上看,"9·11小说"也喻示着21世纪英国小说创作的新语境与新变化。在跨国资本主义高歌猛进的全球化时代,文明互鉴与文化交融不断加深,文化碰撞与文明冲突也不断加剧,而"9·11事件"与西方反恐战争极大地强化了新的世界意识或全球意识。因此,"9·11小说"在表现创伤、悲痛、哀悼、罪责、伦理、反暴力、反恐、文化记忆、爱国主义、民族主义、宗教极端主义、多元文化主义等主题时,并不限于一时一地之"地方叙事",而是经常以"全球叙事"的方式来揭示全球化时代多样性的文化与文明关系以及人类的困境。揆诸21世纪初的英国小说,其文化视野更具全球性的特征,其主题内涵具有极强的包容性,其艺术形式更加多元化,且不乏引人瞩目的先锋实验性。由于美学与政治、形式与内容、传统与创新有机交融在一起,现实主义、现代主义与后现代主义的线性发展逻辑以及文学史叙事与批评框架至此基本失效。

2003年,英国著名批评家特里·伊格尔顿(Terry Eagleton,1943—　)出版《理论之后》(After Theory),宣告文化理论的黄金时代已经过去。"理论热"消退后,常被视作先锋文化理论的后现代主义走向衰微,在文学批评界逐渐失势,或成为套路化的批评模式而失去新意。不过,"后现代主义"的美学理念与文化思想,如同"现实主义""现代主义"一样已经储存在文化记忆的深处,在英国文学批评与文化研究的学术谱系中始终占有重要的一席之地。就21世纪的英国小说而言,"现实主义""现代主义""后现代主义"等概念在一些学者的著作中仍未失去用武之地。例如,英国学者詹姆斯·阿奇森(James Acheson)在《2000年以来的当代英国小说》(*The Contemporary British Novel Since 2000*,2017)一书中,以麦克尤恩、大卫·米切尔(David Mitchell,1969—)、希拉里·曼特尔、扎迪·史密斯四位著名小说家为核心,将21世纪英国小说分为四大类,即现实主义小说、后现代主义小说、历史小说与后殖民主义小说。[60]其实,自20世纪八九十年代开始,各种艺术思想、审美理念以及创作方法已经在英国小说中杂糅混合、交错难分,21世纪的小说更是如此。因此,单一的批评概念难免有削足适履之嫌。阿奇森将麦克尤恩的6部21世纪小说,即《赎罪》《星期六》《在切瑟尔海滩上》(*On Chesil Beach*,2007)、《追日》(*Solar*,2010)、《甜牙》(*Sweet Tooth*,2012)、《儿童法案》(*The Children Act*,2014),全然以"现实主义"命名,就未必严密妥当。这些作品虽然没有与英国现实主义小说的伟大传统割裂开来,但是其中既含有后现代元小说的成分,同时还吸收了丰富的现代主义文学营养。不难看出,模式化、套路化的批评思维容易将不断发展的小说艺术及其美学内涵单一化、狭窄化。

七、关于"后后现代主义"(post-postmodernism)

21世纪以来,后现代主义作为一种因时而起的新异的理论潮流已不再流行,作为激进的文化政治策略也因为时过境迁而不再适宜,但作为文学创作中的先锋实验精神以及与时俱进的艺术革新动力并没有终结。21世纪小说中的实验主义精神不可能消亡,但是在主旨内涵、题材特点、美学形态、形式技巧等层面已不同于现代主义或后现代主义小说。面对小说美学发展的新态势,英美批评界提出过很多新概念。这些概念主要分为两大类。第一类是以"现代主义"为基本内核,主要有"元现代主义"(metamodernism)、"数字现代主义"(digimodernism)、"宇宙现代主义"(cosmodernism)、"超现代主义"(hyper-modernism)、"新现代主义"(neo-modernism)等,都是对尤尔根·哈贝马斯(Jürgen Habermas,1929—)"未完成的现代性"的回应、反思或批判。第二类主要以"后现代性"为核心,主要有"后后现代主义"(post-postmodernism)、"反后现代主义"(anti-postmodernism)、"新后现代主义"(new postmodernism)、"超后现代主义"(hyper-postmodernism)等,所彰显的是 21 世纪作为文化新时期与后现代主义文化之间密不可分的延续性和关联性。在这两大类新概念中,"后后现代主义"与后现代主义有着一脉相承的线性逻辑关系,因而受到学界较多的关注与讨论,此处略做分析。

美国学者杰弗里·T. 尼隆(Jeffrey T. Nealon)在《后后现代主义,或及时资本主义文化逻辑》(*Post-postmodernism, or, The Cultural Logic of Just-in-Time Capitalism*,2012)一书中指出,"后后现代主义"是一个"丑陋的词语",但他之所以选择这么拗口的新名词,旨在表达"后后现代主义"是"后现代主义内部的强化(intensification)与突变(mutation)",就如同后现代主义是"现代主义内部某些趋势的历史性突变和强化"一样。在他看来,"后现代主义已经发生了突变,超过了某个临界点,在整体面貌和运作方式上已变得明显不同,但无论怎么说,它并没有变得与过去完全不同。"[61] 尼隆套用弗雷德里克·詹姆逊(Fredric Jameson,1934—)名作《后现代主义,或晚期资本主义的文化逻辑》(*Postmodernism, or, The Cultural Logic of Late Capitalism*,1991)一书中的晚期资本主义文化逻辑,大致将 2001 年视作"后后现代主义"的开端之年。尼隆认为,21 世纪的西方经济发生巨大变化,西方文化也随之发生巨大变化。如果说"碎片化"(fragmentation)是晚期资本主义的主导文化特征,那么"强化"与"突变"则是"即时资本主义"时代的主导文化特征。另一位美国学者李·

康斯坦丁努(Lee Konstantinou)在论及"后后现代主义"时则指出,"对于我们的后后现代时期,存在三种广泛的观点。第一种观点认为它是后现代主义的过度延伸或强化。第二种观点认为后后现代主义是向后现代主义之前(现实主义、现代主义)的回归。第三种观点则声称,当代作家已经转向艺术和文化关注的新领域,后后现代主义构成了与先前主导文化的真正决裂。"[62]这三种观点,即"延伸与强化论""回归论"与"决裂论",代表学界对后现代主义之后文学文化总体特征的三种主导认识。与"后现代主义"相比,"后后现代主义"显然是一个更具争议性的概念。这一概念的提出也反映了批评界、理论界在面对日新月异的全球化进程以及与时俱进的文学和文化实践时所产生的认知焦虑。

英国学者布莱恩·麦克黑尔(Brian McHale)指出,如果说后现代主义的整体面貌直到新世纪才被我们看清,那么在21世纪初这么短的时间内,我们又如何能准确认识我们置身其中的所谓"后后现代主义"文化新阶段呢?[63]假定"后后现代主义"之说能够成立的话,那么它与后现代主义之间不可能是简单的线性取代关系。正如后现代主义的兴起不会终结现代主义,所谓"后后现代主义"的出现也不会终结后现代主义。戴维·洛奇曾在《反现代主义·现代主义·后现代主义》("Modernism, Antimodernism and Postmodernism")一文中借用俄国形式主义的"前景化"(foregrounding)一词,来描述英国文学发展的内部规律与运动逻辑,即新一代文学家们往往将文学传统或前辈作家"前景化"并对其进行反叛。[64]"前景化"同样可以用来描述21世纪之初英国小说创作的新态势,即"后后现代时期"的小说家们将80—90年代兴盛一时的后现代小说"前景化"。后现代小说对宏大叙事的质疑,对真理、意义、确定性与整体性的解构,对历史与虚构界线的消解,对自反性、元小说、戏仿、反讽等实验技巧的热衷,又遭遇新一代小说家们的反叛和背离。这些小说家们往往否认自己是后现代主义的继承人,更愿意将自己视作后现代主义的"弑父者",并将各自的创作看作对前辈作家的创造性超越或艺术突破。然而,后现代主义是20世纪后期占主导地位的文化实践形式与文学审美方式,新一代小说家们不可能完全抛弃或背离其文化遗产。因此,21世纪的小说创作必然会呈现出错综复杂的艺术特点,难以一概而论,更非"后后现代"一词所能涵盖。

大卫·米切尔可能是21世纪初英国最引人瞩目的实验主义小说家,被称作是"具有自觉意识的后后现代主义小说家(post-postmodern novelist)"[65],但是他的小说创作却无法简单地以"后现代主义"或"后后现代主义"概而论之。米切尔的第一部小说《幽灵书写》(*Ghostwritten*, 1999)就是一部实验性很强的作品,由九个相互关联的短篇组成,故事由九个不同的叙述者讲述。他将故事背景设置在全球六个不同的地方,揭示全球化时代地方与世界的文化关联与命运交错。他的实验主义代表作《云图》(*Cloud Atlas*, 2004)受到意大利后现代小说家伊塔尔·卡尔维诺(Italo Calvino, 1923—1985)《寒冬夜行人》(*Se una notte d'inverno un viaggiatore*, 1979)的影响,尝试用六种不同叙事讲述六个不同时代的六段故事。米切尔用繁复多重的叙事来表现全球化时代错综复杂的人类境况,其时空观念上的交错回环与叙事结构上的实验创新,已经非"后现代"或"后后现代"所能涵盖。英国学者布莱恩·芬尼(Brian Finney)将他的小说看作"新类型叙事"的同义词,其中"通俗性与先锋性、本土性与全球性、个体性与主体性交融在一起"[66]。他的小说既有对意义与价值的后现代消解,对文本与世界意义的多元性、含混性与不确定性的彰显,同时在主题层面也清晰而悖论性地展现出深刻性、严肃性以及后人类主义的艺术特征。米切尔采用典型的元小说手法来突出小说的虚构性与语言建构性,但是对历史、现实、科技、人性以及未来人类社会的深刻揭示,又不同于已有的各种类型的后现代叙事。

同样,阿莉·史密斯也常被视作21世纪的"后现代主义"或"后后现代主义"小说家。其21世纪之初的两部小说《饭店世界》(*Hotel World*, 2001)与《意外》是从四个不同的第一人称叙事视角讲述故事,尤其是《饭店世界》中的第一人称幽灵叙事实验性很强,更像是对20世纪现代主义文学遗产的继承与创造性运用,但又不是对现代主义唯我论的回归。史密斯对后现代主义文学及其遗产持复杂的双重态度。一方面,她的小说对虚构与现实界限的关注,对实验叙事的兴趣,对自反性与元虚构手法的运用,与后现代主义文化保持着清晰的连续性,但另一方面,史密斯敏锐捕捉到了后千禧年之初社会文化氛围的变化,其创作又呈现出与后现代小说明显不同的艺术特质,被视作"后千禧年小说"(the post-millennial novel)的代表。[67] 此外,她的其他小说,如《艺想》(*Artful*, 2012)、《怎样两者皆有》(*How to Be Both*, 2014),关注"真实性",并将"真实性"融入虚构叙事中,既是对后现代主义自揭虚构性的突破,但并不是简单回归传统现实主义的忠实再现和摹仿。因此,将她的小说界定为"后现代主义"或"后后现代主义",都显得过于笼统而含混,不免掩盖其艺术内涵的丰富性与复杂性。

"后后现代主义"之说虽然不乏追随者,但是不难看出,它的使用仍然只是权宜之计。反对者们认为,"后后现代主义"概念的提出纯属多此一举,因为所谓"后后现代主义"本就是后现代主义的题中应有之义。更何况在21世纪初的英国小说中,并没有哪一种创作范式或美学风格能够占据主导地位,其中既有米切尔、阿莉·史密斯、汤姆·麦卡锡等文学新人不乏先锋实验性的"后现代"或"后后现代"小说,但同时也有其他很多并非以形式实验取胜的优秀作品。例如,石黑一雄的《别让我走》(*Never Let Me Go*, 2005)就是一部并不以实验叙事见长的个性化反乌托邦杰作。一方面,它承续了《一九八四》《发条橙》等反乌托邦小说的传统,对人物、场景与事件的描述属于其特有的沉静的写实主义手法;另一方面,其第一人称回忆式叙事对人物意识与内心世界的揭示,以及叙事深层所隐含的巨大情感力量,又明显呈现出现代主义美学风格。此外,还有很多小说家坚守历史悠久的"讲故事"传统,同时以显而易见的方式重回现代主义文学,直接向经典现代主义文学大师们致敬。例如,麦克尤恩的《赎罪》与《星期六》、霍林赫斯特的《美丽线条》、扎迪·史密斯的《论美》(*On Beauty*, 2005)等作品,既构思了血肉丰满的故事情节,塑造了个性分明的人物形象,设定了人物活动与情节发展的时代背景,又非常清晰地继承了伍尔夫、乔伊斯、亨利·詹姆斯(Henry James,1843—1916)、E. M. 福斯特等人的现代主义美学传统。而扎迪·史密斯的《论美》、莫妮卡·阿里(Monica Ali,1967—)的《砖巷》(*Brick Lane*,2003)、安德烈娅·利维(Andrea Levy,1956—2019)的《小岛》(*Small Island*,2004)、卡里尔·菲利普斯的《远岸》(*A Distant Shore*,2003)等作品,则更多关注当代社会现实,着力构建"新现实主义"(neo-realism)或"元现实主义"(meta-realism)小说美学范式。

  戴维·洛奇针对当代英国小说多样化的美学风格,曾于 20 世纪 90 年代提出"美学多元主义"之说,认为小说家与作为消费者的读者犹如置身一个风格与技巧琳琅满目的"美学超市"中。[68] 21 世纪的英国小说更是如此,写实主义与实验主义二元对立的创作范式与认知模式早已被超越。美国批评家伊哈布·哈桑(Ihab Hassan,1925—2015)在《后现代转折》(*The Postmodern Turn: Essays in Postmodern Theory and Culture*,1987)一书中说:"现代主义与后现代主义之间并没有被一道铁幕或万里长城分隔开来;因为历史是一张不断刮去字迹并反复书写的羊皮纸,而文化则渗透在过去、现在和未来的时间之中。"[69]作为英国文化核心之一的小说始终处于时间的流变中。21 世纪英国小说的"当代性"也许具有某种"后后现代性",但并不意味着是对"现代性"或"后现代性"不可逆转的超越。当代英国小说一如既往地将文化的过去和现在汇聚在一起,并向文学想象中的未来无限开放。无论是现实主义、现代主义、后现代主义,还是"后后现代主义"或各种主义的变体,总会以多样化的方式隐身在不断新陈代谢的文学与文化的肌体中。中国古人云:江山代有人才出。因此,我们拭目以待,优秀的英国小说家总能通过变革与创新,在旧体或变体的基础上创造出"新体",赋予小说这一充满活力的文类以美学新面貌,从而超越前人,为争奇斗艳的英国小说史续写新章。

注释

[1] Malcolm Bradbury, *The Modern British Novel 1878 – 2001* (London & New York: Penguin, 2001), pp.267, 268.

[2] Patrick Swinden, *The English Novel of History and Society, 1940 – 1980* (New York: St. Martin's Press, 1984), p.4.

[3] 李维屏、张定铨等:《英国文学思想史》,上海:上海外语教育出版社,2012年,第579页。

[4] 张和龙:《战后英国小说》,上海:上海外语教育出版社,2004年,第23页。

[5] Andrzej Gasiorek, *Post-War British Fiction: Realism and After* (London: Edward Arnold, 1995), p.3.

[6] Frederick R. Karl, *A Reader's Guide to the Contemporary English Novel* (Syracuse: Syracuse University Press, 2001), p.4.

[7] Qtd. in Rubin Rabinovitz, *The Reaction Against Experiment in the English Novel, 1950 – 1960* (New York & London: Columbia University Press, 1967), pp.6-7.

[8] C. P. Snow, "Storytelling for the Atomic Age," *New York Times Book Review*, 30 Jan. 1955, p.1.

[9] Qtd. in Rubin Rabinovitz, p.98.

[10] William Van O'Connor, *The New University Wits and the End of Modernism* (Carbondale: Southern Illinois University Press, 1963).

[11] Victor Taylor and Charles E. Winquist, *Encyclopedia of Postmodernism* (London & New York: Routledge, 2001), p.307.

[12] 赵毅衡:《序·关于"西方后现代主义小说"》,约翰·霍克斯《情欲艺术家》,北京:作家出版社,1994年,第1页。

[13] 胡全生:《英美后现代主义小说叙述结构研究》,上海:复旦大学出版社,2002年,第20页。

[14] Harry Levin, "What Was Modernism?" in *Refractions: Essays in Comparative Literature* (Oxford: Oxford University Press, 1966), pp.271-295.

[15] Qtd. in Brian W. Shaffer, *Reading the Novel in English 1950 – 2000* (Malden, MA & Oxford: Blackwell, 2006), pp.4-5.

[16] Brian W. Shaffer, p.1.

[17] Earl G. Ingersoll ed., "Introduction," in *Lawrence Durrell: Conversations* (Madison: Fairleigh Dickinson University Press, 1998), p.14.

[18] Sue Vice, *Malcolm Lowry Eighty Years On* (London & New York: Palgrave Macmillan, 1989), p.10.

[19] Brian McHale, *Postmodernist Fiction* (London & New York: Methuen, 1987), p.12.

[20] David Lodge, *The Modes of Modern Writing: Metaphor, Metonymy and the Typology of Modern Writing* (Chicago: The University of Chicago Press, 1977), p.12.

[21] Paul Crawford, *Politics and History in William Golding: The World Turned Upside Down* (Columbia: University of Missouri Press, 2002), pp.82-83.

[22] Ibid., p.152.

[23] Bernard Bergonzi, *The Situation of the Novel* (London & New York: Palgrave Macmillan, 1979), p.34.

[24] 王之光:《有意思的〈发条橙〉》,伯吉斯《发条橙》,南京:译林出版社,2000年,第4页。

[25] Hans-Peter Wagner, *A History of British, Irish and American Literature* (Hans-Peter Wagner Trier: WVT Wissenschaftlicher Verlag Trier, 2021), p.230.

[26] Sophia Barnes, "'So Why Write Novels?' *The Golden Notebook*, Mikhail Bakhtin, and the Politics of Authorship," in *Doris Lessing's The Golden Notebook After Fifty* (London & New York: Palgrave Macmillan, 2015), p.149.

[27] Dominic Head, *The State of the Novel: Britain and Beyond* (Malden, MA & Oxford: Wiley-Blackwell, 2008), p.33.

[28] Malcolm Bradbury, p.378.

[29] Dominic Head, *The Cambridge Introduction to Modern British Fiction 1950-2000* (Cambridge: Cambridge University Press, 2002), p.7.

[30] David Lodge, "The Novelist at the Crossroads," in Malcolm Bradbury ed.,

The Novel Today: Contemporary Writers on Modern Fiction (London: Fontana, 1977), p. 100.

[31] Dominic Head, 2008, p. 11.

[32] B. S. Johnson, "Introduction to *Aren't You Rather Young to be Writing Your Memoirs?*" in Malcolm Bradbury ed. *The Novel Today: Contemporary Writers on Modern Fiction*, pp. 153-154.

[33] B. S. Johnson, *Albert Angelo*, in *Omnibus* (London: Picador, 2004), p. 167.

[34] Allan Massie, *The Novel Today: A Critical Guide to the British Novel 1970-1989* (London & New York: Routledge, 1990), p. 3.

[35] David Lodge, *The Art of Fiction: Illustrated from Classic and Modern Texts* (London & New York: Penguin, 1992), p. 230.

[36] Sofia de Melo Araújo and Fátima Vieira, *Iris Murdoch, Philosopher Meets Novelist* (Newcastle: Cambridge Scholars Publishing, 2011), p. 7.

[37] Anne Rowe and Avril Horner eds., *Iris Murdoch: Texts and Contexts* (London & New York: Palgrave Macmillan, 2012), p. 193.

[38] Rajabhau Chhaganrao Korde, *Iris Murdoch's Thoughts on Marxism and Buddhism* (Raleigh: LuLu Publication, 2019), p. 27.

[39] Mohit Kumar Ray, *V. S. Naipaul: Critical Essays*, Vol. Ⅲ (New Delhi: Atlantic, 2002), p. xi.

[40] Malcolm Bradbury, p. 572.

[41] Dominic Head, 2002, p. 45.

[42] Emily Horton, Philip Tew and Leigh Wilson, "Critical Introduction," in *The 1980s: A Decade of Contemporary British Fiction* (London: Bloomsbury, 2014), p. 6.

[43] Brian W. Shaffer, p. 5.

[44] Dominic Head, 2002, p. 229.

[45] Alison Lee, *Realism and Power: Postmodern British Fiction* (London & New York: Routledge, 1990), p. xii.

[46] Andrzej Gasiorek, pp. 18-19.

[47] Theo D'Haen and Hans Bertens eds., *British Postmodern Fiction* (Amsterdam & New York: Rodopi, 1993), p. 9.

[48] Julian Barnes, *A History of the World in 10½ Chapters* (New York: Alfred A. Knopf, 1989), p. 240.

[49] Dominic Head, 2002, p. 3.

[50] Malcolm Bradbury, p. 572.

[51] Nicolas Tredell, *Conversations with Critics* (London: Carcanet, 1994), p. 62.

[52] Pat Barker, *Regeneration* (London & New York: Penguin, 1991), p. 251.

[53] Lynn Wells, *Ian McEwan* (London & New York: Palgrave Macmillan, 2010), p. 16.

[54] Nick Bentley, *British Fiction of the 1990s* (London & New York: Routledge, 2007), p. 4.

[55] Qtd. in Oana-Celia Gheorghiu, *British and American Representations of 9/11: Literature, Politics, and the Media* (London & New York: Palgrave Macmillan, 2018), p. 38.

[56] Martin Amis, *The Second Plane: September 11: Terror and Boredom* (New York: Alfred A. Knopf, 2008), p. 12.

[57] Peter Henning, "Interview with Don DeLillo," *Frankfurter Rundschau*, No. 271 (20 Nov. 2003), pp. 28-29.

[58] Peter Boxall, *Twenty-First-Century Fiction: A Critical Introduction* (Cambridge: Cambridge University Press, 2013), p. 13.

[59] Qtd. in Peter Boxall, p. 144.

[60] James Acheson ed., *The Contemporary British Novel Since 2000* (Edinburgh: Edinburgh University Press, 2017), p. 2.

[61] Jeffrey T. Nealon, *Post-postmodernism, or, The Cultural Logic of Just-in-Time Capitalism* (Stanford: Stanford University Press, 2012), p. ix.

[62] Lee Konstantinou, *Cool Characters: Irony and American Fiction* (Cambridge, MA: Harvard University Press, 2016), p. 37.

[63] Brian McHale, *The Cambridge Introduction to Postmodernism* (Cambridge:

Cambridge University Press, 2015), p. 175.

[64] David Lodge, *Working with Structuralism: Essays and Reviews on 19th and 20th Century Literature* (Boston: Routledge & Kegan Paul, 1981), p. 9.

[65] Brian Finney, "David Mitchell: Global Novelist of the Twenty-First Century," in James Acheson ed., p. 31.

[66] Ibid., p. 27.

[67] James Acheson ed., p. 106.

[68] David Lodge, *The Practice of Writing: Essays, Lectures, Reviews and a Diary* (London: Secker & Warburg, 1996), p. 11.

[69] Ihab Hassan, *The Postmodern Turn: Essays in Postmodern Theory and Culture* (Columbus, OH: The Ohio State University Press, 1987), p. 88.

上 篇

后现代主义具有如下特征：矛盾性、并置性、断续性、随机性、无限倒退、过分张扬的叙述者、显性戏剧化的读者、中国套盒结构、魔咒与荒诞列表、对叙述形式的批评性议论、互文性、自反性、戏拟性、娱乐性与游戏性。

萨拉米:《约翰·福尔斯的小说与后现代主义诗学》[1]

后现代主义从来就不是一个流派,也不是一个运动,就像象征主义或超现实主义……世界各地的许多小说家们发现他们几乎在同时进行此类创作。为什么要使用各种招式(tricksiness)和自我反省？为什么不讲故事而要关注如何讲故事？当今的世界在许多方面似乎是非常后现代的。……后现代主义也许并不会产生多大意义,但它绝不是歪门邪道。

马丁·艾米斯:《完全后现代的千禧年》[2]

注释

[1] Mahmoud Salami, *John Fowles's Fiction and the Poetics of Postmodernism* (London & Toronto: Associated University Presses, 1992), p.24.

[2] Martin Amis, "Thoroughly Post-modern Millennium," *The Independent*, 8 Sept. 1991, p.29.

第一章

《幸运的吉姆》:新类型"反英雄"及其双重美学形塑

金斯利·艾米斯是英国"愤怒的青年"作家中的佼佼者。他的小说处女作《幸运的吉姆》行销一时,影响巨大。布莱德伯里认为它是"20世纪50年代小说中的典范之作"[1]。D. J. 泰勒(D. J. Taylor,1960—)视之为"二战后至关重要的一部英国小说"[2]。小说主人公吉姆是出身底层的一代人的真实写照,艾米斯真实地再现了典型环境中的典型人物。不过,经过20世纪上半叶现代主义洗礼后,艾米斯作为新一代作家的杰出代表,反对实验主义,推崇写实主义,但是他的创作不是向18—19世纪经典现实主义的简单回归或复古式"倒退"。就人物塑造而言,吉姆已不再是经典现实主义小说中常见的"英雄",而是20世纪英美文学中较为普遍的"反英雄"(anti-hero)。艾米斯"回归"传统写实主义,描写了特定环境中人物的行为与性格特征,同时又以主人公的"意识中心"作为叙事视角,展示了人物内心活动与外在行为的矛盾冲突,制造出强烈的喜剧与讽刺效果,成功地塑造了一个带有鲜明时代特征的"反英雄"。换言之,艾米斯在公开反对现代主义美学的同时,也在不自觉地挪用或借用现代主义创作技巧,其人物塑造艺术既有鲜明的"反现代主义"特征，又呈现出了现代主义的美学品格。

第一节 新类型"反英雄"的人物美学实践

M. H.阿布拉姆斯（M. H. Abrams，1912—2015）在《文学术语词典》(*A Glossary of Literary Terms*，1998)中将"反英雄"界定为现代小说或戏剧中的主要人物，它与传统文学中的主人公完全不同。"反英雄"所展示的不是"高大、尊贵、力量或英雄主义气概"，而是"渺小、不堪、消极、无用或不诚实"。[3]艾米斯笔下的吉姆就是一个"渺小、不堪、消极、无用或不诚实"的"反英雄"。他是二战后英国某"红砖大学"历史系的一名讲师，相貌平庸，性格懦弱，缺乏自信，工作能力与学术才能很不突出，整日里为能否保住收入不高的工作而感到烦恼忧心，不得不竭尽全力恭维或迎合拥有续聘决定权的威尔奇教授。他不敢显露真实的内心世界，对上司唯唯诺诺，同时又落入同事玛格丽特的假自杀圈套，在工作与情感上陷入双重困境。他经常钻进酒吧，或私下挤眉弄眼做鬼脸，来宣泄内心世界的压抑。他对待教学与研究缺乏应有的兴趣，很多时候态度消极，甚至玩世不恭。在生活上，他抽烟酗酒，经常陷入醉酒的不堪状态，还经常说谎，搞点恶作剧，表现出不诚实或"无赖"的特点。他置身于象牙塔中，却"根本算不上一个知识分子"[4]。

美国学者戴维·斯科特·凯斯坦（David Scott Kastan）曾把这一"反英雄"人物的塑造看作艾米斯对英国小说的两大贡献之一。[5]确如所言，艾米斯成为二战后最有影响力的小说家之一，与这部小说最接地气、最具典型性的人物形象塑造有着密不可分的重要关系。多年来，艾米斯塑造的主人公吉姆已被学界普遍视作典型的"反英雄"。英国著名作家安东尼·伯吉斯称之为20世纪50年代"最流行的反英雄"[6]。这一"反英雄"虽然与现代主义文学中的"反英雄"一脉相承，但又不完全相同。在二战后的特定时代或"典型环境"中，艾米斯所塑造的是一个新型的"反英雄"，这一人物形象体现了写实主义与现代主义的双重美

第一章 《幸运的吉姆》：新类型"反英雄"及其双重美学形塑

学意蕴。艾米斯在小说中还塑造了其他"非英雄"学院知识分子人物群像，如附庸风雅、不学无术的威尔奇教授，神经兮兮、伪装自我的女讲师玛格丽特，靠抄袭吉姆的论文在阿根廷获得教授职位的刊物编辑凯顿等，都对"反英雄"主人公的形象塑造起到了烘云托月的重要作用。

西方小说中最早的"反英雄"人物是西班牙文学家米格尔·德·塞万提斯·萨维德拉（Miguel de Cervantes Saavedra，1547—1616）笔下的唐·吉诃德（Don Quixote）。英国小说中的"反英雄"最早可追溯到《项狄传》（*Tristram Shandy*，1759—1767）中的主人公项狄。《尤利西斯》（*Ulysses*，1922）中的布鲁姆则是现代主义文学中著名的"反英雄"。王岚在《西方文论关键词：反英雄》一文中将西方叙事文学作品中的"反英雄"人物分为四类：积极向上的普通人、从虚幻中惊醒的人物、失去信念的现代人和荒原人。她将吉姆划为第三类，即失去信念的现代人，认为这类"反英雄"还包括《尤利西斯》和《局外人》（*The Outsider*，1942）等现代派小说中的主人公。[7]阿布拉姆斯则将《幸运的吉姆》与丹尼尔·笛福（Daniel Defoe，1660—1731）的《摩尔·弗兰德斯》（*Moll Flanders*，1722）、约瑟夫·海勒（Joseph Heller，1923—1999）的《第22条军规》（*Catch-22*，1961）、弗拉基米尔·纳博科夫（Vladimir Nabokov，1899—1977）的《洛丽塔》（*Lolita*，1955）、托马斯·品钦（Thomas Pynchon，1937— ）的《万有引力之虹》（*Gravity's Rainbow*，1973）等并置，认为这些小说都是描写"反英雄"人物的重要代表作。[8]不难看出，在他的归类中，现实主义、现代主义、后现代主义小说都描写了"反英雄"，吉姆只是20世纪英美"反英雄"人物美学实践中的一个有机组成部分。

其实，从20世纪西方文学"反英雄"人物史来看，艾米斯笔下的吉姆是一个带有鲜明时代特色的新型"反英雄"。一方面，他与乔伊斯笔下的布鲁姆、阿尔贝·加缪（Albert Camus，1913—1960）笔下的"局外人"，以及贝克特的荒诞小说、美国后现代小说中的众多人物一样，都是毫无英雄品格、陷入各种生存困境中的"现代人"。但另一方面，艾米斯所塑造的"反英雄"并非中产阶级人物,更不是体制内的上层人士,而是出身中下阶层的普通人,是烟火气浓厚的小人物。吉姆出身于社会底层,得益于"福利主义"的社会改革而接受了高等教育,虽然"脱离了原先的工人阶级环境,改变了原先的非中产阶级的社会态度",但是作为怀揣大学学位的普通青年,"却被排斥到等级社会的底层和边缘,无法跻身中产阶级的社会和文化",因而感到"苦闷、彷徨、困惑、憎恨、嫉妒,对社会或'体制'具有强烈的叛逆和反抗倾向"[9]。因此,吉姆的困境是中下阶层人士所面临的具体社会困境。相比之下,现代主义小说中的人物困境更多是普遍的生存困境,即"现代人"所面临的异化感与精神危机(如乔伊斯的《尤利西斯》),生存的荒诞感与生命的无意义、无目的性(如贝克特的荒诞小说、美国的黑色幽默小说)。艾米斯借助"反英雄"人物所针砭的是二战后英国的社会体制、等级秩序和价值观念,所揭示的是深层次的社会矛盾与文化冲突。艾米斯通过塑造典型的"愤青"形象,聚焦现实问题,揭示等级壁垒,表达社会关切,给二战后沉闷的英国文坛带来了一股清新之气。

英国批评家沃特·艾伦(Walter Allen,1911—1995)认为,"反英雄"是20世纪50年代小说中出现的一种新的人物形象,首先是在《每况愈下》中出现,然后在艾米斯的《幸运的吉姆》中重现。[10]确如所言,吉姆与韦恩笔下的兰姆利都没有传统小说人物所拥有的勇敢、坚强、刚毅等英雄品格,所展现出来的不是阿布拉姆斯所说的"高大、尊贵、力量或英雄主义气概"。这两个人物形象都体现了"现代人"身上普遍存在的平庸、消极、碌碌无为以及与现代文明、社会秩序格格不入的性格特点。不过,《幸运的吉姆》与《每况愈下》也存在明显不同。韦恩继承了传统流浪汉小说结构形式,让主人公在社会底层漂泊流浪,随波逐流,逃避自我,最后变成一个"无阶级"的人,一个社会的"弃儿",表达了对社会制度与现实秩序的愤怒和反抗。而艾米斯则采用传统喜剧与讽刺文学形式,把主人公塑造成一个喜欢捉弄人和恶搞的喜剧人物,以引人发笑的方式表达了对现存社会体制与流行文化观念的嘲弄与抨击,以及对矫揉造作的"精英主义"学院文化的讽刺和批判。韦恩的"反英雄"人物所体现的是消极的人生态度,带有讽喻性特点。艾米斯则为"反英雄"人物设置了一个"现代灰姑娘"的结尾,反映了对严肃社会问题隐性回避与妥协的态度。

第二节 对传统道德文化与价值观念的摒弃

英国学者鲁宾·拉宾诺维兹(Rubin Rabinovitz)说:"大多数战后小说家不仅在他们的批评作品中,而且在他们的小说中有意识地摒弃了实验技巧,转而从前辈小说家身上汲取灵感。"[11]艾米斯从中汲取灵感的"前辈小说家"包括18世纪的亨利·菲尔丁(Henry Fielding,1707—1754)、塞缪尔·理查逊(Samuel Richardson,1689—1761),19世纪的查尔斯·狄更斯,以及20世纪的H.G.威尔斯、阿诺德·班内特(Arnold Bennett,1867—1931)、安东尼·鲍威尔(Anthony Powell,1905—2000)、克里斯托弗·伊什伍德(Christopher Isherwood,1904—1986)、伊夫林·沃(Evelyn Waugh,1903—1966)、阿尔道斯·赫胥黎(Aldous Huxley,1894—1963)等。著名学者雷蒙·威廉斯(Raymond Williams,1921—1988)也指出,20世纪50年代艾米斯等人的创作是"对更加古老形式的回归,对特有的英国形式的回归"[12]。其实,艾米斯所"回归"的是完整的故事情节与典型人物的塑造。他尤其偏爱英国文学传统中的喜剧风格与讽刺手法。他说:"我想表达严肃的事情。但是我又想到,可怜的读者要面对这么多过于严肃的作家,在时间上肯定是相当不够用的,所以我可以提供一些有趣的东西。"[13]在《幸运的吉姆》中,艾米斯通过巧妙构思一系列喜剧场景,融入丰富的喜剧元素,成功地塑造了吉姆这一"反英雄"人物形象。换言之,艾米斯所塑造的主人公是一个别具一格的"反英雄",是一个具有强烈影射与讽刺效果的喜剧性人物。

《幸运的吉姆》的喜剧性主要来自艾米斯对"反英雄"人物现实困境

的艺术性描写。在小说开头,吉姆对讲师职位并无尊重之心,但是又渴望继续获得聘用。他表面上对威尔奇教授恭敬有加,显得谦虚有礼,但是内心对威尔奇教授极尽嘲讽与不屑。他与玛格丽特、克里斯汀两位女性人物的关系也表里不一。他对前者毫无感觉,但不得不维持表面上的"恋爱"关系;对后者十分喜欢,却因为所属阶层不同,内心又对其滋生出反感与不屑。在整部小说中,吉姆表面上的"伪装"与内心的"真实"形成了鲜明的对比和反差。因此,戴维·洛奇认为,这部小说的喜剧效果主要来自主人公内心世界与外在表现的不一致。[14]其实,艾米斯人物塑造的艺术手法并不仅限于此。艾米斯虚构了很多饶有趣味或颇具喜剧性的情节,如吉姆抽烟烧坏床单、冒充记者恶搞、醉酒演讲等。此外,艾米斯还让吉姆在不同的情境中做出各种不同的鬼脸,什么"中国鸳鸯脸""伊迪斯·西特维尔脸""古罗马性生活脸""醉醺醺爱斯基摩脸",读来让人忍俊不禁。威廉·奥康纳指出,这一人物身上"毫无英雄品质……他是一位喜剧人物"[15]。默里·罗斯顿(Murray Roston)认为,艾米斯塑造了一个新型的"反英雄",可以称之为"喜剧版",一个直截了当地戏仿英雄主义传统的人物。[16]梅利特·莫斯利(Merritt Moseley)由此将《幸运的吉姆》界定为"喜剧罗曼司"[17]。

艾米斯笔下的这一喜剧性"反英雄"曾一度引发争议。《幸运的吉姆》于1955年获得"毛姆文学奖",而威廉·萨默塞特·毛姆(William Somerset Maugham,1874—1965)本人较早对吉姆这一人物提出过猛烈的批评。他在《星期日泰晤士报》(The Sunday Times)上撰文,对吉姆做出如下评价:"(这类人)上大学不是去获取文化,而是为了找个工作;他们找到工作后,对工作敷衍了事。他们没有温文尔雅的风度,可怜兮兮的,无法应对各种社会困境。他们能想到的庆祝方式,就是去泡酒吧,喝上半打啤酒。他们平庸低能,心怀叵测,嫉贤妒能。他们炮制匿名信,骚扰本科生,偷听与己无关的别人的电话。慈爱、仁善、宽容等品质,他们都鄙夷不屑。"[18]在毛姆眼里,这些人简直就是"人渣"[19]。毛姆所秉承的是中产阶级价值观与意识形态,对这些基于真实的中下

第一章 《幸运的吉姆》:新类型"反英雄"及其双重美学形塑

阶层现实塑造出来的新人物形象及其艺术价值鄙夷不屑。毛姆的批评态度反映了当时英国文艺界新老两代作家之间的"代沟"以及新旧文化价值观念的冲突。

其实,毛姆将小说主人公解读成单一的扁平人物,主要是基于人物外在的表现,却忽视了这一"反英雄"人物丰富的内心世界与复杂的性格特点,以及这一人物思想的变化与性格的发展。在小说开始,吉姆因为担心失去工作,不敢公开表示他对威尔奇教授以及对学院生活的厌恶。他还因为担心伤害同事玛格丽特的脆弱心灵,不敢中断他与玛格丽特没有爱情的"恋爱"关系。因此,从表面上看,吉姆是一个虚伪、不诚实的"文化人"。但是小说人物的性格在不断发展,思想也在不断变化,这在"快乐英格兰"演讲一幕中体现得最为充分。吉姆醉醺醺地走进演讲厅,在演讲中借助酒劲肆意发挥,公开表达了对学术的厌恶以及对乏味的学院文化的嘲笑,宣泄了内心世界的压抑,暴露了真实的本性。此后不久,吉姆也与伪装自我的玛格丽特中断了交往,从虚假与隐忍的情感关系中解脱出来,内心由此获得了无与伦比的快感。吉姆冲出职业与情感的双重牢笼,摆脱了压抑自我的双重困境,既源于他对内心真实世界的忠实,也是他敢于正视内在真实情感的结果。因此,与毛姆"渣滓说"相反的是,也有学者提出"好人说",对这一人物的道德品质给予正面肯定:"迪克逊怯懦、不诚实、愚笨、诡诈……粗鲁、幼稚。""他有那么多缺点,也很愚蠢,但是他可爱、善良、富有同情心,他本质上是一位好人。"[20]

此外,毛姆的评价也说明,以艾米斯为代表的新小说家们与前辈小说家(尤其是经典现实主义小说家)存在明显差异。艾米斯说:"我想,我所做的就是在英国文学的主流传统中进行小说创作。"[21]艾米斯虽然声称在"主流传统"中写作,但是中下阶层人物的叙事视角决定了其创作不是简单地退回到18—19世纪经典现实主义。正如理查德·布莱德福德(Richard Bradford)所说,"二战后(英国)小说中的反现代主义潮流既不是简单地反叛实验美学,也不是19世纪以来精到创作技巧的延续。准确地说,这是一种崭新的、史无前例的现实主义形式,而作家们不再受制于任何固定或限定的社会或伦理观念模式"[22]。毛姆对艾米斯小说人物的批评,也正好说明二战后新一代小说家对经典现实主义所承载的道德文化与价值观念的摒弃和突破。

第三节 现实主义与现代主义双重美学呈现

戴维·洛奇曾在《现代主义·反现代主义·后现代主义》一文中指出,文学的发展既受到外部因素的影响,又遵循其内部运动规律,即"通过背离已经被广泛接受的正统实现革新"[23]。20世纪50年代勃然兴起的"愤怒的青年"文学运动,被视作对20世纪上半叶"正统"的现代主义文艺运动的反叛和背离,洛奇称之为"反现代主义"(anti-modernism)。这些"愤怒的青年"作家们公开反对实验主义写作,自觉摒弃实验技巧,而艾米斯是这个反现代主义、反实验主义文学运动的急先锋。他本人声称自己"就是试图用合理而直白的风格来讲述普通人有趣而可信的故事;不玩花样,不做愚蠢的实验之举"[24]。然而,正如批评界过多强调他们"回归"传统反而抹杀他们与经典现实主义作家之间的差异一样,很多学者过分关注这一派作家的反实验主义与反现代主义美学,却忽视了他们对现代主义创作技巧的不自觉挪用或借用。

在《幸运的吉姆》中,艾米斯采用写实手法,虚构了外省某"红砖大学"的典型场景,设置社交聚会(威尔奇家举办的音乐会、年度夏日舞会等)以及吉姆醉酒演讲等主要事件,推动情节发展,同时又融入英国文学喜剧手法,塑造了一个复杂的"反英雄"人物形象。然而值得注意的是,在这部作品中,小说家是从"反英雄"人物的视角来叙述的,换言之,是从"反英雄"人物的视角来看世界的。[25]具体地说,艾米斯把吉姆的"意识中心"(center of consciousness)作为主导叙事方式,自始至终从他的所见、所闻、所想出发,对各类事件以及其他人物在事件中的表现进行观察、认识与评价。这一第三人称有限视角"内聚焦"叙事方式,是

第一章 《幸运的吉姆》：新类型"反英雄"及其双重美学形塑

在不自觉地践行亨利·詹姆斯的"意识中心"叙事理论。它极为成功地折射出了小说人物复杂的内心世界，出色地制造出外在现实与内在情感矛盾冲突的喜剧性、讽刺性效果。

在小说开头，吉姆与威尔奇教授在校园同行，威尔奇教授对吉姆不厌其烦地大谈音乐，而后者考虑到威尔奇的权力对自己未来命运的决定性影响，不得不强忍内心的鄙夷与不快，装出一副洗耳恭听的样子，不时对威尔奇教授的"幽默"谈吐做出回应，或勉强一笑，但是内心却产生了强烈的疑问："在像这样一个地方，他是怎么当上历史教授的呢？是凭出版过的著作吗？不是！是凭格外优秀的教学效果吗？根本谈不上！那么凭的又是什么呢？"[26]艾米斯通过主人公眼中所见、耳中所闻，以及心中所想，表达了对附庸风雅、不学无术的学院人物的讽刺与批判。此外，在小说的两场重要社交聚会中，艾米斯也是从吉姆的视点或意识中心出发，审视出场的各类不同人物，描述或呈现他们的衣着打扮、言谈举止、口音语调、性格爱好、阶级出身、价值观念、政治态度等。吉姆对中产阶级聚会文化的不认同、对居高临下的社会上层人士的本能厌恶、对威尔奇父子虚伪做派的鄙视，以及对学院乏味生活状态的厌恶，都在吉姆的意识活动或内心独白中跃然纸上。

《幸运的吉姆》的创作灵感与艾米斯1948年访问在莱斯特大学教书的诗人菲利普·拉金（Philip Larkin，1922—1985）有很大关系。拉金的中下阶层背景以及英国地方大学的现状和文化氛围对艾米斯产生了很大的触动。艾米斯所关注和聚焦的对象不再是现代派作家笔下的中产阶级，而是出身于下中产阶级家庭或来自社会底层的青年。英国文化批评家F. R.利维斯（F. R. Leavis，1895—1978）指出，艾米斯的最大贡献就在于塑造了"下中产阶级形象"，描写了"非绅士阶层的良知"[27]。现代主义小说，如E. M.福斯特的《霍华兹庄园》（*Howards End*，1910）、伍尔夫的《到灯塔去》（*To the Lighthouse*，1927），虽然也涉及阶级与阶级问题，但主要是从"正在消失的知识分子上层"的视角来写的[28]。与之不同的是，艾米斯是从中下阶层的年轻人的视角来叙

· 49 ·

述的，并以人物的意识中心为视点或聚焦点，成功地再现了非中产阶级人士的社会困境、身份焦虑与愤怒情感，表达了小说家对中上阶层及其所代表的价值观与意识形态的审视与批判。

不少批评家曾将吉姆对高雅文化或严肃文化的敌意看作对"文化"本身的敌意，认为主人公接受高等文化教育，反过来却如此憎恶高等教育与文化，表现出了反智主义（anti-intellectualism）甚至"反文化"的倾向。也有批评家将吉姆的视角看作艾米斯本人的视角，将反英雄人物的非利士主义（philistinism）等同于艾米斯本人的思想，如有学者认为"作品、作者及其反英雄人物是不可分割的"[29]。主人公吉姆确实与小说家本人存在很多相似之处，这一"白领无产阶级"[30]也在一定程度上反映了艾米斯本人的思想状况。例如，吉姆表达了同样出身的艾米斯对二战后英国高等教育现状的不满，以及对学院文化及其所代表的"体制"（establishment）的讽刺。然而，从人物"意识中心"所反映出来的思想意识，不一定是作家本人的思想意识。人物与叙述者是作家创造的，但并不等同于作家本人。艺术来源于生活，但并不等同于生活本身。

除了"意识中心"叙事视角外，艾米斯还在《幸运的吉姆》中使用了现代主义的用典技巧。对此，日本学者秦邦生（Shin Kunio）在《反现代主义政治学》（"The Politics of Antimodernism"，2014）一文中做过较多探讨。首先，在人物的交谈中，艾米斯插入了一些带有现代艺术气息的专业术语，如威尔奇教授在与吉姆闲聊时，使用了 á bec（竖笛音）和 traverso（巴洛克式长笛音）等现代音乐术语；波特兰在与厄库哈特交谈时，使用了短语 contrapuntal tone-values（对位的音调值）；玛格丽特在痛苦回忆自己的自杀冲动时，使用了 compos mentis（心智健全）一词。其次，在呈现主人公吉姆的内心独白时，艾米斯直接或间接引用了柏拉图（Plato，428 BC—348 BC）、亚里士多德（Aristotle，384 BC—322 BC）、赖内·马利亚·里尔克（Rainer Maria Rilke，1875—1926）、I. A. 理查兹（I. A. Richards，1893—1979）等人的观点。再次，现代主义文学作品不时进入吉姆的意识中心。例如，他记得曾看过一首诗，

第一章 《幸运的吉姆》：新类型"反英雄"及其双重美学形塑

其结尾好像是"接受饥馑，死亡的阴影"，而这首诗正是现代派诗人W. H. 奥登(W. H. Auden，1907—1973)的《流亡者》(*The Exiles*，1945)。吉姆的同事借过他一本现代小说，即格雷厄姆·格林(Graham Greene，1904—1991)的《问题的核心》(*The Heart of the Matter*，1948)。[31]艾米斯或明或暗地使用各类文学或文化典故，让《幸运的吉姆》的人物塑造带有不可否认的现代主义美学印迹。

《幸运的吉姆》出版后，英美学界普遍将艾米斯看作"反现代主义"的干将。2003年，一位美国学者仍在重复类似观点，认为艾米斯反对乔伊斯、伍尔夫等人的现代主义创作，公开抨击实验小说中的"形式迷宫与语词杂技"[32]。然而近十多年来，一些学者开始发现，这部小说最有趣之处莫过于艾米斯对《尤利西斯》的暗引。在吉姆早期的内心活动中，他希望自己能在某个方面击垮波特兰，哪怕冒着得罪其父亲威尔奇教授的风险，甚至使用暴力也在所不惜。这时，他想到了某本书中的一句话："他嘴里说着，随手从脖子后面将那只该死的老狗(old towser)拎起来；天啊，他差点儿把他掐死。"[33]格雷格·朗德(Greg Londe)最早指出，吉姆想到的这本书就是乔伊斯的《尤利西斯》，而这句话来自其中第12章关于"独眼巨人"(Cyclops)的那部分。[34]更为有趣的是，在吉姆与波特兰发生斗殴的那一章中，吉姆看着被打倒在地的波特兰，心里在想："波特兰就像印第安人保留地那该死的老狗脸、皮靴脸的图腾柱"，于是脱口而出："你就是印第安人保留地那该死的老狗脸、皮靴脸的图腾柱。"[35]秦邦生认为，"该死的老狗脸"(old towser-faced)是在重复引用《尤利西斯》中"该死的老狗"。[36]《幸运的吉姆》与《尤利西斯》的互文性关系表明，艾米斯在有意无意之间向现代主义小说大师乔伊斯致敬。不过，乔伊斯笔下的"反英雄"是一个"和平主义者"[37]，而艾米斯笔下的"反英雄"是一个"愤怒的青年"，带有明显的暴力倾向。

综上所述，艾米斯的人物塑造艺术既继承了传统现实主义艺术手法，又融入了现代主义审美意识，其笔下的"反英雄"具有双重美学品格。换言之，吉姆是现实主义—现代主义双重美学形塑下的产物。学界普遍认为,英美现代主义是对传统现实主义文学的激进反叛,但是将"现代主义"看作彻底的"反现实主义"美学是错误的。[38]同样,将艾米斯对实验主义的反叛、对传统形式的"回归",看作彻底的"反现代主义"美学,显然也是不恰当的。认识吉姆这一"反英雄"人物的双重美学塑造方式,有助于在阅读中打破现实主义-现代主义二元对立的美学框架,有助于重新认识20世纪50年代"愤青"小说的深层艺术内涵。

注释

[1] Malcolm Bradbury, *The Modern British Novel 1878-2001* (London & New York: Penguin, 2001), p.339.

[2] D. J. Taylor, *After the War: The Novel and England Since 1945* (London: Chatto & Windus, 1993), p.xxv.

[3] M. H. Abrams, *A Glossary of Literary Terms* (New York: Harcourt Brace College Publishers, 1998), p.11.

[4] Merritt Moseley, *Understanding Kingsley Amis* (Columbia: University of South Carolina Press, 1993), p.21.

[5] 另一个贡献是这部小说的"喜剧声音"。David Scott Kastan, *The Oxford Encyclopedia of British Literature*, Vol. 1 (Oxford: Oxford University Press, 2006), p.32.

[6] Anthony Burgess, *The Novel Today* (Folcroft: Folcroft Library Editions, 1971), p.141.

[7] 王岚:《反英雄》,《外国文学》,2005年第4期,第46—51页。

[8] M. H. Abrams, p.11.

[9] 张和龙:《战后英国小说》,上海:上海外语教育出版社,2004年,第24页。

[10] Walter Allen, *Tradition and Dream* (London: Phoenix House, 1964), p.280.

[11] Rubin Rabinovitz, *The Reaction Against Experiment in the English Novel 1950-1960* (New York & London: Columbia University Press, 1967), p.2.

[12] Qtd. in Rubin Rabinovitz, pp.9-10.

[13] Rubin Rabinovitz, pp. 46-47.

[14] David Lodge, "The Modern, the Contemporary, and the Importance of Being Amis," *Critical Quarterly*, Vol. 5, No. 4 (1963), p. 342.

[15] William Van O'Connor, "Two Types of 'Heroes' in Post-War British Fiction," *PMLA*, Vol. 77, No. 1 (1962), pp. 168-174.

[16] Murray Roston, *The Comic Mode in English Literature: From the Middle Ages to Today* (London & New York: Continuum, 2011), p. 230.

[17] Merritt Moseley, p. 22.

[18] Qtd. in Gavin Keulks, *Father and Son: Kingsley Amis, Martin Amis and the British Novel Since 1950* (Madison: University of Wisconsin Press, 2003), p. 107.

[19] Ibid.

[20] Kenneth Allsop, *The Angry Decade*, 3rd ed. (London: Peter Owen, 1964, p. 58), p. 59.

[21] Andrzej Gasiorek, *Post-War British Fiction: Realism and After* (London: Edward Arnold, 1995), p. 3.

[22] Richard Bradford, *The Novel Now: Contemporary British Fiction* (Malden, MA & Oxford: Wiley-Blackwell, 2007), p. 9.

[23] David Lodge, *Working with Structuralism: Essays and Reviews on 19th and 20th Century Literature* (Boston: Routledge & Kegan Paul, 1981), p. 10.

[24] Andrzej Gasiorek, p. 3.

[25] Robert Hewison, *In Anger: British Culture in the Cold War, 1945 - 1960* (London: Weidenfeld & Nicholson, 1981), p. 118.

[26] Kingsley Amis, *Lucky Jim* (New York: The New York Review of Books, 2012), p. 2.

[27] Qtd. in Merritt Moseley, p. 21.

[28] James Gindin, *Postwar British Fiction: New Accents and Attitudes* (Westport, CT: Greenwood Press, 1962), p. 4.

[29] George Wickes, *Masters of Modern British Fiction* (London & New York: Palgrave Macmillan, 1963), p. 532.

[30] Merritt Moseley, p. 21.

[31] Shin Kunio, "The Politics of Anti-modernism: Realism, Modernism, and the Problem of the Welfare State in Kingsley Amis's *Lucky Jim*," *Studies in English Literature*, Vol. 54, No. 55 (2014), p. 8.

[32] Gavin Keulks, p. 27.

[33] Kingsley Amis, pp. 47-48.

[34] Greg Londe, "Lucky Kingsley Amis and the Condition of England," in Marin Mackay and Lyndsey Stonebridge eds., *British Fiction After Modernism: The Novel at Mid-Century* (London & New York: Palgrave Macmillan, 2007), p. 138.

[35] Kingsley Amis, p. 219.

[36] Shin Kunio, p. 10.

[37] Darcy O'Brien, *The Conscience of James Joyce* (Princeton: Princeton University Press, 1968), p. 68.

[38] Richard Bradford, p. 4.

第二章

《发条橙》:"暴青""后人类"及其人物美学

安东尼·伯吉斯一生共创作了33部小说,其中《发条橙》无疑是最成功的小说之一。在《发条橙》中,伯吉斯塑造了一个典型的暴力青年形象,同时又以虚构的"路德维克疗法"建构出了一个"后人类"的艺术形象,不仅丰富了当代英国小说的人物图谱,而且展示了独树一帜的人物审美意识,深化了英国反乌托邦小说的美学内涵。主人公亚力克斯这一形象是对20世纪50年代英国"愤青"小说人物的继承与超越,因而在二战后琳琅满目的英国小说人物画廊中占有重要的一席之地。伯吉斯以"暴青"形象来取代"愤怒的青年"作品中的"愤青"形象,以"暴力人物美学"表达了对二战后英国社会现实的批判,揭示了更为深广的人类问题,如自由意志、道德选择等。与此同时,伯吉斯又以超前的艺术手法形塑了一个被政治权力与现代科技改造而成的"后人类"形象,以"上了发条的橙子(人)"来隐喻国家机器与科技的合谋及其产生的可能后果,隐含着深邃而具有开创性的后人类主义主题与美学内涵,因而成为反思政治、生物科技、人工智能的反乌托邦小说先驱之一。《发条橙》中从自由意志肆虐下的"暴青",到权力与科技合力加工后的"后人类",即从"恶人"到"非人"的两极化人物形象塑造,反映了二战后英国小说人物美学演进与发展的多元性与复杂性。

第一节 "暴青"形象及其独特美学内涵

在《发条橙》中，主人公亚力克斯首先是一个典型的"暴青"形象。他与另外三位"德鲁克"（兄弟）组成了一个横行街头、无恶不作的"四暴徒"。他们经常泡在未成年人不得进入的奶吧里，喝着掺杂迷幻药的饮品，谋划着如何在夜色笼罩的城市实施恐怖的暴力，宣泄青春期的本能冲动，寻求精神上的刺激与快感。伯吉斯在前七章描写了"四暴徒"所实施的七次主要暴力事件。此外，亚力克斯在被捕前，与流氓兄弟们私闯民宅，对一位老太施暴，导致她在医院中死亡。作为"暴青"的头目，亚力克斯还曾诱骗两名少女至家中，残忍地强暴了她们。英国文学作品中的暴力主题并不少见，但《发条橙》的暴力描写十分密集，触目惊心。伯吉斯描写众多令人发指的极端暴行，所塑造的是一群史无前例也充满争议的"超级暴青"形象。

《发条橙》中的"暴青"们无情滥施暴力，以攻击他人为乐事，被著名导演斯坦利·库比力克拍成电影后，导致英国出现"模仿犯罪"（copycat crime），以致这部小说和电影在许多国家被禁，同时也在批评界引起很大争议。关于影片中所呈现的赤裸裸的暴力，有人认为是导演对暴力的谴责，或是对暴力的"讴歌"，也有人认为影片"并非关于暴力"，而且关于"人类行为的本质"。[1]与电影不同的是，小说中的暴力是从主人公亚力克斯的视角叙述出来的，很多暴力场景在俄语化的纳查语叙述中，其刺激感官的冲击效果明显不如影片那么强烈。小说中的"暴青"体现出了伯吉斯与众不同的人物美学策略与美学选择。伯吉斯是在20世纪50年代后期创作出《发条橙》的，尽管没有被批评界视作"愤怒的青年"作家，但是其本人受到二战后英国社会与文化氛围的影响，在很大程度上也是以相似的批评眼光来看待英国社会的阶级问题。《发条橙》中的"暴青"继承了"愤青"对社会的不满、愤怒与反抗姿态,但是以更加暴力的方式展示其扭曲畸形的内心世界。以亚力克斯为代表的"暴青"们大多沉湎于犯罪的快感之中,并没有像艾米斯等人笔下的"愤青"那样有爬上上层社会、被体制接纳的欲望,因而又明显不同于二战后福利国家时期的"愤青"形象。因此,以亚力克斯为代表的"暴青"人物形象与20世纪50年代"愤青"人物形象虽然一脉相承,但是伯吉斯将暴力作为核心要素,再现了新一代青年文化,因此具有较大的艺术开拓性和突破性。

批评界大多将《发条橙》看作反乌托邦小说,将"暴青"看作伯吉斯反乌托邦审美想象的产物,是对极不理想的未来人类生存状态的想象性建构,是对现代人类社会发展的忧虑与反思。小说中的极端暴力场景确实营造了噩梦般的反乌托邦美学空间。然而,伯吉斯本人曾说过,这部小说写的是现在,而不是未来。小说中所描写的暴力场景与社会环境基本上是写实性的,也是以当时的英国社会现实为基础的。20世纪60年代早期,英国青少年帮派盛行,流氓团伙猖獗,经常发生激烈冲突,造成了十分严重的社会问题。小说中的"暴青"还与20世纪60年代英国伦敦带有暴力行为和攻击性的"光头党"(skinhead)颇为相似。他们在音乐、时尚、生活方式上都体现出了青年亚文化的叛逆性与对抗性。在肯尼斯·杨(Kenneth Young)看来,伯吉斯"所面对的是1962年人们熟悉的愈演愈烈的暴力浪潮"。[2]伯吉斯对"暴青"形象的塑造不仅具有影射现实、批判现实的作用,而且具有超前的预见性与社会警示性。1971年,库比力克将小说拍成电影,既受到当时英国暴力文化的影响,同时也是对当时暴力文化的艺术呼应。托尼·帕森斯(Tony Parsons)说:"库比力克在英国拍摄电影(《发条橙》)时,英国的街头暴力已经达到危机程度。"[3]电影放映后,英国不仅出现了一系列所谓的"模仿犯罪",而且"暴青"形象也给当时的英国社会带来了"道德恐慌"。[4]小说原作对社会现实的批判力度被库比力克影片所产生的负面影响大大削弱。

作为"暴青"小说,《发条橙》并没有停留在社会批判层面。伯吉斯的"暴青"人物与人性善恶、自由意志、人类本质等主题密切相关,深刻反映了伯吉斯本人的宗教意识,体现了其独特的人物美学思想。伯吉斯出生于天主教家庭,但他却"心安理得地背叛了在英国不算主导宗教的天主教",并在小说中"频频展现自由意志和命中注定受天主拯救观点之间的对立"。[5]具体而言,《发条橙》中的"暴青"形象所隐含的是奥古斯丁教义(Augustinianism)与贝拉基主义(Pelagianism)的二元对立主题,即善恶二元对立主题:善恶力量处于永恒的冲突与均衡之中。奥古斯丁教义强调人类的原罪,产生于英国本土的"异端"贝拉基主义则认为人性本善。伯吉斯笔下的"暴青"形象不仅是对社会罪恶的揭露,对人性深处恶的本能的揭示,也是从人性善恶问题走向对人的本质与人的自由意志问题的探索。也就是说,小说中泛滥成灾的超级暴力既是恶的本能的产物,同时也是暴青"极力追求自由意识的结果,而小说家越是渲染超级暴力,就越发说明极端自由意志的危害。"[6]

"暴青"与20世纪50年代小说中的"愤青"一样,是反对主流社会文化的,但他们主要是以暴力方式呈现的。他们对目标进行无端的攻击和破坏,从来不为自己的暴力行为辩护或寻找冠冕堂皇的理由。艾米斯笔下的"愤青"虽然身在高等学府,却表现出了反智主义的倾向,尤其对古典音乐持鄙视和厌恶的态度。伯吉斯笔下的"暴青"则是一个具有"艺术品位"的青年形象。《发条橙》中的亚力克斯尽管崇尚暴力,却并非一味地在街头巷尾打打杀杀。例如,主人公亚力克斯说:"我呢,有一把上好的旧式直柄剃刀,挥动起来闪闪发亮,颇有艺术美感。"[7]亚力克斯甚至无法容忍团伙成员粗野的言语和行为,经常严加痛斥,甚至拳脚相加。小说中最引人瞩目之处,是主人公酷爱古典音乐,尤其是贝多芬的《第九交响曲》。小说以第一人称手法描写了亚力克斯的音乐"鉴赏力":

> 弟兄们哪,来啦,啊,快感,幸福,天堂。我赤条条地躺着,也没盖被子,格利佛枕着手靠在枕头上,双目微闭,嘴巴幸福地张大,倾听着

清音雅乐的涌流。啊,分明是美轮美奂精灵的肉身显现。床下有长号赤金般清脆地吹响,脑后有小号吐出三声道银焰,门边是鼓声隆隆震透着五脏六腑,复又跑出,像糖霹雳一样清脆。啊,真是奇迹中的奇迹。此刻,小提琴独奏声仿佛珍稀金属丝织就的天堂鸟,或者驾宇宙飞船流动的银白色葡萄酒,地心引力已经不在话下,压倒了所有其他的弦乐器,琴声如丝织的鸟笼笼罩了我的床铺,接着,长笛和双簧管好似铂金质蠕虫钻入了厚厚的金银乳脂糖。[8]

实施暴力与音乐鉴赏似乎格格不入,但小说中的大多数暴力描述都是在主人公对音乐的痴迷与鉴赏中完成的。"暴青"的艺术细胞与暴力本能在小说中交相辉映,相互支撑。音乐令主人公充满暴力激情,觉得就像上帝本人一样万能,时刻对男人女人棍棒相加,暴力快感与欣赏音乐的快感融为一体。伯吉斯笔下的"暴青"形象由此展现出了无与伦比的独特美学特征。

另一个值得关注的现象是,伯吉斯在第一人称叙事中使用了大量的"纳查语"。它是亚力克斯"暴青"团伙神秘而独特的"切口"或"江湖黑话"。亚力克斯在描述如何实施暴力行为,甚至在想象中实施暴力时,自由而娴熟地使用俄语化的纳查语。例如,他用俄语化的"克洛维"(Krovvy)指代"流血",用"托尔切克"(tolchock)指代"殴打",用委婉的"极端暴力"(ultra-violence)指代"强奸"。俄语中的"好"(kharasho),则变成了英文中的horror show,即"恐怖表演"或"恐怖戏"。"horror show"在小说中出现了一百多次。伯吉斯借助这一帮派切口语言,生动地塑造了一群内心冷酷的反主流文化"暴青"形象,展示了一种带有普遍性的青年亚文化景观,建构了一种虚拟的反乌托邦暴力文化景观。小说家用纳查语叙述主人公如何在音乐声中实施暴力,旨在通过"江湖语言"和音乐嗜好刻画出一个富有个性的"暴青"形象。在小说中,音乐经常是亚力克斯暴力行为的催化剂和发动机,纳查语的使用则成了暴行的减震器和缓冲机。也就是说,陌生的纳查语在一定程度上减缓了暴力对读者产生的道德恐慌与情感冲击。伯吉斯说,"我使用了带俄语意味的英语纳查,借以缓和色情描写可能引起的露骨反应……"[9] 叙述者使用英语化的俄语词汇,将"暴青"所实施的暴力蒙上一层面纱,让困惑的读者把更多注意力放在对词义的理解上,不可避免地减缓了对暴力行为的质疑与批判。不过,当读者对纳查语渐渐熟悉和理解的时候,也容易对主人公的暴力行径进行背书甚至会走向认同的危险。总体来看,伯吉斯在暴力行为描写时,运用了大量的纳查语,与音乐的使用形成了对位式的平衡,体现了其人物塑造美学的独特性和原创性。

第二节 "后人类"形象的塑造及其审美效果

20世纪末以来,我国对《发条橙》中"暴青"形象的理解与接受曾受到后现代主义文化思潮的影响,如有人认为"这是科幻,故事发生的时代属于后现代社会"[10],也有人认为这部小说"对后现代社会的发展做了想象性的描述:人类已经在'月宫'上建立了定居点;地球上的环球电视转播已经形成了电视文化;政府可以用生物技术来改造罪犯;人们已经不大看报,书本要撕掉……"[11]后现代语境中诞生的《发条橙》无疑具有一定的后现代实验性,但其后现代主义艺术内涵较为有限。极端暴力的泛滥并非只是后现代社会特有的现象。伯吉斯在前七章将亚力克斯塑造成一个"暴青"形象,但是在中间七章与后七章中,囚禁于牢狱中的"暴青"经过虚构的"路德维克疗法"的改造,丧失了人之所以为人的自由意志和道德选择权,已经沦为"非人",实际上成了生命本质严重缺损的"后人类"。

关于"后人类"的定义,目前主要有两大类:一类是在社会学、政治哲学、生命政治学等学科领域内,不少学者主张并不存在一种具有内在本质性的生物人或自然人,人类自始至终都是后人类的。例如,英国学者尼古拉斯·罗斯(Nikolas Rose)认为,"人类从来都不是'自然人',至少从创造语言开始,我们就一直凭借智慧、物质和人类技术增强我们的能力。"[12]美国学者唐娜·哈拉维(Donna Haraway)提出一个更加激进的观点,即"我们从来没有人类过"(we have never been human)。[13]另一类观点则是将"后人类"视作一个人类之后的时间概念,认为"后人类"大多出现在想象中的未来社会,尤其是众多反乌托邦文学作品所虚构的想象空间中。反乌托邦文学家们通过对未来人类社会的超前想象,聚焦权力与科技对人类身体、心理、情感的塑造与改变,展示了人类走向"后人类"时代的黯淡前景与可怕后果。在《发条橙》中,伯吉斯描写政治权力利用生物技术、行为主义理论以及暴力影片对"暴青"加以改造,是对"后人类社会"极具想象力的反乌托邦建构。小说中的国家政权最终对主人公进行了"成功的"改造,使他无法继续作恶,剥夺了他的道德选择权,失去了"自然人"应有的本质特征。在很大程度上,伯吉斯所塑造的就是一个非常典型的"后人类"形象。

伯吉斯描写了未来"后人类"社会中人性被操控、被改变的生命状态,隐含着对人类本质问题的深刻反思。伯吉斯在《发条橙》的《引言——再吮发条橙》中说,

> 我这样认为,是由于人在定义中就被赋予了自由意志,可以由此来选择善恶。只能行善,或者只能行恶的人,就成了发条橙——也就是说,他的外表是有机物,似乎具有可爱的色彩和汁水,实际上仅仅是发条玩具,由着上帝、魔鬼或无所不能的国家(它日益取代了前两者)来摆弄,彻底善与彻底恶一样没有人性,重要的是道德选择权。恶必须与善共存,以便道德选择权的行使。人生是由道德实体的尖锐对立所维持的。[14]

在伯吉斯看来,人的本质是道德选择,而剥夺了道德选择权,人就变为上了发条的橙子。也就是说,人不再是常态意义上的自然人或生物人,已经沦为"发条橙化"的"后人类",而这正是伯吉斯"后人类"形象塑造的核心寓意之所在。

在《发条橙》中,"路德维克疗法"是虚构的"矫正疗法",又被称作"厌恶疗法"(aversive therapy),其主要手段是国家以强制性的方式对被矫正人或被改造对象进行药物注射,同时将被改造人绑在类似影院的治疗室的椅子上,身体连上很多电线,强迫其观看系列暴力影片。在整部作品中,"路德维克疗法"是故事情节、艺术结构的关键要素,也是"后人类"想象的核心手段。它是后人类时代的生物技术,通过特定药物治疗,对被视作本质的人类心理与情感结构进行"科学"改造或重塑,使之不再具有实施暴力行为的欲望,不再具有扰乱社会治安的能力。如果以"后人类"形象塑造为中心,《发条橙》的故事内容和结构可分为"路德维克疗法"实施前、实施中与实施后三大部分。第一部分"暴青"形象的塑造为"路德维克疗法"的实施,以及后两部分"后人类"形象的出场做足了合理的艺术铺垫。亚力克斯以"暴青"开场,最后以"发条橙化"的"后人类"而收场,蕴含着深刻的后人类主义思想内涵,由此产生了独特的人物艺术审美效果。

在批评界,这一"路德维克治疗"大多被视作政治权力或极权政府对主人公的"洗脑"行为。在库比力克改编的电影《发条橙》中,主人公亚力克斯自杀事件后,政府对监狱中实施的改造实验进行了全面调查,而新闻媒体的报道对这项实验众口一词地进行了批判,将之看作"非人的治疗",抨击政府科学家"改变亚力克斯的本性",这样的治疗无疑是酷刑折磨,是地地道道的"洗脑"。但《发条橙》与极权主义反乌托邦小说《一九八四》并不相同。奥威尔笔下的极权政府通过电刑、鼠刑以及药物注射,对犯有"思想罪"的主人公温斯顿·史密斯进行"洗脑",让他最后爱上了老大哥。在《发条橙》中,主人公亚力克斯不是"思想犯",而是"刑事犯"。亚力克斯因为暴力犯罪被关进国家监狱,狱号是6655321。亚力克斯这样描述他在狱中的境况与遭遇:

> 我被关在这个地狱洞、人类兽园长达两年,被凶残成性的看守踢打、推搡,与色眯眯的臭罪犯打交道。其中有一些罪犯是真正的性

变态,随时随地打算把口水流到像叙事人这样如花似玉的小伙子身上。坐牢并不是教化,一点都不是;而且国监强迫犯人在车间里糊火柴盒,在院子里一圈一圈一圈地放风出操,有时晚上还来个老教授样子的人,讲解甲壳虫、银河系、《雪花的光辉奇闻》……[15]

显然,主人公亚力克斯既是被国家暴力机器镇压和惩罚的罪犯,在很大程度上也是米歇尔·福柯(Michel Foucault,1926—1984)意义上被监禁和规训的囚徒。

然而,伯吉斯并没有停留在常规意义上的惩罚与规训层面。虚构的"路德维克疗法"的引入,将《发条橙》中的人物塑造推进到一个崭新的艺术层面。亚力克斯因为在监狱中杀死另一个囚犯,成了"路德维克疗法"的第一个改造对象和"幸运儿"。政治人物主张对刑事犯亚力克斯进行治疗和改造,完全不同于《一九八四》中极权主义政府对"政治犯"的"思想改造"。《发条橙》中的"路德维克疗法"虽然出于特定的政治目的,即出于政党的选举需要而付诸实践,但其中隐含着对政治权力与社会控制技术"合谋"的批判。从犯罪学和刑罚学的角度来看,"路德维克疗法"也折射出当代英国刑罚学理论中出现的两种对立观点以及刑罚学的道德困境。20世纪60年代,英国有学者提出应当只根据犯罪行为的后果和性质来惩罚和改造罪犯,对立的观点则认为,犯罪行为是理性思维的产物,因此通过惩罚和治疗,是可以加以控制的。[16]在《发条橙》中,监狱系统所关注的是他过去所犯下的罪行,"路德维克疗法"则通过治疗他的病态心理来改变他未来的行为。"路德维克疗法"折射出了当时英国司法正义理论的争端以及刑罚学理论中的对立观点,同时也客观反映了当时英美刑罚制度采用"治疗"手段对刑事犯进行惩罚与改造的现实。例如,美国监狱曾对囚犯使用"精神药物"[17]、对性犯罪者采用"化学阉割"[18]。因此,亚力克斯这一"后人类"形象的塑造是建立在较为深厚的现实土壤与刑罚学理论基础之上的。

不容忽视的是，小说中的"路德维克疗法"也与20世纪中叶兴起的行为主义心理学密切相关。新行为主义的代表人物伯尔赫斯·弗雷德里克·斯金纳（Burrhus Frederic Skinner，1904—1990）在巴甫洛夫条件反射理论的基础上提出操作性条件反射理论（operant conditioning），认为可以通过一系列的刺激以引起行为的改变。在《发条橙》中，政府所实施的罪犯改造计划，即通过技术治疗，来消灭差劲部长口中所称的"犯罪反射"（crime reflex）。行为主义心理学将行为本身作为关注的对象，通过特定的条件刺激和反复强化，以达到改变罪犯心理与情感的目的。小说中的亚力克斯在"路德维克疗法"的治疗下，身心发生巨大改变，一旦作恶或一有作恶的念头，便会出现极其痛苦的生理和心理反应。亚力克斯最终成为"新建的国家罪犯改造研究所的首位毕业生"[19]，被释放后无法继续作恶。国家政权将行为主义心理学理论付诸实施，完全出于功利主义的政治目的，即差劲部长口中所说的缓解监狱人满为患的境况。布罗兹基大夫曾微笑着对亚力克斯说："我们所关心的，不是动机，不是高尚的伦理规范，而仅仅是减少犯罪。"[20]亚力克斯从"暴青"到囚徒，再到被"路德维克疗法"改造后的"新人"，伯吉斯由此虚构出了一个独具特色的"后人类"形象。这一形象是政治权力与刑罚学思想、新行为主义理论"合谋"的产物。伯吉斯关注社会现实问题，又以超前的想象观照未来，反映其人物美学建构的丰富性与深刻性。

伯吉斯曾经说过：

1960年左右的英国，有头有脸的人开始抱怨青少年犯罪的增长，并在某些报纸上读到一些耸人听闻的文章，称青少年罪犯们……某种程度上就是一个非人的品种，需要进行非人的治疗。有一些不负责任的人提到厌恶疗法。……如果年轻的犯罪分子能够借助电击、药物或纯粹的巴甫洛夫式的条件反射，使他们无法进行反社会的行为，那么我们的街道在夜晚将再次变得安全。[21]

第二章 《发条橙》:"暴青""后人类"及其人物美学

"厌恶疗法"是心理学中的一种治疗方式,又称"对抗性条件反射疗法",主要种类包括电击厌恶疗法、药物厌恶疗法、想象厌恶疗法,内隐致敏法等,其理论基础是巴甫洛夫的条件反射学说和斯金纳的操作条件反射学说。心理学中的厌恶疗法所针对的是日常生活中的不良行为或恶习,如毒瘾、烟瘾、酗酒等。伯吉斯将"厌恶疗法"改头换面,虚构成了小说中的"路德维克疗法",所针对的是虚构中的极端暴力犯罪行为,经常被视作《一九八四》等反乌托邦文学中的"洗脑"行为。其实,《一九八四》中的"洗脑"所采用的是现实中普遍存在的常规酷刑手段,尽管也使用了药物,但只是起到了一定的辅助作用。与之不同的是,《发条橙》中的政治权力并没有实施常规意义上的身体酷刑,而是将饭后的药物注射作为"路德维克疗法"的核心。伯吉斯虚构了一种具有神奇效果的神经药物,最后对犯有谋杀罪的"暴青"进行了成功的神经药物学"治疗"。

批评家们在分析亚力克斯被改造后心理与行为的改变时,大多关注政治权力或极权主义对个体行为或社会犯罪的控制,或者关注其行为主义心理学的理论基础,极少关注精神药物的使用及其对亚力克斯产生的药物动力学影响。英国学者洛伦佐·塞维特(Lorenzo Servitje)认为,这一治疗所展示的内涵远远超过人们所经常引用的巴普洛夫条件反射理论,或是将它不正确地框定为"洗脑"行为。具体来说,"路德维克疗法"是"一种神经系统干预疗法,即运用行为主义条件反射理论和精神药物学来防止不良对象的暴力犯罪。"[22]在赛维特看来,精神药物学在小说情节中扮演了核心的地位。"路德维克疗法"的运作机制并非人们通常所认为的"洗脑",其本身实则是"一种精神药物学或神经科学治疗技术"。[23]主流文化选择让亚力克斯接受带有灾难性后果的精神药物学治疗,让小说中的这一"后人类"形象及其所寄寓的主旨内涵超越了已有的各类解读,如青年文化的反叛性、国家机器的压迫性、自由意志论、行为主义决定论等。

20世纪五六十年代是神经科学发展的重要阶段,尤其是脑电图

(electroencephalogram)的不断发展与广泛运用,人们试图进一步发现人脑的功能及其活动规律。赛维特将1962年出版的《发条橙》置于当时的历史语境,即神经科学与精神药物学的语境中,所关注的是精神药物学、神经科学、精神治疗所隐含的文化动力学,即神经医学如何在主流文化和反文化之间所扮演的斡旋作用。然而,从后人类主义的角度来看,伯吉斯所探讨的是现代科技背景下人类变身为"后人类"的境况。此外,批评界也基本忽视了小说中暴力青年所使用的各种毒品类药物,即小说开头"德鲁克们"饮用的牛奶饮品所掺入的"速胜""合成丸""漫色"等虚构的迷幻药物。这些药物不仅是"暴青"们的亚文化符号特征,也是药物改变人性的"后人类"重要象征。人类科技的发展,尤其是当代基因科技以及克隆技术的迅猛发展,人在生物学层面被剥夺自然本性或发生本质性人工改造的可能性越来越大。伯吉斯以启示录般的寓言,向我们展示了一幅"后人类"到来的黯淡景观。

综上所述,关注现实与想象未来是伯吉斯塑造"暴青"与"后人类"人物形象的重要美学原则。换言之,伯吉斯的人物美学源自他对社会现实的深刻关怀以及对人类未来的超前想象。《发条橙》中的"暴青"形象超越二战后英国小说中的"愤青"形象。与"愤青"形象相比,"暴青"采用更加激烈的反社会、反文化方式,因而具有更强的社会现实批判力与更显著的艺术审美效果。此外,伯吉斯创造性地虚构了"路德维克疗法",塑造了超前的"后人类"形象。这一形象是对未来生物科技发展的反乌托邦式的深思与警示,对后来反乌托邦小说中的"后人类"形象塑造产生了深远的影响。在英国小说人物史中,亚力克斯这一"暴青"人物与"后人类"形象将占有举足轻重的历史地位,代表了二战后英国小说人物美学的新贡献。

注释

[1] Steven M. Cahn, "*A Clockwork Orange* is Not about Violence," *Metaphilosophy*, Vol. 5, No.2 (1974), p.155.

[2] Kenneth Young, "Review," *Yorkshire Post*, 15 May 1962, p.20.

[3] Qtd. in Pat J. Gehrke, "Deviant Subjects in Foucault and *A Clockwork Orange*: Congruent Critiques of Criminological Constructions of Subjectivity," *Critical Studies in Media Communication*, Vol. 18, No.3 (2001), pp.270-284.

[4] Joseph Darlington, "*A Clockwork Orange*: The Art of Moral Panic?" *The Cambridge Quarterly*, Vol. 45, No.2 (2016), p.119.

[5] 王之光:《有意思的〈发条橙〉》,伯吉斯《发条橙》,南京:译林出版社,2000年,第1页。

[6] 张和龙:《人类社会的自由难题——评安东尼·伯吉斯的〈发条橙〉》,《外国文学评论》,2002年第1期:第64—65页。

[7] 伯吉斯:《发条橙》,王之光译,南京:译林出版社,2000年,第19页。

[8] 同上,第37页。

[9] 伯吉斯:《发条橙·引言》,王之光译,南京:译林出版社,2000年,第6页。

[10] 同[5],第4页。

[11] 周大新:《奇妙的〈发条橙〉》,《中华读书报》,2000年3月29日。

[12] Nikolas Rose, *The Politics of Life Itself: Biomedicine, Power, and Subjectivity in the Twenty-First Century* (Princeton: Princeton University Press, 2008), p.80.

[13] Nicholas Gane, "When We Have Never Been Human, What Is It to Be Done? Interview with Donna Haraway," *Theory, Culture and Society*, Vol. 23, No.7-8 (2006), p.135.

[14] 同[9],第5页。

[15] 同[7],第86页。

[16] Ilya Lichtenberg, Howard Lune and Patrick McManimon, "'Darker Than Any Prison, Hotter Than Any Human Flame': Punishment, Choice, and Culpability in *A Clockwork Orange*," *Journal of Criminal Justice Education*, Vol. 15, No.2 (2004), pp.429-449.

[17] Jami Floyd, "The Administration of Psychotropic Drugs to Prisoners: State of the Law and Beyond," *California Law Review*, Vol. 78, No.5 (1990), pp.1243-1285.

[18] Caroline M. Wong, "Chemical Castration: Oregon's Innovative Approach to Sex Offender Rehabilitation, or Unconstitutional Punishment? " *Oregon Law Review*. Vol. 80, No.1 (2001), pp.267-299.

[19] 同[7],第147页。

[20] 同上,第139页。

[21] Anthony Burgess, *1985* (London: Hutchinson, 1978), p.91.

[22] Lorenzo Servitje, " Of Drugs and Droogs: Cultural Dynamics, Psychopharmacology, and Neuroscience in Anthony Burgess's *A Clockwork Orange,*" *Literature and Medicine*, Vol. 36, Number 1 (2018), pp.101-102.

[23] Steven McCracken, "Free Will and Ludovico's Technique," in Mark Rawlinson ed., *A Clockwork Orange: Authoritative Text, Backgrounds and Contexts, Criticism* (New York: Norton, 2011), p.277.

第三章

多丽丝·莱辛小说中的女性主义思想

多丽丝·莱辛是2007年诺贝尔文学奖得主。自1950年发表处女作《野草在歌唱》开始,共出版了30余部小说和近20部短篇小说集。她的作品探讨了多元而复杂的文学主题,对女性人物的描写、对女性生存的关注尤为引人注目。诺贝尔文学奖评委给她的评语是:"用怀疑、激情与想象的力量来审视一个分裂的文明,其作品犹如一部女性经验的史诗。"其代表作《金色笔记》因对"自由女性"的书写而被誉为"妇女运动的里程碑"[1]。它与西蒙娜·德·波伏娃(Simone de Beauvoir,1908—1986)的《第二性》(*The Second Sex*,1949)齐名于20世纪60年代,被尊奉为女权主义者的"圣经",对女权运动产生了深远的影响。不过,莱辛本人对"女权主义"的标签颇有微词,特别反感批评家们将《金色笔记》看作纯粹的女权主义小说。她在《金色笔记》的再版前言中宣称:"这本小说不是妇女解放运动的传声筒。"[2]其实,莱辛对"女权主义"标签的拒绝,并不意味着她对女权主义或女性主义思想的拒绝,而是反对将意蕴深厚的文学作品作僵化的实用解读,或者简单地把它们当作某个社会运动的宣传工具。从处女作《野草在歌唱》到代表作《金色笔记》,莱辛也不只是描写"性别之战",或表现单一的女性主题。她将女性人物置于社会历史大背景中,既有对女性生存的关注,对女性自由的思考,同时又不限于对性别问题的单一探讨。莱辛的女性主义思想跨越了性别主义疆界,深入到政治、种族、心理、文化、伦理等多重层面,具有普遍性、深刻性与包容性的艺术特点。

第一节 《野草在歌唱》:对女性生存的关注

  莱辛反对"女权主义"的标签,但其本人并不是一个反女权主义者。作为女性写作的杰出代表,她对男权社会中妇女的地位有着清醒而深刻的认识。莱辛说:"拒绝对妇女的支持,绝非我所愿。……谈到妇女解放的话题——我当然支持妇女解放,因为在很多国家,妇女仍然是二等公民。"[3]莱辛所谓的"二等公民"与波伏娃所说的"第二性"异曲同工,昭示了在男权社会中女性处于与男性严重不平等的地位。在数千年的人类社会中,妇女一直是弱者,附属于男性,处于被歧视、被压迫的地位,不得不接受男性社会的价值标准,以致丧失了女性的独立自我,往往成为男尊女卑的性别秩序的牺牲品。《野草在歌唱》是莱辛关注女性生存的第一部代表作,其中的殖民地南非则是一个典型的男权社会。在开篇的谋杀案调查中,白人警长对女性带有男权社会特有的歧视。他说:"这些黑鬼需要男人来对付才好。女人对他们发号施令,他们是不买账的。他们一个个都能够把自己的女人弄得服帖。"在白人男性的眼里,女人显然是缺乏理性、没有头脑的"二等公民"。在白人占主导地位的殖民地社会中,白人女性同样处于弱势、屈从、受歧视、被支配的不平等位置。即使与地位低下的黑人男性相比,她们也是需要白人男性同情和保护的弱者。《野草在歌唱》不仅真实地反映了女性在精神或心理上所遭遇的压迫与戕害,也深刻揭示了女性的生存困境与历史命运。

  在男权社会中,女性往往没有一套属于自己的价值标准,因而只能被动地接受外在的男性价值标准。"妇女们历来大抵通过男人的眼来看自己。因为她们没有别的价值标准,没有别的一套语言工具来思索人生。"[4]也就是说,女性只能受男性话语系统所支配而最终必然丧失女性的自我。在《野草在歌唱》中,女主人公玛丽则是男权社会中女性失去自我、最后沦为牺牲品的典型代表。玛丽曾经"在南部非洲过着无忧无虑的独身女人生活",具有"刻板的女权思想",但她无法对世界、对自我形成一个独立于男权社会的价值判断标准,只能被动接受外在世界的话语体系来审视自我。但接受也就意味把原本对男人充满敌意的封闭的内心世界向外在的异己力量敞开,因而她不自觉地走上了一条自我毁灭之路,终究没有摆脱男权社会中女性的悲剧结局。玛丽的内心情感被外在的男性价值体系严重扭曲,最后被送上了种族仇恨与报复的祭坛,成了可悲而又可叹的种族主义牺牲品。玛丽遇害前的愧疚与内省只是女性意识有限度的觉醒,但无法形成女性独立的自我价值标准。她的悲剧集中体现了男权社会中女性受压抑的命运,玛丽也成了莱辛作品中控诉男权意识形态的先驱女性人物形象。

莱辛本人对女权主义批评颇有微词,但"女权主义的视角仍然可以有效地切入她的作品;作为一个妇女作家,而且经常书写妇女,莱辛道出了许多令人关注的问题"。[5]除了被歧视、被压迫与丧失自我之外,女性的精神崩溃与自我分裂也是莱辛经常表现的重要主题之一。"疯女人"的形象在英国文学作品中并不罕见,精神分裂与心理紊乱经常成为被强加于女性之上的性别特征。女权主义者有一个著名的表述,即"阁楼上的疯女人",原来是指罗切斯特几乎没有露过面的可怜的妻子伯莎。这个表述被用作隐喻后,表达了一般女性不同程度的受压抑状况。女权主义者们把"因禁在阁楼上的伯莎拖到前台,置于聚光灯下,意在抨击传统的父权主义文化对妇女的精神束缚和毒害,并揭示妇女身上被压制、被掩饰的一面:即她们的痛苦和她们的愤怒。"[6]在《野草在歌唱》和短篇小说《19号房》("To Room Nineteen", 1963)中,莱辛出于对妇女地位的强烈关注,成功塑造了两个普通妇女——玛丽和苏珊——遭受种种压抑而最终精神错乱的可悲形象。面对传统的男权文化,前者情感锁闭,心理压抑,后者内心紊乱,自我迷失,最后都走上了精神崩溃和歇斯底里的毁灭之路。从《简·爱》(*Jane Eyre*,1847)中的"阁楼上的疯女人",到玛丽和苏珊的自我毁灭,都隐含着对男权社会的强烈抗议,对男权中心主义的批判。

西方学界曾经流行这样的观点,女性疯狂或精神错乱是女性的性别构造与女性本质的必然产物。这显然是男权社会的一个性别偏见。其实,女性疯狂是女性处境的产物,也是女性对自我角色的逃避。在莱辛看来,妇女沦为"二等公民"或"第二性",并非自然形成的,"弱小性别"或"疯女人"也不是天生的,而是社会、历史与文化"人为"建构的产物。在《野草在歌唱》中,玛丽的"发疯"是"她的个人处境与塑造她性格的更大的社会力量的产物"[7]。在《19号房》中,苏珊因为在遵循与抵制传统男权文化的过程中,导致内在自我发生了严重的分裂。传统家庭中作为妻子与母亲的角色所代表的是传统的道德自我,而旅馆中的"19号房"则代表了反叛传统、追寻独立自由空间的另一个自我。内在自我的矛盾和分裂带来了精神上的压抑与巨大痛苦。为了寻求解脱,苏珊最后只能在第19号房中打开煤气自杀。"19号房"是女性空间与自我意识觉醒的象征,但也是女性疯狂与自我毁灭的象征。莱辛超越了对男权中心主义批判的单一立场,把女性问题的探索引向了自我与世界的分裂、精神世界与制度文化的冲突等更加复杂的思想层面。

第二节 《金色笔记》:对"女性自由"的思考

20世纪60年代,西方兴起了第二波女权主义思潮,要求消除两性差别、追求男女平等的呼声不断高涨。但作为20世纪中叶"女性写作"的杰出代表,莱辛并没有落入俗套,人云亦云,简单地通过"性别之战"来抨击男权制度与文化,或颠覆男尊女卑的性别秩序,让文学创作成为女权主义运动的传声筒和宣传机。对于《金色笔记》经常"被贬低为写性别之战,或者被女性当作性别之战的实用武器"[8],莱辛表示十分不屑和不满。《金色笔记》不仅"描写了女性的挑衅、敌对与仇恨的情感",让"许多女性对《金色笔记》感到愤怒"[9]。而且重视人物性格的复杂性,思想的深刻性,以及艺术的审美性,而不是简单地用艺术品来解决具体的社会问题。她对女性的表现和关注不是简单地强调性别平等,而追求男女之间的绝对平等实际上也是不可能的。在多部作品中,对"女性自由"的思考构成了莱辛女性主义思想的重要内涵。她对"自由"的深刻理解和表现,使她完全摆脱了传统女权主义的窠臼,从而在新的历史语境下向女性问题的最深处掘进。

所谓"女性自由"是指"女性人物选择逃避或摒弃传统的妻子或母亲角色"[10],是相对于男权文化对女性自我的禁锢、压迫与奴役而言的。但是在更深的层面上,"自由"是指女性摆脱精神的奴役与观念的束缚,以求心灵的解放与自我的超越。在第一个层面上,对"自由"的追寻,对平等的社会理想的向往,只不过是自我觉醒的女性对男权社会的自发反抗和叛逆。《19号房》中的苏珊,"暴力的孩子们"(Children of Violence,1952—1969)系列小说中的玛莎,《金色笔记》中的安娜和莫莉,基本上都是在这个层面上对"自由"进行认知和追寻的。她们不愿担负传统男权社会所赋予的妻子/母亲角色,而是希望将自己从传统的羁绊中解放出来。她们抛弃男性社会规定好的传统角色,义无反顾地走出以家庭为核心的私人领域,在公共的社会领域寻找更有意义的生活,以获得真正的"自由"。在《金色笔记》中,安娜和莫莉更是宣称自己是"自由女性"。她们通过离婚来摆脱婚姻与家庭的制约,打破了婚姻的封闭与窒息,在经济上、情感上以及性关系上获得独立和自由,从而完全摒弃女性的传统角色,希望藉此摒弃传统社会的枷锁。然而,安娜与作为安娜镜像的莫莉,在作家、单身母亲与情人的三重角色中苦苦挣扎,并最终深陷于外在的困扰和内心的混乱之中而不能自拔。由于在精神上和心灵上并没有获得真正的自由,所谓的"自由女性"实际上并不自由。

在莱辛笔下,所谓的"自由"只能是一个悖论,并具有强烈的反讽意味。女性可以摆脱婚姻家庭的束缚,摆脱对男人的依赖,以反抗传统的男性占主导地位的社会,但世界上没有绝对的自由,也不存在没有男性影响的女性自由。沉湎于虚幻的自由中,必然要为"自由"付出昂贵的代价。在《19号房》中,女主人公苏珊同样陷入对"自由"以及对两性关系的深深迷茫之中。正如其丈夫所说:"你究竟想要什么样的自由?当然除了死之外!你以为我很自由吗?"在《金色笔记》的第一节《自由女性》中,安娜对自由的界定更为简单,认为离异的单身女性"过着被认为是自由的生活,即男人那样的生活"。在"暴力的孩子们"五部曲中,女主人公玛莎与安娜一样也是知识女性。在小说的开始,玛莎也试图挣脱传统婚姻与家庭的枷锁,但最后同样陷入"自由的困境"中。社会的动荡、内心的分裂、自我的异化、人与世界的分裂,充分暴露了女性追求自由的局限性和悖论性。

关于"自由女性",用学者雪莉·布赫斯(Shirley Buhhos)的话来说,"莱辛给女性提供了不同的选择,而且通过小说揭示:每一个女性对个人自由的认识不仅取决个人的婚姻状况,而且意识到因为社会、家庭、团体以及女性本身都会存在种种的局限性。莱辛经典作品中的每一个女性对抗封闭的家庭,试图从家庭中逃出来,但最后却深陷另一个禁锢自我的角色中。单身、离婚、职业、从政、经济上与性的独立,或者与男人保持短暂的暧昧关系,这些都是变故的媒介。在其中的任何一种情况下,女性都会遭遇外在与内在的变故。"[11]其实,女性的自由是与男性的自由密切相关的,个体的自由与人类的整体命运是不可分割的。个体,包括女性个体,是无法脱离具体的社会历史现实而获得绝对的自由的。由于种种社会与现实障碍的存在,女性个人单凭一己之力很难追寻到自由而完整的人生。在《诺贝尔文学奖颁奖演说》("Award Ceremony Speech",2007)中,皮尔·瓦茨伯格(Per Wästberg,1933—)说:"《金色笔记》正成为整个时代女性形象的映像。在这部莱辛最具实验性的作品中,抗争交融了创造意志和爱欲。一位追寻独立和情感的女性,遇到了重重困难;她追寻的自由因爱而受损,因爱而残缺。在第五个笔记本,即金色笔记本中,莱辛向我们展现:由于成规陋见和其他险障的阻碍,所有敏感而充满激情的女性难以追寻到真切而完整的人生。"[12]男性与女性是一个相互依赖的整体,和谐共处,平等独立与相对有限的自由才是莱辛女性主义自由观的核心所在。女性"自由"不仅仅是冲破男权意识形态的传统藩篱,而是要摆脱种种精神或观念上的奴役,以获得心灵的解放与自我的完整。莱辛不是简单地表现自由女性与男权文化的冲突,而是多角度、多层次地对女性自由进行深入而辩证的探索。

第三节 跨越性别疆界的人类情怀

莱辛从关注女性生存开始,但最后的主旨是对人的关怀,是对人类生存的深刻思考。因此,女性主义只是其作品中多元复杂的重要主题之一,而且经常与其他主题,如反种族主义、反殖民主义、反极权主义、对人类总体命运的忧患意识、心理探索与对自我完整的追寻等,错综复杂地交织在一起,其作品具有史诗一般的丰富性与巨大的包容性。她从女性的视角出发,成功地刻画出了许多栩栩如生的女性人物形象,但是她的作品跨越了纯粹的性别界限。她将女性人物置于错综复杂或波澜壮阔的社会历史语境中,在性别问题中融入了对种族、政治、经济、阶级、社会、文化和心理等问题的探索。因此,莱辛的女性主义思想内涵深厚而宽广,不仅表现出了对女性的关怀,而且也寄托着深远的人类情怀。其艺术思维既摆脱了教条主义的思想藩篱,同时也跨越了包括性别在内的多种疆界。正如瓦茨伯格所说,"自1950年写非洲的悲剧处女作《野草在歌唱》起,莱辛便无视各种界线:道德、性别或习俗。"[13]

《野草在歌唱》是莱辛在殖民地生活期间所创作的小说,非常接近"后殖民女权主义"。社会地位低下的白人女性处于边缘化的位置,遭受双重权力话语的压制;其中既隐含着反男权文化的主旨,也表达了反种族主义和反殖民主义的思想。小说不是简单地描写男女之间的不平等，或描写男性对女性的歧视、虐待或压迫，而是让女性个体在经受种族偏见以及性别歧视的双重挤压下，内心世界在种种矛盾和冲突中逐渐失衡并最终崩溃，从而深刻地揭示出人与人之间，尤其是女性与他人、社会以及自我之间的种种关系。小说真实地描写了非洲殖民地的种族隔离与白人移民的艰苦生活，揭露了物质困窘、种族偏见与性别歧视共同作用下的恶果。莱辛用女主人公玛丽的"沉沦"打破了种族优越、白人至上的神话，也无情地撕碎了殖民主义与种族主义的丑恶面纱。小说家在多视角的审视中关注女性生存的同时，也尖锐地触及了复杂而敏感的种族问题，把掩盖在日常生活表面下的种族主义意识形态深刻地揭示出来。

在《金色笔记》中，"黑色笔记本"所记录的是安娜在非洲殖民地的生活经历，包含了从女性视角对"非洲经验"所进行的回忆，其实质也是对殖民主义和种族主义的反思。罗伯塔·鲁本斯坦（Roberta Rubinstein）认为，莱辛"关注社会的、经济的和政治的结构，将女性置于一个传统的男人世界，将白人置于黑人的非洲；除此之外，还可以发现一系列有关畸形意识的主要思想：破碎，自我分裂，崩溃，感知的主观扭曲，以及有关内外视角之间和内外事件之间的潜在问题"[14]。也就是说，莱辛对女性的描写不是单一的女权问题，其中包含了对女性内心世界的深刻探索，也融入了对人类总体状况进行思考的大主题。然而，"一些浅薄的女权主义者把女性的痛苦与人类压迫的大主题隔绝开来。"[15]她们只看到女性受压迫，却没有看到外在的大环境对人——包括男性与女性——的压迫，看不到种族、阶级、社会制度等构成的永久性的异化和压迫力量。莱辛早年参加过共产党，接受过马克思主义的思想，对经济与阶级问题非常熟悉。她不仅知道人类在性别关系上所存在的问题，而且也知道人类社会种族关系与阶级关系的客观存在。但是她并没有如早期女权主义者们那样，只是鼓吹女性在选举、教育以及就业等方面的平等，也没有如后来的马克思主义女权主义者那样,试图从经济与阶级斗争方面要求男女平等,争取妇女在物质上的地位。她的创作虽然也描写了女性经济上的困难与遭遇,在一定程度上反映了客观存在的阶级关系与阶级对立,但并没有就此陷入狭隘的经济决定论的思想泥潭,也没有陷入庸俗马克思主义的陷阱。

在1972年版《金色笔记》的《前言》中,莱辛希望能像《安娜·卡列尼娜》(*Anna Karenina*,1875—1877)和《红与黑》(*The Red and the Black*,1830)那样,描写"时代的精神和道德的气候"[16];与妇女解放相比,她对20世纪的战争、革命与各种运动更加关注,对人类社会的发展与人类的命运深切反思。女性的命运与妇女解放并不是孤立的。曾经信奉马克思主义的莱辛说:"马克思主义将事物看作一个整体,事物之间是相互关联的。"[17]在《金色笔记》中,"红色笔记本"记载了安娜参加共产党的政治经历,莱辛从女性的角度描写了麦卡锡的政治迫害和斯大林主义的极权禁锢,反思了不同政治意识形态所带来的社会困扰与动荡,从而将女性主义的主题与20世纪中叶的政治主题融为一体。在"暴力的孩子们"系列中,主人公玛莎不是一个简单的反抗男权社会的女性形象,她对个人身份、独立价值、自我与自由的追寻,被融入充满苦难与死亡的20世纪的现实之中。在女性主义的主题之外,该系列交织着个人与社会、历史与现实、内心焦虑与外在忧患等多重主题内涵。

美国学者苏西·林菲尔德(Susie Linfield)在采访莱辛的《导言》中说:"莱辛的辛辣与洞见,以及精细而不假雕琢的写作风格,永远不可能是传统的浪漫主义。"但同时又说:"可是,在早期的'暴力的孩子们'系列小说和《金色笔记》中,却存在着难以否认的浪漫主义,或者更确切地说,存在着理想主义。"[18]其实,早期的莱辛对理想主义也非盲从盲信。诚然,早期的女主人公们充满对女性乌托邦的向往,试图反抗现实世界,争取女性的自由、独立与平等,但结果大多遭遇到了现实的挫折与生存的困境。在"暴力的孩子们"系列小说中,早年的玛莎生活在环境恶劣的中部非洲,心中充满了理想主义的信念。所谓的"四门之城"描述了一个平等美好的社会理想:"金色之城,树木密布,四门开启,威仪万分……黑白黄等各色人种平等相处,没有仇恨,没有暴力。"但这只是玛莎身处生存困境时所产生的一个乌托邦式幻觉。在最后一部小说《四门之城》(*The Four-Gated City*,1969)中,莱辛从女性的视角完全颠覆了理想主义的可能性。玛莎从中部非洲回到战后的伦敦,所面对的是东西方冷战背景下社会的动荡不安,物质的匮乏与现实的混乱,而地球最终也在瘟疫、毒气与核爆中走向毁灭。具有反讽意味的《四门之城》从纯真年代的浪漫色彩向隐喻当代现实的寓言和启示录逆转,脆弱的理想主义最终让位于对人类生存困境的深邃思考。

从某种程度上来说,莱辛对女性生存的关注,对人类困境的思考,更接近风靡20世纪中叶的存在主义思想。因此,如果超越性别界限对她的小说进行存在主义的解读,不难发现,男权社会或种族意识只是整个外在异己力量的一部分,而整个外在环境是奴役人、支配人、异化人的根源所在。整个人类,包括女人和男人,都要受到制度、习俗、传统以及全部社会关系的支配与控制,而对任何外在环境或既定社会关系的突破都要付出相应的代价,或必须承担相应的责任。正如莱辛作品中的女性人物对"自由"的追求一样,其结果必然要面对或接受自由选择所带来的困顿或痛苦。然而,自由的意义就在于不断的自由选择之中,只有通过自由选择,人才能不断地确立自我,完善自我。莱辛不是盲目乐观的理想主义者,但也不是消极悲观的虚无主义者,而是一种西西弗斯推石上山的积极存在主义者。在《金色笔记》中,莱辛通过安娜的梦幻视角清楚地表明了积极存在主义者的思想:"有一座黑色大山,它是人类的愚昧。有一群人正推着巨石上山。他们刚推上几英尺高,不是碰上战争,就是误入革命的歧途,巨石便滚落下来——巨石不会滚落到底,总是能停在比起点高几英寸的地方。于是这群人用肩膀顶住巨石,又重新推动起来。"[19]人类共同推石上山的意象具有积极的象征意义,是莱辛超越性别界限疆界、关注人类生存的集中体现。人类生存(包括女性生存)的意义就在于人类共同的不懈努力之中。

注释

[1] 德拉布尔:《牛津英国文学词典》,北京:外语教学与研究出版社,1996年,第565页。

[2] Doris Lessing, "Introduction," *The Golden Notebook* (New York: Bantam, 1973), p. viii.

[3] Ibid.

[4] 黄梅:《女人和小说》,杭州:浙江文艺出版社,1991年,第42页。

[5] Boberta Rubinstein, *The Novelistic Vision of Doris Lessing: Breaking the Forms of Consciousness* (Urbana, Chicago & London: University of Illinois Press, 1979), p. 5.

[6] 同[4],第48页。

[7] Boberta Rubinstein, p. 18.

[8] Doris Lessing, "Introduction," p. viii.

[9] Ibid., p. ix.

[10] Shirley Buhhos, *The Theme of Enclosure in Selected Works of Doris Lessing* (Troy, NY: Whitston, 1987), p. 91.

[11] Ibid., p. 92.

[12] 瓦茨伯格:《诺贝尔文学奖颁奖演说》,曹航译,《英美文学研究论丛》第8辑,2008年,第213页。

[13] 同上,第214页。

[14] Roberta Rubinstein, p. 17.

[15] Michele Wender Zak, "The Grassing is Singing: A Little Novel About the Emotions," *Contemporary Literature*, Vol. 14, No. 1 (1973), p. 485.

[16] Doris Lessing, "Introduction," p. x.

[17] Ibid., p. xiv.

[18] 林菲尔德:《反对乌托邦:多丽丝·莱辛访谈录》,张和龙译,《英美文学研究论丛》第8辑,2008年,第233页。

[19] Doris Lessing, *The Golden Notebook* (New York: Bantam, 1973), pp. 627-628.

第四章

《法国中尉的女人》中的"元小说"再审视

约翰·福尔斯的《法国中尉的女人》是一部重要的后现代元小说（metafiction）。早期批评界对这部作品的"元小说"实验技巧褒贬不一，有人将其视作"岔离主线的无趣之物"[1]；有人斥之为"怪异"（eccentric）[2]；有人觉得它"有趣，但不像是小说"[3]；也有人认为"元小说"技巧是小说家为了让"传统故事"能够被读者接受而披上的一层"隐匿色"（cryptic colouration），是福尔斯施放的一道"烟幕"（smokescreen），以"延续传统叙事"。[4] 20世纪80年代，批评界开始将"元小说"视作后现代小说的重要创作特征，并用来重新评定《法国中尉的女人》，认为它是"典范的后现代主义元小说"[5]、是"编史性元小说"[6]，是"对维多利亚传统的后现代元小说式的戏仿"[7]。这一"后现代"的批评视角一直延续至今，对我国学界产生过很大影响。国内早期对"元小说"的认识存在短暂误区，如1985年《法国中尉的女人》首个中译本将原著的很多元小说元素删除，尤其是第13章被删去了三分之二，1986年第二个中译本也对原著第35章中的元小说评论做了大量删节。此后，随着后现代研究的兴起，国内批评界普遍将《法国中尉的女人》认定为重要的后现代元小说。然而，在"元小说"已被学界广泛接受，甚至从一个曾经代表前沿的术语变成一个被不加反思地使用的概念的当下，这部作品的反叛内涵，即其作为"后现代元小说"典范的先锋性和重要作用并未被完全发掘。

《法国中尉的女人》写于20世纪后现代主义文学思潮兴起之际，讲述的是19世纪60年代的故事。福尔斯一方面惟妙惟肖地模仿了维多利亚小说的叙述手法；另一方面又经常采用第一人称进行叙事，让叙述者"我"介入叙事过程，对小说内容以及小说创作进行评论，甚至还让留着法式大胡子的叙述者"我"成为故事中的一个人物。由此，整部作品在叙述结构上分为两层：一是"传统"故事层，二是元小说评论层。一直以来，元小说评论层都是批评界关注的重点，其原因在于"元小说"是统摄全书主旨的结构性元素，相当于罗曼·雅各布森（Roman Jakobson, 1896—1982）所说的"主导元素"（the dominant），即"一件艺术品的核心元素，它统摄、决定和影响着其他元素"。[8]元小说评论层的存在，改变了"传统"故事层的性质和特征，保证了叙事结构的层次性与完整性，也决定了整部作品的先锋艺术特质，使它既不属于传统意义上的现实主义小说，也不同于此后兴起的"新维多利亚小说"（Neo-Victorian fiction）。同时，对传统叙事的戏仿性"回归"，又使它有别于现代主义或"历史先锋派"小说，以及二战后新兴的法国"新小说"或其他后现代小说。因此，《法国中尉的女人》是一部采用"元小说"技巧的后现代实验小说，更是一部以"元小说"作为主导元素的"先锋理念小说"（the novel of avant-garde ideas）。"元小说"背后所隐含的新锐而超越时代的小说理念，是福尔斯小说"新"先锋性的独特之处。但目前已有的研究主要将"元小说"当作后现代实验技巧或创作方法加以探讨，对于福尔斯在作品中通过"元小说"方式所表达的具有反叛性的新先锋理念，国内外批评界迄今尚未给予足够的关注，本章即以此为命题进行分析探讨。

第一节 新先锋理念:对历史先锋与
战后先锋的双重反叛

作为一部"先锋理念小说",《法国中尉的女人》与西方传统"理念小说"(the novel of ideas)既有一脉相承之处,也存在很大的不同。《文学理论与文学术语词典》(Dictionary of Literary Terms and Literary Theory, 1999)中对"理念小说"有如此解释:"在此类小说中,对话、智性讨论与辩说占主导地位,情节、叙述、情感冲突和人物心理深度则受到刻意限制。"[9]"理念小说"注重理念或思想的探讨,情节框架与人物塑造被降至次要地位,人物形象不得不服务于某个理念,甚至成为某个理念或思想的化身,因此这类小说也经常受到批评界的诟病。[10]的确,《法国中尉的女人》传达了福尔斯的先锋小说理念,也深刻审视了维多利亚时代的先锋思想,如马克思的哲学思想、达尔文的进化论思想,以及当代法国的存在主义哲学思想、结构主义文艺思想等,并与它们进行深层的对话,但是,它在整体思路与结构框架上以"讲故事"为主线,并没有沦为特定观念和思想的传声筒或发声器,尤其是它对维多利亚小说情节、人物、风格、语言、叙事等传统要素的戏仿,不仅具有强烈的艺术感染力,而且与元小说评论层形成了结构上的张力。换言之,福尔斯并不是简单地表达先锋小说理念或直接呈现文艺思想,对小说的艺术性弃之不顾,而是在思想性与艺术性方面保持着动态而微妙的平衡。

这部小说共有 61 章,其中第 13 章被批评界视作文本内部的一个重要"音顿"(caesura)[11]。在前 12 章中,福尔斯先以传统现实主义叙事方法讲述了维多利亚时代一位"另类"女性萨拉的故事,情节曲折、形象生动、叙事典雅、描写入微。但是在第 12 章的结尾,叙述者突然提出了两个问题:"萨拉是谁?她是从什么样的阴影中冒出来的?"在随后的第 13 章开头,福尔斯笔锋一转,风格大变,突然让叙述者"闯入"故事,脱离此前的故事进程,讨论起小说创作理念和创作方法,篇幅之大、内容之多、理念之新，极为引人瞩目。实际上已与小说作者合二为一的第一人称叙述者说：

> 对于上面两个问题，我无法回答。我所讲述的这个故事纯粹是想象。我所塑造的人物在我的脑海之外根本不存在。假如说到现在为止我一直装作了解我笔下人物的思想和内心世界，那只是因为我所采用的是我的故事进行的那个时代被广泛采用的传统写法（就连某些词汇和"语气"也是如此），也就是说，小说家仅次于上帝，他可能并不是无所不知的，但他要装出无所不知的样子。可是我生活在阿兰·罗伯-格里耶和罗兰·巴特的时代，倘若此书也要作为一本小说的话，那它就不可能是现代意义上的小说了。[12]

第13章共有15段，前11段属于叙述者"我"突然介入故事的元小说评论层，是小说家——叙述者对小说的本质及其与非小说的差异、小说家的地位、小说家与人物的关系、小说家的创作动机、自由与权威、真实与虚构等问题的评论，完全背离了前12章中的"传统写法"。有学者曾经指出，"福尔斯在这部小说中所发表的对'小说'的看法，应该说表现出了一种'先锋性'的姿态"[13]。确如所言，元小说评论层既是这部小说"新"先锋性的重要表征，也是福尔斯先锋探索精神的重要体现。标新立异、别具一格的元小说评论不仅颠覆了西方文学叙事传统，而且挑战了英国乃至西方现代小说的创作主流，以及二战后兴起的以法国"新小说派"（new novel）为代表的后现代小说创作。

从创作理念来看，《法国中尉的女人》首先是对"现代意义上的小说"，即"现代小说"的自觉反叛。这一反叛主要体现在对已经成为正统和主流的现代小说观念的反叛。20世纪早期，弗吉尼亚·伍尔夫提出"现代小说"（modern novel）的概念，以反对爱德华时代的小说创作，在英美批评界被视作具有先锋精神的现代主义作家。在创作实践中，伍尔夫采用第一人称内聚焦叙事与意识流手法，反叛英国现实主义文艺潮流，探讨人的内心世界的真实，挑战传统现实主义的真实观，其作品获得了学术界的广泛认同而成为经典,代表了20世纪上半叶西方文艺思潮的正统和主流。但是到了20世纪中叶,"意识流"(stream of consciousness)小说等现代小说开始失去其新锐的先锋性,反过来又成为50年代新一辈作家即"愤怒的青年"作家的反叛对象。福尔斯延续了50年代对现代主义的反叛潮流,但是并没有简单地回归传统写实主义,而是创作了一部既不同于"传统"又不同于"现代"的先锋实验小说。在一次采访中,福尔斯认为"过去常常所说的先锋写作现在死了",但他本人并不"拒斥实验写作"[14];在另一次访谈中,他明确表达自己并"不反对先锋写作",[15]而事实上,他是勇于突破现代主义传统的新先锋探索者。福尔斯新先锋理念的独特之处在于他对维多利亚"旧传统"既借用又超越的态度和立场。换言之,福尔斯一方面反叛英国现代主义传统,即已经成为历史或已经"过时"的英国历史先锋派;另一方面又隐身于"旧传统"之中,或者说以"旧传统"作为叙事依托,通过元小说的实验手段表达他的先锋创作理念,从而达到颠覆"旧传统"的目的。如果借用加拿大学者马歇尔·麦克卢汉(Marshall McLuhan,1911—1980)的"内爆"(implosion)概念来说,福尔斯就是在"旧传统"中进行"内爆",从而将"传统"与"现代"的界限打破。他的先锋姿态寄生在传统的肌体或血液之中,而传统的肌体或血液中又暗藏着充满破坏力的先锋性。这是福尔斯与50年代金斯利·艾米斯等人至为明显的不同之处。后者在反叛实验、回归传统的艺术实践中,虽然展现出了一定的艺术反叛活力,但是因为缺少艺术的探索性与实验性,很难被认定为带有"先锋性"的小说家。

"闯入文本的作者"(the intrusive author)自称"生活在罗伯-格里耶和罗兰·巴特的时代",表明福尔斯对欧洲大陆兴起的先锋文艺思潮有着深刻的了解和认知。曾有学者指出,福尔斯在第13章对小说艺术形式所表现出的革新冲动,与同时代法国先锋派作家之间有着密切的关系。[16]二战后,西方文坛涌现出了各种激进的后现代主义文艺流派,对20世纪上半叶的历史先锋派进行反叛,并取代现代主义成为新一代的先锋派。法国"新小说派"既是20世纪五六十年代崛起的新先锋派之一,也是二战后欧美十分重要的先锋文学流派之一。罗伯-格里耶是"新小说派"的领军人物。以罗伯-格里耶为代表的先锋小说家们反叛传统小说叙事模式,尤其拒斥19世纪巴尔扎克等人的现实主义文学传统,同时也极力摆脱马赛尔·普鲁斯特(Marcel Proust,1871—1922)现代主义创作模式的束缚与禁锢,在情节、人物、主题、时序等层面对小说进行了极端的实验与激进的革新。此外,"新小说派"也是在二战后出现小说危机的背景下,理论与文学相互靠近而出现的一个崭新的先锋文学流派。具体来说,"新小说派"是伴随结构主义理论思潮的兴起而形成的进行自觉艺术实验的先锋小说流派,罗兰·巴特则是那一时期首屈一指的结构主义批评家。罗伯-格里耶等人的先锋写作"与结构主义不期而遇",他们对语言的关注与巴特所提倡的"零度文学"理念吻合。[17]而福尔斯通过"元小说"的方式对罗伯-格里耶和罗兰·巴特做出评说,既源于他在牛津大学所接受的系统法国文学训练,也来自他对二战后先锋文艺动态敏锐的感知力。叙述者直白的评论充分表明,福尔斯的创作无意迎合二战后的文学潮流或文坛主流,而是另辟蹊径,试图对新兴的激进先锋文艺潮流或理论思潮作出审慎的审美回应,甚至反其道而行之。他的先锋艺术策略在于借用传统的外衣——在时空、人物、语言、文体等层面戏仿维多利亚小说传统,通过"回归"之举达到对现代与后现代小说的反拨或拒斥,以实现对历史先锋与战后先锋的双重反叛。

福尔斯在谈到《法国中尉的女人》时说:"在旧传统中写作让我在多大程度上沦为懦夫?我又在多大程度上惊慌失措地跌入先锋派?"[18]有研究者认为,福尔斯将关于传统与先锋的两个自问并置在一起,旨在"阐明自己的真实立场,表明他试图在两极之间寻找一个中间地带"。[19]从表面上看,福尔斯似乎是对传统与激进先锋艺术采取修正式、折中调和式的态度和立场。如果这一观点能够成立,那说明福尔斯只是一个折中主义者、妥协主义者,其小说理念的先锋性就无从谈起。

然而,"寻找中间地带"之说,即福尔斯在传统与现代之间达成妥协,未免是过于简单的解读,《法国中尉的女人》是典范性的后现代主义实验作品,所谓的"妥协"背后隐含着强烈的先锋意识。福尔斯小说理念的先锋性在于其传统性、现代性与后现代性的悖论性并置。福尔斯身处文学城堡的内部,深知自己被西方文学传统、现代主义文艺潮流以及二战后法国"新小说"这样的新先锋派所包围,因而他所挑战与反叛的,就是这些现有的被普遍接受的小说创作理念或新锐的"新小说派"创作理念,而他所采用的"传统"叙事与元小说评论并置交融的艺术手法,既反叛历史先锋派,又不苟同于新崛起的以"新小说派"为代表的激进先锋艺术潮流。可以说,福尔斯给自己的先锋姿态披上了一层"传统"的外衣,因此,这也是一个悖论性的、容易被误读的先锋姿态。

第二节 作者与读者的共生:多重先锋主义小说思想

在《法国中尉的女人》中,福尔斯借助叙述者,即元小说评论者之口,表达了异于传统,或者说是不同于现代文坛主流认知的多重先锋主义小说思想。首先,在对小说本质的认识上,福尔斯突破了普遍存在的真实性、实在性的文艺理论,如现实主义文艺对生活真实的模仿和再现,现代主义文学对内心真实的揭示。如叙述者认为,小说是作家想象的产物,小说人物在作家意识之外是不存在的,小说的本质就是虚构;并且指出,尽管小说家们拥有各种各样的创作动机,但他们都"希望尽可能把世界塑造得如同现实世界一样真实,但又跟现实世界不完全相同,也不同于过去那个世界"(111)。于此,叙述者引用了2 500多年前古希腊人的名言——"虚构无处不在",还以第二人称"你"的方式,就"虚构性"对想象中的读者发表看法:"其实,你自己都认为自己的过去并不真实,因此你装扮它、美化它、或涂抹它、删改它、修补它……总之是对它虚构。虚构完毕后,便把它搁在书架上——成了你的一本书,你的理想化了的自传。我们都在逃避真正的现实"(112)。叙述者的小说

虚构理念充分反映了福尔斯本人的创作理念。1973年,福尔斯曾对小说的虚构性以及游戏性做出深刻的阐述:

> 现代小说的所谓"危机"与它的自觉意识有关。小说这一艺术形式存在固有的缺陷,因为它本质上是一种游戏,是一种允许作品与读者玩捉迷藏游戏的巧计。严格地说,小说大体上是个很巧妙而且能令人信服的假设——也就是说它与谎言是最亲密的表亲。小说家因为意识到自己在说谎而感到不安,所以大部分小说孜孜不倦地描摹现实;这也是为什么揭穿这个游戏、在作品中让谎言即小说创作过程的虚构本质凸显出来,成为当代小说的特色之一。[20]

在《一部未完成小说的笔记》("Notes on an Unfinished Novel",1969)中,福尔斯还说:"如果你想忠实于生活,那么就用谎言来书写现实生活吧。"[21]福尔斯将小说创作过程中的想象、虚构、杜撰、游戏乃至说谎,悖论性地理解为是对生活的忠实,在"文学衰竭论"及"小说危机论"的背景下,这无疑具有引人瞩目的先锋性。

关于小说家的地位和作用,福尔斯的见解独树一帜,同样具有鲜明的先锋性。也可以说,对传统作者观与现代作者观的自觉反叛,是福尔斯先锋小说理念的另一个核心内涵。如叙述者说:"现在,小说家仍旧是上帝,因为他可以创造一切(即便是最任性的现代先锋小说,也不可能把作者排除在外)。不同之处在于,我们已经不再是维多利亚时代的上帝形象:无所不知、号令一切;而是新的上帝形象,我们的首要原则是自由,而不是权威"(112)。显然,福尔斯以作者闯入叙事的方式修订了全知全能的传统作者观,同时认为"最任性的现代先锋小说"也无法把作者排除在外。这是对二战后消解主体或者说"主体之死"的反对,更是对罗兰·巴特影响一时的"作者死亡论"的否定性回应。叙述者将小说家视作"新的上帝形象",一方面消解了传统作者的绝对权威,同时将"自由"看作文艺创作的"首要原则",反映出福尔斯对现有的艺术圭臬的反抗意识,以及反叛各种文艺传统的勇于探索与创新的精神,代表了

20 世纪西方现代性与后现代性的一种精神诉求。福尔斯虽然反对传统或现代小说的作者观,但也不认同"新小说派"的作者观,他坚持认为文本中的作者声音是无法被抹杀的。在《哈代与巫婆》("Hardy and the Hag", 1977)一文中,福尔斯直言不讳地说:"我无法相信'声音'是已经死亡的技巧。没有任何技巧能够使我们摆脱'全知作者'的罪名——新小说理论当然也不能,……罗伯-格里耶或许已经把作为作者的罗伯-格里耶完全从小说中抹去,但是他从来没有否认自己创作了小说……如果一个作家仍然在从事创作,并且像罗伯-格里耶那样写得不错,那么他就会出卖自己的声音。"[22]

有学者认为,福尔斯在创作《法国中尉的女人》时是一个"带有批评自觉意识的后结构主义者"[23]。不过,福尔斯虽然摒弃"全知全能"作者观,尝试打破传统的作者主导意图论,质疑作者对写作的绝对控制,但也明确反对巴特意义上的"作者死亡论",他只是主张将作品的自由解读或阐释权,部分让渡给读者。很多学者注意到福尔斯在小说中使用了第三人称叙事手法,在作者闯入文本时又使用第一人称"我",却很少有人关注其元小说评论中的第二人称叙事及其背后的意义。在第13 章多个段落的开头,叙述者使用了"或许你认为""你可能以为""呃,你可能会说""要是你认为"等措辞,显示出叙述者"我"无论是探讨作者问题,还是分析人物的"真实"和"虚构"问题,都面向一个直接对话者,即这部作品的隐性读者,实际上也就是广义上的小说读者。叙述者直接向"读者"表述:"为了使我自由,我就得给查尔斯,给蒂娜,给萨拉,甚至给面目可憎的波尔蒂尼夫人以自由。何为上帝? 完美的定义只有一个,即允许别人保持自由"(111)。此时的叙述者,亦即作者福尔斯从全知全能作者观的束缚中解脱出来,赋予他的人物以"自由",而这实则是赋予读者对人物的自由认知与阐释权。福尔斯将"自由"视作首要原则,尤其是他对读者"自由"的重视,明确强调了作品意义的开放性、作者有限决定权,以及读者对作品的参与权。元小说评论中所表达的这些先锋理念,即对读者的重视,对读者参与人物建构与文本创作的认同,不仅早于巴特所提出的"可写文本"概念,也早于沃尔夫冈·伊瑟尔(Wolfgang Iser,1926—2007)于20世纪70年代提出的"文本召唤结构论"与"隐含读者论"。

福尔斯放弃作者对文本的绝对阐释权,力主赋予读者"自由",承认读者对人物、对作品意义的创造性作用,其读者观在其所处时代的先锋性不言而喻,并且他的先锋理念实际上也与当时兴起的后结构主义读者观形成了对话。1968年,巴特在《作者之死》("The Death of the Author")一文中指出:"任何文本都是由多种写作构成的,它们来源于多种文化并形成相互对话、相互戏仿与相互角逐的关系;而文本的多重性却汇聚在一处,这一处不是人们至今所说的作者,而是读者。"[24] 在巴特看来,文本的意义不是由作者赋予的,而是由读者赋予的,是读者在各自的阐释中创造出来的,读者的诞生是以作者的死亡为代价的。不同的是,福尔斯也认同读者参与文本意义的创造,但是并不否认作者赋予文本意义的重要性,他反对传统的以作者为中心的绝对认知与阐释框架,同时也反对极端抹杀作者地位的后结构主义读者观。在他看来,作者不可能死亡,作者的声音也无法被抹杀,尽管作者已经不是传统的全知全能的上帝,但仍然是"上帝",仍然是作品的创造者与意义的重要赋予者;读者的自由解读固然重要,但是作者的意图或声音并非无足轻重。换言之,在福尔斯眼里,读者的诞生并不能抹杀作者,作者仍然是不容忽视的鲜活的存在,作者与读者是共生共存的关系,共同赋予了作品以巨大的生命力。

第三节 面向读者:开放式的阅读理念

福尔斯在《一部未完成小说的笔记》中表示,他在小说中所使用的第一人称"我"并不等于作为真实作者的他本人。他在创作时经常提醒自己:"你不是那个闯入幻象中的'我',那个闯入幻象中的'我'只是幻象的一部分。换言之,在我的故事中经常做出第一人称评论的'我',甚至最终进入故事的那个'我',并不是1967年真实的'我';这个'我'更多的是故事中的一个人物,尽管这个人物与纯粹虚构的人物并不相同。"[25]福尔斯对作者与叙述者做出了区分,并且意识到真实作者与隐含作者之间的差异。在《法国中尉的女人》中,他让叙述者——留着大胡子的"我"摇身一变,成了小说中的一个人物,由此对传统与现代小说人物观提出了挑战。福尔斯用第三人称手法"全知全能"地讲述了维多利亚时代的人物故事,但是在元小说评论层中,叙述者"我"又自称对笔下人物的思想和内心世界并不了解,经常介入"传统"故事,对"纯粹虚构的人物"直接品评与解读,还时不时变身为虚构故事中的人物,对"纯粹虚构的人物"观察打量或冷眼旁观。因此,福尔斯的人物观与其作者观、读者观相辅相成、交错融合,同样都具有超越时代的先锋性。

如果以小说中男女主人公作为例子加以分析,更能清晰揭示出福尔斯具有强烈先锋性的人物观与作者观、读者观之间的内在关系,尤其是他的先锋小说理念在创作实践中的具体化或艺术内化过程。福尔斯秉持开放式的阅读理念,对小说男女主人公人物形象和结局做出开拓性、实验性的构想。在《法国中尉的女人》中,读者自始至终跟随男主人公查尔斯的视角来认识女主人公萨拉这一充满神秘色彩的女性人物:从一个起初被小镇居民视作法国中尉的"女人"或"情妇",到最后成为具有独立自主意识和超前存在主义思想的"新女性"。与传统或现代小说不同的是,作者并没有赋予人物单一的、固定的性格和形象,而是通过叙事者查尔斯的认知视角为读者呈现一个具有多面性、可变性的女性人物。与此同时,福尔斯又在元小说评论层中对"萨拉是谁"以及女主人公的性格与行为表现作出评说和议论,消解"作者"的权威,赋予人物内在的独立性与自主性,也赋予读者对人物进行解读与阐释的"自由"。这样就使作品女主人公萨拉如同一个开放的文本,读者可以从不同的角度自由进入,可以主动参与这一人物形象的建构和文本意义的解读。

从《法国中尉的女人》的接受史来看,不同的解读者因为视角不同,对女主人公所承载的女性主义主旨内涵的解读各不相同,甚至截然相反。一方面,学界普遍认为女主人公是带有女性主义思想的新女性形象,视之为"时代的叛逆者"[26],或具有"早期女权主义者的精神气质和独立的人格意识"[27],《法国中尉的女人》则是"一部理想的女权主义虚构作品"[28]。但是另一方面,也有不少学者认为小说中的男权意识形态压倒了女性主义主题,其中最具代表性的是玛格丽·科尔尼·迈克尔(Magali Cornier Michael)的观点。在迈克尔看来,《法国中尉的女人》并不是一部女性主义小说,或者说只是一部失败了的女性主义小说,因为女主人公萨拉是被三重男性视角——作者本人、叙述者、男主人公的视角呈现出来的,萨拉本人的视角偏偏是缺席和不在场的。[29]此外,福尔斯还将女性人物"文本化""客体化",更是遭到女性主义批评家们的质疑和批判。[30]不过,即便迈克尔也承认这部小说具有"内在的矛盾性"(internal contradictions)[31]。换言之,《法国中尉的女人》虽然充满多重男性叙事视角和虚构声音,浸透着强烈的男权意识形态,但是其文本内外也存在着诸多对男权话语的抵抗。福尔斯在建构女主人公萨拉的形象时,主观意图上并不希望自己作为创作者是人物意义的唯一或者说是权威赋予者,因此他故意"留白",让读者拥有更多的想象和更大的意义建构空间,也正因为如此,萨拉成为英国文学史中最具开放性和争议性的女性人物形象之一。借用美国后现代批评家哈桑所提出的"不确定内在性"(indetermanence)概念,《法国中尉的女人》就是一部具有"不确定内在性"的后现代元小说。

值得一提的是,福尔斯赋予人物以"自由"的理念,不仅在女主人公的身上得到了体现,而且在男主人公的形象塑造上也留下了鲜明的印记。在小说第 55 章,叙述者以真实人物的身份出现在查尔斯赶往伦敦的火车上,并对男主人公的第一个可能结局予以设想。叙述者以元小说的方式评论道:"我曾想过,就在此时此地结束查尔斯的故事,把他永远留在前往伦敦的旅途中。但是维多利亚时代小说的传统模式,不论过去和现在,都不容许开放的、不确定的结尾。我前面已经极力主张,必须给人物以自由"(455)。显然,福尔斯反对维多利亚小说单一封闭的结局,试图按照生活本有的选择偶然性为主人公构想一个"两难的结局",并且认为"唯一的办法是提供两种可能性"。但是线性叙述一次不可能同时提供"两个版本",叙述者下了火车,留下昏睡的查尔斯是一个版本,男主人公的故事也就到此为止;而第二个"版本",即查尔斯从昏昏欲睡中醒来,继续他赶赴伦敦寻找萨拉的既定行程。福尔斯通过叙述者之口,认为第二个版本才是最终"真实"的版本。叙述者给"真实"一词加上引号,一方面突出小说的虚构本质,另一方面诉诸读者对虚构故事与虚构人物的再创造可能性。此后,福尔斯又以元小说方式为男女主人公的情感关系虚构了不同的结局,国内外学界对此多有评论,此处不再赘述。

　　人物的开放性、结局的多重可能性,通过这些具有先锋性艺术手法的探索和实验,福尔斯打破了传统的阅读理念。他以元小说的方式与读者对话,主动邀请读者参与人物塑造,让读者成为文本的共同创造者以及文本意义的共同建构者。福尔斯的先锋理念在于,作者的意图或意指意义并不是作品意义的唯一来源,人物具有较大的自主性或独立性,文本内部存在着罗曼·英伽登(Roman Ingarden,1893—1970)意义上的"空白点"或意义未定点,因此读者的积极参与和意义建构同样十分重要。实际上,福尔斯是以其超前的先锋艺术理念,与20世纪七八十年代兴起的读者反应批评理论进行了对话。

　　《法国中尉的女人》是二战后的一部"新"先锋小说,是福尔斯新先锋理念的产物,而福尔斯的新先锋理念又主要通过具有强烈先锋性的"元小说评论"来表达。这部后现代元小说超越了当时以极端形式实验为中心的其他后现代小说,在二战后的西方文坛特立独行,堪称二战后"新"先锋小说的一个典范。法国戏剧家尤金·尤奈斯库(Eugène Ionesco,1909—1994)说:"所谓先锋,就是自由。"[32]福尔斯在《法国中尉的女人》中所寻求的是一种在西方小说危机时期的艺术自由与精神自由,不过他所追求的自由更像是一种变革与创新,而不是绝对的艺术形式自由。福尔斯不是在创作"最任性的现代先锋小说",而是从小说传统中汲取创新的灵感,从而与审美极端主义保持距离。这种悖论性并不会解构福尔斯创作理念的先锋性,反而代表了其先锋审美理念的开创性与独特性。

注释

[1] Allen Walter, "The Achievement of John Fowles," *Encounter*, No. 35 (1970), pp. 64.

[2] Evarts Prescott, "Fowles' *The French Lieutenant's Woman* as Tragedy," *Critique*, Vol. 13, No. 3 (1972), pp. 57-69.

[3] Mary Conroy, "A Novelist on the Knowledge," *Times*, 14 June 1969, p. 22. Qtd. in William Stephenson, *Fowles's The French Lieutenant's Woman* (London & New York: Continuum, 2007), p. 78.

[4] Elizabeth D. Rankin, "Cryptic Coloration in *The French Lieutenant's Woman*," *Journal of Narrative Technique*, Vol. 3 (1973), p. 196.

[5] Patricia Waugh, *Metafiction: The Theory and Practice of Self-Conscious Fiction* (New York & London: Methuen, 2002), pp. 1-19.

[6] Linda Hutcheon, *A Poetics of Postmodernism: History, Theory, Fiction* (London & New York: Routledge, 1988), p. 5.

[7] Susana Onega, *Form and Meaning in the Novels of John Fowles* (Ann Arbor & London: UMI Research Press, 1989), p. 91.

[8] Roman Jakobson, "The Dominant," in *Selected Writings III: Poetry of Grammar and Grammar of Poetry* (Hague: Mouton, 1981), p. 751.

[9] J. A. Cuddon ed., *Dictionary of Literary Terms and Literary Theory* (London & New York: Penguin, 1999), p. 602.

[10] Michael Lemahieu, "The Novel of Ideas," in David James ed., *The Cambridge Companion to British Fiction Since 1945* (Cambridge: Cambridge University Press, 2015), p. 177.

[11] Susana Onega, p. 91.

[12] 福尔斯:《法国中尉的女人》,刘宪之、蔺延梓译,天津:百花文艺出版社,1986年,第109页。以下来自该译本的引文,均在括号内标出页码,不再另

行加注。个别译文参照原文做出较多调整。

[13] 盛宁:《文本的虚构性与历史的重构——从〈法国中尉的女人〉的删节谈起》,《外国文学评论》,1991 年第 4 期,第 10 页。

[14] Katherine Tarbox, "Interview with John Fowles," in Dianne Vipond ed., *Conversations with John Fowles* (Jackson: University Press of Mississippi, 1999), p.157.

[15] Carol M. Barnum, "An Interview with John Fowles," in Dianne Vipond ed., p.114.

[16] James R. Aubrey, "John Fowles and Creative Non-Fiction," in James Acheson ed., *John Fowles* (London & New York: Palgrave Macmillan, 2013), p.34.

[17] François Dosse, *History of Structuralism*, Vol. 2, Deborah Glassman trans. (Minneapolis: University of Minnesota Press, 1997), pp.200, 203-204.

[18] John Fowles, "Notes on an Unfinished Novel," in Malcolm Bradbury ed., *The Novel Today: Contemporary Writers on Modern Fiction* (London: Fontana, 1977), p.140.

[19] William J. Palmer, *The Fiction of John Fowles* (Columbia: University of Missouri Press, 1974), p.4.

[20] John Fowles, "Foreword," in *Poems* (New York: Ecco Press, 1973), p.vii.

[21] John Fowles, 1977, p.139.

[22] 福尔斯:《哈代与巫婆》,《小说的艺术》,张玲等译,北京:社会科学文献出版社,1999 年,第 143 页。

[23] Mahitqsh Mandal, "'Eyes a Man Could Drown In': Phallic Myth and Femininity in John Fowles's *The French Lieutenant's Woman*," *Interdisciplinary Literary Studies*, Vol. 19, No.3 (2017), p.277.

[24] Roland Barthes, *Image-Music-Text*, Stephen Heath trans. (London: Fontana, 1977), p.148.

[25] John Fowles, 1977, p.142.

[26] 王佐良等主编:《英国二十世纪文学史》,北京:外语教学与研究出版社,

2006 年,第 687 页。

[27] 同[13],第 14 页。

[28] Deborah Byrd, "The Evolution and Emancipation of Sarah Woodruff: *The French Lieutenant's Woman* as a Feminist Novel," *International Journal of Women's Studies*, No. 7 (1984), pp. 306, 319.

[29] Magali Cornier Michael, "'Who is Sarah?': A Critique of *The French Lieutenant's Woman's* Feminism," *Critique: Studies in Modern Fiction*, Vol. 28, No. 4 (1987), pp. 225-236.

[30] Gwen Raaberg, "Against 'Reading': Text and/as Other in John Fowles' *The French Lieutenant's Woman*," *Women's Studies: An Interdisciplinary Journal*, Vol. 30 (2001), pp. 521-542.

[31] Magali Cornier Michael, p. 225.

[32]《法国作家论文学》,王忠琪等译,北京:三联书店,1984 年,第 579 页。

第五章

"文坛坏小子"马丁·艾米斯的小说创作

当代英国文坛,马丁·艾米斯是名副其实的"文学大腕""超级明星",他的每一部新作问世都是一条重要新闻,在批评界产生强烈的反响。他是当代英国最具文化冲击力、最具审美颠覆力的小说家之一。他的身上汇聚着多个"英国文学之最":他与父亲金斯利·艾米斯是当代英国最著名的一对父子作家;他是英国文坛独一无二、带有最浓烈"美国味"的小说家;他是英国作家当中使用英语新词最多的一位,《新牛津英语词典》收录新词两千个,他使用过三分之二;他曾经为一部小说文稿预支稿酬五十万英镑,制造了轰动一时的"新闻事件";他也是英国文坛最富有争议的作家,他的小说未获布克奖曾在文学界掀起轩然大波,不平者有之,叫好者有之;他还背负着英国文坛绝无仅有的"坏小子"的恶名,因为他的很多作品太过恶浊而颓废。

第一节 "颓废三部曲":从"坏"开始

马丁·艾米斯于1949年生于牛津,幼年时随父亲生活,并接受继母、小说家伊丽莎白·霍华德(Elizabeth

第五章 "文坛坏小子"马丁·艾米斯的小说创作

Howard，1923—2014）的文学指导，后来进入牛津大学英文系学习，1971年毕业时获一等学位。1973年，他仰仗父亲的声望发表了长篇处女作《雷切尔文件》(The Rachel Papers)，从此踏上了文学的"星光大道"。艾米斯出道的20世纪70年代是一个激情消退、"自我至上"的年代，在自由主义的烟幕下，性乱、毒品、暴力泛滥成灾，构成了"英国状况"(Condition of England)极端可鄙与可悲的一面。艾米斯的早期作品所关注的正是这些污浊而丑陋的内容。在1981年的一次采访中，艾米斯说："龌龊是我作品里的一个元素。我写龌龊是因为它更有趣。"[1]他将刻毒的目光投向城市的污秽、社会的阴暗和人性的卑劣，并令人惊讶地从卑微者、弱小者的日常琐事中挤压出滑稽可笑的因子来。在龌龊之水的浇灌下，后现代都市的"恶之花"在他的虚构世界中无情绽放。艾米斯说："严肃地看，我的作品是可怕的，但关键在于，它们都是讽刺。我并不认为我是预言家；我不是写社会评论。我的作品是游戏文学。我追求笑声。"[2]小艾米斯的"游戏文学"与老艾米斯的讽刺喜剧并不相同，尽管其中也隐藏着艺术家的关切与嘲讽，但孟浪放诞的"笑声"部分消解了对颓靡消沉的20世纪70年代的严肃批判。

《雷切尔文件》是艾米斯的成名作，小说出版后一举夺得毛姆文学奖，让年仅24岁的小说家一鸣惊人。在这部小说中，主人公查尔斯·海韦像年轻的艾米斯一样，是一位聪明而敏感的文学青年，他满怀着伟大的文学抱负，试图通过回忆和想象将刚刚逝去的"不良"岁月——对女孩雷切尔的勾引——记录下来。这个文学青年形象不仅是艾米斯作品中众多"坏小子"形象的前身，而且也是英国文学史中具有开创性意义的人物形象。20世纪50年代，老艾米斯成功地塑造了影响巨大的"愤怒的青年"形象；20世纪60年代，约翰·福尔斯的《捕蝶者》和安东尼·伯吉斯的《发条橙》描绘了危险而邪恶的暴力青年形象；20世纪70年代的小艾米斯则塑造了一个追求感官刺激并沉湎于邪念的"不良少年"形象。查尔斯虽然与20世纪50年代与60年代的英国青年不无相似之处，但这一形象却深深地烙上了时代与个人的印记，用英国批评家布莱德伯里的话来说,他是"后现代时期愤怒的青年"[3]。事实上,查尔斯的愤怒并不突出,而青春期的空虚与颓废则更为触目惊心。老艾米斯的20世纪50年代是愤怒的大合唱,伯吉斯的20世纪60年代是暴力进行曲,而小艾米斯的20世纪70年代则是一首阴郁而乖戾的青春"祭歌"。从吉姆的愤怒到克莱格的精神分裂,从亚历克斯的暴力欲望到查尔斯的放浪形骸,在这个英国青年精神演变的系列卷轴中,小艾米斯用青春期欲望泼洒出了一幅具有强烈道德冲击力的后现代颓废画。

如果说《雷切尔文件》是一幅充满谐谑和戏谑的青春狂想图,那么《死婴》(*Dead Babies*,1975)则是一出用性和毒品毁灭自我的纵欲闹剧,是"巧妙得有点邪恶的黑色风俗喜剧"[4]。小说中的六个居民、三位来客及一名妓女挤在一所破败的住宅内,在一周的时间内酗酒、吸毒、施虐、放纵。残忍恐怖的内容与轻快独到的语言形成了鲜明而骇人的反差,构成了令人难忘的艾米斯式的黑色幽默。《雷切尔文件》只是让老艾米斯觉得儿子"太顽皮、太矫饰",而《死婴》则让大多数读者,包括小艾米斯的继母,感到恶心和恐怖。1977年,这部小说的平装本出版时,书名被换成了《黑色秘密》(*Dark Secrets*),因为出版商认为原书名太过病态,会严重影响读者大众的购买兴趣。但英国杂志《邂逅》(*Encounter*)上的一篇文章却非常欣赏它的"极具侵略性的激情。现在有那么多委顿、贫血的作品,来一点暴力毁灭反而是好事情"[5]。艾米斯的第三部小说《成功》(*Success*,1978)讲述了一对兄弟为了女人争风吃醋、钩心斗角的故事。这部小说是一出讽刺寓言,它喻示着"英格兰旧秩序开始消亡,流氓无赖们的时代开始到来"[6]。

在早期的三部小说中,《雷切尔文件》很像是一场典仪式的青春盘点,《死婴》仿佛是自甘沉沦的死亡狂欢,而《成功》则完全是性、暴力、怪诞和病态的展示台。不难发现,这三部小说正好构成了一组意志消沉、精神萎靡的"颓废三部曲"。在艾米斯式的黑色幽默底层,在流水般的反讽语言内里,弥漫着颓废主义的瘴疠。不过,玩世不恭、叛逆无道的表层下面也不乏犀利的讽刺与深沉的关怀。艾米斯所针对的是后现代社会令人困惑的种种痼疾与病症,所展示的是晚期资本主义世界普遍存在的道德沦丧与精神荒芜。艾米斯说:"我非常关注普通人的潦倒和悲伤,我对上层人士的生活不感兴趣。挖掘社会问题的根源并不是小说家的事情。小说家必须敏锐把握的是这些问题本身。"[7]

第二节 《金钱:绝命书》《伦敦原野》: 谋求新声的巅峰之作

艾米斯的早期作品明显受美国作家如索尔·贝娄(Saul Bellow,1915—2005)、纳博科夫等人的深刻影响,并在形式和风格上与美国当代文学产生了千丝万缕的联系。1981年,他出版小说《其他人》(*Other People*)之后,成功地完成了青春叛逆与充满欲望的早期创作。但令他感到尴尬的是,他虽然享有"文学天才"的美誉,却没有写出一部藏之名山的代表作;放肆而诙谐的文风虽然赢得一片赞美声,但批评界对这些作品的借鉴与模仿之痕又颇有微词。1984年,《金钱:绝命书》的出版则彻底改变了这一状况。可以说,他的早期作品只不过是"技艺精湛的学徒之作"[8],而《金钱:绝命书》则是一部力透纸背的惊世佳作,被公认为是艾米斯小说创作的转折点。它与另一部小说《伦敦原野》一道成为20世纪80年代艾米斯舍弃旧我、谋求新声的巅峰之作。

《金钱:绝命书》和《伦敦原野》不仅是艾米斯个人的文学突破,而且也是20世纪80年代英国文学的标志性著作。1979年,撒切尔夫人执政唐宁街,第二年,罗纳德·里根(Ronald Reagan,1911—2004)入主白宫,英美两国几乎同时进入了一个物质主义、拜金主义、享乐主义和文化平庸主义盛行的时代,性、毒品、色情与暴力等社会问题与20世纪70年代相比有过之而无不及。艾米斯极其准确地把握住了时代的乱象及其躁动的脉搏,对僵踣颠顸的心灵世界进行了无与伦比的喜剧性解剖。《金钱:绝命书》高唱拜金时代的主旋律,上演了一出后现代都市的欲望风俗剧,而《伦敦原野》则描绘大难临头前的末世景观,在后现代的荒原上谋划了一场反高潮的奸杀游戏。

不难看出,"钱"不仅是《金钱:绝命书》的题目,而且也是它的主题。金钱在小说中无处不在,无所不能。它是极端贪欲者的硬通货,也是自杀者的"绝命书"(小说副标题)。约翰·塞尔夫,这个"为烟酒、垃圾食品和裸体杂志做商业电视广告"的制片人,奔波于伦敦、纽约两个拜金大都市之间,为了钱可以肆无忌惮地拍起色情影片。正是有了钱,他沉湎于"发狠、斗殴、泡妞、吸烟、酗酒、快餐、色情、赌博和手淫"[9]之中。在他眼里,任何关系只不过是一种金钱关系。他与妓女塞琳娜的关系就是一种买卖关系:"做爱时,我们常常谈钱。我喜欢谈钱。我喜欢那肮脏的交易。"[10]他与剧中人"马丁·艾米斯"的关系也是一种金钱交换的雇佣关系,"艾米斯"为了钱替他撰写电影剧本《真币》,金钱的威力轻而易举地让艺术沦为可悲的奴隶。钱能通神,钱也是塞尔夫唯一信仰的"真神",但这座"真神"也是无情的毁灭之神。本以为赚大钱的电影计划,其实是一场大骗局,负债累累的塞尔夫被迫逃往伦敦,最后陷入绝望的无底深渊。

塞尔夫是"时代的缩影"[11],是"20世纪80年代精神的化身"[12],"是物质主义社会追腥逐臭者的完美代表",是"吸食20世纪上瘾"[13]的瘾君子,是垃圾文化和欲望社会的恶劣消费者。因此,钱不仅仅是小说的主题,它也是荒淫无耻的时代的主题。艾米斯认为:"我们所生活的金钱时代是一种短期的、没有前途的繁荣时代,有点'今朝有酒今朝醉、哪管明日死与活'的味道。与鲜血相比,金钱是一个更加民主的中介,但金钱也是一面文化的旗帜——你可以感受到整个社会因为金钱而在你周围变质。"[14]《金钱:绝命书》未脱颓废、粗俗和猥琐格调,但是对金钱的极度反讽和一地鸡毛式的铺陈,既是对市场社会铜臭气的有力批判,也是对心灵蜕变与人性腐蚀的有力批判,更是对贪欲膨胀与自我中心的撒切尔时代的强力批判。

《伦敦原野》则将故事时间设定在1999年,但讽刺的矛头仍然是20世纪80年代的英国。"伦敦原野"既是伦敦市区内的一处场所,也是后现代西方世界的荒凉象征。千年之末,"大难"将至,女主人公妮科拉·希克斯精心策划,试图引诱两位男主人公——酒吧无赖基思和光鲜体面的盖伊——将自己奸杀。为了达到这一不可思议的目的,她毫无顾忌地对前者使用金钱加肉弹的手段,对后者则费尽心思地灌输俗不可耐的骑士精神;同样不可思议的是,她竟然可以用美色引诱叙述者萨姆森·扬,让他改变故事情节,使他成为这场谋杀游戏的超级同谋。《金钱:绝命书》的主题是钱,而《伦敦原野》的主题显然是死亡。在核毁灭威胁、政治危机和环境崩溃的后现代大背景下,这部小说巧妙地表现了充满死亡焦虑的"末世情结"。自杀、谋杀、被杀或奸杀,这些虚拟的暴力意象构成了小说总体的死亡氛围。这里的死不仅是肉体之死,而且也是精神之死,信仰之死,灵魂之死,是世界的末日,是存在的终结,是大难临头前人类的自戕。

艾米斯对英国社会的攻击是肆无忌惮、史无前例的,在某些英国人看来,"坏小子"的攻击是非常"恶毒"的。《金钱:绝命书》没有获布克奖提名曾在英国文坛引起轩然大波,对立双方在媒体和文学杂志上发生过激烈交火。畅销英美两国并深受批评界好评的《伦敦原野》也没有获布克奖提名,同样引发了激烈的争议。有人认为,艾米斯的小说没有获奖与其说是因为小说的艺术品质问题,不如说是因为他的辛辣讽刺强烈地刺痛了英国人的脆弱神经。《伦敦原野》发表之后,"艾米斯现象"已经成为英国文坛一道独特的景观。正如布莱德伯里所说:"20世纪80年代末,他已经成为最受人尊敬、被模仿最多、被质疑最多的英国小说家。"[15]

第三节　1990年以来的小说创作

1990年以来,艾米斯的创作动力有增无减,出版了长篇小说《时间之箭》、《隐情》(*The Information*,1995)、《夜行列车》(*Night Train*,1997)和《黄狗》(*Yellow Dog*,2003)等,短篇小说集《重水》(*Heavy Water and Other Stories*,1998),以及多部引人注目的非虚构作品。

在这些作品中,《时间之箭》和《隐情》是最不容忽视的两部佳作。前者是艾米斯唯一获布克奖提名的小说,它所采用的时间倒流手法在当今英国文坛独树一帜;后者则因小说家预支巨额稿费而轰动一时,同时因涉嫌"影射"圈内人士而引发文坛纷争。有人认为,《时间之箭》与《爱因斯坦的怪物》(Einstein's Monsters,1987)、《伦敦原野》构成了一组有关"大浩劫"(the Holocaust)的"非正式三部曲",而另有人将《隐情》与《金钱:绝命书》《伦敦原野》组合在一起,构成了另一组"非正式三部曲"。这两种说法虽然视角各不相同,但都说明了艾米斯的小说在主题、风格和技巧上一脉相承、彼此关联。

短篇小说集《爱因斯坦的怪物》探究人类的核焦虑,《伦敦原野》喻示人类面临的核毁灭,而《时间之箭》则审视奥斯维辛集中营的大屠杀,将这三部作品组合在一起是基于美国作家约翰·厄普代克(John Updike,1932—2009)有关"大浩劫"的观点:"'大浩劫'在我们的时代具有两种含义——一种含义是指核威胁,它至今尚未发生,我们希望永远不要发生;另一种含义是指纳粹德国对六百万欧洲无助者(大多数是犹太人)有组织的屠杀。这个大灾难确实发生了,但是就像核威胁一样,它仍然是让人感到不可思议的事情。"[16]但相比之下,《时间之箭》对"大浩劫"的处理具有更鲜明的特色和个性,其创新之处在于小说使用了"时间倒流"的叙事手法。所谓"时间倒流",即事物的发展不是按照过去、现在和将来的时间顺序前进,而是从某一时刻开始朝过去倒退回去。叙述者按照时间逆向流动的方式,叙述了主人公从弥留之际慢慢倒退到呱呱落地时的完整一生,而纳粹大屠杀的历史事件也在时间的线性倒流中被极其暧昧地再现出来。

艾米斯借鉴了科幻小说中的"时间旅行"(Time Travel)手法,但《时间之箭》与库特·冯尼古特(Kurt Vonnegut,1922—2007)的《五号屠场》(Slaughterhouse-Five,1969)并不相同。"时间旅行"强调人物可以通过时间隧道不确定地穿行于过去、现在或将来的任一时刻,它可以将历史、现实与未来随意地并置、交叉、颠倒或混杂在一起;而"时间倒流"只能让一切事件向过去倒退,一切过程向历史回溯,它所遵循的是单向性与逆向性的原则,例如,医生不是缝合伤口而是扒开伤口,焚化炉内不是灰飞烟灭而是死人纷纷复活。倒流叙事代表了人到中年的艾米斯一次大胆而极端的实验尝试,但是在表现人类历史的悲剧性事件时,却无情地透露出了类似黑色幽默的戏谑与滑稽元素,其"道德含混性"经常遭到批评家和学者们的非议与抨击。不过,在颠覆时间不可回逆的过程中,《时间之箭》实质上是对人类历史、道德以及时间本身的后现代主义式的质疑与解构。

在由《隐情》组成的另一组"三部曲"中,艾米斯则"用艳丽而革新的文体检阅了现代生活中城市的作用、美国文化帝国主义的滋长、英国的衰落、性别差异、多媒体时代小说创作的未来,以及嫉妒、报复、爱情和失败等永恒的主题"。就《隐情》而言,它是关于两位作家间的文学竞争与文人相轻的故事,也是关于小说家本人的中年危机的故事。有人认为,主人公塔尔与巴里的文学恩怨是现实中艾米斯与其好友、著名作家朱利安·巴恩斯之间恩恩怨怨的艺术再现。无论这种推测是否存在合理充足的事实依据,《隐情》中文人间的憎恨、嫉妒、偏狭、猜忌以及相互陷害显然是对伦敦文学界的尖刻讽刺,而小说家也借此表现了人性阴暗与都市堕落的一贯主题。

马丁·艾米斯号称"英国文坛坏小子",从处女作《雷切尔文件》到21世纪初描写男人不轨的《黄狗》,他的"坏"从内容到形式,从题材到手法,从虚构到现实,"坏"得彻底,"坏"得全面。人类现实中的肮脏龌龊,人类历史中的恐怖暴行,在他笔下都要变成道德暧昧的"黑色滑稽剧"。英国学者基尔南·莱恩(Kiernan Ryan)的评价一针见血:"艾米斯的臭名来自他醉心于描写由冷酷者和自私者构成的猥琐现实。贪婪与纵欲,毒瘾与施虐,敲打出深层而回复的小说节奏。他的叙述对象常常是讨厌的自大狂和弱智的受骗者,残忍的无赖徒和无助的受害者,他们总是陷入相互操控和心理折磨的致命网络中不能自拔。"[17]传统小说理论强调小说最基本的功能之一是教育感化功能。但是在艾米斯的小说中,根本不存在什么教育感化,也没有明确的善恶是非观念,叙述者经常在暧昧不清的叙事中成了"坏"与"恶"的同谋。

马丁·艾米斯说:在小说创作中,他"无法摆脱施虐冲动"[18],在给人物设置恶毒的圈套和阴损的困境时,则享受着"一种可怕的狄更斯式的快乐"[19]。不过,小说家的"施虐快感"不免要激起普通读者"恶心"的阅读感受。读完他的小说,就仿佛是《伦敦原野》里叙述者晕车的感觉:"眩晕未止,一阵恶心,一种道德上的恶心,又开始袭来——它来自五脏六腑,一切道德之源(仿佛做了一场不光彩的梦,醒来后不禁骇然,感觉自己的双手沾满了鲜血)。"[20]当然,也会有读者享受一种"恶心的快乐"。小说家艾伦·梅西说:"读《金钱:绝命书》的感觉是愉快的,尽管它的内容令人恶心、令人沮丧。"[21]2010年,艾米斯出版小说《怀孕的寡妇》(The Pregnant Widow),描写了20世纪60—70年代性革命时期的性乱、爱欲、幻象与梦想交织的西方社会现实。此后,在《莱昂内尔·阿斯博:英格兰现状》(Lionel Asbo: State of England,2012)中,艾米斯塑造了一个臭名昭著、无恶不作的流氓恶棍形象,再现了一个被犯罪、金钱、道德混乱所腐化和败坏的狄更斯式世界。他的另一部小说《兴趣之地》(The Zone of Interest,2014)从纳粹军官与受害者的多重视角切入纳粹集中营大屠杀的历史,跟《时间之箭》一样属于"大屠杀小说",对人性之恶与道德混乱的揭示一如既往。不难看出,艾米斯喜欢翻检不堪入目的生存死角,善于窥探人类社会的"难言之隐","坏小子"之"坏"名不虚传。

注释

[1] Marla Levy, "Martin Amis," in *Dictionary of Literary Biography*, Vol. 14 (Detroit: Gale, 1983), p.30.

[2] Angela Neustatter, "Amis and Connolly: The Best-Seller Boys," *Cosmopolitan*, Vol. 185 (1978), p.71.

[3] Malcolm Bradbury, *The Modern British Novel 1878-2001* (London & New

York: Penguin, 2001), p. 435.

[4] Marla Levy, p. 31.

[5] James Price, "Review of *Dead Babies*," *Encounter*, Feb. 1976, p. 68.

[6] Paul Ableman, "Sub-Texts," *Spectator*, 15 Apr. 1978, p. 23.

[7] Marla Levy, p. 30.

[8] David Thomson, "Martin Amis," in *Dictionary of Literary Biography*, Vol. 194 (Detroit: Gale, 1998), p. 9.

[9] Martin Amis, *Money: A Suicide Note* (London & New York: Penguin, 1984), p. 78.

[10] Ibid., p. 176.

[11] Brian Finney, "What's Amis in Contemporary British Fiction? Martin Amis's *Money* and *Time's Arrow*." <https://home.csulb.edu/~bhfinney/amismoney.html. Accessed 30 May 2023.>

[12] Ibid.

[13] Martin Amis, 1984, p. 107.

[14] Mira Stout, "Martin Amis: Down London's Mean Streets," *The New York Times*, 4 Feb. 1990, pp. 32-26, 48.

[15] Malcolm Bradbury, p. 531.

[16] John Updike, "Nobody Gets Away with Everything," *New Yorker*, 25 May 1992, p. 86.

[17] Kiernan Ryan, "Sex, Violence and Complicity: Martin Amis and Ian McEwan," in Rod Mengham ed., *An Introduction to Contemporary Fiction: International Writing in English Since 1970* (Cambridge: Polity Press, 1999), p. 203.

[18] John Haffenden, *Novelists in Interview* (London & New York: Methuen, 1985), p. 12.

[19] Ibid.

[20] Martin Amis, *London Fields* (New York: Alfred A. Knopf, 1989), p. 9.

[21] Allan Massie, *The Novel Today: A Critical Guide to the British Novel 1970-1989* (London & New York: Routledge, 1990), p. 48.

第六章

道德批评视角下的马丁·艾米斯

马丁·艾米斯有"英国后现代小说领军人物"的美称,同时也背负着英国文坛绝无仅有的"坏小子"的恶名。因此,在重形式、轻道德的后现代批评潮流下,面对物质消费主义所带来的全球性道德困境,将艾米斯置入伦理与道德批评的视角下,将具有十分重要的理论与现实意义。艾米斯已出版长篇小说十多部,其中有很多作品具有强大的道德冲击力,不时招致学术界严厉的道德审判。阅读他的小说将不可避免地经历感官刺激与心灵战栗的"道德震撼"(moral shock)。用传统的道德主义来评判,他的小说既不具备劝善惩恶的道德感化功能,也没有教人明辨是非的道德认知功效,而是充斥着极端的道德颓废主义与价值虚无主义。他将"审美的快感"置换成"恶心的快乐"[1],并用反"宏大叙事"的手段与别具一格的文体风格玩着颠覆性的后现代游戏。由于道德形象的颠覆性与道德观念的暧昧性,其小说中的道德内涵与伦理向度具有巨大的争议性与不确定性。后现代主义时期,文学作品经常被认为是远离道德判断的。后现代小说家米兰·昆德拉(Milan Kundera,1929—2023)提出"把道德判断逐出小说之外"[2]。后现代批评家弗雷德里克·詹姆逊认为,后现代主义是一个历史现象,应尽量避免对之进行道德判断[3]。然而,无论小说家如何讨厌道德说教,如何规避道德判断,任何小说,包括后现代小说,都会容纳大量道德与伦理的内涵。文学作品中的伦理与道德内涵,如同艺术形式一样,是艺术不可分割的重要组成部分。在创作或阅读的过程中,伦理与道德内涵与价值判断总会设法进入虚构与自足的小说文本。本章将尝试对艾米斯作品中的否定性道德形象进行剖析,并进而探究艾米斯的后现代叙事伦理与道德内涵,以及其作品解读过程中的伦理与道德关系。

第一节 否定性的道德形象

西方文艺复兴以来,优秀的文学作品都在不同程度上、以不同的方式张扬了人文主义的伦理与道德观念,积极肯定与维护做人的价值、尊严与意义,而现代主义文学则致力于表现人的异化感,"即人在异化的生存环境中所体验到的孤独、压抑、陌生、无聊、恐惧、无奈等感受。所以在西方现代主义文学中,道德的内涵常常是被表现在否定性形象之中的"[4]。艾米斯小说中的道德内涵也是表现在种种否定性的形象中,但是与现代主义小说不同的是,艾米斯的否定性形象具有强烈的颠覆性与巨大的争议性。这些形象经常是"坏"的同义词,是"恶"的化身,具体地表现为欲望、暴力、性乱、谋杀、死亡、色情、吸毒、核恐怖、末世情结等。在消费主义文化盛行的后现代情境下,艾米斯宛如肮脏垃圾场中孤独的拾荒者,贪婪地翻找着日常生活的龌龊与猥琐、人性深处的卑劣与污秽、后现代社会的丑恶与堕落。在传统道德家或"唯道德论者"的眼里,艾米斯毫无疑问是一位颓废主义者,一个地地道道的"坏小子"。

从道德表现形态来看,艾米斯的小说创作可以分为早期与后期两大部分,其否定性形象也经历了一个从表现形而下之"坏"到揭示形而上之"恶"的演变过程。在 20 世纪 70 年代的早期作品中,艾米斯的"坏"首先表现为一种原生态的、赤裸裸的"坏",小说人物的原始本能与欲望宣泄得到了无以复加的展示与呈现。《雷切尔文件》《死婴》和《成功》充斥着丑陋乃至病态的内容，在道德层面上构成了一组冲击感官的"颓废三部曲"。首先在《雷切尔文件》中，艾米斯向我们敞开了一个隐秘而难言的成长世界。逼近弱冠之年的主人公查尔斯沉湎于青春期的欲望之中，试图在就读牛津之前充分体验男女私情。小说对"少年性事"（teenage sex）的露骨描写开启了后来众多"不良少年"形象的先河。《成功》则是从一对兄弟（其中一人为收养）的不同视角讲述两人如何相互憎恨、如何勾引女人，以及为了女人而钩心斗角的故事。从小说中可以看出，以自我为中心的享乐主义逐渐盛行，因20世纪60年代性革命而导致的性混乱开始泛滥，主流社会道德在后现代文化的冲击下变得摇摇欲坠。

《死婴》则是艾米斯早期作品中龌龊污秽意象之大聚集，艾米斯用恣肆狂放的文风将对人类道德禁忌的挑战推向极致。在英格兰乡间的一幢房屋内，六个居民、三位来客及一名妓女度过了一个放纵而可怕的周末。这是一个萨德式（Sadeian）的阴暗世界，道德判断被有意无意地搁置，纵欲狂欢与施虐放荡构成了三天两夜不变的主旋律。酗酒吸毒、群居滥交、暴力表演、性无能、心理错乱、谋杀与虐杀等否定性意象比比皆是，蔚为壮观的欲望加暴力叙事触目惊心。与萨德式世界不同的是，艾米斯的世界不仅仅描写反常的性虐待行为，而且充斥着20世纪特有的形形色色的病态与恶行。一群灵魂死亡的"宝贝"们上演了一出出反道德的黑色颓废剧，种种病态与暴力既是人性沉沦的标志性意象，也是后现代社会道德沦丧的记事碑。

20世纪80年代，英国进入一个物质主义、拜金主义和享乐主义盛行的时代，性、毒品、色情与暴力等社会问题泛滥，社会道德状况的混乱与20世纪70年代相比有过之而无不及。艾米斯的20世纪80年代代表作之一《金钱：绝命书》典型地再现了拜金时代物欲横流、道德崩坏的紊乱状况。《金钱：绝命书》之主人公约翰·塞尔夫是一个"为烟酒、垃圾食品和裸体杂志做商业电视广告"的制片人，在金钱与物欲的推动下奔波于伦敦、纽约两个拜金大都市之间，他沉湎于"发狠、斗殴、泡妞、吸烟、酗酒、快餐、色情、赌博和手淫"之中。他是那个时代追腥逐臭、荒淫无耻的代表人物。小说的金钱主题是显而易见的,然而在灵魂被金钱腐蚀的背后则潜伏着深刻的道德主题。艾米斯用金钱作为道德荒芜的催化剂,用感官欲望撕破传统的道德规范,用寻欢作乐的冲动来取代主人公的道德意识。在这部后现代的"双城记"中,抛弃了传统道德准则的塞尔夫们赤裸裸地扛着金钱万能的大旗,最后只能在丛林般的市场法则面前颓然收场。艾米斯将金钱世界各种丑陋道德现象一一铺陈出来,显然不是要反对什么旧道德,弘扬什么"新道德",而是要揭示后现代社会"金钱伦理"的丑恶本相。

在"颓废三部曲"中,"坏"之根源在于"欲望至上"或"本能至上";在《金钱:绝命书》中,人的欲望与本能借金钱大行其道,肆意横行,"坏"之根源在于后现代消费社会的"金钱至上"。到了后期作品,艾米斯则对"技术至上"的伦理理念所引发的人类前途与命运问题更加关注,于是形而下之"坏"被形而上之"恶"所替代。在这些作品中,"恶"之根源在于现代性中的"理性至上"或"进步至上"原则。在现代技术进步观的作用下,人类面临着前所未有的伦理与道德困境:一方面,技术进步与现代化给人类带来史无前例的物质繁荣;另一方面,人类又不得不面对与文明进步相伴而至的恶果:核毁灭威胁、生态恶化、末世情结等。艾米斯的"恶"是以一种反审美的方式来表达某种不可否认的后现代伦理信念,其中颇为吊诡地隐含着小说家对人类、对社会、对自然的伦理思考与道德关怀。

如早期小说一样,艾米斯的后期重要代表作《伦敦原野》不脱颓废、粗俗与猥琐的格调。小说中的主要人物同样不具备纯洁高尚的道德品格,其中男主人公之一基思·泰伦特是一个迷恋飞镖的酒吧无赖,而女主人公妮科拉·希克斯则是一个沉湎于奸杀幻想的"英国宝贝"。前者是撒切尔时代平庸主义具有讽刺意味的象征及20世纪80年代道德破产的鲜活的化身。他是撒切尔耐心拆解劳动阶级社区、阴郁地攻击战后福利国家及对自我中心主义、默许和鼓励竞争和弱肉强食的终端产品。[5]后者则是一个地道的妓女与女流氓形象。小说表层的否定性形象,如色情、暴力、犯罪等,是触目惊心的,但它的深层却具有发人深省的伦理向度。可以说,"伦敦原野"是后现代西方世界的一个荒凉意象,人类因面临即将到来的灾难(核毁灭、环境崩溃等)而焦虑不安,小说充满着一种以死亡为指向的悲剧性的"末世情结"。因此,这部小说并不是一部故弄玄虚的"盛世危言",而是关涉我们人类对自己未来命运、对我们所生存的这个世界的"后现代启示录"(Postmodern Apocalypse)。

艾米斯一直认为大劫难或"核体验"是现代生活的重要事实,"核战争从未爆发,但这是一种核体验,出生太久或太晚的人并不知晓。要想知道什么是核体验,你得做个胆怯的中学生,缩身在桌底下,希望它能保护你躲过世界的末日。"[6]。在短篇小说集《爱因斯坦的怪物》前言中,艾米斯曾明确表达过对现实的伦理关怀及对未来的深切忧虑:"我讨厌核武器。它们扭曲了一切生活,颠覆了所有的自由。地球上没有一个人想要它们,但它们是实实在在存在的。"[7]而在另一部杰作《时间之箭》中,艾米斯用时间倒流的手法描写纳粹集中营里的大屠杀。在这里,现代性中的"恶"是一种"罪孽",它隐藏在大屠杀背后的人性深处(小说的副标题是"罪孽的本质")。就大屠杀而言,它不是人性野蛮或社会罪恶的代名词,而是现代文明与启蒙思想的本质构成的,是"现代性"的、"合乎逻辑性"的必然产物。后现代批评家齐格蒙·鲍曼(Zygmunt Bauman,1925—2017)在《现代性与大屠杀》(*Modernity and the Holocaust*,1989)中说:"大屠杀并不是现代文明和它所代表的一切事物的一个对立面,大屠杀只是揭露了现代社会的另一面。"[8]因此,艾米斯的时间倒流手法既是对本质主义的现代性内涵的颠覆,也是对现代文明所谓的"进步""逻辑"的伦理性质疑。在后期作品中,《伦敦原野》喻示人类面临的核毁灭,而《爱因斯坦的怪物》探究了人类的核焦虑,《时间之箭》审视了奥斯维辛集中营的大屠杀,这三部小说构成了一组关涉人类命运的后现代"伦理三部曲"。

传统的道德批评认为,文学的巨大功能在于"道德劝诫和哲学探索"[9]。道德批评"即伦理思想批评,它是对文学作品渗透出来的伦理立场的研究和批判,看它(是)体现了进步的伦理意识还是落后的伦理意识,这个伦理意识是有利于人类的自由解放还是阻碍了人类的自由解放"[10]。20世纪后半叶以来,道德批评遭受过广泛的非议与冷落,用道德的观点来看待文学似乎很不合时宜。但马丁·艾米斯的否定性形象似乎又说明,反道德的后现代文学同样可以成为道德批评的对象,只不过考察的层面不是看它是否具有传统的道德教诲功能,即不是看它是否具有引人向善、教人明辨是非或净化灵魂的作用。对于这样的文学,我们不能因为其内容有违现实中的伦理法则,不合当下现实的道德风尚而进行简单的道德审判,也就是说,不能简单地用污人耳目来加以彻底的否定。艾米斯的小说充满矛盾、悖论与反讽,其严肃性在于暴露西方道德现实、揭示人类生存真相的准确性与深刻性,其消极性在于道德上的虚无主义与颓废倾向。尽管艾米斯的道德含混性乃至强烈的反道德性经常引发巨大争议,而且为不少人所诟病,但道德判断的缺席并不等于伦理向度的缺失。可以肯定,这些否定性的、颠覆性的道德形象必将成为后现代文学伦理学不可或缺的重要思想资源。

第二节 后现代叙事伦理与道德指向

唯美主义者奥斯卡·王尔德(Oscar Wilde,1854—1900)认为:"书无所谓道德的或不道德的……艺术家没有伦理上的好恶,艺术家如在伦理上有所臧否,那是不可原谅的矫揉造作……一切艺术都是毫无用处的。"[11]但任何作品都不可能是绝对审美与超越功利的,也不可能存在一个完全独立于伦理道德之外的、并与实用价值毫无关系的艺术王国。就艺术与道德的关系而言,"艺术与道德的分治"[12]实际上是不可能的。在过去的20世纪,人们习惯于将道德批评与审美批评对立起来,人为地割裂文学作品的伦理性与审美性之间的内在联系。其实,道德批评在某种程度上也是一种审美批评,因为道德批评所赖以存在的基础之一——道德感实际上是审美感受的重要组成部分。因此,一部作品能给人以道德感,具体地说,能给人带来道德净化的感受,即使如艾米斯小说那样能给人带来"道德上的恶心",显然都是具有审美价值的。进入后现代主义时期,许多作品通过自我反省、自暴虚构性、语言游戏等手段来解构道德教诲功能,削平传统的审美价值,但这并不意味着后现代叙事与伦理道德之间是截然对立或毫不相干的。美国文艺理论家韦恩·布斯(Wayne Booth,1921—2005)认为,小说不可能没有伦理的尺度,它总是含有一定的伦理价值观。"给予人类活动以形式来创作一部艺术作品时,创作的形式绝不可能与人类意义相分离,包括道德判断,只要有人活动,它就隐含在其中。"[13]在艾米斯的小说中,叙事与伦理道德的内容不是某种外在的机械捏合,而是一个天然的有机体,伦理道德的内涵也是后现代叙事不可分割的重要组成部分。下面我们将探究艾米斯后现代叙事的伦理道德内涵,以及他的作品解读过程中的伦理道德关系。

艾米斯的小说大多采用限制性叙事视角,即不是采用传统的全知全能的叙述者,而是以小说人物作为叙述者,同时还使用了元小说、作者闯入叙述、作者客串人物等多种反"宏大叙事"的后现代手法。对此,有学者认为:"一旦采用了一种反'宏大叙事'的后现代叙事视角,所有那些极端情景、那些性+死+暴力的三合一强刺激、那些'恶心的快乐'便自动地获得了合法性,便不应再被视为肮脏龌龊,而应被视为对其所表征的社会现实的否定。"[14]这正是艾米斯小说的吊诡之处,即后现代的叙事视角将否定性、颓废性的道德形象内在地置换成了严肃的、肯定性的审美对象。文艺批评家海登·怀特(Hayden White,1928—2018)认为,叙事绝非一种中性的媒介或话语形式,而是包含着鲜明的意识形态与认识论的选择。[15]也就是说,叙事不仅是形式而且也是内容。正如艾米斯本人所说:"风格即道德。"[16]因此,后现代风格亦是后现代道德。艾米斯的后现代叙事对"宏大叙事"的颠覆,实际上也是对传统叙事作品中的伦理道德观念进行颠覆,其审美追求与道德追求因此构成了高度的一致性。

亚当·纽顿（Adam Newton）在《叙事伦理》（*Narrative Ethics*，1995）一书中将叙事与伦理结合在一起。不过，叙事的伦理分析如果离开了作者的伦理观念和伦理思考是难以深入文本的，因为伦理本质上是一种心态气质，在一定程度上，正是作者的心态气质操作着文本建构，决定着文本的形式结构安排。[17]在传统的小说中，小说家们大多信奉一种惩恶扬善的"诗性正义"（Poetic Justice），它是一种融入了作家本人价值评判的道德理想。而艾米斯不太关心善恶斗争的主题，也从不进行劝善惩恶的教化，更没有设定善恶果报的定数。在他的眼里，小说对真善美的讴歌，对假丑恶的鞭挞已经不合时宜了。"小说家应该惩恶扬善不再行之有效了。当然龌龊是我作品的一个要素。我写龌龊是因为它更有趣。每个人都对坏消息感兴趣。只有一个作家写幸福让人信服，那就是列夫·托尔斯泰（Leo Tolstoy，1828—1910）。把幸福写活了，别人做不到。"[18]在他看来，文学只是给人提供娱乐或消遣的语言游戏，其中对恶行的描写目的在于"讽刺"。在一次采访中，艾米斯说："当然，严肃地看，我的作品是可怕的，但关键在于，它们都是讽刺。我不认为我是预言家；我不是写社会评论。我的作品是游戏文学。我追求笑声。"[19]这样的叙事态度不仅颠覆了传统小说中的道德理想主义，而且也消解了传统道德主义的正统性与严肃性。

艾米斯的叙事作品极力淡化作家本人的是非观、善恶观，但这种非道德化的叙事倾向其实也代表了小说家的一种道德态度。艾米斯无意坚守利维斯的"伟大的传统"，即对道德信条的固守，对道德义务的承担，而是极力摆出一种道德中立的姿态，但这种道德虚无主义的姿态仍然是一种道德诉求。后现代主义理论认为，艺术世界的虚构性、文本性是一种本体性构成，而艺术小说的伦理性也是一种本体性构成。既然"文学是因为人类伦理及道德情感或观念表达的需要而产生的"，那么任何文学都会带有伦理道德的色彩或因素。"由于作家的审美追求与道德追求的一致，道德内涵在文学中便不是游离于审美话语之外的可有可无的东西,而是一种本体性构成因素。"[20]在《时间之箭》中,时间倒流不仅是一种谑而不虐的后现代叙事策略,而且作为一种后现代招式,它具有难以言喻的道德暧昧性与反道德性:奥斯维辛集中营中的场景不是种族大屠杀,主人公也不是行刑的刽子手,而是治病救人的白衣天使。他通过一个又一个的实验将他的"病人"起死回生,于是集中营里挤满了健康的男女老少,然后完好无损地离开那里。艾米斯本人认为:时间与道德是相互关联的,"如果你将时间之箭掉转方向,任何行为或行动的道德性就会被颠倒。"[21]因此,一方面,在颠覆性的后现代游戏中,西奥多·阿多诺(Theodor Adorno,1903—1969)所说的"奥斯维辛之后不写诗"[22]的审美禁忌被打破,大屠杀背后的现代道德观也土崩瓦解了;另一方面,倒流叙事与价值解构浑然一体,充分体现了审美取向与伦理诉求合二为一的后现代主义伦理美学。

对读者来说,由于生活在一个道德崩坏的物质主义时代,他们必然会对小说叙事做出道德回应,必然会对小说家本人做出这样或那样的道德判断;对道德批评家们来说,他们往往会凭借莫须有的道德优越感对文学作品进行苛刻的道德鉴定。尤其是面对艾米斯这样不太遵从现实道德的作家,道德主义者们更容易混淆真实世界与虚构世界的界限,也更喜欢拿生活中有限的、相对的道德标准来苛求作家本人及其作品。从艾米斯的小说作品来看,他被冠上"坏小子"的恶名正是用现实道德对艺术虚构进行审判的必然产物。其实,这些人将对文学的批评变成了对现实的批评,没有区分以文学为对象的文学伦理学批评与以现实道德规范为对象的伦理学批评,极大地模糊了叙述者与作者道德观的差异性。在很多情况下,小说叙述人的道德观念与作者本人的道德观念是不能混为一谈的,真实作者与隐含作者的道德态度也是大有区别的。正如以色列学者什洛米斯·里蒙-凯南(Shlomith Rimmon-Kenan)所说,真实作者与隐含作者并不相同,"隐含的作者在智力上和道德上经常远远高于真实作者实际本人","一个作者在他的作品中表现的思想、信念、感情可以不一样,甚至可以相反;他也可以在不同的作品里表现不同的思想、信念和感情。虽然有血有肉的作者受到多变的真实生活摆布,某一作品的隐含的作者却被看成是一个稳定的实体,在作品中表现得合乎理想、始终如一。"[23]

对艾米斯来说,他一方面希望通过自反性的元小说叙事手法,把读者吸引进想象与虚构的文本:"我全力赞成与读者的紧密关系。我真的希望读者进入文本……我的叙述者们始终是模糊的身影。我本人也是游荡在小说周围的模糊身影。"[24]但另一方面,他清楚地知道,无论自己如何自揭游戏文本的虚构性,读者仍然会相信人物的真实性,仍然会对人物的道德状况表示关切。因此,艾米斯认为,读者不应该认同小说中的人物,"读者应该认同的是作家。他们应该努力看清楚作家的依托、作家的构思及作家的观点,应该认同艺术,而不是人物。"[25]换言之,读者不能将"不良少年"的道德理念等同于艾米斯本人的道德理念。此外,艾米斯的小说艺术隐含着对现实道德状况的辛辣讽刺与深刻批判,自由诡谲的想象与自然主义式的粗鄙联袂打造出了后现代的"梅尼普式讽刺"(Menippean Satire)。艾米斯的欲望写作无与伦比地展示了沉沦污秽的后现代道德现实,而颠覆性的后现代叙事不动声色地融入了某种具有超越性价值的后现代道德追求。当然,他让各色人物沉湎于肉体的游戏与狂欢,让读者心悸地体验感官的刺激与震撼,很容易因欲望化的写作而迷失自我,也很容易成为否定性道德行为的可怕同谋。

综上所述,艾米斯摒弃了传统小说中的道德感化功能,也否定了现代小说中的现代道德内涵与精神力量。他以物质高度繁荣时代的道德沦丧为基点,将种种社会丑恶现象与人类困境纳入后现代主义的观照中。他着力挖掘日常生存中的"坏"与现代社会中的"恶",试图摆出一种超然的、非功利的、戏谑的乃至虚无主义的态度。尽管他不愿对道德现象做出单一的价值判断,但他也无法将道德内涵彻底驱逐出审美的领域。他经常采用看似中性、实则具有道德立场的叙事策略,但叙事即伦理,叙事视角仍然直接或间接地传达了他的道德立场与价值取向。

他一方面以"败德"为中介激发大众读者激烈的道德反应,追求让读者感到"难受"或"无法接受"的审美功效,并经常让读者产生"恶心"的阅读感受,一种"道德上的恶心",让人体验一回欲说还休的"恶心的快乐"。另一方面,他又以后现代叙事策略来消解传统道德的严肃性与正统性,让传统的道德批评失去了惯常的视角与立足点,也使传统的审美批评因找不到"美"的对象与形式而不知所措。因此,艾米斯不仅是当代英国文坛最具道德颠覆力的作家,而且也是当代英国文坛最具审美颠覆力的作家。

注释

［1］Allan Massie, *The Novel Today: A Critical Guide to the British Novel 1970-1989* (London & New York: Routledge, 1990), p.48.

［2］昆德拉:《被背叛的遗嘱》,孟湄译,上海:上海人民出版社,1995年,第6页。

［3］Fredric Jameson, *Postmodernism, or, the Cultural Logic of Late Capitalism* (Durham: Duke University Press, 1991), p.46.

［4］周春宇:《道德批评的前途》,《文艺评论》,1998年第1期,第87页。

［5］Adam Frost, "Amis, Martin." *Literature Online Biography*. <http://lion.chadwyck.co.uk/authors/. Accessed 30 May 2023.>

［6］Martin Amis, "Survivors of the Cold War," *The New York Times*, 5 Oct. 1997, pp.12-13.

［7］Carolyn See, "Humanity Is Washed Up—True or False," *The New York Times*, 7 May 1987, p.28.

［8］鲍曼:《现代性与大屠杀》,杨渝东等译,南京:译林出版社,2002年,第10页。

［9］王先霈等主编:《文学批评术语词典》,上海文艺出版社,1999年,第142页。

［10］葛红兵:《关于道德主义批评的几个问题》,《南方文坛》,2001年第3期,第10页。

［11］王尔德:《道连·葛雷的画像·自序》,荣如德译,《王尔德全集》第1卷,香港:中国文学出版社,2000年,第3—4页。

［12］贝尔:《资本主义的文化矛盾》,赵一凡等译,北京:三联书店,1989年,第30页。

[13] 布斯:《小说修辞学》,华明等译,北京:北京大学出版社,1987 年,第 440—441 页。

[14] 阮炜:《严肃的艾米斯与"恶心的快乐"》,《读书》,2002 年第 2 期,第 120 页。

[15] Hayden White, *The Content of the Form: Narrative Discourse and Historical Representation* (Baltimore: The John Hopkins University Press, 1987), p. ix.

[16] Martin Amis, *Experience* (London: Jonathan Cape, 2000), p.121.

[17] Adam Zachary Newton, *Narrative Ethics* (Cambridge, MA: Harvard University Press, 1995), p.5.

[18] Marla Levy, "Martin Amis," *Dictionary of Literary Biography*, Vol. 14 (Detroit: Gale, 1983), p.21.

[19] Ibid., p.31.

[20] 同[4]。

[21] Anthony DeCurtis, "Britain's Mavericks," *Harper's Bazaar*, Nov. 1991, p.147.

[22] Sue Vice, *Holocaust Fiction* (London & New York: Routledge, 2000), p.5.

[23] 里蒙-凯南:《叙事虚构作品》,北京:三联书店,1989 年,第 156 页。

[24] James Diedrick, *Understanding Martin Amis* (Columbia: University of South Carolina Press, 1995), p.8.

[25] Ibid., p.96.

第七章

《金钱:绝命书》:后现代都市的欲望狂欢

　　1973年,年轻的马丁·艾米斯凭借处女作《雷切尔文件》一举成名。1984年问世的《金钱:绝命书》被看作艾米小说创作的"分水岭"[1],它是艾米斯80年代发表的两部重要代表作之一。《金钱:绝命书》未获当年布克奖的提名,曾在英国文坛引起轩然大波,不平者有之,叫好者有之。《金钱:绝命书》之恶浊与颓废的内容一直为不少评论家所诟病,但更多的学者认为,它是当代英国小说不可多得的经典佳作之一。[2]
　　20世纪80年代,英美两国进入了一个物质主义、拜金主义与享乐主义盛行的时代。《金钱:绝命书》所描写的就是这个时代物欲横流、道德崩坏的现实状况。主人公约翰·塞尔夫是一个"为烟酒、垃圾食品和裸体杂志做商业电视广告"的制片人,在金钱与欲望的推动下奔波于伦敦、纽约两个后现代大都市之间。他赤裸裸地扛着金钱万能的大旗,自由自在、毫无顾忌地畅游在感官欲望的快活林中,成了消费主义时代声色犬马、荒淫无耻的典型人物,是"物质主义社会追腥逐臭者的完美代表"[3]。《金钱:绝命书》的金钱主题是显而易见的,学界对此早有研究与论述。[4]《金钱:绝命书》之所以被苛刻的英美批评界

第七章 《金钱:绝命书》:后现代都市的欲望狂欢

看作一部杰作,其原因不仅仅在于它对"万恶之源"的金钱的批判与抨击,而且也在于它建构了一个以消费主义文化为核心的后现代诗学空间,一个在主题内涵与艺术风格上具有狂欢化特征的欲望叙事。本章主要从欲望都市、欲望狂欢与欲望叙事三个层面,来探讨这部小说的后现代诗学空间、欲望主题、狂欢化艺术风格以及后现代道德内涵。

第一节 欲望都市:后现代诗学空间的建构

相对于500页的长度而言,《金钱:绝命书》的情节并不复杂:靠低俗电视广告发迹的英国制片人约翰·塞尔夫雄心勃勃地"进军"好莱坞,但拍摄色情电影的计划最后以失败而告终。小说以第一人称叙事视角,细致而不厌其烦地描写了塞尔夫奔波于伦敦与纽约之间的"飞人生活",塑造了一个沉湎于灯红酒绿世界中的"反英雄"人物形象。有学者认为,"《金钱:绝命书》可以被看作一部20世纪末的'双城记'",同时又说"这一点对主题的探讨可能显得不那么重要"[5]。然而,情况可能恰恰相反。艾米斯的"双城"[6]与狄更斯的"双城"之不同,不是地理空间的不同,而是历史语境的不同。狄更斯的"双城"是工业资本主义处于原始积累时期的伦敦与巴黎,艾米斯的"双城"则是晚期资本主义时代消费主义主宰一切的伦敦与纽约。前者对探讨《双城记》(*A Tale of Two Cities*,1859)中的暴力革命与阶级调和的主题有着极其重要的作用;而后者对表现后现代社会"钱与性"的主题也有着休戚相关的内在联系。菲利浦·提(Philip Tew)认为:"塞尔夫的大都市是反常的,新狄更斯式的,充满文学与空间密码。"[7]艾莲·肖尔瓦特(Elaine Showalter)则把《金钱:绝命书》看作"对伦敦、纽约、洛杉矶的喜剧性的、反乌托邦式的讽刺"[8]。关于《金钱:绝命书》的讽刺艺术,约瑟夫·布鲁克(Joseph Brooker)在其论文中有详细论述。[9]可以说,《金钱:绝命书》所呈现的是以"钱与性"为主导内容的后现代都市叙事,所表现的是消费主义时代物欲横流的大都市文化主题。

在欧美发达的资本主义国家,伦敦、纽约、巴黎等一直是公认的国际性大都市。大都市生存经验为文学提供了巨大的想象空间,经常给作家们带来异质性的审美经验。它影响着文学的叙述经验与表达方式,建构着都市叙事的美学内涵。因此,都市文学已经不再简单地从题材的意义上来进行定义,都市叙事的空间形态也不仅仅是指人物活动或故事发生的地理空间,而且指由空间场所所带来或生成的文学空间或诗学空间。从整部小说来看,钱是塞尔夫的"至爱",是他的生命中唯一至高无上的神圣之物。他的"整个生命都是由钱构成的。他的灵魂就是钱。他为钱而生,为钱而死。他存在的唯一理由似乎就是钱。从相反的角度看,也可以说钱在塞尔夫那里已具有某种本体论意味,某种形而上学意味,已具有它自己的生命"[10]。同样,都市空间也是塞尔夫生命中不可分割的重要组成部分。伦敦与纽约不仅是投资盈利的中心,而且也是欲望消费的中心。它们是塞尔夫赚钱发迹的地方,也是塞尔夫花天酒地、醉生梦死的场所。可以说,塞尔夫因都市而生,因都市而死。从这个角度看,都市与钱一样具有了某种本体论和形而上的意味。

《金钱:绝命书》上演了一出后现代的"双城记"。艾米斯的都市叙事所建构的是一种以消费主义文化为核心内涵的后现代主义诗学空间,它与现实主义、现代主义的诗学空间截然不同。从过去近200年的英国文学史来看,"文学与城市之间始终有着密切联系"[11]。工业化以来,西方城市迅猛地发展,并直接影响着英国文学都市叙事的嬗变。城市文化形态与经验方式的改变,明显地带来了英国文学叙事方式、想象方式与审美模式的嬗变。在现实主义、现代主义与后现代主义的文学地图上,都市的诗学空间也在不断地发生着重要变化。在《双城记》中,狄更斯用具体可感的细节与细致入微的描写,客观而忠实地再现了工业化时期伦敦与巴黎的城市生活。在阶级对立与社会矛盾激化的都市生活描写中,小说家无情地抨击了贵族阶层的荒淫与残暴,讴歌了主人公的崇高品德与自我牺牲精神。狄更斯的都市叙事体现出了小说家具有某种值得尊敬的终极关怀,都市文化也因此具有提升人类精神的超越性价值。

现代主义文学与现代城市同样有着千丝万缕的联系。布雷德伯里甚至认为:"19世纪末兴起,并发展到今天的实验性现代主义文学,从许多方面来看都是城市的艺术,尤其是多语种城市的艺术。"[12]G. M.海德(G. M. Hyde)说:"我们可以认为现代主义文学产生于城市,而且是从波德莱尔开始的——尤其是从他发现人群意味着孤独的时候开始的。"[13]夏尔·波德莱尔(Charles Baudelaire,1821—1867)的"巴黎"是乞丐、娼妓、吸毒者、落魄艺术家以及涌动的人群充斥街头的混乱景象,是一个孤独、忧郁、流亡、绝望、丑恶、畸形与变态的"诗化"世界。从都市叙事的内涵来看,"现代主义作家大多表现对城市生活的主观感受。主体性框架的城市生活是王尔德以及后来的现代主义作家如乔伊斯、伍尔夫和T. S.艾略特(T. S. Eliot,1888—1965)等人的基本写作模式"[14]。在王尔德的《道林·格雷的画像》(*The Picture of Dorian Gray*,1890)中,读者看到的是一个踽踽独行者、孤独者、心理脆弱者、易受惊吓者生活的伦敦。乔伊斯的都柏林是一个瘫痪状态弥漫于社会生活各个层面的都柏林,是非英雄"现代人"精神流浪的大都市。伍尔夫的伦敦则是一个人群与车流熙来攘往的伦敦,它与女主人公流动不息的思绪代表了外部现实与内心生活的两极,立体地构成了表现现代人精神意识活动的现代诗学空间。艾略特借以批判与反思西方现代文明的荒原意象更是现代城市经验支撑起来的文本建构;D. H.劳伦斯(D. H. Lawrence,1885—1930)则试图以"自然完美"的两性关系来摆脱以城市为中心的工业文明对人性的压抑,未被工业化烟尘淹没的英格兰乡间成了都市沉沦的救赎之地。

后现代主义也是后现代大都市的艺术,后现代大都市不仅是经济、金融、商业的中心,而且是精神文化生产、传播与消费的中心。迈克·费瑟斯通(Mike Featherstone,1946—　)在《消费文化与后现代主义》(*Consumer Culture and Postmodernism*,1991)一书中认为:"我们也把城市当作文化中心,但我们还包括了城市所拥有的闲暇娱乐产业。别具一格的大都市(如纽约、巴黎、洛杉矶、伦敦),从它们作为文化生产中心来看,也许拥有很强大的文化资本,它们不仅拥有一直在不断扩大的艺术部分,而且还拥有时尚、电视、电影、流行音乐、旅游与闲暇等大众文化产业。"[15]

作为城市发展过程中的高级空间形态,大都市代表了人类文明与文化发展的最高成就,但与此同时,它们也往往变成了"消费、玩乐与娱乐的中心"[16]。在艾米斯的后现代审美观照中,伦敦与纽约是物质消费与"欲望狂欢"的场所,是商品化、媚俗化,乃至颓废化的精神产品生产与消费的枢纽。《金钱:绝命书》的都市叙事完全渗透着晚期资本主义与消费主义的文化逻辑。在小说的开始,"空中飞人"塞尔夫从伦敦来到纽约,百老汇大街的喧嚣与躁动扑面而来,地铁、车流、人群、霓虹灯广告,快餐店、酒吧、形形色色的娱乐场所,让他心神荡漾、流连忘返。在他的眼里,"外面卖什么的都有。……按摩助浴、性表演、永不停业的情色大卖场"[17]应有尽有。在伦敦,大都市的喧嚣与躁动如出一辙。两大都市都是"消费主义文化"统治一切的世界,是欲望产业高度发达的世界,因此也是培养塞尔夫这类追腥逐臭、厚颜无耻者的温床。塞尔夫是后现代都市欲望产业的消费者,同时也是后现代都市欲望产业的从业者。他出身社会底层,但是依赖,而且希望继续借助欲望产业(拍摄低俗电视广告片与好莱坞艳情故事片)获得商业成功,同时也因此成为另类文化产业的瘾君子:除了极度贪恋快餐、酒精、香烟等物质消费外,他对情色片、庸俗电视剧以及各种庸俗文化娱乐形式趋之若鹜。因此,塞尔夫穿梭来往的都市空间与《双城记》中的伦敦、巴黎绝不相同,与王尔德、乔伊斯、伍尔夫的现代城市也迥然有别。它们在物质消费主义与享乐主义大潮的淹没下,早已失去了终极关怀与超越性价值的深度模式。

正如《金钱:绝命书》中的"钱"不是一个简单的商品交换的媒质,《金钱:绝命书》中的伦敦与纽约也已不是简单的地理空间。作为消费主义意识形态肆虐的场所，它们将塞尔夫、塞琳娜这类猥琐与卑劣的角色完全吞没。全球化时代的"国际飞人"变成了纸醉金迷、淫逸放荡的"都市非人"，两大都市也因此具备了主体性丧失与自我非中心化的后现代诗学品格。《金钱:绝命书》中的后现代都市叙事以欲望消费为叙事动力，以消费文化产业为情节要素，体现了复制性、平面化与无深度感的后现代诗学内涵，呈现了一种典型的后现代的诗学空间。

第二节 欲望狂欢:主题内涵与艺术风格

在后现代都市叙事中，"欲望狂欢"是题中应有之义，它既是主题学上的问题，也是风格学上的问题。从主题内涵上看，"'狂欢'是荒诞的身体的庆典:丰盛膏腴的筵席、烈性酒、纵欲。在这样的场景中，官方文化被完全推翻颠灭"[18]。从风格上看，消费主义时代的文学艺术是一种"符号商品"，其消费功能基本建立在欲望与狂欢这两种生命元素或生命仪式的基础上，因此，欲望的狂欢化构成了消费社会文艺的总体风格特征[19]。就《金钱:绝命书》的主题特征而言，艾米斯主要通过人物形象的极度粗鄙化、低俗化描写，来表现消费主义时代以感官刺激、纵欲狂欢为主导的后现代都市文化主题；在艺术风格上，则使用了极度夸张但同时又不乏创造性的铺张文风，通过具有多重对话关系的叙事声音，来体现狂欢节式的杂语性与多声性。

"钱"是这部小说中出现频率最多的关键词。作为崇拜金钱的极端物质主义者，塞尔夫曾发出"钱啊，我爱你"[20]的呼喊。在后现代都市中，大把大把地挥霍美元、英镑，可以让塞尔夫们沉湎于声色犬马之中。不过，"金钱"只是一个显在的处于表层的主题。而在这个表层主题之下，则隐含着另一个重要主题，即消费主义时代的欲望主题。以极度满足感官刺激与物质消费为主线的欲望狂欢，其本质是消费主义潮流中滋生出来的拜金主义与享乐主义。20世纪80年代初，英美两国经济开始复苏繁荣，几乎同时进入一个消费主义占主导地位的时代。"消费"被定义成"社会生活的主流",并"已经成为一种完全的生活方式"[21]。无限膨胀的购买欲充斥于伦敦与纽约两个后现代大都市之中,整个社会弥漫着浓烈的拜金主义与物质主义气息。由于后现代城市是全面商业化的典型,是后现代人欲望消费的主要场所,同时也是当代消费主义文化的大本营,被视为"万能之神"的金钱也就成了后现代都市的硬通货,成了塞尔夫之流寻求感官刺激、实现欲望宣泄的特别通行证。塞尔夫等人在酒池肉林的欲望海洋中肆意狂欢,醉生梦死,因此正如戴维·洛奇所说,《金钱:绝命书》是"恶魔式的狂欢,是人物的绝命书"[22]。

后现代大都市的欲望横流不仅对后现代都市的文化消费产生影响,同时也对后现代都市的文化生产产生影响。塞尔夫借以发迹的劣质食品电视广告,寄以"钱"途的色情影片拍摄计划,均属于晚期资本主义社会的文化生产形式,代表了消费社会中平庸、肤浅、媚俗的精神层面,体现了消费资本主义以欲望消费为终极目标的内在逻辑。用英国文化理论家特里·伊格尔顿的话来说,以普遍的个体占有为形式的贪欲正在变成"时代的秩序、统治的意识形态和主导的社会实践……在这个社会制度里,积累的目的是进行新的积累,让人感到欲望的无限性";因此,欲望"成了一个晦暗不明、深不见底的物自体,开始恶魔般地横冲直撞,毫无目的和理性地自我推进,像一个狰狞的神灵"[23]。狂奔的欲望严重毒害着人的精神世界,而后现代都市的文化生产最终成了剿灭主体与个性的推进剂和助力器。

在感官化、欲望化的都市叙事中,《金钱:绝命书》准确而令人惊悚地表达了一种前所未有的后现代性体验。费瑟斯通说:"现代主义是一种腐蚀性力量,是宣泄性的和反抗性的文化,它与享乐主义式的大众消费文化一起,颠覆着传统的资产阶级价值与新教伦理。相反,后现代主义是现代主义中代表欲望、本能、享乐的一种反规范倾向,它无情地将现代主义的逻辑冲泻到千里之外……"[24]《金钱:绝命书》中所描写的"欲望狂欢"(具体表现为塞尔夫之流的种种纵欲与放荡行为)虽然书写了人性深处的欲望、本能与享乐倾向,却无法负载颠覆官方文化的意义,也不能获得反叛正统文化的功能,而是更多地体现为快感的宣泄与身体的放纵。换言之,艾米斯的欲望叙事只有宣泄性,没有反抗性;只有颓废性,没有超越性,主体在欲望消费中走向沉沦,最终失去灵魂,失去自我。用让·鲍德里亚(Jean Baudrillard,1929—2007)的话来说:"身体之所以被重新占有,依据的并不是主体的自主目标,而是一种娱乐与享乐主义效益的标准化原则。"[25]

在现代主义作品中,大城市是"波希米亚式(bohemianism)豪放不羁的生活方式的源泉"[26]。在《金钱:绝命书》这样的后现代主义小说中,大都市则是腓力士主义(philistinism),或文化粗鄙主义的温床。混迹底层、欲望膨胀的塞尔夫们是文化粗鄙主义的突出代表。他们迷恋物质世界,喜爱低俗文化,沉溺于食色与感官"盛宴"之中。女主角塞琳娜"从不读书。她没有工作,也没有钱"[27]。因此,她只能靠拍三级片,或者进行"性与钱"的交易,以获得后现代都市"欲望派对"的许可证。塞尔夫则说:"看电视是我的主要兴趣之一,主要手艺之一。看电视录像是我的另一项成就:恶行、残暴、色情片……我知道,而且想到了也无所谓,即我的所有嗜好都带有色情倾向。欲望满足的环境不被重视。快餐、性表演、太空游戏、赌博老虎机、黄色录像、裸体杂志、饮酒、酒吧、打斗片、手淫……"[28]可以说,塞尔夫是"时代的缩影"[29],"80年代的精神化身"[30]。艾米斯通过对人物的粗鄙化、低俗化的描写,充分展示了消费主义语境下人性的扭曲变形、道德的萎靡沉沦,深刻揭示了后现代都市人的精神空虚与灵魂堕落。

《金钱:绝命书》中多次描写塞尔夫对奥威尔的《一九八四》产生了浓厚的兴趣,而他在纽约宾馆的房间号码是"101",其中对《一九八四》的指涉与影射是不言而喻的。在《金钱:绝命书》出版的1984年,奥威尔所描写的极权主义世界并未出现,但人们却迎来了一个后现代消费主义占主导地位的社会。后现代消费主义本应是消解极权主义与禁欲主义的有效力量,却带来了一个纵欲主义或欲望狂欢的反乌托邦:人性虽然自由，但各种欲望肆虐横行，宛如大洋国的极权"暴政"，它们对人的控制和支配达到了无以复加的地步。塞尔夫身陷大众传媒占主导地位的商业文化，即以电视、低俗杂志为代表的大众娱乐文化，完全失去了思想的自由。如同奥威尔的大洋国一样，消费主义文化"通过有步骤地限制思考范围来削减人类的自由与选择"[31]。不难看出，作为一种新的意识形态，后现代消费主义对人的控制与大洋国中的极权主义实有异曲同工之效。

《金钱：绝命书》的狂欢化艺术风格主要体现在以下三个方面：反英雄主人公、广场语言和"多声部"的对话。首先，《金钱：绝命书》采用第一人称叙事手法，叙述主人公（反英雄主人公）塞尔夫是一个委琐、庸俗、满口街头脏话、底层俚语的"文化痞子"，非常类似米哈伊尔·巴赫金（Mikhail Bakhtin, 1895—1975）狂欢理论中的"小丑""傻子"形象。小丑、傻子因地位卑微而经常遭鄙夷与贬损，但是他们是狂欢广场、狂欢仪式上的主角。俗不可耐的塞尔夫，以及处于社会边缘的妓女塞琳娜，则是《金钱：绝命书》中欲望狂欢仪式的主角。他们借助钱与性的手段，"过着狂欢式的生活。而狂欢式的生活是脱离了常规的生活，在某种程度上是'翻了个的生活'，'是反面的生活'。"[32]他们陶醉于欲望狂欢的欣喜之中，在享乐主义的大潮中纵情欢笑。艾米斯说："他［塞尔夫］被消费主义所吞噬……过多观看电视让他变得愚蠢——他的生活没有精神寄托——因此他被每一个人所愚弄；他对一切浑浑噩噩。由于看电视、读低俗小报，他已经变得懒散而无聊"[33]。通过塞尔夫的粗俗、卑下、渺小与愚蠢，艾米斯表现了后现代消费主义大潮之下，一切神圣、伟大、崇高与智慧均荡然无存。

与傻子人物形象同样重要的是狂欢广场的语言。艾米斯采用了方言、俚语、俗语、日常口语、时髦新词，不仅粗鄙，而且经常"肮脏"，甚至猥亵，是一种产生于底层的、极端大众化的语言。它直截了当，鲜活生动，毫无矫揉造作之嫌，充满"夸张、铺张、怪诞"[34]，是一种"爆炸式的、丑陋而且也很美丽的语言"，具有"拉伯雷式的、狂欢化的堆砌排列"[35]。艾米斯融合了"底层俚语与高雅修辞技巧"[36],故意采用文体混杂手法,俚语、方言、自造语并行,语调多变,庄谐结合,使用隐射、讽刺性模仿、喜剧性反讽等多种手段,体现出了巴赫金所说的"杂语性"(hybridization)的特征。

关于《金钱:绝命书》的"多声部"(polyphonism)特征,约瑟夫·布鲁克认为它主要来自"三个不同层面上的对话":塞尔夫的内心对话(internal dialogue),塞尔夫与小说人物马丁·艾米斯的对话,以及口语化叙述者与读者或隐含读者的对话。[37]首先,《金钱:绝命书》是塞尔夫的"声音与自我意识占主导的叙事",因此,他的内心对话的"四声部",即金钱,情色,自然老化与欲念,"概括了塞尔夫沉湎其中的商业与消费主义文化所具有的诱惑力与毁灭性。"[38]其次,塞尔夫与小说人物艾米斯的对话,是对"商业文化中严肃小说家"的讽刺性模拟。最后,口语化的叙述所隐含的潜在对话性(hidden dialogicality),即叙述者与读者或隐含读者的对话,它让诚实的读者难以选择,只能采用暧昧不清的价值立场,或被迫加入消费主义的"狂欢文化"(carnival culture)中,有意无意成了人物-叙述者、隐含作者的文化同谋,而艾米斯的讽刺意图也因此得以全方位地展现。[39]

第三节　欲望叙事:后现代道德之维

对欲望的书写与表现构成了《金钱:绝命书》之欲望叙事的主旨内涵,采用反"宏大叙事"的后现代技巧则是其欲望叙事的重要形式特征。美国文艺理论家韦恩·布斯认为,小说不可能没有伦理的尺度,它总是含有一定的伦理价值观[40]。《金钱:绝命书》之欲望叙事所隐含的伦理道德内涵是显而易见的。马丁·艾米斯曾背有英国文坛"坏小子"[41]的恶名,但《金钱:绝命书》中的伦理价值观是错综复杂的,很难用好与坏简单地加以界定。归结起来,《金钱:绝命书》之欲望叙事有悖论性、颠覆性和含混性等几大特征。

首先,艾米斯的后现代欲望叙事具有明显的悖论性特征。《金钱:绝命书》无与伦比地展示了沉沦污秽的后现代道德现实。他让塞尔夫、塞琳娜等各色人物沉湎于肉体的游戏与狂欢,让读者心悸地体验感官的刺激与道德的震撼。从作者意图与文本意图来看,《金钱:绝命书》对后现代大都市文化持强烈的批判态度,隐含着对现实道德状况的辛辣讽刺,自由诡谲的想象与狂欢化的、自然主义的粗鄙联袂打造出了后现代的"梅尼普式讽刺"。但与此同时,人物的猥琐与卑劣、内容的低俗与颓废在很大程度上又是对后现代大都市文化的迎合,又是对现实道德状况的变相屈从。[42]艾米斯的后现代欲望叙事不仅大大缺少传统艺术的"超越性"和"提升性",反而因为沾染了颓废性与沉沦性的斑斑污垢,最终失去了文学应有的道德关怀和道德理想。作为消费主义时代的文化产品,《金钱:绝命书》反过来也变成了身体刺激与审美快感的消费对象,在文化市场中迎合了消费社会大众读者的某些低级趣味。"在消费文化影像中,在独特而直接产生的身体刺激与审美快感的消费场所中,情感快乐与梦想欲望总是大受欢迎的。"[43]因此,《金钱:绝命书》之悖论性与反讽性在于:对欲望狂欢与文化粗鄙主义的书写和讽刺,在很大程度上也成了消费主义与文化粗鄙主义的隐性同谋。《金钱:绝命书》出版后所引起的种种是非争议,其很大原因亦即在于此。

其次,《金钱:绝命书》所采用的反宏大叙事视角具有强烈的颠覆性。艾米斯一般采用限制性叙事视角,以小说人物塞尔夫作为叙述者,而不是传统的全知全能的叙述者,同时还使用了元小说、作者闯入叙述、作者客串人物等多种反"宏大叙事"的后现代手法。对此,有学者认为:"一旦采用了一种反'宏大叙事'的后现代叙事视角,所有那些极端情景、那些性+死亡+暴力的三合一强刺激、那些'恶心的快乐'便自动地获得了合法性,便不应再被视为肮脏龌龊,而应被视为对其所表征的社会现实的否定。"[44]这正是《金钱:绝命书》的吊诡之处:后现代的叙事视角将否定性、颓废性的道德意象置换成了严肃的、肯定性的审美对象。文艺批评家海登·怀特认为,叙事绝非一种中性的媒介或话语形式,而是包含着鲜明的意识形态与认识论的选择。[45]也就是说,叙事不仅是形式,而且也是内容。艾米斯本人也说过:"风格即道德。"[46]由此推之,后现代风格亦是后现代道德。因此,艾米斯的后现代叙事对"宏大叙事"的颠覆,在很大程度上也是对传统叙事作品中的伦理道德观念的颠覆。

在传统的小说中,小说家们大多信奉一种惩恶扬善的"诗性正义"(poetic justice),它是一种融入了作家本人价值评判的道德理想。而艾米斯不太关心善恶斗争的主题,也从不进行劝善惩恶的教化。在他的眼里,小说对真、善、美的讴歌,对假、恶、丑的鞭挞已经不合时宜了。"小说家应该惩恶扬善不再行之有效了。当然龌龊是我作品的一个要素。我写龌龊是因为它更有趣。每个人都对坏消息感兴趣。"[47]在他看来,文学只是给人提供娱乐或消遣的语言游戏,其中对恶行的描写目的在于"讽刺"。在一次采访中,艾米斯说:"当然,严肃地看,我的作品是可怕的,但关键在于,它们都是讽刺。我不认为我是预言家;我不是写社会评论。我的作品是游戏文学。我追求笑声。"[48]可以看出,这样的叙事态度不仅颠覆了传统小说中的道德理想主义,而且也消解了传统道德主义的正统性与严肃性。

再次,《金钱:绝命书》之欲望叙事流露出了一种非道德化的倾向,即隐含作者极力淡化道德上的是非观、善恶观,但这种非道德化的叙事倾向仍然代表了一种道德态度。如前所述,小说家本人也极力摆出一种道德中立的姿态,但这种道德虚无主义的姿态仍然是一种道德诉求,是一种拒绝对是非善恶作出道德判断的含混态度。后现代主义理论认为,艺术世界的虚构性、文本性是一种本体性构成,而艺术小说的伦理性也是一种本体性构成。既然"文学是因为人类伦理及道德情感或观念表达的需要而产生的",那么任何文学都会带有伦理道德的色彩或因素。"由于作家的审美追求与道德追求的一致,道德内涵在文学中便不是游离于审美话语之外的可有可无的东西,而是一种本体性构成因素。"[49]艾米斯摒弃了传统小说中的道德教化功能,也否弃了现代小说中的现代道德内涵与精神力量;但由于采用道德含混的立场,他可以有效地将种种社会丑恶现象与人类道德困境纳入后现代主义的观照中,可以轻松地对物质主义时代的道德沦丧进行后现代主义式的文化诊断。

不过,对艾米斯来说,他一方面希望通过自反性的元小说叙事手法,把读者吸引进虚构的文本:"我全力赞成与读者的紧密关系。我真的希望读者进入文本……我的叙述者们始终是模糊的身影。我本人也是游荡在小说周围的模糊身影。"[50]但另一方面,他清楚地知道,无论自己如何自揭小说文本的虚构性,读者仍然会相信人物的真实性,仍然会对人物的道德状况表示关切。因此,艾米斯认为,读者不应该认同小说中的人物,"读者应该认同的是作家。他们应该努力看清楚作家的依托,作家的构思,以及作家的观点。应该认同艺术,而不是人物"[51]。换言之,读者不能将"不良少年"的道德理念等同于艾米斯本人的道德理念;小说叙述人的道德观念与作者本人的道德观念也不能混为一谈;真实作者与隐含作者的道德态度更是大有区别。

最后,值得注意的是,《金钱:绝命书》的结尾包含着一种隐晦的道德向善性。在小说的绝大部分时间内,塞尔夫虽然沉湎于都市欲望中,但正如艾米斯本人所说,他的内心仍然带有一种"没有道德力的道德忧虑"[52]。塞尔夫说:"她[指塞琳娜]很像我。她知道自己不应该这样做。可是她一直都在这么做。我,我甚至不能去谴责金钱。现在的情况是这样:看出了好与坏的不同,却选择了坏——或者说,认同了坏,对坏说了OK。"[53]到了小说结尾,情况发生了微妙而有趣的变化。塞尔夫破产后逃回伦敦,几乎身无分文。他被市场经济的"丛林法则"折腾得精疲力竭,最后跌入社会的最底层。他对投资失败与放浪生活有所彻悟,并把曾经沉湎于其中并且无限崇拜的钱痛斥为"铜臭"[54]。他开始与一个身材魁梧的女人生活在一起,他的男性欲望因为失去金钱的支撑再也无法抬头。艾米斯所探讨的"钱与性"的世界在最后获得了完全不同的处理,经常被怀疑失去道德底线的欲望叙事在此获得有限的道德支撑。塞尔夫似乎放弃了以前的淫乱与贪婪的生活,放弃了对金钱的追逐,放弃了自我中心的男性主义。可以看出,通过人物向善的可能性,小说的结尾难能可贵地表达了一种"道德的成长性"[55],从而使读者对人类这一欲望动物不至于过分悲观。

注释

[1] James Diedrick, "The Fiction of Martin Amis: Patriarchy and Its Discontents," in *Contemporary British Fiction* (Cambridge: Polity Press, 2003), p.247.

[2] James Diedrick, *Understanding Martin Amis* (Columbia: University of South Carolina Press, 1995), p.73. Merritt Moseley, "Amis, Father and Son," in *A Companion to the British and Irish Novel 1945-2000* (Malden, MA & Oxford: Blackwell, 2005), p.311. Peter Childs, *Contemporary Novelists: British Fiction Since 1970* (London & New York: Palgrave Macmillan, 2005), p.37. Elaine Showalter, "Ladlit," in Zachary Leader ed., *On Modern British Fiction* (Oxford: Oxford University Press, 2002), p.66.

[3] David Thomson, "Martin Amis," in *Dictionary of Literary Biography*, Vol. 194 (Detroit: Gale, 1998), p.12.

[4] Allan Massie, *The Novel Today: A Critical Guide to the British Novel 1970-1989* (London & New York: Routledge, 1990), p.47. Peter Childs, pp.39-43.

[5] 阮炜:《钱与性的世界——评马丁·艾米斯的〈钱:自杀者的绝命书〉》,《外国文学评论》,1997年第4期,第75页。

[6] 严格地说,应该是"三城记"。为了拍摄电影,塞尔夫曾几次远赴美国西海岸大都市洛杉矶,他的"梦幻之地,向往之地"。

[7] Philip Tew, *The Contemporary British Novel* (London & New York: Continuum, 2004), p.95.

[8] Elaine Showalter, p.66.

[9] Joseph Brooker, "Satire Bust: The Wagners of Money," *Law and Literature*, Vol. 17, No.3 (2005), pp.321-346.

[10] 同[5],第77页。

[11] 布雷德伯里:《现代主义的城市》,布雷德伯里、麦克法兰编,《现代主义》,胡家峦等译,上海:上海外语教育出版社,1992年,第76页。

[12] 同上。

[13] 海德:《城市诗歌》,布雷德伯里、麦克法兰编,第310页。

[14] 周小仪:《唯美主义与消费文化》,北京:北京大学出版社,2002年,第119页。

[15] 迈克·费瑟斯通:《消费文化与后现代主义》,刘精明译,南京:译林出版社,2000年,第148页。

[16] 同上。

[17] Martin Amis, *Money: A Suicide Note* (London & New York: Penguin, 1984), p.10.

[18] 同[15],第115页。

[19] 李俊国:《日常审美·欲望狂欢·时尚拼贴——消费主义时代的文艺审美特征及其功能悖论》,《华中科技大学学报》,2005年第4期,第85页。

[20] Martin Amis, 1984, p.238.

[21] 莫特:《导论:消费论面面观》,《消费文化》,余宁平译,南京:南京大学出版社,2001年,第3页。

[22] David Lodge, *After Bakhtin: Essays on Fiction and Criticism* (London & New York: Routledge, 1990), p.24.

[23] 伊格尔顿:《历史中的政治、哲学、爱欲》,马海良译,北京:中国社会科学出版社,1999年,第32页。

[24] 同[15],第11—12页。

[25] 波德里亚:《消费社会》,刘成富、全志钢译,南京:南京大学出版社,2001年,第143页。

[26] 同[11],第82页。

[27] Martin Amis, 1984, p.15.

[28] Ibid., p.67.

[29] Brian Finney, "What's Amis in Contemporary British Fiction: Martin Amis's *Money* and *Time's Arrow*." <https://home.csulb.edu/~bhfinney/amismoney.html. Accessed 30 May 2023.>

[30] Rod Mengham ed., *An Introduction to Contemporary Fiction: International Writing in English Since 1970* (Cambridge: Polity Press, 1999), p.211.

[31] James Diedrick, 1995, pp.101-102.

[32] 巴赫金:《陀思妥耶夫斯基诗学问题》,白春仁译,北京:三联书店,1988年,第177页。

[33] Qtd. in John Haffenden, *Novelists in Interview* (London & New York: Methuen, 1985), p.5.

[34] Joseph Brooker, p.328.

[35] Tamás Bényei, "The Passion of John Self: Allegory, Economy, and Expenditure of Money," in Gavin Keulks ed., *Martin Amis: Postmodernism and Beyond* (London & New York: Palgrave Macmillan, 2006), p.44.

[36] Ian Hamilton, "Martin and Martina," *London Review of Books*, 20 Sept.-3 Oct. 1984, p.3.

[37] Joseph Brooker, pp.321-346.

[38] 关于"四声部"的具体功能和作用,参见 Jon Begley, "Satirizing the Carnival of Postmodern Capitalism: The Transatlantic and Dialogic Structure of Martin Amis's *Money*," *Contemporary Literature*, Vol. 45, No.1(2004), pp.79-105.

[39] Ibid.

[40] 布斯:《小说修辞学》,华明等译,北京:北京大学出版社,1987年,第440—441页。

[41] 张和龙:《英国"文坛坏小子"马丁·艾米斯》,《文景》,2006年第11期,第70页。

[42] 阮炜:《严肃的艾米斯与"恶心的快乐"》,《读书》,2002年第2期,第120页。

[43] 同[15],第18页。

[44] 同[42]。

[45] Hayden White, *The Content of the Form: Narrative Discourse and Historical Representation* (Baltimore: The John Hopkins University Press, 1987), p. ix.

[46] Martin Amis, *Experience* (London: Jonathan Cape, 2000), p. 121.

[47] Marla Levy, "Martin Amis," in *Dictionary of Literary Biography*, Vol. 14 (Detroit: Gale, 1983), p. 21.

[48] Qtd. in Marla Levy, p. 31.

[49] 周春宇:《道德批评的前途》,《文艺评论》,1998 年第 1 期,第 87 页。

[50] Qtd. in James Diedrick, 1995, p. 8.

[51] Ibid., p. 96.

[52] John Haffenden, p. 14.

[53] Martin Amis, 1984, p. 26.

[54] Ibid., p. 359.

[55] James J. Miracky, "Hope Lost or Hyped Lust-Gendered Representations of 1980s Britain in Margaret Drabble's *The Radiant Way* and Martin Amis's *Money*," *Critique: Studies in Contemporary Fiction*, Vol. 44, No. 2 (2003), pp. 136-143.

第八章

马丁·艾米斯小说中的情色叙事及其反讽张力

如前所述,《金钱:绝命书》和《伦敦原野》是马丁·艾米斯的两部重要的代表作。前者描写了男主人公约翰·塞尔夫奔走在伦敦和纽约两大后现代都市之中,沉湎于酗酒、毒品、斗殴、嫖妓、色情、手淫中而不能自拔,"色男"塞尔夫与不同女性人物之间的情色欢娱构成了小说叙事进程的主要推力。后者讲述了女主人公妮科拉·希克斯如何精心物色自己的男性谋杀者而导演了一场"他杀式自杀"的故事,其中"荡妇"妮科拉与三位男性人物之间的情色游戏成为小说叙事的核心动力。在这两部作品中,艾米斯围绕"色男"与"荡妇"所构建的情色叙事,为西方读者提供了宏大壮观的饕餮盛宴,形形色色的情色场景尤其满足了男性"食客"对女性的情色想象与感官消费。

然而,艾米斯的情色叙事也引发了巨大的争议,尤其遭到了女权主义者的严词批判。艾米斯经常被抨击为"色情主义者"[1]、"性别歧视主义者"[2]、"厌女主义者"[3]。由于遭到两位女评委的反对,《伦敦原野》无缘1989年的布克奖候选名单,曾在英国文坛引起轩然大波,艾米斯也由此成为当代英国最具争议的作家之一。在一次采访中,艾米斯坚称自己是"女性主义作家"[4]。在另一次采访中,他还将《金钱:绝命书》定义为"女权主义之作"[5]。显然,他对文坛非议与批评界的诟病是不以为然的。其实,无论是将艾米斯看作"厌女主义者",还是"女性主义者",都没能走出非此即彼的二元对立思维框架,忽视了艾米斯借助情色叙事消解本质主义性别观的后现代主义立场。

在《金钱:绝命书》和《伦敦原野》中,艾米斯将"色男"塞尔夫的性消费与"荡妇"妮科拉的色诱作为小说叙事的主导动力,使两部作品充满强烈的感官刺激与极大的叙事张力。"性"与"色"是艾米斯构建情色叙事的核心要素,并具体表现为性与金钱的"联姻",以及情色的交换性与游戏性。艾米斯撕掉了文化的遮眼布与传统道德的面纱,将赤裸裸的性色勾当捧上了后现代欲望都市的舞台,不可避免地引发非议。艾米斯置身于男权文化中,无疑会沾染上男权主义色彩,但另一方面,他又生活在女权主义思潮洗礼过的西方社会,对根深蒂固的性别意识形态不可能熟视无睹。从表面上看,《金钱:绝命书》与《伦敦原野》似乎是对男权意识形态的迎合或认同,但其深层结构却隐含着解构与否定。具体地说,这两部作品的主题涉及两种互为对应、互为关联的性别属性特征,即所谓的"男性气质"(masculinity,或译"男子性")与"女性气质"(femininity,或译"女子性")。在狭隘的传统性别认知模式下,前者大多与阳刚、智慧、理性、勇敢、权力、事业成功、性能力等男性品质紧密相关,澳大利亚学者雷温·康奈尔(Raewyn Connell)称之为"支配性男性气质"[6];后者是指温顺、被动、服从、怯弱、感性、无知、受虐、自虐等女性特征,不妨界定为"从属性女性气质"。作为父权制社会中男女两性的刻板印象,它们所代表的是一种根深蒂固的二元对立思维定式。这是一种本质主义的性别认知模式,它维系着后现代社会中两性关系的等级秩序与"支配-臣服"的权力关系。而艾米斯围绕白人、中产阶级、异性恋中的性别关系,以标新立异的姿态构建独特的情色叙事,以看似屈从或认同的反讽方式消解这一性别认知模式,颠覆其背后的等级秩序与隐性的权力结构,旨在反思与批判本质主义的性别意识形态。

第八章　马丁·艾米斯小说中的情色叙事及其反讽张力

第一节　《金钱:绝命书》:对男性气质认知的质疑与消解

《金钱:绝命书》以"色男"塞尔夫的情色经历或性交易为叙事中心,讲述了这位从事色情影视工作的"款爷"在伦敦和纽约两大都市中的"捞金"故事。他与不同女性人物之间的香艳交往,尤其是和女主人公塞琳娜之间的风流韵事,在小说中占有相当大的篇幅。艾米斯将后现代都市着力构建成浓艳奢靡、情色泛滥的空间场域,并塑造了一系列色男欲女式的人物形象。在他的笔下,纽约这个消费主义大都市到处充斥着脱衣舞、情色浴场、现场活春宫与各类性用品商场。艾米斯将塞尔夫在这一情色场域中的情色经历与性交易作为叙述的重点,用充满感官色彩的词汇塑造了一系列欲望女性的形象,淋漓尽致地再现了欲望都市里的春光肉影与活色生香,为西方读者烹制了一场宏大的"情色盛宴"。在艾米斯情色描写的屏风上,有"性感的狐狸"布奇、"一丝不挂"的艾琳、"公用荡妇"特鲁迪、"性器官追随者"多丽丝、"像本裸体杂志"的曼迪和戴比,以及被视为情趣用品的女主人公塞琳娜。这些女性人物无一例外地都成了塞尔夫现实或想象中的性对象或性消费品。在这些女性人物中,被誉为"床笫艺术家"的塞琳娜更是其中的"极品"。塞琳娜·斯特里(Selina Street)的姓名本身就含有"街头女郎"的意思。性于她而言仅仅是金钱的代名词,与爱情、亲密关系,甚至快感都毫无关系,塞琳娜最终成了"色男"塞尔夫赖以生存、不可或缺的性消费品。塞尔夫与塞琳娜以及众多欲望女性之间的钱色交易,不断推动着小说的叙事进程,无疑构成了这部小说的主导叙事特征。

《金钱:绝命书》自出版以来,其情色叙事经常遭到女权主义批评家们的抨击。有学者指出,这部小说维护的是父权制社会的性别体系,女性与金钱的关系可以用"女性 + 金钱 = 物"的等式来表示[7]。艾米斯以情色为中心的叙事模式在将女性商品化、符号化的过程中,其叙事表层实际上是对"支配性男性气质"的复现或彰显。在小说中,塞尔夫的好色淫逸、阔绰买春成为欲望都市里炙手可热的"成功"男人的象征,在很大程度上凸显了由财富、身份、地位和权力等所谓"成功"要素构成的"支配性男性气质"。就塞尔夫而言,性消费——尤其是对塞琳娜的性消费——在建构或彰显"支配性男性气质"的过程中发挥了重要作用。在男性占主导地位的父权制社会中,性消费具有炫耀性的符号意义。崇拜金钱的塞琳娜在成为塞尔夫性消费对象的同时,也成为这个"成功"男人引以为豪的炫耀资本。换句话说,塞琳娜出于对金钱的热爱而主动选择放荡堕落,佐证了塞尔夫的男性魅力和征服力量。性消费行为的炫耀性凸显了男权意识形态的强势运作,以及与都市消费主义的权力合谋。塞尔夫对塞琳娜这一情趣商品的"使用"和"消费",充分体现了后现代消费社会中性别之间的支配——臣服权力关系。因此,《金钱:绝命书》中所描写的性交易实际上是对传统性别统治权的确认或认同。正如评论家凯瑟琳·麦金农(Catharine MacKinnon,1946—)指出,性行为从来不是一个个人问题,而是一种"权力形式"和"性别不平等的核心要素"[8]。

不过,《金钱:绝命书》中的情色叙事对女性人物的欲望化、情色化书写,对塞尔夫性消费的戏剧性、炫耀性描述,虽然彰显了"支配性男性气质"在社会生活中的主宰地位,也将女性贬低为二元对立性别关系中的被动客体或异化了的他者,但是艾米斯的情色叙事也隐含着性别意识形态的颠覆性因素与否定性力量。也就是说,这一叙事模式具有建构与解构的双重性和悖论性。根据雷蒙·威廉斯的看法,"消费"最初的含义是"耗尽""摧毁",因而具有强烈的破坏性[9]。因此,塞尔夫的性消费也是一种"自我毁灭的行为"[10]。正如小说的副标题"自杀者的绝命书"所暗示的那样,塞尔夫活跃在醉生梦死、纸醉金迷的情欲场中,最终也成为情色和金钱的牺牲品。性消费所彰显的"支配性男性气质"在小说的后半部分被证明只是一种虚幻。皮埃尔·布尔迪厄(Pierre Bourdieu,1930—2002)认为,"支配性男性气质"是强加给男性的"义

第八章 马丁·艾米斯小说中的情色叙事及其反讽张力

务"和"责任",是"一个陷阱",而"男人也是统治表象的囚徒和隐性的受害者"[11]。《金钱:绝命书》中的情色叙事在建构、彰显塞尔夫所代表的"支配性男性气质"的同时,又对这一气质形成了围堵和阉割之势,艾米斯也由此颠覆了"支配性男性气质"背后的男性神话和本质主义性别观。

在艾米斯的情色叙事框架内,"色男"塞尔夫虽然是一个渗透着浓厚男权意识形态的人物形象,但他无疑也是男权意识形态的受害者。性消费给塞尔夫带来了不可避免的情感虚空与精神焦虑。在后现代都市消费主义的背景下,性消费的自由泛滥将人置于超现实的海市蜃楼中,这种缺乏真实感的"情色体验"吞噬了人的本真情感和精神内核,也把男性的自我推向了人性堕落与道德沉沦的万丈深渊。在小说中,塞尔夫"看见女人就想上,看见男人就想斗"[12]的精神状态,也暴露出了原始欲望的本能冲动与男性无意识深处的暴力倾向。塞尔夫不仅难以正确处理与玛蒂娜之间的情感关系,甚至在面对后者时还表现出了颇具象征意味的性无能。塞尔夫如幽灵一般穿梭于性消费的欲望世界中,所感受到的是无形的精神压力和内心绝望,不断遭受着身心异化和灵魂空虚的巨大折磨。他牙齿疼痛,头发稀疏,肚皮干瘪,未老先衰,心智极不成熟,都是他心灵扭曲与精神荒漠化的外在表现。他一方面沉湎于情色、追逐"成功",但另一方面又对这样的都市生活充满厌倦。面对消费主义与性别意识形态所带来的双重压力,塞尔夫甚至在色情事业的"巅峰时期"就"渴望冲破这个金钱世界"[13],逃离这个散发着铜臭味的情色世界与异化了的欲望都市。钱色交易引发的情感空虚与精神焦虑注定了这一男性人物的悲剧性命运。塞尔夫犹如被囚禁在欲望都市与男权文化中的囚徒,他对"支配性男性气质"的趋奉或维护,完全是被消费主义与性别意识形态双重"绑架"的结果。这一人物形象隐含着艾米斯对后现代消费社会与性别意识形态的强烈批判。

此外,《金钱:绝命书》中的情色叙事所具有的解构功能与颠覆性还体现在人物形象的性属变化上。在小说后半部分,塞尔夫的"色情事业"与欲望追逐都发生了戏剧性的逆转。在崇尚金钱的后现代消费社会中,塞尔夫因为破产而穷困潦倒,最终遭到了欲望女性的唾弃。他与塞琳娜之间的关系也急转直下,塞琳娜从此与他形同陌路。经历了肉欲狂欢的塞尔夫蜕变成了缺乏"男子气概"的生活失意者,从而与小说前半部分散发着"阳刚"气息的"成功人士"形成了强烈的对比。小说结尾,塞尔夫对性交易的远离以及他的性属形象的变化,实际上是对"支配性男性气质"的否定和摈弃,是对自性状态的回归,也是对男性自我的解救与重塑。因此,对塞尔夫而言,"支配性男性气质"的黄昏恰恰是他的自我人格形成的黎明。远离了光怪陆离的喧嚣世界,塞尔夫也意识到了性消费的虚幻性和"支配性男性气质"的欺骗性,较为清晰地看到了他本性中女性的一面:"没有女人的男人会变得女里女气,反之亦然"[14]。艾米斯借塞尔夫之口表达了对性别气质"杂糅性"的认同,消解了父权制社会中性别意识形态的稳定性以及性别气质认知中的本质主义倾向。正如学者艾玛·帕克(Emma Parker)所言,艾米斯通过塞尔夫这一人物形象的性属变化"颠覆了父权制模式下的男性气质"[15]。《金钱:绝命书》中成功的、男子汉式的塞尔夫与失败的、女性化的塞尔夫构成了文本的张力,演绎了一出富有强烈讽刺意味的"变形记",揭示出了后现代消费社会中男性生存的变异及其多种可能性。

第二节 《伦敦原野》:对女性气质认知的解构

《伦敦原野》以"荡妇"的色诱为叙事中心,讲述了女主人公妮科拉寻找自己的谋杀者的故事。妮科拉自出场便散发出强烈的情色意味,她的姓氏希克斯(Six)被认为在发音上能产生性(Sex)的联想。她在"千禧危机"(millennium)的氛围中试图策划一起"他杀式自杀"事件,希望通过与男性人物的情色游戏来物色合适的男性谋杀者。她的死亡对男性具有难以抵抗的情色诱惑,因为谋杀妮科拉可以得到一种类似性高潮的快感。《伦敦原野》中的情色叙事就是以妮科拉的"主动被谋杀"为情节线索,并围绕她对男性人物的色诱或情色操控而展开。根据父权制社会对女性行为的判断标准与程式化认知,妮科拉与男性人物之间的情色游戏无疑是十足的淫乱放荡行为。在"荡妇"与"圣女"传统对立思维框架下,妮科拉几乎成了"淫荡""邪恶"的代名词,而且与此前任何"荡妇"形象相比有过之而无不及。妮科拉最终被男性人物所谋杀的结局,无疑是男权文化与传统男性文本中的常见或"正常"反应,也象征着男权社会对"荡妇"的肉体镇压与终极惩罚。

《伦敦原野》围绕"荡妇"所构建的情色叙事曾在英美批评界引起巨大争议。妮科拉这一史无前例的女性形象成了女权主义批评家们攻击艾米斯的重要口实。如萨拉·米尔斯(Sara Mills)认为,艾米斯对妮科拉受虐寻死式的描写无疑患上了"厌女主义"之病症,妮科拉最终被男性谋杀的结局更是严重性别歧视的表现[16]。从叙事表层来看,妮科拉的"荡妇"身份,以及主动寻找男性谋杀者的行为,显然是对父权制社会中性别权力关系的迎合或认同。然而,在艾米斯的叙事框架内,生存于男权主义和消费主义夹缝中的妮科拉是一位极其复杂的女性人物。她是一个集多种矛盾身份于一体的悖论性人物:她既是父权制社会的受害者,又是批判者;既是"婊子",也是"殉教者"[17];既是色情行业的助推者,又是受害者;既是时代的弄潮儿,又是时代的牺牲品。艾米斯采用悖论性的方式,展现了男权文化和都市消费主义共同"宰制"下的女性的尴尬处境。妮科拉这一形象的悖论性是对传统女性气质认知模式的否定,也是对本质主义性别观的解构。也就是说,这一悖论性人物的塑造是艾米斯反制或对抗男权主义与都市消费主义的重要叙事策略。

在男权文化的叙事性文本中,"荡妇"往往屈从于男性的性别权力控制和话语权威,逃脱不掉男权社会的道德审判,最终沦为性别意识形态的牺牲品。然而,在《伦敦原野》中,妮科拉对男性的情色诱惑则是女性在后现代欲望都市中奋力抗争的写照。妮科拉将性当作颠覆男性权威的武器,并借此把男性吸入她的"破坏力极强的磁场中"[18]。妮科拉借助后现代消费社会中性色的交换价值,编织出了一张无形的情色大网,"轻而易举地征服男人"[19],最终俘获了小说中的主要男性人物。在与三位男性人物的情色周旋中,妮科拉处于权力操控中心,不再是男权社会中被动、失语的边缘人物,不再是性别权力关系中的从属者、臣服者。她以情色作为武器,以后现代的欲望都市——伦敦作为战场,展开了一场男女性别之间的权力交锋。她以色相为资本,用"婊子"的身份、"荡妇"的标签和自甘堕落的形象来反抗父权制社会的思维定式与固有秩序。她借助性的放荡来言说和张扬女性的自我,以不道德的情欲来实现对男性人物的操控和对性别权力的篡夺,最终以性道德破坏者的"胜利"姿态实现了对传统"荡妇"形象的颠覆。艾米斯塑造的这一女性人物形象具有强烈的意识形态颠覆性,不仅是对性别气质认知传统的否定,也隐含着女性自我的"另类"重塑和救赎。艾米斯对"荡妇"形象的"正面"描写,是以"角色倒置"与悖论的方式来解构父权制社会对女性的社会想象与角色期待,以看似迎合或屈从的文化姿态颠覆了刻板的女性气质认知模式。

在《伦敦原野》的情色叙事框架中,艾米斯还塑造了多位荷尔蒙过于旺盛却被妮科拉玩弄于股掌之中的色男形象。小说中的男性人物——从工人阶级到中产阶级,从街头痞子到知识分子,从凡人肉身到圣人仙骨,无一例外地都饱受膨胀的感官欲望的操控,全都成了肉欲的仆从与情色的奴隶。暴虐的基思、具有贵族风范的盖伊、道貌岸然的萨姆,乃至"神圣"的上帝,均成为妮科拉的情色猎物。"傍傍族"基思对金钱的需要以及对情色的迷恋,使他在妮科拉的色诱面前变得俯首帖耳。盖伊则落入妮科拉和基思联手设下的情感欺诈和金钱骗局中,丧失了所谓的"英雄迷思"与"骑士风范",变成了一个可怜的小丑。男性作家萨姆在妮科拉的情色诱惑下,被骗走了自己的小说创作成果《伦敦原野》。父权制社会所标榜的绅士形象、独立人格、责任感和力挽狂澜于既倒的担当精神等"男子气概",让位于追腥逐臭的欲望满足与情色沉沦,男性人物几乎被降格为性欲工具。连象征着绝对男性权威的"上帝"也被推下了神坛,最终受制于妮科拉的性诱惑,沦落为一个龌龊的男人。相映成趣的是,几位主要男性角色颓废沉沦,并带有女性化的特征,而妮科拉则被描写成一个"男性幻想家"[20],身怀救赎的使命,具有担当的精神,男女性别气质特征形成了鲜明的对比与反差。艾米斯以杂糅与倒错的方式展现了男性的被动、无能与女性的主动、强势,揭示出了性别权力关系的可颠覆性与可逆转性。

在《伦敦原野》中,主要人物的情色关系构成了一种反向对位式叙事结构。在这个情色化的叙事框架中,艾米斯将女性人物"逆转"为两性关系中的主导者与中心角色。妮科拉既是情色游戏的主角和发起人,也是情色游戏的规则制定者与操纵者,而三位男性则沦为情色游戏的被动参与者或受虐者。他们在妮科拉面前集体"失语",不同程度地落入妮科拉预先设置的情色陷阱中。在与三位男性所构建的同样不对等的新型权力关系中,妮科拉以"探囊取物"的方式颠覆了男性权威,获得了女性自我的话语权。这一对位式的情色叙事模式是对父权制社会"游戏规则"的反向戏仿,是对父权制社会权力运行机制及其合法性的质疑,更是对"从属性女性气质"背后的权力关系与性别意识形态操控力量的另类反抗。从话语权力的角度来看,妮科拉已由一个被男权社会所唾弃的传统"荡妇",升格成一个操纵男性命运、篡夺男性话语权力的"超女"。她的"淫荡"行为暗藏着对父权制社会等级秩序的颠覆性捉弄,以及对"荡妇"这一标签背后的"真理性""合法性"的戏谑性嘲讽。正如学者芬尼所说,"妮科拉最后选择受害与被谋杀并不意味着她是向父权制的投降,相反,这一举动则是对缺乏真爱的父权制世界的抵制"[21]。

第三节 情色叙事模式及其反讽张力

艾米斯的情色叙事源于女性符号化、欲望商品化的西方后现代社会,是以强烈反讽的方式对消费主义时代的性别意识形态进行反思与批判。这一叙事的反讽性主要体现为人物、情节等文本表层与主题内涵等深层结构之间的相悖性,并通过男女两性的情色互动与人物的性别角色逆转得以实现。《金钱:绝命书》中的塞尔夫从"款爷"到"乞丐"的沉沦,从性狂欢到性无能的蜕变,最后降格为一个无助的、女性气质化的小丑,这一巨大反差对塞尔夫所崇尚的"支配性男性气质"形成了极大的讽刺,产生了黑色幽默式的反讽效果。《伦敦原野》中的妮科拉以性色为武器,以生命为代价,用游戏的方式与男权社会大开"情色玩笑"。在这一戏谑性的"玩笑"中,男性则被置于荒唐可笑、被玩弄的尴尬境地,性别权力关系遭到戏仿式的逆转,性别等级秩序成为被颠覆、被嘲讽的对象。艾米斯的情色叙事虽然时常令人不爽,但并不是一种"不负责任"的低俗写作[22]。它弥漫着非道德的荷尔蒙气息,看似低俗、刺目,颇具争议性,但形成了自身的内在结构与逻辑机制。在两部小说中,情色叙事在表层与深层之间维持着很强的反讽张力,对性别意识形态主题的呈现起到了深化与升华的作用。

在艾米斯看来,对后现代社会现实进行思考的小说家都成了"反讽家"[23],而他的作品就在于反讽,是"玩笑文学"[24]。撒切尔-里根时代的性别符号化与欲望泛滥,以及消费主义社会人类情感的异化,造就了艾米斯的反讽叙事策略。反讽式的"玩笑"虽然带有后现代的游戏色彩,却有助于严肃而深刻的主题呈现。艾米斯的情色叙事诉诸感官刺激,且不乏争议,但是透过这一表象,可以看出其深层是对性别意识形态的反思与消解,是对二元对立性别气质认知模式的质疑与颠覆,具有深刻而强烈的社会批判性。《金钱:绝命书》的叙事表层在彰显塞尔夫所代表的"支配性男性气质"的同时,为艾米斯对男性气质认知的颠覆性嘲讽做足了铺垫。"色男"塞尔夫最后的"性无能"揭示了"支配性男性气质"对人格的扭曲和对人性的否定,粉碎了这一男性气质的"真理性"及其背后的男性神话。《伦敦原野》中的叙事表层在妖魔化女性的过程中迎合了男权意识形态,但是艾米斯通过戏仿手法,讽刺并超越了父权制社会所预设的"荡妇"形象。从性别权力的动态关系来看,塞尔夫的"女性化"蜕变与妮科拉的"男性化"形象塑造模糊了父权制社会所划定的性别气质界线,体现了艾米斯的反本质主义性别观,表明人类的性别气质具有"你中有我,我中有你"之杂糅性、流动性特征。因此,反讽叙事模式从内部破坏了文本表层的单一意义,以悖论与自我颠覆的方式呈现深邃的多重主旨内涵。换言之,表层意义的单一性与深层主题的多重性构成了艾米斯情色叙事的重要反讽张力。

在情色叙事的深层结构中,艾米斯一方面颠覆与否定了传统性别气质认知模式,另一方面也嘲讽与批判了消费主义社会中情感的缺失以及现代人的心灵空虚。艾米斯认为,"情色描写似乎是对爱情的戏仿。因此,它处理的是爱情的对立面,即恨与死亡","堆积在情色描写中的是情感的死亡"[25]。因此,在他的笔下,爱情被情色置换,真情找不到生存的土壤。在《金钱:绝命书》中,塞尔夫是情色的受害者,他"对男性经验的真实性感到焦虑不安,内心备受折磨"[26]。纸醉金迷的性狂欢与无可奈何的"性无能"背后,隐藏着欲男在丧失男性身份和尊严后的彻骨之痛,传达出了爱情或真情缺失下的无奈与无助感。《金钱:绝命书》的叙事表层是一出男性的"变形记",其深层主题则是对都市消费主义与男权意识形态扼杀感情的批判。同样,在情感荒漠化的《伦敦原野》中,妮科拉以性作为武器,最终被男性"谋杀",文本表层的"荡妇"形象招致了诸多批评,但是其深层主题则是对男权文化中受虐女性形象的超越性反思,是对异化了的性别关系的嘲弄与揶揄,是对缺乏真情和爱情的消费主义社会的批判。尽管色情化的妮科拉令人反感,不乏争议,但戏拟式的"荡妇"形象"隐晦地批评了男性对女性做出的厌女式反应"[27]。可见,艾米斯的情色叙事在人物描写的表层与隐含的作者意图之间形成反讽张力,批判了男权文化对男性的戕害,以及对女性的"谋杀",揭示了后现代消费社会中两性关系的情感异化与精神歧途。

此外,具有反讽张力的情色叙事不仅是对性别文化进行隐性的揭示与深层的思考,而且还倡导一种建立在爱情和责任之上、富有活力和创造力的两性关系,构建一种打破等级秩序与权力关系的互补性、杂糅性的性别气质。在《向陈腔滥调宣战》(*The War Against Cliché*,2001)一书中,艾米斯曾明确表达了他对建构新性别气质的艺术理念:

"对于男性来说,培养其自身阴柔的一面可被视为对一种更为雅致,更具绅士风范的原则的尊重"[28]。艾米斯所塑造的救赎式人物与他赋予作品的救赎功能演绎了这一观点。艾米斯的情色叙事虽然维系着男女人物无尽堕落的表象,其深层却隐含着人性救赎的主题。根据马克斯·韦伯(Max Weber, 1864—1920)的观点,"艺术承担着世俗救赎的功能"[29]。在《金钱:绝命书》中,文本中的男性作家马丁·艾米斯通过挫败塞尔夫的色情"事业",使他摆脱了性别意识形态的"绑架",最终回归自我。这与女性人物玛蒂娜·吐温对塞尔夫的救赎形成了呼应。"马丁"(Martin)与"玛蒂娜·吐温"(Martina Twain)雌雄同体式的合二为一,喻示着某种杂糅性的新性别气质认知理念。在《伦敦原野》中,"荡妇"形象引发巨大争议,但这一形象的自我颠覆性隐含着女性自我的"另类"救赎,其男性化特征也寄托着艾米斯建构新性别气质的某种期望。

综上所述,艾米斯的情色叙事具有强烈的反讽张力,叙事表层与深层主题之间形成既对立又统一的矛盾关系,其相反相成的悖论性对性别意识形态的主题起到了深化与升华的作用。不过,在后现代消费社会的背景下,艾米斯虽然对男权文化与性别意识形态作出理查兹所说的"反讽式观照"[30],但他以情色作为探讨性别关系的途径和手段,尤其对性与色的过度渲染,却又很难摆脱厌女主义、性别歧视主义的嫌疑,甚至会产生为男权文化辩护的负面效果。在中国文化语境下,我们应当以辩证的眼光去看待艾米斯的情色叙事及其反讽艺术内涵。

注释

[1] Nicolas Tredell, *The Fiction of Martin Amis* (Cambridge: Icon, 2000), p.99.

[2] Sara Mills, "Working with Sexism: What can Feminist Text Analysis Do?" in Peter Verdonk and Jean Jacques Weber eds., *Twentieth-Century Fiction from Text to Context* (London & New York: Routledge, 1995), p.208.

[3] Laura L. Doan, "'Sexy Greedy Is the Late Eighties': Power Systems in Amis's *Money* and Churchill's *Serious Money*," *Minnesota Review*, No. 34-35 (1990), p. 75.

[4] Claudia FitzHerbert, "Amis on Amis," *Electronic Telegraph*, 12 Nov. 2001, p. 17. <http://www.telegraph.co.uk/culture/4726512/Amis-on-Amis.html. Accessed 27 Dec. 2022.>

[5] Susan Morrison, "The Wit and Fury of Martin Amis," *Rolling Stone*, 17 May 1990, p. 101.

[6] R. W. Connell, *Masculinities*, 2nd ed. (Oakland, CA: University of California Press, 2005), p. 77.

[7] Laura L. Doan, p. 70.

[8] Catharine A. MacKinnon, "Feminism, Marxism, Method, and the State: An Agenda for Theory," *Signs: Journal of Women in Culture and Society*, Vol. 7, No. 3 (1982), p. 533.

[9] Raymond Williams, *Keywords: A Vocabulary of Culture and Society* (London: Fontana, 1976), p. 78.

[10] Nicky Marsh, "Taking the Maggie: Money, Masculinity and Sovereignty in British Fiction," *Modern Fiction Studies*, Vol. 53, No. 4 (2007), p. 861.

[11] 布尔迪厄:《男性统治》,刘晖译,北京:中国人民大学出版社,2011年,第71—73页。

[12] Martin Amis, *Money: A Suicide Note* (London & New York: Penguin, 1984), p. 277.

[13] Ibid., p. 145.

[14] Ibid., p. 300.

[15] Emma Parker, "Money Makes the Man: Gender and Sexuality in Martin Amis's *Money*," in Gavin Keulks ed., *Martin Amis: Postmodernism and Beyond* (London & New York: Palgrave Macmillan, 2006), p. 58.

[16] Sara Mills, pp. 215-216.

[17] Martin Amis, *London Fields* (New York: Alfred A. Knopf, 1989), p. 330.

[18] Brian Finney, "Narrative and Narrated Homicides in Martin Amis's *Other*

People and *London Fields,*" *Critique*, Vol. 37, No. 1 (1995), p. 9.

[19] Martin Amis, 1989, p. 82.

[20] Ibid., p. 282.

[21] Brian Finney, *Martin Amis* (London & New York: Routledge, 2008), p. 145.

[22] Shanti Padhi, "Bed and Bedlam: The Hard-Core Extravaganzas of Martin Amis," *Literary Half-Yearly*, Vol. 23, No. 1 (1982), p. 41.

[23] Martin Amis, *The War Against Cliché: Essays and Reviews, 1971 – 2000* (London & New York: Vintage, 2002), p. 117.

[24] Angela Neustatter, "Amis and Connolly—The Best-Seller Boys," *Cosmopolitan*, No. 185 (1978), p. 71.

[25] Martin Amis, "Sex in America," *Talk*, Feb. 2001, p. 135.

[26] Adam Mars-Jones, *Venus Envy: On the Womb and the Bomb* (London: Chatto & Windus, 1990), p. 33.

[27] Brian Finney, 2008, p. 141.

[28] Martin Amis, 2002, p. 4.

[29] Max Weber, *From Max Weber: Essays in Sociology*, H. H. Gerth and Wright Mills ed. and trans. (Oxford: Oxford University Press, 1946), p. 342.

[30] I. A. Richards, *Principles of Literary Criticism* (London & New York: Routledge, 2004), p. 234.

第九章

颠覆性的后现代游戏：马丁·艾米斯小说中的"后现代招式"[1]

关于"后现代主义小说"，学界一直存在争议，但它的一些基本特征已为大多数学者所认同。研究英国后现代小说的学者穆罕默德·萨拉米（Mahmoud Salami）认为："后现代主义具有如下特征：矛盾性、并置性、断续性、随意性、无限倒退、过分张扬的叙述者、显性戏剧化的读者、中国套盒结构、魔咒与荒诞列表、对叙述形式的批评性议论、互文性、自反性、戏拟性、娱乐性与游戏性。"[2]如果按照这个标准来衡量的话，马丁·艾米斯的小说无疑是后现代的。在艾米斯的作品中，心灵世界的僵踣颠颓触目惊心，但繁杂多样的"后现代招式"也令人眼花缭乱，从元小说到自反性，从作者闯入叙事到自暴虚构性，从打破小说样式到文本互涉，不一而足。然而，作为英国后现代小说的代表人物，艾米斯也使用了一些与众不同、别具一格的"后现代招式"。本章主要探讨艾米斯如何通过独家拥有的"颠倒"或"倒置"手法来玩弄颠覆性的后现代游戏。

"颠覆"一词，字典里是指"采取阴谋手段从内部推翻合法政府"，但文学层面的"颠覆"可以理解为通过各种非常规的文学手段来打破或推翻固有的文学秩序、意识形态和权力关系；"游戏"一词，字典里是指"各种娱乐活动",但文学层面的"游戏"可以指通过打乱现有的话语规则和艺术秩序来消解或戏拟传统文本所认定的严肃性与深刻性。马丁·艾米斯就是一位文学的颠覆者,一个将文学规范或常规兑换成"怎么都行"的后现代游戏高手。他的颠覆性游戏在以下两大"后现代招式"的运用中体现得最为充分,也最为典型:第一,角色倒置;第二,时间倒流。前者以其戏谑与反讽的方式解构了性别政治的中心与边缘、自我与他者的二元对立关系,后者则游戏式地颠覆了现代主义的时间观、意义观、审美观与道德观。关于"角色倒置",就目前所掌握的资料来看,尚未发现有论著与论文进行过专门探讨。至于"时间倒流"的问题,学界已经有一些论述,但很少有人将它看作一种"后现代招式"。

第一节 角 色 倒 置

作为后现代主义思潮的重要流派,女权主义"是对'厌女主义话语'的反动,同时也是对女性禁忌与等级秩序的质疑"[3]。在女权主义者看来,马丁·艾米斯这样的男性作家无疑是一位典型的"厌女主义者":他的小说充斥着"厌女主义话语",叙述者对女性人物缺乏关怀与"想象性同情",对女性人物的轻慢与歧视溢于言表,而且大多数女性人物经常性地沦为性乱与暴力叙事的牺牲品。对于指责与批评,艾米斯本人则认为,自己"不是反女权主义,而是支持女权主义"[4]。不过,他的小说确实存在着悖论性的两个方面:一方面既擦不掉男性厌女主义的斑斑印记,另一方面又"频繁而出色地展示了男性厌女主义",其中不可避免地包含着对"厌女主义男人的解剖"。其实,其作品的悖论性与复杂性同他所使用的种种"后现代招式"密不可分,其中最值得注意的是"角色倒置"手法的运用。

"角色倒置"是指性角色的倒置和性身份的错位,这种倒置和错位是相对于传统的性身份分类而言的。具体地说,它是指小说家逆传统而动,人为设置的一种阴差阳错状态:女性角色被非常突兀地赋予了传

第九章 颠覆性的后现代游戏:马丁·艾米斯小说中的"后现代招式"

统男性角色所具有的性格特征;明显的是异性恋的人物身份却被虚构性地颠倒为同性恋身份。艾米斯的"角色倒置"是对错综复杂的性别关系的反向戏拟,它既有男权意识形态的不自觉流露,也有对占主导地位的男权文化的游戏式颠覆。更为重要的是,在这一颠覆性的后现代游戏中,艾米斯以戏谑与反讽的方式解构了性别政治的中心与边缘、自我与他者的二元对立关系。

千百年来,占中心地位的男权制度早已确立了一套"女性"的特征,如温柔、怯弱、驯从、谦卑等,传统文学中的女性形象要么是体现这些特征的良家妇女或圣女节妇,要么是背离这些特征并饱受男人唾弃的荡妇淫娃。约翰·福尔斯曾在《法国中尉的女人》中突破性地塑造过一个早期女权主义者的形象,但是他所采用的男性叙事视角又被认为是反女权主义的。[5]在《伦敦原野》中,艾米斯则采用一个更加极端的做法:将小说的女主人公设置成了明显带有传统男性特征的女性人物,构成了让女权主义者欲说还休的角色倒置现象。如果说在《法国中尉的女人》中,福尔斯至少是站在理解与赞美的立场上来书写女性的(尽管女主人公被人看成"婊子"),那么在《伦敦原野》中,艾米斯则毫无半点同情与赞美,更无一丝一毫温情脉脉的绅士笔触,而是用充满"男性恶毒"的心态塑造了一个迷恋于被奸杀的地道的妓女与女流氓形象。在以往的文学作品中,地痞流氓往往是男人的专利,女性常常会成为男人的玩物或伤害对象,但是艾米斯的"被谋杀者"——妮科拉却将男人玩弄于股掌之间,"她掏空包养汉的腰包,弄垮贪色者的身子,抚慰伤心汉的心灵。"由于元小说技巧的巧妙使用,妮科拉与小说的叙述者合谋上演了一出极其精彩却没有高潮(奸杀)的后现代游戏。与妮科拉的勾引与色诱相比,萨拉的放荡假象与委身恋人只能是小巫见大巫了。妮科拉角色的男性化摆脱不了厌女主义与性别歧视的重重嫌疑,但传统恶棍形象的女性化也是对占主导地位的男权文化的颠覆性嘲弄。艾米斯的"角色倒置"是归谬式的,虽然具有无与伦比的解构性与游戏性,但它并不是要将男性与女性、中心与边缘的权力关系颠倒过来,而是要颠覆非此即彼的二元主义思维模式,反对性身份中的本质主义倾向。

"角色倒置"现象在《夜行列车》里则更加突出。小说采用第一人称叙事手法,但女主人公角色明显具有男性化的特征。在小说的开头,她这样叙述:

> 我是警察。这听起来不大寻常,构词挺特别的。反正这是我们的自称。在我们的同行中,从来不说自己是什么男警察(policeman)、女警察(policewomen),什么警官,只说自己是警察。我是警察。我这名警察人称迈克·胡礼汉侦探,而且还是女人呢。[6]

迈克·胡礼汉(一个十足的男性名字)同样不是那种温柔、怯弱、驯从、谦卑的"女性"形象,而是一个典型的"硬汉"警察形象。她身高5英尺10英寸,体重180磅,体格如男人一般魁梧结实,声音如男人一般粗重低沉,而且如传统男警察形象一样,精明强干,愤世嫉俗,酗酒成性,常常带有种族歧视。在小说中,读者随着她的"侦探"视角,一个对死亡习以为常的男性化"冷酷"视角,调查一个传统意义上完美的女性——詹妮弗的死亡案件。尽管迈克尽力淡化自己的性身份,但她的视角明显是一个被男性文化严重污染的女性视角,她的第一人称叙述也构成了特殊的伪女性叙事。与单纯的女性叙事相比,这一伪女性叙事对男性主流文化的攻击具有更大的杀伤力。

与迈克·胡礼汉这个人物相反的是,男性主流文化眼里的詹妮弗则是一个理想化、标准化、经典化的年轻女性形象:她是一位天文学家,不仅出身优越,父亲宠爱,而且聪明美丽,工作称心,男友如意。但是让人意想不到的是,这样一位女性竟然在家中开枪自杀了,而且是对着自己的脑袋连开三枪。但是更让人感到困惑的是:她是一丝不挂地横躺在椅子上,而且"阴道与口腔内的精液测试呈阳性"。詹妮弗的死亡之谜是小说的中心事件,而冷酷"硬汉"迈克·胡礼汉对案件的调查彰显了后现代社会中依然存在的性别对立与等级关系,以及男性主流文化所具有的主宰、压抑与毁灭的罪恶特征。迈克说:"谋杀是男人的事。

第九章 颠覆性的后现代游戏:马丁·艾米斯小说中的"后现代招式"

是男人犯的罪,事后是男人清理的,是男人破的案,是男人来审判的。因为男人喜欢暴力。女人其实跟谋杀并没有多大关系,除了做受害者,当然是做死者亲属,还有做目击证人。"[7]

迈克的最终调查表明,詹妮弗属于自杀,但是从整部小说来看,自杀抑或他杀并不重要,死亡动因也不重要,小说中的刑事调查让"角色倒置"本身具有了极其重要的后现代审美意义。一方面是"完美"女性詹妮弗开枪自杀,另一方面是迈克沉湎于男性化身份而不自觉;一个是身份的"理想"女性化,一个是身份的极端男性化,两种对立的女性身份类型构成了对本质主义话语的怀疑与否定。身份错位(与身份故意完美化)实际上是反普遍主义、反本质主义的,它所强调的是性别身份中的异质性,性别关系中的非中心性。因此,艾米斯不是简单地"反女权主义",也不是简单地对权力等级秩序进行颠覆,而是在女权主义的话语中顽皮地掺进了后现代主义因素,其中所隐含的思想更接近第三波女权主义浪潮——后现代女权主义,即否定本质主义式的二元结构论,主张解构现行的两性观念,放弃包括生理性别或社会性别在内的身份观念,拒绝承认存在一个所有女性共享的受压迫的女性身份,以强调性身份的流动性、异质性与混杂性。[8]

严格地说,《伦敦原野》和《夜行列车》中的"角色倒置"并不是真正的颠倒,而是一种变相的混杂与捏合。但是在短篇小说《异性恋小说》("Straight Fiction",1995)中,艾米斯的"角色倒置"是名副其实的,其中的同性恋与异性恋世界被彻底颠倒,人物的性身份在反向倒置中获得了自足的逻辑依据,现实中的"正常"与"不正常"(或"中心"与"边缘")也发生了饶有趣味的虚构性颠倒。一般来说,人类社会的性倾向主要是以异性为对象和归宿的,异性恋文化构成了自古至今一切社会形态中的主流文化,而同性恋文化只能作为一种亚文化游离于主流文化的边缘或外围,遭受着主流文化的窥探、歧视与压制。但是在《异性恋小说》中,艾米斯进行了简单而富有创意的颠覆,将同性恋文化虚构成了社会的主流文化,而异性恋者则成了被观看、被同情的"少数派"

"边缘人物"。于是,纽约的曼哈顿等地区变成了一个同性恋占主导地位的世界,而"异性恋"则成了一个人们难以启齿并羞于启齿的词语。小说的主人公克里夫自认为是一个"非常开明"的同性恋者,"对异性恋没什么意见",当他得知自己所崇拜的电影明星伯顿是异性恋时,仍然感到非常震惊。但是在与异性恋女子克瑞丝达的不断交往中,他的性倾向与态度不断发生变化,并最终抛弃同性恋人而义无反顾地对异性产生了"倾慕"之情。

尽管性身份发生颠倒,但《异性恋小说》仍然是一篇同性恋题材的小说。主人公性倾向的最后改变是对同性恋身份乃天性使然的生物本质主义论的揶揄,但是在小说的主体部分,性身份的颠倒构成了对同性恋问题中的观看与被看、正常与反常、中心与边缘等二元结构的后现代主义戏拟。长期以来,同性恋行为始终被主流文化认定为是社会罪恶,是道德败坏,是病态反常。[9]但是在艾米斯的虚构世界里,异性恋则变成了人类灾祸的无尽根源,他们如苍蝇一般具有"疯狂的繁殖能力",他们是"再生器、生育机、繁殖者、产卵机、配种器"。同性恋的歧视与偏见导致了"现代异性恋权力解放运动的诞生"。在纽约这个大都市,每五个人中就有两个人公开承认自己是异性恋,在有些地区似乎每个人都是异性恋,而异性恋的领袖和活动家们正利用这一重要的选民团体来获得政治影响力。在世界异性恋首都旧金山,异性恋在他们的特别节日里上街游行或展示,而电视上则不断播放异性恋的重要新闻,政治活动家们正在制定异性恋权益的政治纲领。与此同时,同性恋的读者们开始阅读异性恋小说,如亨利·詹姆斯、简·奥斯丁(Jane Austen,1775—1817),现实中的同性恋作家如王尔德、福斯特等都被颠倒成了令主人公感到惊诧的异性恋作家。真实的世界在小说家的无边想象中发生了妙趣横生的天地大颠倒。艾米斯的虚构性倒置将性倾向中的复杂性与多面性巧妙地凸显出来,彰显了被异性恋中心主义无情放逐的非主流、边缘化的意识形态,同时也构成了对西方社会中占主导地位的二元主义思维模式的颠覆与解构。

第九章　颠覆性的后现代游戏：马丁·艾米斯小说中的"后现代招式"

在后现代主义理论看来，男性与女性、同性恋与异性恋的分类中隐藏着深层的话语与权力关系，体现了一种中心与边缘、自我与他者的二元主义思想，代表了一种本质主义的意识形态。因此，无论是在《伦敦原野》《夜行列车》中，还是在《异性恋小说》中，艾米斯对男性与女性、同性恋与异性恋二元主义的嬉戏式颠倒正是一种后现代主义的文化策略，其颠覆性的游戏已经成为后现代主义文化不可分割的重要组成部分。无论是阴差阳错的角色错位，还是性倾向的人为倒置，都是对女权主义相关理论的反拨，同时也是对性别政治的中心与边缘、自我与他者等传统二元主义的价值游戏式解构。

第二节　时间倒流

《时间之箭》是马丁·艾米斯唯一获布克奖提名的小说，也是他唯一进行极端叙事实验的小说。在这部小说中，他天才般地采用了时间倒流的叙事手法，即历史或人生不是按照过去、现在和将来的顺序演变发展，而是从某一时刻开始朝过去神奇地倒退回去。于是，小说中的所有相关事件全部因果颠倒，顺序相反：食物和水不是被送入口中，而是从口中退回到盘子里；垃圾清运工不是将垃圾清理掉而是将垃圾放入垃圾桶；纳粹集中营里的大屠杀变成了死人纷纷复活。艾米斯简单地颠倒了传统观念中时间的顺序性、不可逆性与因果性，在虚拟、谐谑的倒流叙事中，游戏式地颠覆了现代主义的时间观、意义观、审美观与道德观。他从我们习以为常的时间出发，以颠倒与错乱的形式来戏仿生命、意义、历史与道德，最终超越了现代主义的精神疆域，抵达颠覆性、否定性与虚无性的后现代主义领地。

艾米斯对顺时性的人为颠倒使时间本身成了小说的主题。[10]《时间之箭》明确无误地表达了一个别具一格的"倒流"时间观。人类对时间的思考由来已久，传统的时间观认为，时间只是一个再自然不过的物理学问题，它是一条变动不居、流动不已的长河，而世间万物注定了要在时间的长河中产生、发展和消亡。现代主义的时间观在物理时间的概念上增加了心理时间的维度,认为人的意识流动打乱了时间的线性流动,过去、现在与将来可以在意识之流中并置、交织与混杂,因此,现代主义小说可以在时间的凝固、压缩、回溯和瞬间停顿中,深入人类深邃的心灵世界,感受着那纷繁复杂、跳动不已的内心活动:"心灵接纳了成千上万个印象——琐屑的、奇异的、倏忽即逝的或者用锋利的钢刀深深地铭刻在心头的印象。"[11]不过,无论是传统的物理时间观,还是现代的心理时间观,它们都建立在真实可感的历史与现实的基础上,并且毫无例外地关涉对存在本质的思考和对生命意义的探究。然而,在《时间之箭》中,艾米斯宛如一个调皮捣乱的顽童,随意将时光之钟的指针轻轻一拨,人为地将时间的箭头掉转过来,于是时间不可逆的神话被打破,时间的连续性与线性流动性获得了反向的可能性。这一看似荒诞反常、不可理喻的手法,却反映了一种激烈的"怎么都行"的后现代反叛姿态,那隐含在传统或现代时间观中的真理、价值、意义、理性等稳定观念遭到颠覆,生命的崇高性、历史的真实性与道德的明晰性也因此成为不可能。

《时间之箭》的叙述者按照时间逆向流动的模式,叙述了主人公从濒死到诞生的整个一生。叙述者说:"我们变得越来越年轻了,……所有其他人也变得越来越年轻了……对我来说,仿佛是电影在倒放。"在这个时间倒流的虚拟世界中,叙述者说:"毁灭很难。毁灭很慢……而创造根本不是问题。"同时,叙述者又不断地自问:"这个世界什么时候会变得有意义?"[12]叙述者对时间倒流的感知,对存在"意义"的困惑,一方面使时间命题与生命意义的命题发生关联,另一方面也使时间与意义的命题完全背离了固有的传统与现代内涵,并最终进入后现代主义的谐谑与游戏层面。在现代派诗人艾略特的《四个四重奏》(*Four Quartets*, 1943)中,"现在的时间与过去的时间/两者也许存在于未来之中,/而未来的时间却包含在过去里……如果一切时间永远是现在/一切时间都无法得到拯救。"[13]这个时间观与基督教神学家奥古斯丁

第九章 颠覆性的后现代游戏：马丁·艾米斯小说中的"后现代招式"

(Augustine of Hippo，354—430)的时间观一脉相承："过去事物的现在便是记忆，现在事物的现在便是直接感觉，将来事物的现在便是期待。"[14]在神学家奥古斯丁和现代主义者艾略特那里，时间的向度里都被赋予了沉甸甸的现代价值与意义，以及"一种永恒的可能性"：过去的罪孽导致今日的苦难，现在的赎罪可以让灵魂进入永恒。[15]但艾米斯的"时间之箭"射落了终极意义的现代性大旗，"罪孽的本质"(小说的副标题)在生命的倒退中归于虚无，人生的拯救与赎罪等宗教意义被消解，艾略特所追求的"时间拯救"获得了后现代的可能性，即一种游戏式的反向可能性。

在小说中，主人公托德是前纳粹德国的一名医生，是逃亡美国的前纳粹战犯，可是当时间倒流到他进行过"实验"的奥斯维辛集中营时，叙述者说："这个世界将变得有意义了。"[16]"意义"在此处获得了振聋发聩的反讽效果。在倒流叙事中，苟求性命于美国的托德不是缝合伤口，而是令人心悸地扒开伤口，因此，叙述者对生命意义的不断质疑无疑是合情合理、不容辩驳的。然而，当集中营的焚化炉内不是生命灰飞烟灭，而是灰烬大变活人的时候，叙述者的"意义说"在自足的倒流叙事中又不可思议地获得了支撑的逻辑依据。时光倒流竟然让医生的天职——治病救人变得毫无意义，却让纳粹集中营里的种族大屠杀"变得有意义了"，艾米斯的"乾坤大挪移"瓦解了"意义"的确定性与稳定性，同时也让"不可思议"的人类浩劫进入一个后现代的意义与审美框架。学者哈里斯说："通过向后倒退，叙事文体本身构成对纳粹的悖论式'进步观'的评骘。"[17]这里的"进步观"是指纳粹的种族优越论，以及纳粹鼓吹的德意志民族的"伟大复兴"，它在表面上完全符合现代性的"逻辑"与"理性"，但正是所谓的"进步"与"理性"却导致了惨绝人寰的暴力与战争，导致了对"劣等民族"有计划、有组织的大灭绝。因此，艾米斯的倒流叙事不仅仅是简单的颠倒或"评骘"，而是对以理性、逻辑为法宝的现代"意义观"与"进步观"的强有力的解构。

在《时间之箭》的《后记》中，艾米斯公开承认自己的小说受罗伯特·利弗顿（Robert Lifton，1926—　）《纳粹医生》（The Nazi Doctors，1986）的影响："没有它,我的小说不会也不可能写成。"[18]在《纳粹医生》中,利弗顿从心理动力学的角度来解剖暴行实施者的人格分裂,认为"纳粹制度对技术官僚同前现代视野和结构的融合"是"反动的现代主义"。[19]但是艾米斯不仅颠覆了所谓的"反动的现代主义",而且也颠覆了以技术进步为特征的工业现代主义。叙述者说："平心而论,奥斯维辛的胜利在本质上是有组织的:我们找到了隐藏在人类心灵中的圣火,并建造了一条通往奥斯维辛的高速干道。"[20]所谓"奥斯维辛的胜利",指的是因果颠倒下的有组织的生命拯救与复活,它表面上看来是心灵的"圣火"与技术进步合作的一次辉煌"胜利",但其实质恰恰是"反动的现代主义"与工业现代主义的巨大失败。著名学者哈钦说："后现代主义颠覆了现代主义的弥赛亚（救世）信念,颠覆了技术革新与形式的纯粹性可以确保社会秩序的信念。"[21]因此,"奥斯维辛的胜利"也是艾米斯颠覆性的"后现代招式"的胜利。

在时间的倒流中,艾米斯将纳粹大屠杀置换成了一场"胜利",其重要性并不在于其巨大的反讽效果,而在于这一"后现代招式"的颠覆性。大屠杀不是人性野蛮或社会罪恶的代名词,而是现代文明与启蒙思想的本质构成,是"现代性"的、"合乎逻辑性"的必然产物。齐格蒙·鲍曼在《现代性与大屠杀》中说："大屠杀并不是现代文明和它所代表的一切事物的一个对立面,大屠杀只是揭露了现代社会的另一面。"[22]同样,研究艾米斯的学者詹姆斯·德特里克（James Diedrick）认为："大屠杀不是启蒙思想的对立面,相反,它代表了启蒙思想多维中的一维。"[23]对此,艾米斯也有深刻的认识。在《时间之箭》的《后记》中,他说："（纳粹）罪行是独一无二的,其本质不是残酷,也不是懦弱,而是其行为方式——即对返祖性与现代性的融合。它既合乎动物性,也'合乎逻辑性'。"[24]在读《纳粹医生》时,艾米斯本人还意识到："存在一个精神倒错的世界,如果你将时间倒退的话,这个世界就会有意义。"[25]因此,在艾米斯的"时间倒流"中,"作为现代性之验证的大屠杀",作为"启蒙思

第九章 颠覆性的后现代游戏：马丁·艾米斯小说中的"后现代招式"

想多维中的一维"，确实如叙述者所说"变得有意义"了，[26]但是这个颠倒错位的"意义"恰恰是对启蒙思想与现代文明的游戏式解构与反讽式颠覆。

大屠杀在《时间之箭》中只有20页的篇幅，因此有人对大屠杀是否小说的中心内容存有争议。[27]尽管如此，这部作品的大屠杀主题如同它的时间主题一样是无可争辩的。艾米斯本人曾经说过：大屠杀是20世纪无可否认的中心事件。不过，用倒流叙事来处理大屠杀的历史事件在文学史上是独一无二的。艾米斯对这一历史事件的滑稽再现隐含着小说家审视历史的后现代主义态度。西奥多·阿多诺认为，"奥斯维辛之后写诗是野蛮的"，从有关大屠杀的艺术品中得到审美愉悦或阅读愉悦是难以接受的，对大屠杀的任何审美再现都是不合适的。[28]然而，艾米斯的"审美再现"是建立在具有"陌生化"[29]效应的倒流叙事上面，毒气室内的残暴场景被置换成了魔幻般的复活表演，潜在的反乌托邦叙事变成了轻松的乌托邦叙事。[30]于是，大屠杀历史的残酷性与震撼性被倒流叙事的滑稽性所消解，现代主义审美观所认定的"野蛮性"最终被颠覆性的后现代主义游戏所取代。

不可否认，艾米斯借鉴了科幻小说中的"时间旅行"写作手法，但时间倒流与"时间旅行"绝不相同。"时间旅行"强调人物可以通过时间隧道不确定地穿行于过去、现在或将来的任一时刻，它可以将历史、现实与未来随意地并置、交叉、颠倒或混杂；而"时间倒流"只能让一切事件向过去倒退，一切过程向历史回溯，它所遵循的是倒退性与逆向性的原则。在"时间旅行"的叙事架构中，例如在冯尼古特的《五号屠场》中，逻辑性、因果关系以及现实性虽然杂乱无章，但仍然有规律可循，在一定程度上仍然体现着不言自明的道德严肃性；可是在倒流叙事中，逻辑颠倒，因果颠倒，事实颠倒，人的生命可以从弥留之际慢慢倒退到呱呱落地之时，历史前进的车轮可以滑稽无比地向后倒退，而人类历史的苦难性与惨痛性也就被叙事的道德含混性无情遮蔽。在《五号屠场》中，痛苦与玩笑被并置，残酷与温柔被糅合，读者不得不面对那"'后现代'残酷的玩笑、冷漠的讥嘲、老到的戏拟和随意的反讽"。[31]但是在《时间之箭》中,嬉戏压倒痛苦,滑稽掩盖残酷,冷漠大于嘲弄。与"时间旅行"完全不同的是,时间倒流不仅成了一种谑而不虐的后现代叙事策略,而且作为一种后现代招式,它具有难以言喻的道德暧昧性与反道德性。艾米斯本人认为:时间与道德是相互关联的,"如果你将时间之箭掉转方向,任何行为或行动的道德性就会被颠倒。"[32]因此,在颠覆性的后现代游戏中,大屠杀背后的现代道德观也土崩瓦解了。

注释

[1] 在评论美国后现代作家德里罗的小说时,马丁·艾米斯使用了"tricksiness"一词,笼统地指后现代小说的各种技巧与手法。这个单词有时被写成"trickiness"。这两个单词意思非常接近,都有"计谋""诡计""花招"等含义,其意义的含混与交叉犹如汉语中的"招式"和"招数"一样,在词语的层面上注解着后现代文本意义的漂浮性与不确定性。此外,"tricksiness"一词还有"顽皮""恶作剧"等含义。在《现代英国小说(1878—2001)》(*The Modern British Novel 1878—2001*, 2001)一书中,布莱德伯里认为,艾米斯的"postmodern tricksiness"是相对于传统小说而言的,是指当代英国小说不同于传统小说的重要特质(Malcolm Bradbury, *The Modern British Novel 1878—2001*, London & New York: Penguin, 2001, p.454.)。因此,我们姑且用"后现代招式"来翻译"postmodern tricksiness"一词,一方面代表艾米斯小说的后现代特质与技巧,另一方面对应其小说中的"游戏性"或"变戏法"内涵。

[2] Mahmoud Salami, *John Fowles's Fiction and the Poetics of Postmodernism* (London & Toronto: Associated University Presses, 1992), p.24.

[3] 王岳川:《后现代主义文化研究》,北京:北京大学出版社,1992年,第383页。

[4] James Diedrick, *Understanding Martin Amis* (Columbia: University of South Carolina, 1995), p.20.

[5] Magali Cornier Michael, "'Who is Sarah?': A Critique of *The French Lieutenant's Woman*'s Feminism," *Critique: Studies in Modern Fiction*, Vol. 28, No.4 (1987), p.225-236.

[6] Martin Amis, *Night Train* (London & New York: Vintage, 1998), p.1. 译文参考《夜行列车》中译本(王之光译,译林出版社,2001年,第1页),有改动。

[7] Ibid., p.11.

[8] D. H. Coole, *Women in Political Theory: From Ancient Misogyny to Contemporary Feminism* (Wheatsheaf: Harvester, 1993), p.184. Chris Beasley, *What is Feminism? An Introduction to Feminist Theory* (London: Sage, 1999), p.88.

[9] 李银河:《同性恋亚文化》,北京:今日中国出版社,1998年,第12页。

[10] Sven Birkerts, "Postmodernism: Bumper-Sticker Culture," in *American Energies* (New York: William Morrow, 1992), p.21.

[11] 伍尔夫:《论小说与小说家》,瞿世镜译,上海:上海译文出版社,2000年,第7页。

[12] Martin Amis, *Time's Arrow* (London & New York: Penguin, 1992), pp.15-16, 26, 123.

[13] 转引自刘立辉:《〈四个四重奏〉的时间拯救主题》,《外国文学评论》,2002年第3期,第29页。

[14] 奥古斯丁:《忏悔录》,周士良译,北京:商务印书馆,1991年,第247页。

[15] 同[13]。

[16] Martin Amis, 1992, p.124.

[17] Greg Harris, "Men Giving Birth to New World Orders: Martin Amis's *Time's Arrow*," *Studies in The Novel*, Vol.31, No.4 (1999), p.489.

[18] Martin Amis, 1992, p.175.

[19] Greg Harris, p.505.

[20] Martin Amis, 1992, p.132.

[21] Linda Hutcheon, *The Politics of Postmodernism* (London & New York: Routledge, 1989), p.12.

[22] 鲍曼:《现代性与大屠杀》,杨渝东等译,南京:译林出版社,2002年,第10页。

[23] James Diedrick, p.14.

[24] Martin Amis, 1992, p.176.

［25］Anthony DeCurtis, "Britain's Mavericks," *Harper's Bazaar*, Nov. 1991, p. 146.

［26］同［22］,第 8 页。

［27］Sue Vice, *Holocaust Fiction* (London & New York: Routledge, 2000), p. 11.

［28］Ibid.

［29］Ibid.

［30］Malcolm Bradbury, *The Modern British Novel 1878 - 2001* (London & New York: Penguin, 2001), p. 532.

［31］张和龙:《幽默缘何染黑色》,《外国文学》,1997 年第 5 期,第 94 页。

［32］Anthony DeCurtis, p. 147.

第十章

朱利安·巴恩斯的后现代小说艺术

朱利安·巴恩斯是当代英国最著名的小说家之一，迄今为止已发表十多部长篇小说，三个短篇小说集以及近十部非虚构作品。他将英美多项文学奖揽入自己名下，曾多次获英国小说最高奖布克奖的提名[1]，也是唯一荣膺法国费米娜和美第奇两项文学大奖的外国作家。《福楼拜的鹦鹉》和《十卷半世界史》是巴恩斯最重要的两部代表作。在这两部作品中，巴恩斯以另类的实验手段突破了文学体裁之间的传统界限，拓宽了小说创作的疆域和可能性，因而一直受到英美批评界的强烈关注。在英国文坛，他的创作成就和影响丝毫不逊于同辈作家，如伊恩·麦克尤恩、马丁·艾米斯、石黑一雄等人；在国际上，他是"堪与纳博科夫、卡尔维诺和昆德拉媲美"的重要小说家。[2]本章试图从"元小说"的角度来探讨巴恩斯的后现代小说艺术，主要分析《福楼拜的鹦鹉》和《十卷半世界史》，以及 2009 年发表的短篇小说《画像师》（"The Limner"）。

所谓"元小说"，就是"关于小说的小说，是关注小说的虚构身份及其创作过程的小说"。[3]可以说，关注小说的虚构性或叙述行为本身是后现代小说中常见的创作手法和艺术特征。作为英国重要的后现代小说家之一，巴恩斯却很少关注小说自身的虚构性，或对叙述行为本身进行评论。他的两部代表作《福楼拜的鹦鹉》和《十卷半世界史》不仅不注重突出其自身的虚构性，反而因为融入大量非虚构文本，引发了学界对这两部作品本身是否算小说的激烈争论。其实，巴恩斯在虚构文本中融入大量非虚构文本，主旨是以匠心独运的手法揭示不同文类、不同艺术门类之间的互文性关系，从而在更宽泛的层面上反思艺术创作和文学批评。在《福楼拜的鹦鹉》中，有关"鹦鹉"的调查不仅是主人公批评行为的重要内容，而且也是整部小说对批评行为与批评过程的隐喻性戏仿；在《十卷半世界史》和短篇小说《画像师》中，巴恩斯则使用了一个古老的创作手法，即"字描法"（ekphrasis），并进行后现代转化，使之成为独特的跨艺术门类的自反性手法。可以说，巴恩斯的后现代小说艺术独树一帜，自成一家。

第一节 《福楼拜的鹦鹉》：文类杂糅的"元批评"小说

《福楼拜的鹦鹉》以鹦鹉开始，又以鹦鹉结束，其线索主要围绕主人公布莱斯韦特如何查找福楼拜所使用过的一只鹦鹉标本而展开。这只鹦鹉是居斯塔夫·福楼拜（Gustave Flaubert，1821—1880）在创作《一颗单纯的心》（"A Simple Heart"，1877）时从鲁昂博物馆借来的，它充当了福楼拜小说女主人公费丽西蒂的宠物"露露"的模特。布莱斯维特发现法国两家博物馆宣称其馆里的鹦鹉，就是福楼拜的书桌上曾经摆放过的那只鹦鹉。而布莱斯韦特经过不懈的调查表明，法国的自然博物馆里曾经有 50 只这样的鹦鹉，至于哪一只是真正的"福楼拜的鹦鹉"，现在已无从得知。"鹦鹉"是《福楼拜的鹦鹉》的中心意象，但它只在第一章、第四章以及最后一章中出现过。小说的大部分内容则相对独立于"鹦鹉"情节，成了布莱斯韦特对福楼拜生活与艺术创作的思考，以及对福楼拜本人及其小说的半专业的学术研究。因此，《福楼拜的鹦鹉》其实是一部别具一格的后现代"元小说"，它通过"研究"福楼拜及其作品表达了后现代语境下对艺术,尤其是对文学批评的独特思考。与其他"元小说"不同的是,巴恩斯的"元小说"不是对叙述行为、叙述本质、叙述过程或叙述方法的反思,而是对批评行为、批评过程与批评方法的反思;它不仅将读者带入一个"有问题"的虚构世界,而且也把读者带入一个几乎能以假乱真的批评世界。

《福楼拜的鹦鹉》的主要线索是追查那只真实的鹦鹉,小说中如追寻"圣杯"一般的调查具有深层的后现代象征意蕴。巴恩斯通过对鹦鹉原型虚幻性的揭示,对艺术再现现实或揭示真理的传统认识论提出了质疑。同时,《福楼拜的鹦鹉》也是一部"历史元小说",它在诉诸历史事件和历史人物的同时,对历史真实的确定性、可靠性提出了怀疑,同时也表达了后现代主义的历史观,即历史的真相是流动的、漂浮的、难以认识的。不过,"鹦鹉"的象征意义远远不止于此。对"鹦鹉"的调查本身不仅是布莱斯维特批评行为的重要内容,而且也是整部小说对批评行为本身的隐喻性戏仿。"鹦鹉"的调查首先引发了叙述者对福楼拜的《一颗单纯的心》的批评性阐释,然后叙述者不断地引入真实的文学人物、文学事件及其他文学作品,让整部小说变成了对福楼拜及其作品的"另类"批评和研究集锦。小说中的年表编纂、传记撰写、动物寓言、书信整理、伪作辨析、文学试卷等等,其实都是文学批评的不同表现形式而已。而小说的第六章"爱玛·包法利的眼睛"曾在剑桥的《格兰塔》杂志上独立发表过,它完全是一篇优秀的关于《包法利夫人》(*Madame Bovary*, 1857)的批评论文。

有人将《福楼拜的鹦鹉》看作一部关于福楼拜的"另类人物传记"[4],这样的解读是不无道理的,因为巴恩斯用不同的文体形式追述了福楼拜的一生:他的家庭背景、他的感情经历、他的艺术观念、他的政治立场、他的创作过程以及他的梅毒、落发、癫痫、抑郁以及自杀传闻等。不过,无论是传统意义上的人物传记,还是"另类"的人物传记,文学家的传记本身就是一种重要的批评形式。小说中有关福楼拜及其作品的各种材料和内容的铺陈,其实是对文学批评过程及其批评方法的揭示。在小说第一章，福楼拜的塑像引发了布莱斯韦特对这位19世纪法国作家浓厚的"学术"兴趣。但是他的整个研究"计划"并非像传统的传记小说那样，用生活细节来还原人物的真实面貌，或通过传主的具体言行来展示传主的独特个性，而是从思考作品的自足性、作家的个性因素以及文本的客观真实性开始的：

> 为什么有了作品，我们还要追逐作者？为什么不可以对作者置之不理？为什么有了作品还远远不够？福楼拜创造了这些作品，但是没有几位作家相信文学文本是客观真实的，作家的个性是无关紧要的，但是我们依然不听劝说，孜孜以求。[5]

于是，在"研究"福楼拜和调查鹦鹉"原型"的过程中，福楼拜的艺术创作及其相关过程不断进入读者的视野，同时布莱斯韦特的批评行为与批评过程也不断地被凸显出来，成了整部小说探讨的重要主题之一。

小说中有关艺术与批评的"自反性"文字、段落、章节比比皆是，并且以不同的形式出现在小说的虚构文本和非虚构文本中。例如，关于作家与作品的关系，布莱斯韦特认为："艺术家不应该出现在他的作品中，就如同上帝不应该出现在大自然中一样。作者无足轻重，艺术品才是一切的一切。"他还引用了福楼拜关于艺术的一句语录："高于一切的是——艺术。"这是典型的对"作品中心论"和"艺术至上论"的批评性戏仿。从第一章开始，布莱斯韦特就一直对一个批评的枝节问题孜孜以求，而且陷入某种"批评的谬误"之中。为了一个鹦鹉标本，他花费了两年的时间，用他自己的话说，"一个年老的业余学者盯上了一个鸡毛蒜皮的问题。"值得一提的是，小说的第十四章以独特的本科生试卷形式对生活与艺术的关系进行了反思："艺术与生活之间的差异越来越难以区分，而每个人的理解又各不相同。"但同时，第十四章还有更多内容直接涉及文学批评的话题，其中第二部分用大量篇幅追溯了"福楼拜对评论家和批评的态度"，即对批评家的讽刺、抨击和贬低的态度：文学批评是"真正愚蠢的东西""批评家们像跳蚤""批评在文学的等级制度中档

第十章 朱利安·巴恩斯的后现代小说艺术

次最低""批评家,靠诋毁和剥削天才为生的一群庸人们!把最优秀的艺术品咬噬成破纸碎片的金龟虫们!"等等,不一而足。如同小说中众多的关于批评的批评文字一样,它们典型地代表了一种对文学批评的自我反思与自我意识。

在小说的最后一章,布莱斯韦特认为要想找到充当"露露"原型的那只鹦鹉几乎是不可能的。至此,关于鹦鹉原型的调查,就如同后现代语境下读者或批评家对文本意义的探寻,只能得到一个令人失望的结果。学者詹姆斯·司各特(James Scott)在评论《福楼拜的鹦鹉》时说:

> 现实与真理只不过是自成体系的话语(尤其是艺术话语)在人类意识中产生的幻觉。在创作实践中,后现代小说家企图消解对传统的艺术阐释学,其手法是突出话语的人为特性,从而暗示艺术品的最终"意义"是永远不可知的,而且任何堂而皇之的真理实际上都是话语制造出来的假象。[6]

小说结尾,巴恩斯借一位福楼拜学者安德里厄之口表达了鹦鹉原型与鹦鹉形象之间的关系:"福楼拜是一位艺术家,一位富有想象力的作家。他可能会因为一个节奏而改变事实。仅仅是因为借了一只鹦鹉,他就应该如实描写吗?他为什么不能改变羽毛的颜色?"[7]这段充满强烈自反性的文字明确地表达了对机械的、教条的批评行为的直接嘲讽,同时也是对无效的批评或阐释行为的有趣戏仿。不过,对文本的批评或阐释行为自有它存在的意义和价值。符号化了的真理并非绝对不可认识,文本的意义也并非绝对不可理解。正如学者梅里特·莫斯利所说:"《福楼拜的鹦鹉》所展现的是发现意义的艰难与理解的脆弱,而不是意义与理解的不可能性。"[8]

从创作特色来看,《福楼拜的鹦鹉》宛如一个巨大的马赛克拼贴,它的虚构文本中混杂了其他各种文类形式,如伪经、自传、动物寓言、传记、年表、文学评论、对话、词典、散文、试卷、指南、宣言等。它们实际上是作家评论和文学批评的各种变体,是对文学评论和文学批评的隐喻性戏仿。《福楼拜的鹦鹉》既不是传统意义上的小说,也与其他后现代小说迥然有别。它"一半是批评,一半是叙事"[9],是一个叙事性话语与批评性话语混杂并相得益彰的后现代实验小说。关于它是否算小说的激烈争论,恰恰说明了巴恩斯在小说创作上所进行的前无古人的探索。小说中有关文学研究与评论的散文体章节或段落与其说是嵌入虚构话语中的逼真的或地道的文学批评,倒不如说是一种已经虚构化了的探讨艺术创作与文学批评的自反式的、元小说式的创作手法。从整部作品来看,《福楼拜的鹦鹉》尽管容纳了那么多非虚构的、散文体的评论,但它仍然是一部虚构小说,一部内涵丰富的"元批评"小说。《福楼拜的鹦鹉》中的年表、动物寓言、文学批评以及完全可以用于实际考试的文学试题,尽管如此"逼真"、如此"真实",但它们仍然是整部小说总体虚构话语的一部分。小说虽然被看作"关于福楼拜及其鹦鹉的一系列研究"[10],但其虚构的本质却无法改变。正如批评家迈克尔·伍德(Michael Wood)所说:"巴恩斯不是一个写小说的散文家,而是一个把想象当作思想工具的小说家。"[11]因此,从后现代小说艺术的角度来看,巴恩斯完全突破了其他后现代"元小说"的样式和类型,以另类的方式表达了后现代语境下对艺术与批评的探索和思考,确立了独树一帜、与众不同的后现代小说创作风格。

第二节 《十卷半世界史》:后现代的"字描法"

《十卷半世界史》是巴恩斯另一部极为重要的后现代代表作。它看起来像是由十个短篇小说组成的文集,但实际上其各个章节之间有着独特的内在联系。小说的第一章从木蠹虫的视角改写了《圣经》(The Bible)中诺亚方舟的故事,其他九章尽管内容各不相同,但巧妙地从不同的角度、用不同的方式描写了方舟的各种变体,如被劫持的游船、梅杜萨号护卫舰与名画《梅杜萨之筏》(The Raft of the Medusa,1819)、方舟残骸的寻找、泰坦尼克号、圣路易斯号、拍戏的木筏、当代的宇宙飞船,等等。这部小说虽然书写了历史,但它并不像标题所宣称的那样是一部历史、一部按照时间顺序编写的历史。它是一部小说,但不完全是由虚构话语构成的。它不仅容纳了很多真实的历史材料和历史事件,而且如《福楼拜的鹦鹉》一样,融入了大量评论性与批评性话语。可以说,在质疑和解构传统的历史观方面,在混杂不同文类、模糊文类界限方面,《十卷半世界史》与《福楼拜的鹦鹉》有异曲同工之妙。不过,本节的侧重点并不在于"历史元小说"层面的探讨,而是着重对小说第五章的"海难"进行详细分析。这一章对"梅杜萨号"军舰触礁沉没事件的描述,以及对法国画家西奥多·习里柯(Théodore Géricault,1791—1824)名画《梅杜萨之筏》创作过程的评述,实际上是巴恩斯所采用的对艺术创作进行自我反思的别出心裁的后现代创作手法。

作为创作素材的"梅杜萨号"历史事件,如同作为模特的鹦鹉标本一样,典型地代表了艺术创作所要"摹仿"或"再现"的历史或生活原型。在《十卷半世界史》中,巴恩斯更加娴熟、更为独特地利用真实的海难事件和习里柯的名画《梅杜萨之筏》,将后现代小说的实验性和"元艺术"的特点推向了极致。《梅杜萨之筏》取材于法国护卫舰"梅杜萨号"触礁沉没事件,它描绘了木筏上幸存者在望见远处船影时嘶声呼救的情景。画家以金字塔形的构图刻画了遇难者的饥渴煎熬、痛苦呻吟等各种情状,画面充满了令人窒息的悲剧气氛。巴恩斯在第五章并没有对这幅名画直接加以传统方式的描述和评价。在第一部分,叙述者试图"客观""真实"地描写沉船历史事件,其口气、笔调、措辞尽量忠实于相关历史叙述的原材料;在第二部分,叙述者描述习里柯创作名画的过程,从而对生活如何被转化成艺术,尤其是悲剧如何被转化成艺术进行思考。叙述者对名画的介绍和描述、对创作过程的评论,并非简单地要让读者更好地欣赏名画本身,或者引发读者内在的审美情感,而是让读者一起参与对艺术创作过程的思考,旨在揭示不同艺术门类之间的互文性关系,从而把读者带到后现代主义"元艺术"的层面。

巴恩斯使用了一个古老而独特的创作手法——"字描法"

(ekphrasis)[12]，即对视觉艺术作品的文字再现(the verbal representation of visual representation)。[13] ekphrasis 一词来自修辞学，是指对眼前所见的事物进行细致生动的文字描述，如同用文字进行绘画，其描绘对象可以是任何人、任何事或任何现象；后来则专门指文学作品对视觉艺术作品如雕塑、绘画等所进行的文字描述。这一手法有着悠久的历史，最早可以追溯到《荷马史诗》(*Homer's Epics*，8th century BC)对阿喀琉斯盾牌的细腻描绘。一般来说，作家对艺术作品的修辞性描绘，其主要目的在于提升原作的艺术效果，以达到对原作艺术本质的肯定。在《十卷半世界史》中，巴恩斯则旧瓶装新酒，将这一古老的修辞手法进行了后现代的转换，从而巧妙地揭示了不同艺术门类之间的互文性关系，不拘一格地探讨了历史真实与艺术再现的问题。在第五章第二部分的开头，叙述者开门见山地质询："你如何将灾难变成艺术？"叙述者随后的回答是：

> 我们必须理解这场灾难；为了理解这场灾难，我必须对这场灾难进行想象，所以我们需要想象的艺术。同时我们也需要为它辩解，对它宽恕，哪怕只有微不足道的一点。为什么会发生这种来自本性的疯狂行为，为什么会出现这样疯狂的时刻？不过，它至少产生了艺术。也许，灾难发生的根本目的就在于此。[14]

在叙述者的眼里，画家一开始作画是忠实于生活的。这个法国艺术家剃成光头，让木匠制作了木筏的复制品，采访了生还者，记录了叛乱的场景和食人现象，找到了那艘救援的船只。但是画家的创作过程受制于创作主体的主观意图，在作画时，习里柯最关切的问题是要不要带"政治性、象征性、戏剧性、震撼性、刺激性、伤感性、记录性、非歧义性"。叙述者说："可以肯定，一开始是忠实于生活的；但一旦进入过程，忠实于艺术就成了更高的信条。"在后现代主义者看来，艺术作品的意义并不在于它对真实历史事件的忠实再现，而在于它在观赏者的内心所激发出来的情感模式和力量模式。叙述者说：

画作将我们内心深层的、潜伏的情感释放出来,让我们经受强烈的希望和绝望,以及极度的兴奋、恐慌和消沉。究竟发生了什么?画作斩断了历史的船锚。不再有什么"海难现场",更没有什么"梅杜萨之筏"。我们不只是想象那幅致命画卷上的残酷和悲惨,我们不只是变成受难者。他们变成了我们。画卷的秘密在于其力量模式……灾难变成了艺术;但这绝不是一个淡化过程。这是释放,放大,解释。灾难变成了艺术:说到底,本来就该如此。[15]

杰作《梅杜萨之筏》的最后完成,只能说明能指符号的形成过程,它并不是对真实历史事件的客观理解和理性认识的结果。艺术作品本身并不存在一个本质性的意义或内核:它是流动的、漂浮的能指符号的集合,能指与所指之间并不存在着必然的联系。叙述者说:

这就是展现在我们面前的那幅画作——木筏上极度痛苦的瞬间,选作题材,经过改造,通过艺术演绎,变成一幅有力度和深度的画面,再上光、装帧、镶玻璃,悬挂在著名的美术展馆内,用于阐释我们的人类状况,固定不动,最终地,永远在那儿。这就是我们拥有的?不。人会死;木筏会腐烂;艺术作品也不例外。……杰作一旦完成,并不就此停止不变:它继续运动,走下坡路。[16]

艺术作品并不总是永恒的、不朽的、一劳永逸的,意义的产生只有通过互文性的策略才能完成。而且,艺术传递什么样的意义,取决于它在观赏者的内心所激发的情感。对作为素材的历史事件的想象性呈现,如人类的情感一样,是飘忽不定、变动不居的。托马斯·蒙塔里(Tomás Monterrey)在评论"海难"一章时说:

巴恩斯不仅说明了现实是如何被编码的,而且也突出了能指符号与所指之间的关系是不稳定的,受制于时间因素,特别受制于互文性因素,一旦人们对所指的真实原型的记忆渐渐丧失的话。换言之,他展示了意义永无止境的产生、消亡与复制的过程。[17]

文学作品中对绘画或其他艺术门类进行"描绘"的现象比比皆是，它从一个侧面说明了文学与其他艺术门类之间的紧密关系。而"描绘法"在后现代小说中的运用，已经不同于荷马史诗对阿喀琉斯之盾的描绘，不同于英国诗人约翰·济慈（John Keats，1795—1821）对希腊古瓮的咏叹，也不同于英国批评家约翰·罗斯金（John Ruskin，1819—1900）对"现代画家"的艺术评论。后现代的"描绘法"不再是让语言艺术与其他艺术类别相互媲美或一争高低，也不是借助语言艺术对其他艺术的本质或形式进行定义或描述，而是摇身一变成为一种跨艺术门类的批评手段，探讨和揭示视觉艺术与语言艺术之间相互开放、相互兼容、相互渗透的互文性关系。文类混杂可以模糊不同文类之间的界限，而文字文本与视觉文本之间的互动、混杂，则模糊了不同的艺术门类之间的界限。在《十卷半世界史》中，此种手法通过对《梅杜萨之筏》的源历史事件与目标画的批评性"描绘法"，反思了艺术"再现"历史的局限性和不可能性，不仅具有强烈的自反性特征，而且形成了一种别出心裁的、与众不同的后现代小说创作风格。

第三节 《画像师》：对"忠实"和"摹仿"的戏仿

短篇小说《画像师》用绘画艺术作为题材，隐含着巴恩斯对艺术创作一如既往的自我反思，其中涉及创作主体与客体的互动、仿像与本质，以及艺术中的真实与谎言等。limner 原来是指伊丽莎白时代的细密画（miniature painting）画家或肖像画画家，后来也泛指北美殖民地默默无闻的民间画像师。传统的肖像画是用来描绘具体人物形象的绘画，要求画家对人物的外貌、体形、服饰和背景等作真实生动的描绘，它特别重视对客观对象的写实或摹仿。在中国，肖像画还有"传神"或"写真"的传统称谓。在《画像师》中，巴恩斯主要描写艺术创作如何受主观意图的人为干扰和影响，从而对传统肖像艺术的"忠实"和"摹仿"进行了隐性戏仿。如《十卷半世界史》一样，《画像师》采用了"描绘"手法。

与真实存在的名画《梅杜萨之筏》不同的是,此处的肖像画只是巴恩斯文学虚构的产物,在现实中并不存在。这里的"描绘"实际上是一种"观念性的描绘"(notional ekphrasis),也就是对纯粹虚构或想象的视觉艺术的描写,同样是一个独特的跨艺术门类的自反性手法。

《画像师》戏仿了18世纪英国文学的古雅文风,讲述了走村串镇、替人画像的民间画像师詹姆斯·瓦兹华斯的故事。瓦兹华斯五岁时因感染斑疹热而双耳失聪,不会说话,也无法读懂唇语,只能通过记事本与顾客进行交流。他与吝啬、粗鄙、自大的小镇征税官塔特尔先生草签了一个画像协议。他将充分施展自己的画技,把塔特尔画成一位绅士。毕竟,画画是他的工作。他是一位画像师,也是一位工匠,按工匠的标准来收费,以满足顾客画像的要求。在瓦兹华斯的经历中,顾客认为把自己画得稳重而相貌堂堂比惟妙惟肖更加重要。如此想法并没有让他感到不安。在小说的一开始,巴恩斯通过画像师和顾客看待肖像画的一致态度,即"相貌堂堂"比"惟妙惟肖"更加重要,将艺术的忠实问题凸显出来。从常理来看,肖像画当然要忠实于肖像的主人,不仅要注重外貌的相似与逼真,而且也要注重精神的相似与逼真。然而,顾客的主观要求、画师的生存需要,改变了画像的艺术取向,画像是否应该"忠实"于像主,似乎并不是创作主体和客体关注的焦点。因此,在这样的艺术创作中,非艺术性的主观因素完全压倒了传统文艺思想中的"客观"和"真实"的概念。

如果画像被看作一门艺术,那么瓦兹华斯应该尊重传统的"艺术规律"和"忠实原则",将"征税官画成一个鲁莽而霸道的人",然后退休回家,颐养天年。但是在瓦兹华斯看来,画像只是他的一技之长,是一门手艺,而画像师就像其他工匠一样,要靠这门手艺获取报酬,使之成为养家糊口的手段,于是生存原则压制了"忠实"原则,实用主义超越了艺术规律。塔特尔先生不断提出"再尊贵些"的要求,而"瓦兹华斯感到,他已经给图塔先生画出了足够的尊贵。他增加了他的身高,画小了他的大腹,略去这家伙脖子上那颗长毛的痣,而且尽力把他的粗鲁画成勤奋,暴躁画成道德良知"。[18]也就是说,瓦兹华斯在创作中只能用谎言掩盖真相,用所谓的"尊贵"取代现实。尽管如此,塔特尔先生还是不断地提出得寸进尺的无理要求。于是,在这样的画作中,外貌上的似与真必然遭到扭曲,精神上的似与真更是无从谈起。

当画像师把自己看作艺术家时,他知道自己不仅"拥有一技之长,而且还拥有独特的力量"(13)。他有聪颖过人的观察力,可以洞悉隐秘的人物内心世界。"他懂得这门手艺的真谛",知道自己才是艺术创造活动中的"真正的主人",笔下的方寸世界本来是有大文章可以做的。但瓦兹华斯心里清楚,画匠只是画匠,毕竟不同于造人的造物主,自己用线条和色彩描摹出来的产品和生活毕竟不是一回事。顾客雇请画师作画,希望"将上帝创造的活生生的日常现实与一只不完美的手所创造的人间仿像之间相提并论",这是一种"傲慢自大"的想法。画像师不是万能的上帝,他所创造的作品只不过是一只不完美的手创作出来的人间仿像而已,它无法与活生生的日常现实相提并论。而像主们一方面希望画像师按照他们的愿望,将自己画得"相貌堂堂"或"更尊贵点",而不管现实生活中的"真实"如何;另一方面,当他们看到完工的画像时,他们又对这个"人间仿像"心生期待,内心"充满了难以言说的神圣感":"这就是我真正的样子?""这就是全能的上帝眼中的我?"在他们的心中,"仿像"最终取代了生活中的"真实",仿像也最终变成了"真实"。这样的画像与要求艺术必须揭示事物本质的传统"摹仿论"是背道而驰的。

《画像师》中的最大冲突是瓦兹华斯与塔特尔在"尊贵"问题上的极端分歧。在瓦兹华斯的眼里,征税官的种种表现和作为毫无尊贵可言。征税官不断要求"再尊贵点,再尊贵点",瓦兹华斯"想起塔特尔先生两天前在厨房的举动,他的要求实在是与'尊贵'二字格格不入"(14)。但是内心极其反感的瓦兹华斯仍然不断妥协,在最后完工的画像中,"紫檀木钢琴和征税官都显得熠熠生辉"。瓦兹华斯还无中生有地增加了一扇窗户和一栋白色海关府邸,并"把这当成对现实的合理超越"。画师的"合理超越"让画像显得十分精美,"比例得当,色彩和谐,人物逼真。征税官理应感到满意,这幅画足以让他为子孙所景仰,令造物主无可非议"(15)。但征税官并没有感到满意,瓦兹华斯只能再进行最后的"合理超越"。不难看出,这个短篇小说在最后一刻将艺术再现过程中的开放性、主观性与局限性完全凸显出来。也可以说,它从一个独特的角度或侧面质疑了传统艺术中的"客观"与"真实"的概念,表达了非本质主义的后现代艺术观。在《画像师》中,巴恩斯表面上描写绘画艺术,讨论绘画艺术,但有关小说创作的言外之意、弦外之音已尽在其中了。在后现代语境下,这种跨艺术门类的自反性手法独树一帜、别开生面,充分展示了小说家的创造性想象力与艺术技巧。

注释

[1] 2011 年,巴恩斯凭借小说《终结的感觉》(The Sense of an Ending)斩获曼·布克奖。

[2] Merritt Moseley, *Understanding Julian Barnes* (Columbia: University of South Carolina Press, 1997), p.170.

[3] David Lodge, *The Art of Fiction: Illustrated from Classic and Modern Texts* (London & New York: Penguin, 1992), p.221.

[4] 李景端:《仿佛小说的"另类"人物传记》,《光明日报》,2005 年 12 月 12 日。

[5] Julian Barnes, *Flaubert's Parrot* (London: Jonathan Cape, 1984), p.12. 为了避免影响阅读体验,部分页码不再加注。

[6] James B. Scott, "Parrot as Paradigms: Infinite Deferral of Meaning in *Flaubert's Parrot*," *Ariel: A Review of International English Literature*, No.21 (1990), p.57.

[7] Julian Barnes, 1984, p.188.

[8] Merritt Moseley, p.90.

[9] Malcolm Bradbury, *The Modern British Novel 1878-2001* (London & New York: Penguin, 2001), p.487.

[10] David Sexton, "Still Parroting on about God," *Sunday Telegraph*, 11 Jun.

1989, p. 42.

[11] Michael Wood, "In Search of Love and Judgment," *Times Literary Supplement*, 6 Jun. 1989, p. 713.

[12] "ekphrasis"一词在希腊文中有"说出、告知或充分地描述"的意思,国内学界的译法比较散乱,尚无定译,主要有"描绘""图说""图解""图像叙事""读画诗""述画诗""绘画诗""造型描述""符象化""艺格敷词""艺格符换"等多种译法。

[13] Peter Childs, *Contemporary Novelists: British Fiction Since 1970* (London & New York: Palgrave MacMillan, 2005), p. 96.

[14] Julian Barnes, *A History of the World in 10½ Chapters* (New York: Alfred A. Knopf, 1989), p. 125.

[15] Ibid., p. 137.

[16] Ibid., p. 139.

[17] Tomás Monterrey, "Julian Barnes's 'Shipwreck'; or, Recycling Chaos into Art," *CLIO*, Vol. 33, No. 4 (2004), p. 416.

[18] 朱利安·巴恩斯:《画像师》,张和龙、程汇涓译,《外国文学》,2009年第4期,第12页。以下来自该作品的引文,均在括号内标出页码。

下　　篇

"9·11事件"毁弃了每一块可供比较的基石,从而证明其自身的独特性。茫茫苍穹空无一物。作家们试图给那片哀嚎的天空带来记忆、温情与意义。

唐·德里罗:《未来的废墟:9月阴影下的恐怖与损失之反思》[1]

欧洲不再是白人欧洲,以后也永远不会是。欧洲不再是犹太教-基督教之欧洲,以后也永远不会是。欧盟国家生活着1 500万穆斯林,这个数字还会增加。我们所有的人都面临一个严峻的选择:要么反对欧洲的演化,要么推动这一演化过程顺利进行。如果选择后者,我们必须警醒的首要之事便是伟大的小说所带给我们的启迪:当我们沉浸在小说人物与情节之中并搁置怀疑的那一刻,"他们"即"我们"。

卡里尔·菲利普斯:《给我着上英国色》[2]

注释

[1] Don DeLillo, "In the Ruins of the Future: Reflections on Terror and Loss in the Shadow of September," *Harper's Magazine*, No.12 (2001), p.39.

[2] Caryl Phillips, *Colour Me English* (London: Harvill Secker, 2011), p.16.

第一章

"9·11文学":21世纪美英文学的审美转向?

2001年9月11日,纽约世贸双子塔发生了震惊全球的恐怖袭击。对美国人来说,这是一场永远挥之不去的梦魇与创伤记忆。这一恐怖主义事件改变了美国乃至世界历史的走向,标志着一个旧的时代的终结,一个新的时代的肇始。2005年伦敦地铁发生连环大爆炸,美国第一盟国——英国遭遇到了同样的恐怖主义袭击,英国人也切身体验到了难以磨灭的内心震撼与心理创伤。美英两国共同主导并发动了两场所谓的"反恐战争"——阿富汗战争与伊拉克战争。可以毫不夸张地说,"9·11事件"终结了20世纪美英两国的历史,开启了两国政治、经济与文化的一个新时代。这是一个跨国资本主义在全球高歌猛进的时代,也是一个文化碰撞、文明冲突日趋激烈的时代。那么,在全球化脚步日益密集与急迫的语境下,这一具有世界性影响的重要事件是否也开启了美英文学的一个新时代?新近兴起并受到西方批评界热议的"9·11文学"有什么重要特征,是否代表了21世纪美英文学的审美转向?是否表明当代美英文学走到了文学转型的拐点?在当代国际政治现实的大背景下,中国研究者应该如何看待这一重要文学现象,并做出自己的学术回应?

第一节 美英"9·11文学"的兴起及其"反叙事"特征

在全球化、信息化快速发展与新媒体异军突起的时代,以"9·11事件"为代表的恐怖主义事件所产生的震撼波穿越时间与空间,已经成为全世界人的共同记忆,更是在英美两国民众的心理与意识深处烙下深刻印记。作为文化心理与民族意识的历史记录与审美再现,英美两国的文学,尤其是小说,对这一重大事件做出了迅速回应。一大批重要的文学家,如美国的德里罗、厄普代克、菲利普·罗斯(Philip Roth, 1933—2018)、保罗·奥斯特(Paul Auster, 1947—),英国的伊恩·麦克尤恩、马丁·艾米斯、拉什迪、多丽丝·莱辛等,都创作了不少反映"9·11事件"的名篇佳作。一些年轻作家,如科伦·麦凯恩(Colum McCann, 1965—)、乔纳森·弗厄(Jonathan Safran Foer, 1977—)、莫辛·哈米德(Mohsin Hamid, 1971—)、约瑟夫·奥尼尔(Joseph O'Neill, 1964—)、阿特·斯皮格曼(Art Spiegelman, 1948—)、阿莉·史密斯、汤姆·麦卡锡等,凭借"9·11事件"题材的作品在文坛醒目崛起。21世纪的美英两国文坛由此诞生了一个独特的文学类型——"9·11文学"(9/11 Literature)。国内外学界也经常称之为"后9·11文学"(Post-9/11 Literature)。

"9·11文学"所代表的是想象性的、虚构性的审美叙事。与之并存且久盛不衰的则是铺天盖地的媒体叙事、民间叙事以及官方叙事。"9·11"恐怖袭击事件发生之后,政治人物纷纷出面公开谴责,电视、报刊、网络等所有媒体竞相报道,美国政府与民间形成了两种具有密切相关性的话语体系与叙事模式。第一种是适时而出的官方爱国主义叙事话语。这一话语的主导叙事逻辑是将"9·11事件"看作一群憎恨美国民主与自由制度的人所犯下的反人类、反人性的罪恶行径。美国"9·11"调查委员会后来公布的最终调查报告进一步强化了官方爱国主义以及"反恐"叙事话语的主基调。官方叙事的特点在于将这一场悲剧和灾难转化为一次国家层面上的"宏大叙事",从而将隐形的政治与意识形态操控功能推向极致。第二种是以主流媒体为代表的非官方民间纪实叙事,其类型主要有"悲情叙事""逃生叙事""英雄叙事"等。"9·11事件"之后,《纽约时报》(*The New York Times*)每日刊登收集到的遇难者肖像以及简传,最后结集出版的《遇难者遗像:2001年9月11日》(*Portraits: 9/11/01*,2002)成为"悲情叙事"的典型范例。《纽约时报》记者撰写的《102分钟:双塔逃生中不为人知的故事》(*102 Minutes: The Untold Story of the Fight to Survive Inside the Twin Towers*,2005)则讲述了从第一架飞机撞上世贸大楼到第二幢大楼坍塌期间楼内人员的逃生故事,属于惊险紧张的"逃生叙事"。这两部著作曾在美国读书界风行一时。此外,包括"英雄叙事"类在内的各类畅销作品还有很多,此处不再赘言。

与官方叙事以及民间纪实叙事不同的是,"9·11文学"的美学叙事反映了美英知识分子对社会、历史以及人类总体命运的忧患意识,主要表现为对政治化的官方叙事以及纪实化的民间叙事的反拨。不难理解,"9·11事件"曾在西方知识界、学术界引发了一场文化地震,具有不同政治与文化倾向的知识分子纷纷加入这场带有狂欢性、多声部的叙事盛宴。例如,美国著名语言学家、左翼学者乔姆斯基(Noam Chomsky,1928—)对"9·11事件"做出了与众不同的快速反应。他在相关访谈中一改各类媒体铺天盖地的悲情主义、英雄主义与爱国主义基调,集中抨击了美国的对外政策,犀利批评美国人对自身民主政治制度越来越孤芳自赏的优越感,认为美国政府必须对此做出深刻的反省或反思[1]。然而,与这些理性思辨的政治文化评论不同的是,"9·11文学"主要源自文学家们的艺术想象与叙事冲动。

美国小说家德里罗在《未来的废墟》("In the Ruins of the Future",2001)一文中最早提出"反叙事"的概念。所谓"反叙事",是指文学家们迫不及待地用"鲜活的语言"对"9·11事件"进行想象性的再现与反思,"试图给那片哀嚎的天空带来记忆、温情与意义"[2]。在德里罗看来,文学家们的"反叙事"在于反官方化、政治化的"宏大叙事",在于反思西方现代民主制度以及全球化背景下的"反恐话语",在于提升或超越悲痛、哀悼、创伤、救治等日常性的生活话语,在于矫正对"9·11事件"的错误回忆、想象性受害,以及关于"9·11事件"的谣传、幻想、神秘复活等话语乱象,从而对事件的本质、内在动因、人类的生存境遇进行形而上的艺术思考。

大多数美英"9·11文学"都可以归入德里罗所提出的"反叙事"之列。这类文学作品将"9·11事件"作为虚构对象或故事背景,以人文主义的情怀表现恐怖主义事件所造成的心理创伤以及精神焦虑,或是用反东方主义的视角对伊斯兰文化或穆斯林信徒进行"去妖魔化"的文学再现,或是从普世主义的层面对恐怖主义的本质以及西方所主导的反恐战争做出深刻反思,或是立足全球化、跨国资本主义以及高科技文明的大背景,对人类世界所面临的当代困境以及各种纷乱与冲突进行犀利的解剖与审视。

不难看出,"9·11文学"的"反叙事"具有极为重要的审美内涵与文化价值,因为它的使命"不仅仅是反思,而是要改变与9·11相关的文化记忆、心理感知以及主导信仰"[3]。对小说家们来说,"反叙事"是"一种可以选择的虚构路径"——"一种在9·11之后被丧亲之痛、心理康复、受害牺牲、爱国主义、民族主义以及美国例外论等流行话语所边缘化的叙事路径。只有将那些被边缘化的他者故事或'真相'(包括来自美国以外的叙事视角)囊括进来,那么才有可能对这次事件的历史意义与文学意义形成真正民主化的理解"[4]。因此,这样的"反叙事"也鲜活地证明了"9·11文学"的核心审美价值所在。

第二节 "9·11文学":转折性变化是否已经到来?

文学史分期是一个较为武断的做法,任何抽刀断流的尝试大多是权宜之计。陆建德先生认为:"文学史上没有地理学上的海岸线和分水岭,历史的变化缓慢而不易觉察,它绵延不断,没有结合处和固定的形体。"[5]英国学者兼小说家C. S.刘易斯(C. S. Lewis, 1898—1963)认为:"我们用来划分所谓'时期'的所有那些分界线,都必须经常加以修订。但愿我们能把它们统统抛开才好。"[6]然而,在文学史的撰写中,在具体的文学批评中,我们却离不开文学史的分期。文学史分期或基于年代纪元的整数,或基于历史重大事件,或基于文学重要现象,不一而足。因此,无论我们是否愿意将"9·11事件"当作当代美英文学创作的一个转折点或新起点,2001年作为公元新千年的肇始,毋庸置疑会成为文学史分期的重要时间节点。此外,在全球化的背景下,以"9·11袭击"为代表的恐怖主义已经对美英当代文学产生了深远的影响。正如英国学者多米尼克·海德所言:"9·11袭击以及随后的'反恐战争'对小说家们的想象产生了戏剧性的效果。"[7]有鉴于此,不少西方文学史家已经将"9·11"这一重要历史事件作为"分水岭",对21世纪文学与20世纪文学做出了尝试性的切分。"9·11文学"也因此成为美英文学研究中一个具有划时代意义的批评标签,经常被看作21世纪美英文学的代名词。

1923年,英国小说家伍尔夫说过一句名言:"1910年12月,或者大约在这个时候,人性改变了。"[8]这一充满争议的断言印证了20世纪早期现代主义文学在英美文坛的崛起。那么,"9·11事件"作为划时代的历史事件,是否也真正地开启了一个美英文学创作的新时代?换句话说,被学者们称之为"9·11文学"的一干作品是否标志着美英文学创作与前一时期相比出现了根本性的变化?如果答案是肯定的,那么意味着原有的审美表现方法,尤其是20世纪的现代主义,以及颇具争议的后现代主义,已经被摒弃或超越,从而让位于崭新出炉的不同审美表现方式。其情形犹如现代主义文学对传统现实主义表现方式的摒弃,或者如后现代主义写作对现代主义文学的背离或反拨。

英国小说家马丁·艾米斯曾在《孤独群体的声音》("The Voice of

the Lonely Crowd",2002)一文中提出:作为"9·11事件"的结果,作家们应该放弃过去的一切,彻头彻尾重新进行书写,因为他们所面对的"是质的变化,而不是量的变化"[9]。同样,德里罗也将"9·11事件"看作"全球叙事"(world narrative)的转折。在他看来,在"9·11事件"发生后的10年当中,汹涌的资本市场主宰了全球话语,影响了全球意识。跨国公司似乎比政府更加重要,更有影响力。而恐怖分子的袭击则彰显了"全球叙事"的到来[10]。因此,有人认为,21世纪以来的每一部美国小说都可以看作某种程度上的"9·11文学"。

然而,转折性变化是否真的已经到来,至少目前看来尚难断言。如果仅从艺术表现手法与审美特征来看,21世纪以来的美英文学创作并没有出现本质性变化。也就是说,现有的文学批评范式,如后现代主义、现代主义、现实主义等三大范式,仍然适用于对"9·11文学"的艺术界定与审美解读。德里罗的《坠落的人》(*Falling Man*,2007)、麦克尤恩的《星期六》与厄普代克的《恐怖分子》(*Terrorist*,2006)是"9·11小说"中很具有代表性的三部作品,出版后曾受到美英乃至西方批评家的好评。如果对这几部小说进行考察,大致可以断定每一部作品都与作家前期创作一脉相承,而且在艺术成就上甚至未能超越该作家的早期代表作。

德里罗一直被学界看作美国后现代主义的代表作家,他的"9·11小说"《坠落的人》与其他作品一样"带有后现代主义的显著特征。作者脱离传统小说的写作常规,解构小说常见的叙事架构,取消悬念,模糊事实与虚构之间的界限,戏仿传统文学中的某些表现手法,在叙事结构和时空调度上别具匠心,形成了多个层面上的不确定性"[11]。麦克尤恩的《星期六》则借用了伍尔夫的"家庭小说"模式,并且像乔伊斯的《尤利西斯》一样,将故事时间限定在24小时之内,并通过第三人称"内聚焦叙事"的手法,探讨了"9·11事件"之后以及全球化背景下西方社会、文化以及个体生存所面临的各种深层困境。正如《坠落的人》未能超越德里罗的代表作《地下世界》(*Underworld*,1997)一样,颇具现代主义风格的《星期六》也没有构成对麦克尤恩史诗级作品《赎罪》的突破。此外,厄普代克的《恐怖分子》则是以充满悬念的现实主义创作手法,从恐怖分子的角度来描写恐怖主义事件的产生及其深层原因,从而对美国社会现实以及西方文明进行了深刻的剖析和犀利的批判。厄普代克的艺术创作手法与早期作品,如"兔子系列"(Rabbit Angstrom,1960—1991),并无本质区别。如果仅以《恐怖分子》为例认为美国"9·11小说"代表了当代美国文学的"新现实主义"转向,显然也失之妥当。

关于美英"9·11文学"的"转折性变化"问题,西方学界也有不少相关评论,持否定态度的不在少数。戴维·辛普森(David Simpson)提出,美国的"9·11小说"在主导思潮与创作风格方面并没有出现根本性或整体性的变化,因此尚不可断言"9·11事件"已经开启了一个文学的新时代,一个可以被称为"后后现代"什么的新文学[12]。朱蒂·纽曼(Judie Newman)更加明确地指出:"伟大的美国小说"已经成为过去的光荣,而"伟大的9·11小说"至今尚未诞生。[13]另一位学者凯文·南希(Kevin Nance)也认为,尽管当代不少重要小说家与诗人对"9·11文学"做出了卓越贡献,但这一文类仍然处于初出茅庐的早期阶段。在他看来,"伟大的美国9·11小说"仍未写成,或者至少说尚未出版;诗歌的情况也同样如此。[14]比利时学者弗尔斯莱斯(Kristiaan Versluys)则坦然承认,在"9·11小说"这一文类中,虽然部分优秀之作超越了喧嚣尘上的爱国主义老调以及廉价的煽情主义,但大多数作品所表达的仍然是对受害者的同情与悲悯,仍然重复着个人主义与国家主义的老套叙事。[15]可以看出,"9·11文学"的划时代意义与审美转向问题仍是未定之天,需要学术界、批评界不断探讨与深入研究。

第三节 中国语境下如何研究美英"9·11文学"?

在高度信息化的时代,"9·11文学"犹如"9·11袭击事件"一样几乎毫无时差地引起了国内学界的密切关注。迄今为止,已有数十部相关文学作品被翻译成中文。国内学术刊物上所刊登的"9·11文学"研究论文也越来越多,其中《当代外国文学》辟有专栏进行专题研究。此外,"9·11文学"也经常成为一些学术研讨会的重要主题之一。不过,迄今为止,关于美英"9·11文学"研究的中文力作尚未出现。其中的原因有很多。杨金才教授曾在《关于后9·11文学研究的几点思考》一文中指出:"从我国研究的现状来看,学者们主要关注美国作家,基本上侧重对故事主题的分析解读,大都运用创伤视角研究'9·11'文学,研究的面比较窄,观照的角度比较雷同,在批评观念上受到国内外媒体报道的影响,未能很好地从文学本身去考察'9·11'文学,凸显不了后'9·11'文学的复杂性与多面性。"[16]确如所言,国内相关研究不仅表现在"国内外媒体报道"的影响层面上,而且也表现在对西方学术界的"跟风式"批评上。例如,运用创伤视角对故事主题进行分析早已是西方"9·11文学"研究中的流行套路。对国外学术研究进行模仿或"跟风",只能表明学术创新能力的欠缺与学术视野的狭窄。这是国内"9·11文学"研究中所面临的突出问题。

在当下学术语境中,对美英"9·11文学"进行探讨首先要厘清总体的研究思路。从"文学本身"出发,研究者可以探讨以美国为代表的西方"9·11文学"是否出现了"伟大的作品"或"当代经典"?"9·11文学"的兴起是否表明西方文学的审美表现方式发生了重要嬗变,或出现了文学史意义上的转折?发生在新千年之初的"9·11事件"是否开启了一个文学的崭新时代,是否有可能使21世纪的作家们找到崭新的文学表现方式,从而带来审美范式的创新与变革,犹如19世纪末20世纪上半叶现代主义文学家们那样,开创了一个以"向内转"为主导特点的文学表现新范式,或者像20世纪下半叶的文学家们一样,带来了一个被很多批评家认定为"后现代主义"的文学新局面?当然,对"9·11文学"的研究也不能仅仅局限于"文学本身"。"9·11文学"之所以得以诞生,完全源自文学界对全球化语境下发生的重大历史事件的回应。

第一章 "9·11文学":21世纪美英文学的审美转向?

脱离文学本身而只探讨历史、政治、文化等"外部"问题固然失之偏颇,但是将文学与历史、政治、文化等外部因素割裂开来,显然也不可取。对西方"9·11文学"这一现象加以观照,或者对"9·11文学"这一美英新兴文类进行研究,必然要将"内部研究"与"外部研究"结合起来,将整体观照与具体分析结合起来,将国际视野与中国视角结合起来。

需要注意的是,中国语境下对"9·11文学"的研究不应脱离当代国际政治现实的大背景、大语境,不能罔顾自身的文化身份、价值立场与审美需求而一味"跟风"。"9·11事件"成为美国以及西方社会的集体创伤记忆,引发了如何疗治心理创伤以及表达人文关怀的文学与审美回应。"9·11事件"中遇难者与受害者的惨烈景象经过全球化媒体的报道(包括渲染),必然给中国观众与读者带来心理乃至心灵上的震撼,"9·11文学"中的创伤叙事与人道情怀也必然会引发中国读者的艺术共鸣。但是美英"9·11文学"对这一历史事件的哀悼、反思与批判仅仅代表了西方文学界、知识界的价值态度与文化立场,不能代替当代中国学术界、知识界的独立思考与学术回应。如果从生命本体的层面出发,将这样一场针对大量无辜平民的恐怖主义袭击看作西方社会的集体创伤,自然是无可厚非的。然而,如果套用西方学术界、知识界的批评视角,将之扩大为"整个人类"的创伤记忆,至少在目前看来仍然是有失妥当的。对中国研究者来说,我们的学术视野不仅要关注"9·11文学"背后的人道主义灾难事件,而且也要探究这一灾难性事件的前因与后果,否则很容易落入西方中心主义,乃至美国中心主义的圈套,将会毫无察觉地为当代国际政治中的霸权主义以及后冷战思维张目。我们不应忘记,以美英等国为首的西方新旧殖民主义、帝国主义的历史行径,以及当下凭借强大的经济与军事实力在世界各地实行霸权主义与文化、意识形态的渗透,是诱导伊斯兰极端分子发动恐怖袭击的不容忽视的重要因素。

从"9·11袭击"的后果来看,美英为首的西方政客不仅绑架了"9·11事件"作为民众复仇的动力与战争助推器,发动了以反恐为名义的阿富汗战争，而且不顾全球爱好和平人士的大规模反战示威游行，直接主导并发动了以颠覆主权国家政权为目的的伊拉克战争。两场战争造成了大量无辜平民的死亡，这是触目惊心的人道主义灾难，战争中死亡的平民人数是"9·11恐怖袭击事件"中死亡人数的几百倍。在过去的十多年中，美英两国人民的生命财产不时遭受恐怖主义者的报复性、宣泄性的袭击，两国的政治与社会在短期内仍然无望获得应有的稳定与安宁。因此，中国"9·11文学"的研究者不得不警惕当下国际政治现实的这一大背景、大语境。近年来，美国又开始将战略重点移向太平洋西岸，利用东海、南海的领土争端在中国周边煽风点火，挑拨离间。当中国知识分子敞开心扉去接纳或认同"9·11文学"中的创伤叙事或反恐话语时，北京天安门广场金水桥畔发生的暴力袭击案件却被美国主流媒体无端质疑，甚至恶意报道，美国国务院竟然发出了令人惊讶的"事件性质未定"之论调。

此外，在"9·11文学"的研究中，我们一方面要探讨这些作品中的积极主旨内涵与艺术"正能量"。例如，很多作品用反政治化的叙事手法再现普通美国人的心理创伤，用反东方主义的文化视角来审视穆斯林群体；有的作品试图打破自我与他者，基督教与伊斯兰教的简单二元对立思维模式，反思文明冲突、宗教信仰、族裔与族群关系，以及跨国资本主义时代的科技文明、全球化问题；有的作品用西方的文化价值观与伦理道德观来审视暴力、仇恨与恐怖，探讨了人性深处无尽而隐秘的内核。但另一方面，这些文学作品所代表的仍然是西方的价值观，浸透着西方的意识形态。西方著名学者鲍德里亚、斯拉沃热·齐泽克（Slavoj Žižek，1949— ）、雅克·德里达（Jacques Derrida，1930—2004）等人指出，"9·11恐怖袭击完全重构了西方文化与主体性"[17]，而"9·11文学"在很大程度上就是对这一"重构"的自然回应与审美思考。中国研究者如果无视文学的审美意识形态属性，试图简单地将"9·11文学"研究的方向推向所谓生命意义、人类命运、集体记忆、全球主义等层面，也很容易落入西方推行普世价值、抹杀文化多样性与意识形态差异的圈套。

最后值得一提的是,"9·11文学"虽然是21世纪以来美英文学的重要组成部分,但是将它看作唯一的创作主潮仍然为时过早。在很多情况下,文学经典的形成,以及文学主潮的确认,需要时间来检验。如果我们将"9·11文学"看作以"9·11事件"为题材、为背景的一个狭义概念,从而将它与"后9·11文学",即"后9·11时期的文学"区分开来,这一问题的实质与内涵就更加明确了。正如"二战文学"不同于"二战后文学"一样,"9·11文学"也不应等同于"后9·11文学",尽管在中外学者的评论文章中,这两个概念经常被混用或等同。但就美国小说而言,除了德里罗、厄普代克、罗斯、弗厄等人的"9·11"题材作品外,还有大量与"9·11"题材既无直接联系也无间接关联的名篇佳作。在21世纪以来的英国文学中,虽然有麦克尤恩、阿莉·史密斯、拉什迪等人的作品涉及"9·11"或恐怖主义的题材,但这些作家的作品无法代表当下英国文学创作的主流。因此,严格地说,"后9·11文学"可以是21世纪以来的美英文学总称,而"9·11文学"只不过是21世纪文学中的一个分支而已,两者之间的差异是不言而喻的。

注释

[1] 乔姆斯基是最早对"9·11事件"做出反应的知识分子,后来又接受媒体采访,对美国政治以及外交政策发起猛烈批判。这些访谈录后来结集成书为《9·11》(Noam Chomsky, *9-11*, New York: Seven Stories Press, 2001)。

[2] Don DeLillo, "In the Ruins of the Future: Reflections on Terror and Loss in the Shadow of September," *Harper's Magazine*, No. 12 (2001), p. 39.

[3] Greg Wersching, "Review of *Ground Zero Fiction: History, Memory, and Representation in the American 9/11 Novel*," *Journal of American Studies: Exclusive Online Reviews*, Vol. 46, No. 3 (2012), p. 58.

[4] Ibid.

[5] 陆建德:《二战后英国小说回顾》,陆建德主编《现代主义之后:写实与实验》,北京:中国社会科学出版社,1997年,第1页。

[6] 刘易斯:《论时代的分期》,洛奇编《二十世纪文学评论》下册,文美惠译,上海:上海译文出版社,1993年,第141页。

[7] Dominic Head, *The State of the Novel: Britain and Beyond* (Malden, MA & Oxford: Wiley-Blackwell, 2008), p.2.

[8] 伍尔夫:《贝内特先生与布朗夫人》,《论小说与小说家》,瞿世镜译,上海:上海译文出版社,2000年,第294页。

[9] Martin Amis, *The Second Plane: September 11: Terror and Boredom* (New York: Alfred A. Knopf, 2008), p.20.

[10] Don DeLillo, p.33.

[11] 严忠志:《〈坠落的人〉的隐喻意义和叙事手法》,德里罗《坠落的人》,南京:译林出版社,2010年,第2—3页。

[12] David Simpson, "Review of *Ground Zero Fiction: History, Memory, and Representation in the American 9/11 Novel*," *Modern Language Quarterly*, Vol.73, No.2 (2012), p.253.

[13] Judie Newman, "Review of *After the Fall: American Literature Since 9/11*," *Journal of American Studies*, Vol.46, No.1 (2012), p.263.

[14] Kevin Nance, "The Literature of 9/11," *Poets & Writers*, No.5 (2011), pp.42-48.

[15] Kristiaan Versluys, "9/11 Was a European Event," *European Review*, Vol.15, No.1 (2007), p.68.

[16] 杨金才:《关于后9·11文学研究的几点思考》,《外国文学动态》,2013年第1期,第4页。

[17] Brandon Kempner, "'Blow the World Back Together': Literary Nostalgia, 9/11, and Terrorism in Seamus Heaney, Chris Cleave, and Martin Amis," in Cara Cilano ed., *From Solidarity to Schisms: 9/11 and After in Fiction and Film from Outside the US* (Amsterdam & New York: Rodopi, 2009), p.54.

第二章

《别让我走》:"后人类"时代的生命困境

日裔英籍小说家石黑一雄与奈保尔、拉什迪并称当代英国文坛"移民三杰"。自《长日将尽》开始,他不再把视野局限在移民前的"母国"日本,也不再聚焦日本文化或突出"异国情调",而是越来越关注普遍性的人类生存境况。诚如诺贝尔文学奖颁奖词所言,石黑一雄"借用小说巨大的情感力量,暴露出隐藏在我们与世界的虚幻联系之下的深渊"。石黑一雄一直将自己视为一位"国际作家"。在这一试图超越家国、故土情怀的"世界主义"思想的影响下,其第六部小说《别让我走》以独特的艺术手法虚构了一个寓言般的"后人类"成长故事。小说通过主人公凯茜对假想读者的回忆,讲述了一群克隆人长大成"人"后,不断向人类捐献身体器官直至生命终结的凄惨故事。1996年,在英国诞生的克隆羊多莉,表明"克隆"这一近乎神话的科技变成了现实。九年后,在这一科技背景下问世的《别让我走》不仅颇受读书界青睐,而且也深得批评界好评。

《别让我走》主要从克隆人的视角反思生命意义,是石黑一雄最能引起读者强烈共鸣的作品之一。它不仅和作者的其他小说一样,关注个体对过去的记忆、自我身份的反思以及现代人的精神创伤等;更为重要的是,它与石黑一雄的前五部作品明显不同,是以独特的手法展现现代生命科技背景下人类的未来境况。国内外研究者大多从身份、记忆、创伤、失落、死亡、权力等石黑一雄小说经常出现的主题入手对《别让我走》进行深入的分析。由于这部作品的题材涉及基因科技以及未来医学发展前景,评论界将它界定为反乌托邦小说(dystopian fiction)或科学小说(science fiction),如,莉安娜·托克(Leona Toker)和丹尼尔·切尔托夫(Daniel Chertoff)认为这是一个"温和而忧郁的反乌托邦"[1],加布里埃尔·格里芬(Gabriele Griffin)指出这是一部"具有批判精神的科学小说"[2],巴恩斯称它是一部科学反乌托邦小说[3],梅丽认为"它是科幻小说和反乌托邦小说的巧妙结合"[4]。《别让我走》继承了英语反乌托邦小说传统,它与《弗兰肯斯坦》(*Frankenstein*,1818)、《美丽新世界》(*Brave New World*,1932)、《使女的故事》(*The Handmaid's Tale*,1985)等一脉相承,反思了西方社会在科技发展或政治权力等方面存在的问题或困境。石黑一雄将突飞猛进的生物克隆技术作为创作素材,但是,其中的科学元素几乎是隐形的,甚至是"不在场"的。正如M.约翰·哈里森(M. John Harrison)所说的,《别让我走》"将背景设置在90年代英格兰,这种可替代的时间和地点不可避免地使其归于科学小说的行列。然而,小说里没有科学"[5]。因此,《别让我走》也是一部"没有科学"的科学小说。然而,透过《别让我走》所具有的反乌托邦及科学小说的表层特征来探查其深层的精神内核,我们更应该将其视为一部诠释作家生命政治学主张的生命反乌托邦小说。石黑一雄以奇崛的想象虚构了一群克隆人的艺术形象,探讨了"后人类"时代的生命境况与人的本质问题,表达了对科技发展的隐性忧虑与伦理观照、对政治权力压迫的批判以及对人的生命权利的关怀。在综合考量小说家整体创作特色的基础上,本章主要从科技、权力和隐喻性的生命书写三方面入手,着重分析石黑一雄如何通过克隆人的隐喻,反思普遍性的人类生存状况,揭示"后人类"时代的生命困境。

第一节 科技对生命价值的漠视

在《别让我走》中,科学虽然是"不在场"的,但弥漫在整个叙事中的生物科技或医学应用语境是以暗指或间接的方式呈现出来的。小说中的黑尔舍姆是一所寄宿学校,里面的学生看似与"常人"无异,实则与"常人"大不相同。故事进程过半,读者猛然发现,"学生"不过是委婉语,他们都是以自然人为模板"复制"出来的克隆人。寄宿学校的老师对这些"学生"们说:"你们的一生已经被规划好了。你们会长大成人,然后在变老之前,甚至未及步入中年,你们就要开始捐献主要器官。这就是你们每个人被创造出来的目的。"[6]小说主人公凯茜以平静的语气回忆她与克隆人同胞在封闭世界中的"常态"生活,与书中逐渐揭示的真相(即他们是一群克隆人)形成了强烈的对比,凸显了"后人类"时代自然人与克隆人并存的社会状况。而"学生""看护""捐献""圆满"等词语的运用,则是以隐晦曲折的方式呈现了"常人"与克隆人的二元对立关系,即一种统治与被统治、利用与被利用的生命权力关系。小说中虽然没有具体涉及或直接探讨科学命题,或者如哈里森所言缺少"科学性"(scientificity),但石黑一雄所揭示的"后人类"时代的生命价值问题却与当代科学的发展息息相关。

21世纪初,克隆技术在全球范围内引发争议,世界多国出于科技伦理的考虑,立法禁止使用生殖性胚胎克隆技术(reproductive cloning)。[7]石黑一雄描写了器官捐献的某种可能性,即用克隆人的身体来采集器官。因此,克隆技术的最新进展是小说故事情节得以展开的重要前提,也是这部小说受到广泛关注的重要原因。格里芬指出,故事发生在"不久前的过去,其引人瞩目之处源自小说所影射的当下科学界持续不断的争论"[8]。格里芬列举了21世纪初克隆技术在英国的进展,例如,科学家们通过组织培养技术,成功地将人体膀胱的部分组织培育出备用器官。[9]这一技术使"复制"完整的人体来生产所需器官显得毫无必要，这无疑大大降低了小说中的虚构故事成为现实的可能性。

然而，《别让我走》不是一部拘泥于科学真实细节的写实小说。石黑一雄没有描写克隆人究竟是如何生产的，而是聚焦克隆人捐献器官前后的生命感受，由此避开了科技的未来发展与实际应用情况。也就是说，石黑一雄所关注的并非生物科技在未来的医学应用前景，而是以超前的艺术想象虚构了一个"后人类"时代的"暗景"，即克隆人被自然人剥夺生命权的凄惨未来。因此，这是一个带有寓言性的独特的科技反乌托邦世界。科技给人类社会带来便利，但科技对人及其生命价值也存在漠视的可能性。人类为了治愈疾病恣意滥用克隆技术，尽管延长了一部分人（自然人）的寿命，但其代价却是剥夺另一部分人（克隆人）的生命权力。埃米莉小姐说："长久以来，人们宁愿相信这些器官是凭空出现的，或者最多相信它们生长在某种真空环境中……尽量不去想你们。即使想到你们，人们也会尽力说服自己：你们并不真像我们一样，你们还不足以成为人类……"[10]这种区分性的"认识"通过日常表述在小说叙事的多个层面上展现，它既存在于克隆人、监护人和神秘的绝对权威"他们"的悬殊身份中，也存在于克隆人与人类生活的空间差异内。在小说对未来的超前想象中，科技使人类以自我为原型克隆出相同的个体，而这些克隆人仅仅是为了满足医疗需要而存在，是盛放备用零件的容器，其生命权在科学的"规划"中被无情剥夺。

尤金·萨克尔（Eugene Thacker）曾将科学小说分为两大类，一类是展现科技应用价值的科学小说，它源于科学本身而旨在塑造未来；另一类是批判性科学小说，它通过反映科技发展的各种潜在可能性来批判社会现状。[11]《别让我走》显然属于"批判性科学小说"。在小说中，克隆人群体沦为治疗疾病的一种手段，是小说家对人类滥用科技与漠视生命价值的批判，也是对"人何以为人"或人的本质问题的思考。现代科技给人类社会带来巨大福祉，同时也给人类社会制造了很多困惑和问题，尤其是基因克隆技术给人类的未来带来了很大的不确定性。石黑一雄以反乌托邦叙事手法构建了一个科学、技术与社会紧密关联的寓言般的世界，主动淡化了科学技术在此世界中的实现前景，却有效地揭示了科学对生命潜在威胁的黯淡未来，隐含着对科技未来发展的忧虑、对生命伦理的深刻反思以及对"唯科学主义"意识形态的隐性批判。石黑一雄通过描写克隆人的命运，揭示了科技对生命价值的可能性漠视与轻弃。小说以克隆、器官生产、移植等生物技术的科学发展作为叙事背景，凸显了斯奎尔所说的以克隆为代表的生殖技术及其文学表征之间的裂隙[12]。格里芬指出，这条裂隙横亘在生物技术的发展及其文学表征之间，而《别让我走》"将一系列迥然不同而又相互关联的生物技术上的进展——克隆工程、器官采集、优生优育等——融合成一整套执着的虚构想象，同时将它们的不同意义凝缩成一个独特的批判视角"[13]。确如所言，石黑一雄从科学发展的现实中获得写作素材，并倾注自身对科技作用的艺术思索，把小说主题从真实描摹科技细节的科学小说传统中解放出来，并非像《弗兰肯斯坦》《美丽新世界》等科学小说那样仅仅表达对科技发展的怀疑主义态度，或是表达对"唯科学主义"思想的批判，而是更多地揭示科技发展背后所隐含的生命权力与生命本质问题，更多探讨科技对生命的介入以及由此带来的生命价值与科技伦理问题，超越了反乌托邦叙事传统，将科学小说推进到生命反乌托邦的新维度。

第二节 权力对生命的双重操控

在《别让我走》中，石黑一雄虚构了生物基因技术可能带来的"后人类"黯淡前景，然而，高度发达的克隆科技作为为人类"谋福祉"的工具手段，掌握在未曾现身的"他们"或"后人类"社会的政治权力者手中。因此，石黑一雄一方面再现了"后人类"社会科学技术的飞速发展有可能导致人的生命价值遭遇漠视的可能性；另一方面也揭示了政治权力对生命的隐性操控与潜在压迫。黑尔舍姆坐落在英格兰乡间，其恬淡静谧的景象给读者留下了深刻印象。从表面上看，这是一个类似乌托邦的美好世界。然而,随着故事情节的推进,学校逐渐展现其监狱的本质:学生的生活有严格的日程安排,他们自始至终都受到监护人团体的控制。这一切都体现出了福柯式权力的两个重要特点:对个人身体的政治干预和对集体精神的隐性操控。

在权力的政治干预下,小说中的克隆人几乎被培育成了福柯意义上的"驯顺的身体"。对于权力者来说,现代社会的成员必须具有驯服性。驯顺以失去最大量的个性为代价,使个体顺从而富有效率地进行生产活动,完成权力阶层下达的各项任务。在福柯看来,对个体身体权力的压制,正是自启蒙时期以来西方资本主义经济快速增长的基本社会因素之一。"如果不把肉体有控制地纳入生产机器之中,如果不对经济过程中的人口现象进行调整,那么资本主义的发展就得不到保证。"[14]身体由此被卷入政治领域,受到权力的直接干预。"只有在肉体既具有生产能力又被驯服时,它才能变成一种有用的力量。"[15]因此,黑尔舍姆的学生如同被圈养起来等待屠宰的动物,他们存在的唯一目的是在合适的时候向人类捐献身体器官。对学校而言,唯有保证学生们体内各器官的健康,他们才有存在的价值,才能对社会"有用"。要想让学生驯服,就必须在学校内部施加纪律或规训。这非常类似福柯所说的"权力'微观物理学'"[16]。权力者依靠精细的纪律模式对身体进行具体的政治干预,以达到驯服身体和操纵个人行为的目的。

小说中的黑尔舍姆如同一所克隆人的培育工厂,但同时也是石黑一雄所建构的福柯式权力规训与隐性操控的隐喻空间。为了贯彻纪律的有效执行,权力者将校舍设置在一个基本与外界隔绝的封闭空间内,以确保规训的有效性。"封闭"原则在福柯所谓的规训机制中既不是永恒的,也不是不可或缺的,因而学校更灵活、更细致地利用了空间效应,给予高年级学生一定的行动自由。黑尔舍姆要求他们结束学习后搬到一些半封闭的成人社区(即"村舍")去生活一段时间,以保证这些学生在捐献前能融入人类群体。在福柯看来,"纪律是一种等级排列艺术,一种改变安排的技术。它通过定位来区别对待各个肉体,但这种定位并不给它们一个固定的位置,而是使它们在一个关系网络中分布和流动"[17]。在小说中,不同的监护人负责照管学生不同方面的生活,允许学生在学校范围内有条件地活动。这如同监狱里的犯人定期进行的放风,通过给予学生一定的个人空间,以防他们在被管束时身心发生病变。

除了"封闭"的空间位置外,视野开阔的18层主楼,带有高窗的体育馆以及学校四周的篱笆墙,也无不包含着复杂的政治权力隐喻。学校的主楼是校园的标志性建筑,同时也是权力规划与操控的一个中心点。正如福柯所说:"中心点应该既是照亮一切的光源,又是一切需要被了解的事情的汇聚点,应该是一只洞察一切的眼睛,又是一个所有的目光都转向这里的中心。"[18]作为中心点的主楼既可以用来监视学生,也便于"他们"从外界来监视学校。而学校在管束学生时采用了多种手段,其严格的纪律制度是权力规训身体的具体表现。例如,学校要对克隆人的身体负责,所以利用体检来判断学生在身体上是否达到"捐献"的医学要求。此外,对克隆人的精神进行隐性操控,是权力操控生命的另一大特点。制造恐怖氛围,散布可怕谣言是其主要手段。如第五章的树林就起到威慑的作用,既保护学生身体安全,又限制他们的精神自由。第七章的栅栏也标志这种无形的操控。类似栅栏的铁丝网还出现在观船之行的路上,使露丝看到后就无法动弹。隐性操控所带来的恐惧感是如此强烈,甚至可以成为学生性格的一部分,即使离开学校也无法将其摆脱。黑尔舍姆象征着生命遭到政治无情干预的社会,全体学生处于精神规训之中,每天都要按时完成各项活动,没有自我存在意识。他们在政治权力的操控下,陷入无意识的麻木状态。在学校对他们从小到大的精神限制下,他们看不到其他生活的可能,只能相互慰藉并接受被安排好的命运,最后主动将自己的生命权"捐献"出去。因此,石黑一雄笔下的克隆人世界如同福柯所描述的现代国家,个体的生命被无情地纳入政治领域,受到政治权力隐秘而极其有效的双重操控和压迫。

第三节 "后人类"生命书写的隐喻性

后人类主义是20世纪随着科技发展而出现的。它是与人本主义相对又密切相关的一个概念。人类不再被看作凌驾于其他物种之上的、具有不可剥夺的权利或独特属性的神化物种。后人类理论"抹灭了生命部分——有机的和话语的——传统上为人类纪保留的,即'特殊生命力',和更宽泛意义上的动物和非人类生命部分,也叫作'普遍生命力'之间的界限"[19]。人本主义传统所塑造的人类在弗里德里希·尼采(Friedrich Nietzsche,1844—1900)、福柯及弗朗西斯·福山(Francis Fukuyama,1952—)等思想家的批判下开始瓦解。计算机、基因工程和机器人等科技时代的象征正在不断削弱传统意义上的"人性",人类面临进入高度人工智能化或基因生物化的"后人类"时代。"后人类中心主义替换了物种等级观念和一个'人'作为万物尺度的单一共同的标准概念。在由此打开的本体论缝隙中,其他的物种一个个跃入其中。"[20]由此观之,《别让我走》中的克隆人和人类之间的界限不再清晰可辨。人类在科技的助力下,通过移植克隆人的身体器官而成为"后人类"。"后人类"克隆人作为基因复制的产物,通过后天教育获得丰富的情感与生命体验而成为"人类"。因此,自然人与克隆人既是相互对立的,又处于相互依存和相互转化的复杂隐喻关系中。换言之,小说中的"后人类"生命书写具有鲜明的隐喻性特征。

隐喻性的生命书写体现在自然人与克隆人、身体与灵魂的二元对立转化中。汤米和凯茜为了获取延迟捐献的机会而去拜访夫人,从夫人的口中得知画廊的真正用途,即这些画作与其说是"揭示你们内在的自我……展现你们的灵魂"[21],不如说是"为了证明你们完全是有灵魂的"[22]。埃米莉小姐向他们承认,只要证明有爱情意识就能推迟捐献的传闻从来就不是真的。这无疑讽刺了人类将克隆人的灵魂物质化的意图,因为人类终究只在乎克隆人的身体器官。面对克隆人究竟算不算人类,克隆人的生命究竟有无价值的质问,埃米莉小姐的回答听起来无奈而充满同情,实际上却影射了人类的自私和伪善。石黑一雄以回忆的方式从克隆人的视角来讲述故事,无疑表明他把克隆人当作核心的隐喻和象征来探求生命的普遍意义和共同价值。凯茜自始至终充满"温馨"与"美好"的回忆是以隐晦的方式质疑"黑尔舍姆式"的人类"捐献"计划,也是对以夫人和埃米莉小姐为代表的人类发出的控诉。因此,石黑一雄所构建的回忆叙事是一个带有强烈隐喻性的生命叙事。它既是克隆人生命权力的挽歌,也是关于人类生命价值的寓言。

吉奥乔·阿甘本(Giorgio Agamben,1942—)认为:"我们所有人都潜在地是神圣人。"[23]《别让我走》中的克隆人非常类似阿甘本意义上的"神圣人"。这是石黑一雄生命书写的另一个重要的隐喻性维度。所谓"神圣人",指的是个体生命在政治与法律层面被双重排除而被彻底弃置在暴力状态下。阿甘本引述费斯图斯(Festus,3rd century)对古罗马法中"神圣人"的说明,"祭祀这个人是不被允许的,但杀死他的人不会因杀人而遭到谴责。"[24]这就是双重排除:既被排除在人间法之外(可以被杀死),又被排除在神法之外(不能被祭祀);既被排除在俗世领域之外,又被排除在宗教领域之外。"神圣性"使这种人在神之领域没有丝毫地位。他们的生命在名义上首先通过死亡威胁被转交给诸神,这是第一重暴力;而实际上其身体由于已经是诸神的拥有物且具有"不协调的污浊性残留"[25],因而又被排除在祭祀仪式之外,这是第二重暴力。双重暴力将个体从人间法和神法中彻底抹除,使其生命同时具有令人敬畏与受诅咒两种属性而成为彻底的"赤裸生命","即神圣人的生命,这些人可以被杀死,但不会被祭祀"[26]。在阿甘本看来,"赤裸生命"等同于"神圣生命","神圣人以不可祭祀性的形式而归属于神,并且以能够被杀死的形式而被纳入在共同体中。不能被祭祀但可以被杀死的生命,便是神圣生命"[27]。

与"神圣人"相似的是,克隆人也被排除在共同体之外,因为创造他们的方式和人类不同:"我们每个人都是在某个时刻按一个正常人复制过来的……"[28]克隆人被人类弃置后就降格为"赤裸生命",成了被捕获、征用与控制的对象。他们可以被杀死,而法律却在这里被悬置,未出场的权力者(小说中的"他们")杀死他们(克隆人)而不会受到任何惩罚。此外,生命克隆的过程犹如上帝创造亚当,因此,人类就是克隆人世界的神,其拒绝承认克隆人是人类的态度,相当于把克隆人又排除在可被视作神域的人类范畴之外。阿甘本理论中人类作为神圣之域的含混性,即一种"包容性排除"(inclusive exclusion),可以用来解释凯茜等人既归属于人类(他们叫作"克隆人")又不属于人类(他们不是自然人)的状态。权力者(人类)在共同体中部分隔出"例外状态",其至高操作(所谓至高决断)把克隆人的生命排除在它本应受到保护的空间外,使其遭到弃置而缩减为"赤裸生命"。"在扶助生命的生命政治逻辑(通过器官移植救人)下,恰恰是在毫不手软地灭除这些当代'不配活'之人的赤裸生命。"[29]这就是小说中人类对待克隆人的生命反乌托邦逻辑。克隆人的生命价值在于其体内的器官,三到四次"捐献"后,他们就成了阿甘本所谓的"被掏空价值的生命"。这一以人类需求为标准的价值界限一旦被超越,"生命就不再具有政治相关性,变成仅仅是'神圣生命',因此可以被灭除而不受惩罚。"[30]小说中露丝与汤米被"掏空价值"后去世的场景令人哀伤,堪称上述冷酷逻辑在文学上的生动反映。

在人类意识中,创造克隆人的唯一目的是为治疗疾病提供所需器官。克隆人好比容器,本身没有任何价值,有价值的是他们的身体器官。要求克隆人"捐献"直至"圆满",却不能界定为人类社会中的谋杀,因此这一行为是不会受到惩罚的,反倒是为了挽救人类生命所必须做的事。然而,小说中的人类对具有"非凡智力、非凡体质"[31]的克隆人感到恐慌,害怕他们会取代自己的崇高地位,于是"退缩了"[32],最终将"捐献"项目全部关闭。可见,人类对克隆人的态度是矛盾的,既想操控利用他们,又担心他们超过人类而成为人类主宰。在小说结尾,凯茜平静接受"捐献"的命运。石黑一雄或许是想借凯茜这个在他看来最接近人类的克隆人形象,隐喻性地表达出以下重要主题:现代社会每个人都有可能成为"神圣人",都有可能被弃置在"例外状态"中。阿甘本说:"每个社会都决定了它的'神圣人'将是谁——就连最现代的社会也如此……赤裸生命不再局限于一个特殊的地方或一个确定的范畴。它存在于每个活着的存在的生物性身体内。"[33] 与阿甘本不同的是,石黑一雄通过克隆人形象构建了一个"后人类"社会的隐喻,旨在对生命权力关系以及"人何以为人"的生命本质问题作出严肃的思考。

马修·比德姆(Matthew Beedham)认为,石黑一雄"借克隆人的成长故事质疑了我们的价值观和道德感以及那些我们自认为是理所应当的真理……其简洁的文风掩盖了小说复杂的内涵"[34]。正因如此,《别让我走》在石黑一雄的全部作品中处于十分特殊的地位。小说既体现了作者的整体创作特色,即对身份、记忆和创伤等问题的持续探索,又以反乌托邦的艺术形式反思人类未来可能出现的生命困境。在《别让我走》中,石黑一雄描写了"后人类"时代的黯淡"前景",揭示了政治权力对个体生命的隐性操控,同时还以隐喻性的方式呈现了生命书写的新维度。小说家以"克隆人"作为隐喻和象征来反观人类自身的生存状况与生命处境,从叙事表层的权力政治学走向叙事深层的生命政治学。石黑一雄曾在访谈中说过:"我(写作)的总体目标并非囿于给英国人提供教训,读者应该把(故事背景)英国视为一个具有隐喻效果的神话场所。"[35]《别让我走》诠释了石黑一雄的生命政治学主张,旨在观照生命权力与反思生命价值,具有警醒世人的深刻寓意。

注释

[1] Leona Toker and Daniel Chertoff, "Reader Response and the Recycling of Topoi in Kazuo Ishiguro's *Never Let Me Go*," *Partial Answers: Journal of Literature and the History of Ideas*, Vol. 6, No.1 (2008), p.163.

[2] Gabriele Griffin, "Science and the Cultural Imaginary: The Case of Kazuo Ishiguro's *Never Let Me Go*," *Textual Practice*, Vol. 23, No. 4 (2009), p.653.

［3］Harper Barnes, "Ishiguro's Chilling Tale Rooted in SF," *STL Today*, 10 Apr. 2005, p.6.

［4］梅丽:《危机时代的创伤叙事:石黑一雄作品研究》,北京:中央编译出版社,2017年,第7页。

［5］M. John Harrison, "Clone Alone," *The Guardian*, 26 Feb. 2005, p.5. ＜www.theguardian.com/books/2005/feb/26/bookerprize2005.p5.bookerprize. Accessed 25 Dec. 2022.＞

［6］Kazuo Ishiguro, *Never Let Me Go* (London & New York: Vintage, 2006), p.81.

［7］Gabriele Griffin, pp.646-647.

［8］Ibid., p.653.

［9］Anthony Atala, et al. "Tissue-engineered Autologous Bladders for Patients Needing Cystoplasty," *The Lancet*, Vol.367 (2006), p.1241.

［10］Kazuo Ishiguro, pp.262-263.

［11］Eugene Thacker, "The Science Fiction of Technoscience: The Politics of Simulation and a Challenge for New Media Art," *Leonardo*, Vol.34, No.2 (2001), pp.157-158.

［12］Susan Squier, "Reproducing the Posthuman Body: Ectogenetic Fetus, Surrogate Mother, Pregnant Man," in Judith Halberstam and Ira Livingston eds., *Posthuman Bodies* (Bloomington & Indianapolis: Indiana University Press, 1995), pp.114-115.

［13］Gabriele Griffin, p.649.

［14］福柯:《规训与惩罚》,刘北成、杨远婴译,北京:三联书店,1999年,第101—102页。

［15］同上,第27页。

［16］同上,第157页。

［17］同上,第165页。

［18］同上,第197页。

［19］罗西·布拉伊多蒂:《后人类》,宋根成译,郑州:河南大学出版社,2016年,第87页。

[20] 同上,第 97 页。

[21] Kazuo Ishiguro, p.254.

[22] Ibid., p.260.

[23] 阿甘本:《神圣人:至高权力与赤裸生命》,吴冠军译,北京:中央编译出版社, 2016 年,第 159 页。

[24] 同上,第 102 页。

[25] Giorgio Agamben, *Profanations*, Jeff Fort trans. (New York: Zone Books, 2007), p.78.

[26] 同[23],第 13 页。

[27] 同上,第 117 页。

[28] Kazuo Ishiguro, p.139.

[29] 同[23],第 51 页。

[30] 同上,第 189 页。

[31] Kazuo Ishiguro, p.264.

[32] Ibid.

[33] 同[23],第 189 页。

[34] Matthew Beedham, *The Novels of Kazuo Ishiguro: A Reader's Guide to Essential Criticism* (London & New York: Palgrave Macmillan, 2010), pp.137-147.

[35] Allan Vorda, Kim Herzinger and Kazuo Ishiguro, "An Interview with Kazuo Ishiguro," *Mississippi Review*, Vol. 20, No.1/2 (1991), p.140.

第三章

权力压迫与"叙事"的反抗
——《别让我走》的生命政治学解读

《别让我走》是2017年诺贝尔文学奖得主石黑一雄的第六部长篇小说,出版后引起广泛关注,深受批评界好评。这部作品以反乌托邦的手法描写了克隆人的悲惨境遇,被看作"具有批判精神的科学小说"[1]、"温和而忧郁的反乌托邦"[2]、"生物工程时代的《一九八四》"[3]、再现"后人类世界"的警世小说[4]、福柯式的"权力寓言"[5]等。其实,《别让我走》也是一部表现权力压迫主题的阿甘本式政治小说。小说中的克隆人生活在"常态"之下却不得不面临非常态的生命境遇,非常类似阿甘本生命政治学中的"神圣人"。小说中的主权权力(sovereign power)通过空间规划,将克隆人的生存"裸命"化,同时在黑尔舍姆、村舍、康复中心等克隆人的生存场所悬置法律权力,维持阿甘本意义上的"例外状态",使之常态化,让克隆人被动接受,甚至自愿服从强加的政治权力,从而完成对克隆人生命权力的"合法"操控与剥夺。此前,已有学者注意到了克隆人与"神圣人"之间的相似命运[6],但都没有深入论述。本章主要借用阿甘本的"神圣人""裸命""例外状态"等生命政治学概念来重新解读这部作品,试图揭示石黑一雄对隐性政治暴力、人性压迫、生命权力沦丧的再现与批

第三章 权力压迫与"叙事"的反抗——《别让我走》的生命政治学解读

判,探讨其独特的生命叙事对权力压迫的抵制与反抗。

第一节 空间隔离与"裸命"生存

在《别让我走》中,凯茜、汤米和露丝等克隆人在寄宿学校内以常态的方式"健康"成长,但毕业后经过三至四次的"捐献"后,只能在非常态的"圆满"中走向生命的终结。他们的生命权被无情剥夺,但是那些未曾露面的"剥夺者们"无需承担任何罪名,或接受任何惩罚。从生命政治学的角度来看,石黑一雄所描写的克隆人无疑是阿甘本意义上的"神圣人"(homo sacer)。他们诞生后就时刻处于"裸命"(bare life)的生存状态,可以"被剥夺一切权力,而加害者不会犯下谋杀罪"[7]。他们受控于以器官移植为目的的主权权力或主权者,自愿让渡自己的生命权,并视之为应尽的责任和义务。而主权者之所以能将克隆人的生命变为可供利用的人体器官,既不受质疑,又能保全自身,是因为主权者采用空间隔离措施,将克隆人的"裸命"生存常态化,以达到对克隆人身体与生命的非常态处置与"合法"利用。

从词源上看,sacer一词原本含有分隔、分离、与公共社会隔绝的意义,而homo sacer(神圣人)在字面上就是指被区分开来或是被排斥在外的人[8]。从空间场景上看,《别让我走》中的克隆人基本属于从常态社会中隔离出来的一群人。小说分为三个部分,分别对应克隆人短暂生命中的三处场所:黑尔舍姆、村舍、金斯菲尔德康复中心。黑尔舍姆是克隆人生活与学习的主要场所。这所看上去十分普通的寄宿学校,"位于一个四周都是高地的平整山谷中"[9],地理位置较为偏僻。克隆人毕业后的临时栖息地——村舍,是"一处荒废闲置的农场"(116)。而金斯菲尔德康复中心——男主人公汤米"捐赠"器官的医疗机构——"位置偏僻,交通不便"(218)。政治权力精心设置或选择了这些与自然人社会隔离的闭塞孤立的空间环境,旨在让克隆人永远被动地处于一种信息相对封锁的状态。例如,主人公在回忆黑尔舍姆时说:"在我们人生的那个阶段,黑尔舍姆以外的任何地方都像是一个虚幻之地;外部世界及其可能与不可能的情形,我们仅有极模糊的概念"(66)。尤其是在黑尔舍姆封闭式的课业学习与纪律管理中,他们无法与外界取得便捷的沟通而获得明确的自我认知,自觉接受了与"常人"不同的特殊身份,以及生命存在的特殊目的性。他们在与外来者(如夫人和送货人)的有限接触中,反而不自觉地强化了自我身份与生命存在的特殊性和差异性认知。

此外,黑尔舍姆等场所的隔离状态或空间封闭性还带有另一层特殊的目的。人类社会在生物科技方面取得了巨大突破,可以通过克隆人实验来治愈癌症、运动神经元疾病、心脏病等很多不治之症。这一做法起初产生过很大的社会争议,于是主权者将克隆人有目的地"隐匿起来"(263)。"人们宁可相信这些器官是无中生有而来的,或者最多也就是想想他们是在什么真空里培育出来的"(262)。主权者所采取的"隔离"举措,保证了人体克隆生物实验与器官移植在不受外界干预的情况下顺利展开。主权者所设置的空间隔离巧妙躲开了公众视线,避免因生物实验而招致公共舆论的反对,大大减轻了公众的伦理忧虑与道德恐慌。尽管"莫宁戴尔丑闻"一度引发人们潜在的恐惧与非议,但是主权者果断采取措施,很快平息了这一事件。因此,通过空间隔离,自然人组成的社会外界在渴望通过克隆等医学技术延长寿命以获得自身利益的同时,几乎不可能把克隆人视为真正意义上的人类,只能视之为一种器官培养与捐献的"另类"。用监护人埃米莉小姐的话来说,"这个世界需要学生去捐献。只要情况依旧如此,那么总会有一道障碍反对把你们看成正常意义上的人类"(240)。

主人公凯茜、汤米和露丝等人在主权权力所划定的寄宿学校内"健康"成长,在临时栖息地村舍里"自由"生活,被"护送"到全国各地的康复中心"自愿捐献"。克隆人作为批量生产人体器官的捐赠群体完全制度化、系统化。在人为隔离与封闭式管理下,克隆人如同"神圣人"一样,被排除在正常的法定权力以外。空间隔离将克隆人驱逐出法律管

第三章 权力压迫与"叙事"的反抗——《别让我走》的生命政治学解读

辖范围之外,类似阿甘本所说的主权禁律(sovereign ban),即"主权并非通过确认其对生命的统治而施展力量,而是通过撤离其对生命的保护将'赤裸生命'弃于暴力与失法状态"[10]。也就是说,这些克隆人学生一旦失去法律的保护,就完全处于阿甘本意义上的"裸命"状态。在阿甘本的"裸命"概念中,存在着"zoe"与"bios"的差异:前者是指纯自然状态下的生命,动物性的生命,后者是生活在政治之中,被政治所架构的生命[11]。在《别让我走》中,克隆人既存在于政治权力架构之中,但又不受政治权力的保护,是丧失了政治身份的另类生命体存在,在很大程度上沦落为类似"zoe"的动物性生命存在。

因此,在主权者独特的空间规划中,克隆人处于"裸命"状态而任由政治权力支配、宰割和利用。空间隔离是克隆人让渡生命权的制度安排,也是克隆人在权力隐性操控下丧失政治与法律保护的外在标志。黑尔舍姆等克隆人的学习、生活与"捐献"场所,是远离公众视野的"器官捐献古拉格"[12]。它们地理位置偏僻或交通不便,是主权权力管制克隆人或主宰克隆人生命权的精心安排。主权权力在这些隔离区内确立了完全服务于其生命政治目的的隐性权力机制与法律秩序,巧妙剥夺了克隆人正常意义上的法律地位。克隆人在无形的权力机制操控下,自觉接受主权政治体的规训或训诫,使之因禁于欺骗性的制度安排中而无法达成自我认知,最后完全臣服或服务于主权者的利益,沦为仅仅具有医用价值或实用性的人体器官部件。

在现代社会中,主权者一般都具有普遍的强制力,但是在社会契约的规范下,每个个体只是将部分权利、财产或自由权让渡给主权权力,但同时享受每一个个体应当享受的生命自主权。然而,克隆人在"隔离区"内长大成人后,自觉地将自我生命权彻底让渡给了主权权力,在经过三次或四次捐献后走向"圆满"。因此,这些"隔离区"在一定程度上类似阿伦特(Hannah Arendt,1906—1975)意义上的极权主义集中营或灭绝营——不仅"营除人的性命,贬损人的尊严",而且还"消除作为人类行为表达的自发性本身,将人类转化为一种单纯的物,转化为某种甚至连动物都不如的东西"[13]。不过,与集中营等场所不同的是,石黑一雄所描写的空间场所不是臭名昭著或人神共愤的显性暴力空间场所,而是"正常"或日常化的教育、生活或医疗场所,尤其是黑尔舍姆,自始至终都是克隆人念念不忘,充满"温馨"与"美好"回忆的地方。石黑一雄通过构建这些充满隐性暴力的"隔离区",以超常的想象描写了克隆人生命权被强行剥夺的生存状态,清晰而生动地揭示了"常态"的社会表层之下隐藏着非常态的政治暴力与人性压迫。

第二节 "例外状态"与生命权力的"合法"悬置

阿甘本认为,"神圣人"之所以逃脱不掉悲惨的命运,是因为在正常的政治秩序之外,还存在着一种更为根本的秩序,即"例外状态"(State of Exception)。"例外状态"是一种悖论性的情境,是法律或法律需要被悬置的状态,是法律与生命之间的"无人地带"[14]。在《别让我走》中,石黑一雄所描写的克隆人的生存环境实际上是一个法律界限模糊的空间地带,非常类似阿甘本所说的"例外状态"。这一例外状态也是一种"拓扑结构",即"隔离区"内的克隆人既在法律之外,又在法律之中,或者说,是一种既不在法律之中,又不在法律之外的悬置状态,一种悖论与模糊状态。

在石黑一雄的笔下,克隆人在履行克隆人应当履行的"捐献"义务前,实际上也与非克隆人一样被赋予教育、财产、自由等法定权利。在寄宿学校内,他们学习地理、体育、音乐、艺术、文学、文化等各类课程,可以进行绘画、素描、陶艺、诗歌、散文等文艺创作活动,可以参加学校组织的拍卖会和交易会,可以拥有自己的"收藏品",相互之间可以自由交往和恋爱,可以有性爱,而且"长大后可以自由自在周游全国"(66)。在村舍中,克隆人有了更大的自由活动空间,可以像"正常人"一样根据个人意志旅行或自主选择行动。克隆人被赋予教育权、财产权、人身自

第三章　权力压迫与"叙事"的反抗——《别让我走》的生命政治学解读

由权,说明外在的法律仍然在克隆人群体中保持着很大的有效性。然而,克隆人的法定权利与外界公民享有的权利并不相同。主权者所给予克隆人的自由是有限的、形式上的,其目的是进一步控制和剥夺克隆人的躯体和生命,以充分保证器官捐献的有效实施和完成。克隆人有限的人身自由是以生命自主权被剥夺为代价的。主权权力将克隆人的生命权排除在法律保护之外,是一种阿甘本所说的"包容性排除"[15]。也就是说,隔离区内的个体被法律排除在外,并不是简单的排除,而是一种包容性的排除,其特点是被排除和舍弃在政治、法律的边缘地带,同时又以悬置的方式与法律保持着联系。

黑尔舍姆、村舍、康复中心等显性或隐性的"隔离区",实际上是一种政治、法律意义上模棱两可或难以界定的空间场所。对于生长并生活在这些场所中的克隆人而言,他们的身份无法在政治和法律层面得到清晰的界定,代表着一种模棱两可的生命存在。无论被定义为"人类"还是"异类",都会对"正常"的社会或法律秩序构成威胁和挑战。在主权者的生命规划中,"隔离区"内的克隆人只能被置于政治与法律地位十分模糊的状态。一方面,他们在寄宿学校内接受良好的教育,享受很多法定权利,"健康"成长,与常人无异;另一方面,他们也接受着异乎寻常的纪律规训,比如说定期接受常规健康检查;不能与外界人士发生关系;被剥夺了生育权;为了身体健康禁止抽烟;性爱时必须十分小心以避免染病;不能随意谈论"捐献"这个话题,否则会让他们感到"难堪"(69)。主人公凯茜在康复中心做看护员时,觉得"重提往事是件很危险的事"(209)。学校里的各种规则"表面上是在保护生命,实则将生命置于禁令之下"[16]。通过规则的制定与实施,主权权力得以充分发挥其权力机制,以严格的管理来有效操控克隆人的生命。克隆人被抛弃在法律之外而不受保护,同时又与法律保持着若即若离的联系。借用阿甘本的话来说,"法律既适用于他,又不再适用于他,既将他囊括在禁律之内,又将他抛弃在禁律之外"[17]。

值得注意的是,法律上模棱两可的"例外状态"强化了"隔离区"内主权权力的蒙蔽性以及权力规训的欺骗性。通过奖惩制度的设定，比如说鼓励学生们进行艺术创新，最具原创性的绘画佳作可以被选入"画廊"。此类积极向上的举措蒙蔽了学生们跳出权力机制之外进行思考并探究权力背后深层目的可能性。从很小的时候起，学生们就已经习惯性地将作品上交给看护人，这也象征着他们最后将顺从地把自我的生命权递交出去。此外，在黑尔舍姆，艺术创作本身也是一种体制化的规训手段，其目的在于使克隆人在成长过程中充分沉湎于封闭的象牙塔中，从而规避了他们对自我非人化的审视，以及对自我身份的觉醒。这类规训活动更容易激发一种带有欺骗性的集体包容感，让克隆人在享有较大个性自由的同时，感受到自己从属于一个更大的集体，滋生关涉自身存在的虚假的安全感，以致无法及时识破身处其中的政治权力及其背后的暴力本质，最终在体制化、规训化的"例外状态"中逐渐丧失了公开的抵制和反抗能力。

处于"例外状态"下的黑尔舍姆等"隔离区"与阿伦特、阿甘本等人所举证过的纳粹集中营颇为相似，都是通过规训和禁令以达到掌握个体生杀大权的目的。克隆人受制于体制化的规则，实则反映了权力者用排除或悬置的方式"合法"控制了他们的生命。可以说，他们的生命是处在"例外状态"下的生命。然而，黑尔舍姆与纳粹集中营并不相同，其内部权力机制只是间接实施于生命体，是一种迂回隐晦的权力表现。它不是将克隆人直接暴露在暴力面前，而是确立某种柔性、温和的"例外状态"，从而将生命权囊括在权力手中。无论是学生们所接受的教育，还是在成为看护人之前所获得的培训，甚至延期"捐献"的传闻等，都不是强制性的规训手段，但可以在不知不觉中"产生一种无须强迫的服从"[18]。从黑尔舍姆的选址与建筑结构来看，其特殊的地理位置，视野开阔的18层主楼与带有高窗的体育馆，以及没有通电的篱笆墙，无不隐含着复杂的政治隐喻，很容易让人联想到福柯所说的"全景敞视监狱"（panopticon）。不过，《别让我走》中的监视不同于《一九八四》中的极权主义政府无时无刻、无处不在的显性监控。主权者主要通过隐性的权力操控来强化"隔离区"内的规则和规范,让克隆人对规则和规范的认同内在化,从而达到对克隆人生命权的"合法"剥夺。

第三节 "叙事"的反抗

《别让我走》问世后,批评界关注较多的问题是:为什么凯茜、汤米等人在面对被规划的人生以及被宰割的命运时不选择奋起反抗?甚至在得知黑尔舍姆的存在目的及其背后的真相后,为什么没有表示反对或拒绝?为什么没有想过抗议、抵制或逃跑?[19]首先,主权者通过空间隔离让克隆人沦为"赤裸生命",通过各种隐性规训让他们变成"驯顺的身体"和自愿的"捐献者"。克隆人在常态化的教育机制内被规训化了,将器官捐献视作理应完成的任务和应当履行的职责,就像露丝在表达作为一个捐献者的感受时所说的那样:"这样做是对的。毕竟,这是我们应该做的,不是吗?"(227)其次,主权者充分利用"例外状态",将非常态的需求经过体制化的规训后"常态化",而克隆人受"常态化"表象的蒙蔽,无法准确认识到"常态"背后隐性的政治暴力与权力压迫。这种非常态的常态化,象征着现实社会中政治权力在"常态"秩序下所隐藏的暴力性,而被动与服从的克隆人也代表着历史与现实中更为广泛的被压迫的边缘化群体。

然而,石黑一雄的小说不是抽象的政治哲学,也不是阿甘本或福柯生命政治哲学的简单演绎。它是对人类生存境况的反乌托邦式描写和再现,是对生命政治权力困境的艺术反思与批判。石黑一雄描写了"例外状态"下的"赤裸生命",并不等于对生命政治权力被剥夺、被践踏的认同。从表面上看,石黑一雄似乎只关注权力对生命的操控,却没有描写生命对权力的反抗。小说中的克隆人对最终走向"圆满"的命运似乎逆来顺受,石黑一雄也极少描写克隆人公开的抵制与反抗行为,但正如福柯所说,"哪里有权力,哪里就有反抗。"[20]《别让我走》一方面以充满淡淡哀愁与忧伤的回忆手法描写了克隆人的成长过程以及逃无可逃

"圆满",另一方面也以个性化、人性化的第一人称叙事手法再现了克隆人对生命内涵的体悟以及对生命意义的追寻。具体来说,小说中的抵制与反抗主题主要体现在叙述者对过去岁月与生命历程的回忆中,体现在克隆人的生命律动与生命情怀中。石黑一雄的回忆叙事不仅是"创伤叙事"和"人权叙事"[21],而且是一种具有抵制与反抗潜能的生命叙事。

在《别让我走》中,回忆性的叙述是一种主导性、结构性的生命反抗力量。回忆是个体生命的存在体验,是克隆人生命活动的内在动力,是一种深层的生命表达。小说从主人公凯茜的视角对克隆人的过去进行回忆,是一部"反思性回忆录"或"回忆录式传记"[22]。主人公-叙述者在回忆克隆人短暂一生的故事时,"记忆"成为主人公贯穿始终的思考与评论对象。在小说的开始,叙述者告诉读者她试图忘记过去,却难以做到。她说:"过去的岁月中,我一次又一次试着把黑尔舍姆抛在脑后,一次又一次告诉自己不应该总是回头看。可是终于有一天,我停止了这种抗拒"(5)。主人公凯茜在担任"护理员"工作时,非常期待工作到期后能好好休息一下,"停下来思考与回忆",而且"内心一直充满动力,去整理所有过去的记忆"(37)。在小说结尾,她说:"我最珍贵的记忆,从来没有淡忘。我失去了露丝,后来又失去了汤米,但我不会失去对他们的记忆"(286)。不难看出,在石黑一雄的叙事文本中,"记忆"或"回忆"是强劲的内在生命力的体现,是难以遏制的本能冲动,而且蕴含着抗拒遗忘的无意识反抗力量。

从表面上看,叙述者对过去岁月的回忆带有浓重的怀旧情绪,似乎无法从过去的心理阴影与情感的创伤中解脱出来。然而,叙述者重拾记忆,实际上是通过零散的记忆或记忆的片段"重构身份"[23]。她将碎片化的过去拼贴起来,不断建构克隆人的集体身份,拒绝遗忘过去与历史,努力建立过去与现在的联系,从而完成对历史的建构与反思,实现对当下现实与自我生命的重新界定。主人公的"生命回忆录"保存了对死者以及对被剥夺生命的恋人的记忆,是"生命书写计划",是以"哀悼"

第三章 权力压迫与"叙事"的反抗——《别让我走》的生命政治学解读

的方式对生命存在进行记录与见证。[24]这样的回忆叙事是对生命短暂的哀婉伤叹，是对生命意义与存在价值的确认，也是对生存权力被剥夺的曲线抗议。

《别让我走》中的回忆叙事在一定程度上继承了英美文学中的"黑奴叙事"传统，与《长日将尽》等早期作品中的回忆叙事并不相同。所谓"黑奴叙事"，是指被奴役者、被压迫者以回忆和讲故事的方式让"记忆和历史走到一起"[25]，借此表达对种族压迫与社会不公的控诉和抗议。与"黑奴叙事"不同的是，石黑一雄的生命叙事采用平实、平和的第一人称叙事以及含蓄内敛的艺术风格，以常态化的方式将克隆人的特殊经历与非常态命运呈现给读者，是对隐藏在常态化背后的权力压迫的记录和见证，代表了被压迫者的心声，是一份柔性而持久的揭发书与抗议书。叙述者还不时地插入第二人称叙事，诉诸想象中的读者，让读者成为克隆人人生故事的聆听者，也将读者囊括在权力压迫的见证者之列。在"讲述-聆听"与"回忆-见证"的双向互动中，生命叙事由此蕴含着更为强劲的反抗潜能以及阿伦特意义上的"救赎力量"[26]。

石黑一雄的生命叙事不是平面化、模式化的受害者叙事，也不是常见的以痛苦或苦难为主基调的创伤叙事（尽管小说也有对露丝"捐献"后凄惨而死的描写）。总体上看，这是一种宁静幽远、意味深长的回忆叙事，是一种反抗遗忘的见证叙事。叙述者对生命体验的自我感悟，对生命权力的曲线认知，代表了被压迫的主体所做出的能动的生命反应。当代文化批评家齐泽克说过，我们每一个人都是潜在的"神圣人"[27]。但是在石黑一雄看来，每一个人都有讲述与聆听、回忆与见证的生命权力，都有与生俱来的生命情怀。石黑一雄的生命叙事对隐性的政治暴力与权力压迫起到了揭示与批判的作用。因此，《别让我走》所呈现的是一个具有警示与启迪意义的生命反乌托邦。

注释

[1] Gabriele Griffin, "Science and the Cultural Imaginary: The Case of Kazuo

Ishiguro's *Never Let Me Go*," *Textual Practice*, Vol. 23, No. 4 (2009), p. 647.

[2] Leona Toker and Daniel Chertoff, "Reader Response and the Recycling of Topoi in Kazuo Ishiguro's *Never Let Me Go*," *Partial Answers: Journal of Literature and the History of Ideas*, Vol. 6, No. 1 (2008), p. 163.

[3] James Browning, "Hello Dolly; When We Were Organs: Novelist Kazuo Ishiguro Pens a '1984' for the Bioengineering Age," *The Village Voice*, 22 Mar. 2005, p. 75. <https://www.villagevoice.com/2005/03/22/hello-dolly-2/. Accessed 25 Dec. 2022.>

[4] Rosario Arias, "Life After Man?: Posthumanity and Genetic Engineering in Margaret Atwood's *Oryx and Crake* and Kazuo Ishiguro's *Never Let Me Go*," *DQR Studies in Literature*, Vol. 47, No. 1 (2011), p. 394.

[5] 王烨:《石黑一雄长篇小说权力模式论》,武汉大学博士论文,2012年,第7页。

[6] Shameem Black, "Ishiguro's Inhuman Aesthetics," *Modern Fiction Studies*, Vol. 55, No. 4 (2009), p. 789. Olga Dzhumaylo, "What Kathy Knew: Hidden Plot in *Never Let Me Go*," in Cynthia F. Wong & Hulya Yildiz eds., *Kazuo Ishiguro in a Global Context* (Surrey: Ashgate, 2015), p. 91.

[7] Giorgio Agamben, *Homo Sacer: Sovereign Power and Bare Life*, Daniel Heller-Roazen trans. (Stanford: Stanford University Press, 1998), p. 103.

[8] 蓝江:《从赤裸生命到荣耀政治——浅论阿甘本 homo sacer 思想的发展谱系》,《黑龙江社会科学》,2014年第4期,第2页。

[9] Kazuo Ishiguro, *Never Let Me Go* (London & New York: Vintage, 2005). 本章出自该版本的引文均由笔者翻译,下文只在括号内标注页码,不再一一说明。

[10] Giorgio Agamben, 1998, p. 183.

[11] 同[8]。

[12] Bruce Robbins, "Cruelty is Bad: Banality and Proximity in *Never Let Me Go*," *Novel: A Forum on Fiction*, Vol. 40, No. 3 (2007), p. 292.

[13] Hannah Arendt, *The Origin of Totalitarianism* (New York: Meridian

Books, 1951), p. 438.

[14] Giorgio Agamben, *State of Exception*, Kevin Attell trans. (Chicago: The University of Chicago Press, 2005), p. 1.

[15] Giorgio Agamben, 1998, p. 20.

[16] 法特:《法与生命的神圣性》,汪民安、郭晓彦主编《生产》第7辑,南京:江苏人民出版社,2011年,第112页。

[17] Giorgio Agamben, 1998, p. 34.

[18] Michel Foucault, *Discipline & Punish: The Birth of the Prison*, Alan Sheridan trans. (London & New York: Vintage, 1997), p. 36.

[19] Leona Toker and Daniel Chertoff, p. 166. Titus Levy, "Human Rights Storytelling and Trauma Narrative in Kazuo Ishiguro's *Never Let Me Go*," *Journal of Human Rights*, Vol. 10, No. 1 (2011), p. 3.

[20] Michel Foucault, *The History of Sexuality*, Vol. 1, Robert Hurley trans. (New York: Random House, 1978), p. 95.

[21] Titus Levy, p. 1.

[22] Keith McDonald, "Days of Past Futures: Kazuo Ishiguro's *Never Let Me Go* as 'Speculative Memoir'," *Biography: An Interdisciplinary Quarterly*, Vol. 30, No. 1 (2007), pp. 74-75.

[23] Silvia Caporale Bizzini, "Recollecting Memories, Reconstructing Identities: Narrators as Storytellers in Kazuo Ishiguro's *When We Were Orphans* and *Never Let Me Go*," *Atlantis: Journal of the Spanish Association of Anglo-American Studies*, Vol. 35, No. 2 (2013), p. 65.

[24] Keith McDonald, p. 80.

[25] Genevieve Fabre and Robert O'Meally eds., *History and Memory in African-American Culture* (Oxford: Oxford University Press, 1994), p. 6.

[26] Seyla Benhabib, "Hanna Arendt and the Redemptive Power of Narrative," *Social Research: An International Quarterly*, Vol. 57, No. 1 (1990), p. 167.

[27] Slavoj Žižek, "How to Begin from the Beginning," *New Left Review*, No. 57 (2009), p. 55.

第四章

《赎罪》：宏大而优美的心灵史诗

伊恩·麦克尤恩和马丁·艾米斯是20世纪70—80年代英国极有影响且极具争议的两位作家。艾米斯背负着"英国文坛坏小子"的恶名，而麦克尤恩则被批评界戏称为"恐怖伊恩"（Ian Macabre）。艾米斯的小说大多描写暴力、谋杀、死亡、情色、吸毒、核恐怖、末世情结等，而麦克尤恩的早期作品同样充斥着令人震惊的性乱、死亡、乱伦、怪癖、畸恋等内容。不过，自20世纪90年代以来，麦克尤恩不断突破原有的创作路数，发表了多部艺术风格截然不同的优秀作品。

2001年，麦克尤恩凭借长篇佳作《赎罪》第四次获布克奖提名，虽然最后铩羽而归，但评论界、读书界认为，它比1998年夺得布克奖的《阿姆斯特丹》（Amsterdam）更应该获得此项大奖。与美国化了的艾米斯小说不同，《赎罪》散发着强烈的"英国味"。它含蓄隽永，恢宏而不失细腻，是一部纯正地道的英式小说。小说的主要内容是，二战前夕，英格兰乡村的一间老宅内发生了强暴事件，年幼妹妹布里奥妮的糊涂指证断送了姐姐与男友之间的纯真爱情。由于姐姐赛西莉娅与其男友罗比后来双双去世，妹妹终生陷入忏悔与赎罪之中，并试图用小说创作来揭露真相。但是强暴事件的当事人位居社会上层，可以借助权势让揭发者身败名裂。暮年的女主人公不仅难以将小说出版,同时也陷入元小说式的艺术反思之中。《赎罪》所涉及的主题包括心理成长、罪与罚、忏悔与拯救、有关性的"肮脏小秘密"(劳伦斯语)、历史叙事与文学自觉等。小说行文舒缓有力,文体洗练优美,节奏有张有弛,抒情浓淡相宜,思辨深邃而自然,代表了麦克尤恩小说创作的又一个高峰。

在《赎罪》的第一部分,麦克尤恩借鉴前人的痕迹俯拾皆是:英格兰乡间的幽秘古宅与福斯特的霍华兹庄园何其相似;小说氛围的营造与石黑一雄的《长日将尽》有异曲同工之妙;罗比与赛西莉娅之间的爱情是典型的跨越阶级之恋;精美古瓶的无意摔碎,如同亨利·詹姆斯金碗上的裂痕,象征着情感的微妙变化;罗比随手写下的"我在梦中吻你的私处"[1],在无意中被塞进了寄给赛西莉娅的情书中,他的"手误"多么像是弗洛伊德心理学的注脚;古宅月黑之夜发生的"强暴风波"使人联想到《印度之行》中阴暗古洞内的"性攻击"事件。然而,麦克尤恩并不是拙劣的模仿者,在炮制平庸的复制品。13岁的女主人公布里奥妮是使小说脱胎换骨的关键人物。她拥有极高的文学天赋,却充满天真的想象力,不仅自编自导了一出虚构的真戏,而且也在幻想和嫉妒的支配下导演了一场荒唐的伪证假戏,直接将姐姐的男友罗比送进了监狱。罗比的"罪"与布里奥妮的"罪"不仅让一切表面上的相似只停留在表面,而且也为情节的推进和主题的发展埋下了精妙的伏笔。

关注战争,尤其是二战,是战后英国小说的伟大传统之一。《赎罪》的第二部分是从未经历过战争的麦克尤恩的第二次"战争叙事"。在《黑犬》中,战争是主人公内心抹不去的阴影;在《赎罪》中,战争是"戴罪立功"的罗比命运改变的转折点。赛西莉娅因执着的爱与家庭决裂,义无反顾地奔赴伦敦做了伤兵护士,并在相思与渴盼中等待恋人的归来。"充军"的罗比则在敦刻尔克大撤退中以爱作为求生的精神支柱,九死一生地重返恋人的身旁。"罪孽"的主题在"战争叙事"中获得了巨大空间,并进一步得到深化与升华。在罗比的视角下,战争中的杀戮是人类最大的罪孽,与之相比,布里奥妮的"罪孽"又何足挂齿?叙述者说:"战争期间,究竟什么是罪孽呢?其实,罪孽是廉价的。人人有罪就等于人人无罪"(261)。个体的"罪孽"与集体的罪恶在此形成了主题上的平行与呼应。麦克尤恩的历史叙事脱离不了20世纪90年代英国小说"回归历史"的印记,但是在主题探索与表现手法上,《赎罪》与派特·巴克等人的"真实历史小说"不尽相同,与马丁·艾米斯描写"大屠杀"历史的《时间之箭》和 D. M. 托马斯的《白色旅馆》也大异其趣。他在"战争叙事"中插入了男女主人公的情书,用如泣如诉的"爱情叙事"对抗和消解"战争叙事"的残酷与惨烈,缠绵悱恻的爱情主题与二元对立的无辜与罪恶主题互为依托,相得益彰。此外,这一部分的叙事与描写跌宕起伏,读来催人泪下。英国剑桥著名文学杂志《格兰塔》常以刊登名家名作的节选而享誉文坛,《赎罪》被选中的内容即这一部分宏大而精彩的战场描写。

　　小说的第三部分主要写布里奥妮的赎罪。她的"赎罪之道"是一个漫长而痛苦的心灵成长过程。从一个用幻想和嫉妒戕害亲人的无知少女,到洗心革面虔诚忏悔的年轻小说家,布里奥妮仿佛经历了一次惨痛的"成人过界仪式"。年幼时的她充满想象,情感细腻,但天真幼稚,盲目无知,最终铸成大错;而18岁的她为年幼时的无知而感到愧疚,为诬陷亲人而痛心疾首,追悔莫及。伦敦大轰炸期间,她来到姐姐工作的同一家医院,开始了满怀虔诚的自我救赎之路。然而,照顾伤员拯救生命并不能减轻她深深的自责。她鼓足勇气向姐姐负荆请罪,殚精竭虑地揭露强暴事件的真相,以洗刷罗比的不白之冤,但姐姐在德机空袭中遇难以及罗比的不幸病逝,似乎加重了她内心深重的罪孽感,自我惩罚式的忏悔之路也因此变得异常艰难。用她本人的话来说:"她永远无法消除伤害。她无可饶恕"(285)。

　　从诬陷之过到战争之罪,从冤狱之痛到逃难之苦,从愧疚之深到赎罪之诚,如果《赎罪》就此打住,仍不失为一部优秀小说,却很难成为传世佳作。因此,第三部分结尾的署名(即"布里奥妮·泰1999年伦敦",

第四章 《赎罪》：宏大而优美的心灵史诗

中译本不知何故将其删除），以及简短的第四部分（标题是"1999 年伦敦"）起到了画龙点睛的作用：原来，此前所发生的一切只不过是布里奥妮的往事回忆，或者说，只是她多年辛勤创作的书稿的内容。综观整部小说，《赎罪》也可以被看作布里奥妮创作的有关自我救赎的小说。为赎罪而写作，用写作来忏悔，赎罪与创作紧密地交织在一起，麦克尤恩最终上升到元小说式的对人生、对人性，乃至对 20 世纪英国小说创作的哲理思考。

就元小说技巧而言，《赎罪》与众多的"后现代"小说明显不同。它并没有出现作者闯入叙事对人物评头论足的情状，也没有让叙事者对读者大谈虚构的过程。麦克尤恩借人物身份之便让虚构人物与现代作家进行对话，由此构成了对现代小说的表现形式、叙事视角和实验技巧的自觉反思。更为重要的是，它对小说创作能否完成赎罪或"载道"之功能进行了理性的反思。对熟读弗吉尼亚·伍尔夫的布里奥妮来说，"未来的小说与过去的小说将迥然不同"，"人性深处正在发生一场巨大变化，只有小说，某种新小说才能把握住这巨大变化的本质"（281—282）。从 1940 年起，她就开始创作这样的"新小说"，记录消逝的历史，试图把握人性变化的本质，让姐姐的真爱在文字中实现永恒。然而，59 年来，一个沉重的问题一直压在她的心头：小说家如何才能实现救赎？换言之，小说家创作理想的实现真的能达到自我救赎的终极目的吗？布里奥妮始终面临着一个巨大的现实障碍：强暴事件始作俑者的权势与长寿限制了真相回忆录式的小说的出版，因此从这层意义上讲，小说家并不能为所欲为。不过，布里奥妮仍然坚信，借小说进行赎罪虽然是极其困难的，但也"并非不可能"。人性的卑劣可以毁灭人间美好的事物，但文学之美善能够抵抗遗忘与绝望，让有情人相亲相爱，永不分离；文学的"魔法"还可以让死去的恋人复活，让他们比肩而坐，谈笑风生，他们的故事最终铭刻在艺术的永恒丰碑上。《赎罪》也因此回应了威廉·莎士比亚（William Shakespeare，1564—1616）第 18 首十四行诗（*Sonnet 18*）的主题：美好的事物在不朽的诗篇中与时间同在！

《赎罪》的大部分章节使用了全知全能视角与第三人称视角，部分章节使用第一人称视角。不同的视角在并列、包容与颠覆中取得了微妙的平衡，构成了强大的叙事张力，多角度、多层次、自我反省、自我怀疑地探讨了以赎罪和艺术创作为中心的多重现代主题。小说家布里奥妮（显然有麦克尤恩的影子）非常仰慕伍尔夫，并接受过现代作家伊丽莎白·鲍恩（Elizabeth Bowen，1899—1973）和现代杂志《地平线》（*Horizon*）编辑的文学教诲，但是她所创作的小说，或者说《赎罪》本身，并不是一部现代实验小说。借用约翰·福尔斯《法国中尉的女人》中的话来说，"如果这是一本小说的话，它肯定不是一本现代意义上的小说"（参见本书上篇第四章）。此外，对《赎罪》来说，不痛不痒、大而无当的"后现代"不仅不是深中肯綮的赞誉，反而会是有意无意的诋毁。《赎罪》倒更像一部宏大而优美的心灵史诗，仿佛在无声地告诉我们：人类的心灵世界与艺术创造，不仅异常复杂，而且异常美妙！

注释

[1] Ian McEwan, *Atonement* (London & New York: Vintage, 2001), p.86. 所有引文均系作者自译。本章其余引自本书的引文只在括号中注明页码，不再一一说明。

第五章

《美丽线条》:认识西方社会的一个窗口

第一节 2004年英国曼·布克奖

英国布克奖是跨国公司布克·麦克奈尔有限公司于1969年设立的小说大奖,其宗旨非常明确,即重新激发英国人对"严肃小说"的兴趣。尽管这项大奖如诺贝尔文学奖一样经常引发巨大争议,但多年来它一直代表着英联邦及爱尔兰英语小说的最高水平,并早已成为世界最著名的几项文学大奖之一。2002年,国际金融集团——曼集团开始资助布克奖,布克奖从此更名为曼·布克奖,而当年的评选过程也是风云突变:风风火火的评委会主席莉莎·加汀(Lisa Jardine,1944—2015)教授一改此项大奖的初衷,试图向那些所谓"自夸、自大与自负"的大部头小说宣战,声称给有点发霉的"严肃小说"的阁楼里放进点新鲜空气,于是一些以故事性取胜的小说进入到曼·布克奖的决选名单,其中包括文坛新秀萨拉·沃特斯(Sarah Waters,1966—)的女同性恋小说《指匠》(*Fingersmith*,2002)。这部小说以维多利亚时期的下层社会为故事背景,讲述了女同性恋间引人入胜的情感故事。当时,根据她的女同性恋小说《南茜情史》(*Tipping* the Velvet，1998）改编的电视剧正在英国各地热播，因此有不少书评家将萨拉·沃特斯列为重点夺冠人选。尽管她最终未能获得这项大奖，但同性恋小说跻身主流文学已经是显而易见的事实。

2004年10月，艾伦·霍林赫斯特的同性恋小说《美丽线条》摘取曼·布克奖，从而打破了36年来曼·布克奖没有同性恋小说获奖的记录，同性恋小说终于"修成正果"。其实，早在8月份曼·布克奖大名单出来后，霍林赫斯特就已经被不少人看好。9月，六人决选名单公布后，他的夺冠呼声更高，各赌博公司纷纷将他列为最大夺魁人选。在评委会的最后评议中，它力克另一位同性恋作家科尔姆·托宾（Colm Tóibín, 1955— ）的小说《大师》（The Master, 2004）以及其他四部作品，包括实力不俗的《云图》，一举夺冠。在男同性恋作家中，霍林赫斯特是最有影响力的一位。他的处女作《游泳池图书馆》（The Swimming Pool Library, 1988）暴露了伦敦20世纪80年代男同性恋者复杂而混乱的性关系，主人公的放浪形骸佐证了英国社会对同性恋禁令的解除，以及随之而来的同性恋群体对精神压抑的无度释放。小说出版后获得毛姆文学奖，被认为是英国最优秀的几部同性恋小说之一。《折叠的星星》（The Folding Star, 1994）用忧郁而沉重的语调叙述了一位家庭教师如何痴恋17岁男学生的故事，虽然未能夺得当年布克奖，却赢得了另一项文学大奖——詹姆斯·布莱克文学奖（The James Tait Black Memorial Prize）。他的第三部小说《咒语》（The Spell, 1998）是一部以伦敦同性恋俱乐部为主要场景的轻松喜剧小说。它在美国出版时，引发了厄普代克对同性恋小说普世性价值的严肃探讨。可以说，以《美丽线条》为核心的这四部作品正好构成了一组具有突破性意义的同性恋小说"四重奏"。

正如光是写"性"不是文学一样，光是写同性恋的"性"也不是文学。《美丽线条》虽然描写了不少同性恋的性场面，但霍林赫斯特并不是靠写同性恋的性关系而取胜。在西方文学"性"泛滥的大背景下，光是写"性"或写同性恋的"性"非但不可能进入文学主流，而且一不小心就会

"荣获"《卫报》评出的"年度性描写最拙劣大奖"。《美丽线条》的故事背景是撒切尔夫人当政时期的20世纪80年代。当时,英国进入一个物质主义、享乐主义、自由至上的时代,性、毒品、暴力、色情、艾滋病泛滥成灾。同性恋主人公尼克·格斯特因为对牛津同窗费登·托比心生暗恋,大学毕业后主动接受托比家人的邀请,去照看他们位于肯辛顿乡间的私宅。由于托比的父亲是撒切尔政府内的政治新星,尼克有机会结识了各种政治精英人物,甚至还能与撒切尔夫人零距离接触。年轻的尼克后来与一位下层黑人发生同性恋关系,然后又与一位白人富翁结下龙阳之好。在当时颓靡与放纵的大环境下,尼克还沾染了吸食毒品的恶习,小说最后以尼克身染艾滋病与吸毒丑闻曝光而告终。《美丽线条》就用这种独特的同性恋的视角,通过主人公与各种背景人物的性交往,无情地暴露了金钱时代欲望横流与精神颓废的社会现状。就揭示社会流弊与时代痼疾的深刻性而言,唯有当红作家马丁·艾米斯的代表作《金钱:绝命书》《伦敦原野》才能与之一较高下。而这也正是《美丽线条》最终夺冠的原因所在。

第二节　西方同性恋文学

关于同性恋文学,可以宽泛地下个定义,即以同性恋现象为题材,探讨同性间的性爱、情感与精神关系的文学。同性恋文学,尤其是现代同性恋文学,其主题大多直接或间接地表现了对同性关系的隐秘展示、对异性恋社会的恐惧、对异己环境的无望反抗、不能真实地表达自我、对另类身份感到困惑或羞耻等。

西方同性恋文学的历史非常悠久。荷马史诗《伊利亚特》(*Iliad*, 8th century BC)中有阿喀琉斯与帕特洛克罗斯之间的"高尚友谊"。古希腊女诗人萨福(Sappho, c. 610 BC—c. 570 BC)歌颂过"柔美婉约"的女性情谊,英文中的"lesbian"(女同性恋)一词与形容词"sapphic"(女同性恋的)皆源自萨福。在基督教《圣经》的《旧约》中,所多玛城与蛾摩拉城因罪孽深重而被上帝毁灭,"sodomy"(鸡奸)一词就典出于这个故事。中世纪时,同性恋题材虽然遭到异性恋主流文学的严厉排斥,却从未绝迹过。文艺复兴以后,西方作家对同性恋关系的表现时隐时现,形成了强劲的同性恋文学"暗流"。到了现代文学,同性恋作家的人数与级别更是让人叹为观止:王尔德、福斯特、劳伦斯、伍尔夫、奥登、亨利·詹姆斯、普鲁斯特、沃尔特·惠特曼(Walter Whitman, 1819—1892)、赫尔曼·麦尔维尔(Herman Melville, 1819—1891)、欧文·艾伦·金斯伯格(Irwin Allen Ginsberg, 1926—1997)、爱德华·阿尔比(Edward Albee, 1928—2016)、安德烈·纪德(André Gide, 1869—1951)、让·热奈(Jean Genet, 1910—1986)、托马斯·曼(Thomas Mann, 1875—1955),等等。当代爱尔兰作家科尔姆·托宾不禁感慨,在西方现代文学的版图中央,令人惊讶地分布着爱尔兰文学、犹太文学与同性恋文学!20世纪文学神话的伟大创造者除了爱尔兰人、犹太人外,还有同性恋者!

对主流文化而言,同性恋不仅是病态反常的行为,也是道德败坏、罪恶滋生的渊薮。从所多玛城的毁灭到鸡奸者的死罪,从被判劳役的王尔德,到纳粹集中营戴粉红三角标志的同性恋犯人,人类的历史是一部同性恋遭歧视、受压制、被迫害的历史,是一部恐同主义(homophobic)社会将同性恋另类化、他者化、妖魔化、罪恶化的历史。因此,同性恋作家所面对的始终是一个异性恋占绝大多数的敌对世界,同性恋文学不得不潜伏在异性恋主流文学的边缘与外围,或遭受查禁,或自我封杀。

20世纪60年代以来,同性恋合法化运动对西方社会产生了巨大的冲击,惩罚同性恋行为的法律法规被逐渐废止,人们的思想观念出现了不可逆转的变化。与此同时,同性恋文学也逐渐走出了黑暗地带。书店里公开出售同性恋文学作品,而且有"男同性恋小说"与"女同性恋小说"的详细分类。阅读同性恋文学的不仅有同性恋读者,也有异性恋读者。同性恋文学也不再简单地迎合恐同主义社会的想象,一味地描写同性恋者的性变态、吸毒、染病以及死亡等，而是如传统的异性恋文学一样，在两情相悦或相伤之中容纳了庞杂而多样的主题内涵。

第三节 趋之若鹜不足取，畏之如虎非常态

在英国文学中，同性恋题材最早可以追溯到盎格鲁-撒克逊古诗《创世纪》(Genesis)中对"鸡奸"的抨击。在杰弗里·乔叟（Geoffrey Chaucer, c. 1340—1400）的《坎特伯雷故事集》(The Canterbury Tales, 1387—1400)中，影射对方有"鸡奸"行为成了羞辱他人、打击对手的重要手段。英国早期的法律对同性恋行为的惩罚是非常严厉的，17世纪的英国法律可判处同性恋者死刑。因此，英国早期文学中的同性恋主题往往秘而不宣、隐而不露。在莎士比亚的十四行诗与戏剧《第十二夜》(Twelfth Night, 1600—1602)中，隐晦而轻快的同性恋主题一直是批评家与学者们争论不休的话题。克里斯托弗·马娄（Christopher Marlowe, 1564—1593）的《爱德华二世》(Edward the Second, c.1591)给同性间的关系设置了一个凄惨悲凉的结局。弗朗西斯·培根（Francis Bacon, 1561—1626）的散文则歌颂了同性间的美好情谊，认为它比异性间的爱情更加伟大。

1895年，著名作家奥斯卡·王尔德因断袖之癖被判处两年劳役，这一案件对亨利·詹姆斯、福斯特等人的文学创作产生了极大影响。詹姆斯的部分作品因极力隐藏同性恋主题而显得异常晦涩。福斯特生前一直不敢将表现同性恋幸福结局的小说《莫利斯》(Maurice, 1971)公开出版。二战以后，同性恋经验的表达依然受到社会禁忌与法条法令的严重束缚，同性恋小说呈现出了压抑、自憎与自虐的特点。在安格斯·威尔逊（Angus Wilson, 1913—1991）的小说《毒药及以后》(Hemlock and After, 1952)中，主人公桑德斯的同性关系不再是自我压抑的理性宣泄，而是某种自私欲望的极端满足。他的"内心的堕落"未必与同性恋的性倾向有关，更有可能是同性恋恐惧症的内化，是个人

"毒药"向社会道德、法律管制屈服而自毁的结果。

1967年,英国废除了同性恋刑事化的法条。此后,英国小说中的同性恋主题变得公开而直接,同性恋小说也逐渐被主流社会读者所接受。詹妮特·温特森的女同性恋小说《橘子不是唯一的水果》出版后大受欢迎,并一举夺得英国惠特布莱德小说大奖。小说将现实主义手法与童话叙事糅合在一起,大胆地表现了冲破家庭束缚与宗教禁忌的女性同性恋关系。它与霍林赫斯特的同性恋小说《游泳池图书馆》是20世纪80年代英国同性恋小说的重要代表作。1990年,温特森根据该小说改编的剧本又获得了英国影视艺术科学院颁发的"最佳戏剧奖"。20世纪90年代,英国同性恋小说进入一个高速发展期,出现了一大批引人注目的重要作品。亚当·马斯琼斯(Adam Mars-Jones,1954—)的短篇小说集《迷惘压顶》(The Monopolies of Loss,1992)描写了艾滋病蔓延给伦敦同性恋社区所带来的巨大恐慌。苏格兰黑人女作家杰基·凯(Jackie Kay,1961—)的《喇叭》(Trumpet,1998)动人地讲述了一对女同性恋间刻骨铭心的爱情故事。1992年,温特森在《写在身体上》(Written on the Body,1992)中将女同性恋女权主义(lesbian feminism)同后现代主义混杂在一起,奠定了她在后现代女同性恋小说中的霸主地位。

2004年曼·布克奖公布以来,国内读书界有不少人感到不可理解:一个享有至高声望的严肃文学大奖竟然颁给了难登大雅之堂的同性恋小说!在大多数中国人眼里,同性恋几乎就是性变态或性堕落的同义词。这一典型的同性恋认知与西方早期的恐同主义思想如出一辙。当然,我们不应该盲目地认同或吹捧西方的文化价值观,但也没有必要迫不及待地用我们的价值观来进行削足适履式的评判。对于西方同性恋文学,过分关注或趋之若鹜实不足取,但畏之如虎或置若罔闻亦非常态。在文化交流日益频繁的今天,我们不妨立足于中国文化立场与价值观,对同性恋文学持审慎与鉴别的态度,对一些有悖于中国文化传统与审美习惯的东西,应谨慎地加以摒弃。但同时也应该看到,同性恋文学也是我们认识西方社会的一扇特殊窗口,它所采用的独特的叙事视角、它所反映出来的西方的性恋问题,以及与之相关的倒错、变异、逆转、社会建构等各种批评理论,对我们或许不无思想上的借鉴作用。

第六章

《论美》:文化冲突的艺术再现

第一节 解读学院内外意识形态的冲突

2006年6月,英国的橘子小说奖(The Orange Prize for Fiction)把三万英镑奖给了文坛新秀扎迪·史密斯的《论美》。橘子小说奖是专为女性作家设置的一项文学大奖,它的宗旨是奖掖女性作家,肯定女性创作成就,提高女性小说家的知名度。橘子小说奖的设立缘起于1991年布克奖入围作家中没有女性。但在偏激与挑剔的批评界看来,橘子小说奖的存在反而是对妇女作家的歧视,是女性写作的自我示弱。《论美》的获奖则改写了橘子奖的历史。一方面,扎迪·史密斯借橘子小说奖进一步扬名文坛,巩固了自己实力派新星的文坛地位;另一方面,橘子小说奖靠声名鹊起、前途无量的才女作家,终结了有关专设"女性文学奖"是否必要的无谓争端。

扎迪·史密斯的父亲是英国人,母亲是牙买加人,她自小生长在伦敦西北部的威灵顿区,对种族歧视与文化冲突深有体悟。就读剑桥大学期间,她酷爱文学阅读与写作,曾模仿拉什迪的《午夜之子》尝试小说创作。2000年,处女作《白牙》出版时好评如潮,25岁的美女作

第六章 《论美》：文化冲突的艺术再现

家也因此一夜成名。这部小说不仅摘得了多项文学奖的桂冠，而且在短时间内创下了销量130万册的记录。《白牙》通过三个不同种族背景的家庭之间发生的错综复杂的故事，深入而广泛地探讨了有关种族、身份、宗教、文化、历史、意识形态与价值观等重大主题。她的第二部小说《签名收藏家》(*The Autograph Man*, 2002)则是一部通过华人和犹太人的混血儿主人公来探讨身份焦虑与文化危机的小说，虽然反响不如《白牙》，但进一步展现了年轻小说家的文学才华。

扎迪·史密斯的这两部小说都曾入围橘子小说奖的决选圈，但最后都与此项大奖失之交臂。《论美》是她的第三部小说，曾是2005年曼·布克奖的夺冠大热门，也是《纽约时报书评》"2005年十佳图书"之一。这是一部以E. M. 福斯特的《霍华兹庄园》为模仿蓝本的小说，爱德华时代的施莱格尔与威尔考克斯两大家族变成了当代的贝尔斯与吉普斯两个家庭。霍华德·贝尔斯是英国白人，在美国东海岸威灵顿艺术学院任教，妻子是非裔美国人，在一家医院工作，三个孩子几近成人且各有个性。霍华德长期研究伦勃朗的绘画艺术，试图对伦勃朗与"权力面具下的美"进行解构，但多年来一直没有著作出版，他的终身教授职位遥遥无期。蒙提·吉普斯则是一名加勒比裔英国人，也是伦勃朗的研究专家，他的目标是要让自己的著作雄居《纽约时报》畅销书排行榜榜首。由于文化差异与意识形态的不同，崇尚自由主义的贝尔斯家庭与带有保守倾向的吉普斯家庭不可避免地发生冲突。

在《霍华兹庄园》中，福斯特试图弥合知识界与工商界二元对立的沟壑，对因社会分工而逐渐分离的文化人与生意人发出了"连接吧"的呐喊。但是在《论美》中，二元对立的主题已经被繁杂多样的当代主题所替代。自称"向福斯特致敬"的扎迪·史密斯在复杂的小说叙事中，融进了文化碰撞、价值冲突、种族关系、职业道德、学术竞争、男权意识形态等多元主题。她的艺术主张已经不再是简单的"连接"，而是希望在全球化的浪潮下，在"9·11事件"之后文化冲突不断加剧的大背景下，倡导一种超越差异、和谐共处的多元文化主义思想。她以具有不同种族与文化背景的学院知识分子为着力点,对学院内外的意识形态冲突与"文化之战"进行了深层的解读与艺术的再现。《论美》文体优美,语言流畅,可读性很强,其丰富而深厚的人性和文化主题超越了"女性文学"常见的探究女性生存的单一主题。在橘子小说奖的角逐中,它最终击败另外两大热门小说,阿莉·史密斯的《意外》与萨拉·沃特斯的《巡夜》(The Night Watch,2006),其原因即在于此。

第二节 英国的学院小说

由于跨种族、跨文化的家庭背景,人们很容易把扎迪·史密斯与当代英国的"后殖民小说家"(如拉什迪、奈保尔、石黑一雄等)相提并论。其实,与其说《论美》是一部对殖民主义与种族关系做批判性考察的"后殖民小说",倒不如说是一部表现当代英国学院知识分子的生存境遇、对校园内外的文化冲突进行艺术再现的"学院小说"(Academic Novel)。"学院小说",亦称"校园小说"(Campus Novel)、"大学小说"(University Novel/College Novel),一般是指以学院生活或学术体制内的文化人为描写对象的小说,主要表现学院政治与权力争斗、学院体制的排外与封闭、学者生活的神秘或琐碎、学术研究的高深玄奥或狭隘可笑、欲望追逐与学术追求的道德错位、校园内外不同世界的对比、学院小说家对艺术的自觉与自我反省等主题。这类小说少了中国"知识分子小说"常见的"宏大叙事"与观念先行,多了英国式的"个人叙事"与学院文化气息。

一般认为,金斯利·艾米斯的小说《幸运的吉姆》是当代英国学院小说的始祖。这部小说描写了一个外省大学年轻教师吉姆的生存困境,它是一部影射体制弊端与学院虚伪的讽刺文学。"愤怒的青年"吉姆形象不仅嘲弄了以威尔奇教授为代表的附庸风雅、虚伪做作的假"高雅文化",而且也连带地嘲笑了以学院知识分子为代表的精英文化。不过从时间上看,C.P.斯诺的小说《院长们》(The Masters,1951)则更早地用犀利与辛辣的讽刺手法来表现了学院知识分子的境遇。这部小说通过 13 名研究员对院长之位的权力争斗,有力地揭示了学术政治与人性欲望的复杂关系。

20 世纪 70 年代以来,英国的学院小说出现了空前繁荣的局面,涌现出了戴维·洛奇、马尔科姆·布莱德伯里、A. S. 拜厄特等众多优秀小说家。洛奇的"校园三部曲"被公认为此类小说的经典之作:《换位》(Changing Places,1975)通过一项充满想象的学术交流计划,描写了两位教授互相"换位"后遭遇文化冲突与身份错位的滑稽故事;《小世界》(Small World,获 1984 年布克奖提名)对欧美学术界或追名逐利、或娱情贪欲的文人学者们进行了喜剧性的讽刺,在国内读书界有"西方的《围城》"之美誉;《美好的工作》(Nice Work,1988)则通过虚构的"工业年影子计划",让大学讲师罗宾与机械厂厂长维克亲密接触,试图把代表不同价值观念的文化人与工业人"连接"起来。此外,布莱德伯里的《历史人物》(The History Man,1975)、《兑换率》(Rates of Exchange,获 1983 年布克奖提名)、拜厄特的《占有》(获 1990 年布克奖)等也是学院小说不可多得的名篇佳作。

第三节 《论美》:学院小说的闪光佳作

由于题材的限制,学院小说创作很容易落入俗套而留下难以弥补的缺憾。一些作家对学者教授的神圣与神秘光环进行过度解构,将他们塑造成卑鄙自私或平庸猥琐的形象,对学院知识分子一味贬抑与否定,不知不觉地陷进文化非利士主义或"反智主义"的泥坑。另有一些作家则喜欢借小说人物之口,长篇累牍地表达对艺术、对小说创作的自觉意识与反思批判,又落入层出不穷的"元小说"或"自反性小说"的老套。

在《论美》中,扎迪·史密斯则不落窠臼地从福斯特的小说中汲取灵感,既摆脱了学院小说既定模式的拘囿,也跳出了狭窄的校园题材的限制。从人格形象上看,学院主人公霍华德·贝尔斯与蒙提·吉普斯既谈不上高大,也说不上猥琐。他们在文化观念与学术见解上完全不同,但自以为是、自视甚高的脾性又是那么相似,那么熟悉。他们在学术上各有追求,互有得失,但作者并未对他们一味嘲讽,也未对正常的学术研究嗤之以鼻或加以贬损。小说中有对伦勃朗画作的大段描写,但作者也未借创作之便对关于"美"的问题大发宏论,让小说陷入抽象与深奥的艺术玄思之中,从而失去文学特有的感性与具象之美。对霍华德有关伦勃朗的解构性议论,扎迪本人并不赞成。她在一次采访中如此赞美伦勃朗:"他是个内涵丰富的人。他的人物极其敏感,他的形象个个丰满。他的作品如此充满着爱。"[1]

此外,《论美》在艺术上也有所开掘与突破。从表现方式上看,艾米斯、洛奇、布莱德伯里等人已经将英国喜剧文学传统与讽刺文学传统提升到一个难以超越的境界。如果继续对体制弊端或学者弱点极尽讽刺挖苦、嬉笑怒骂之能事,往往会使小说演变成肤浅俗套的闹剧与滑稽剧;如果视大学为学问道德的制高点,继而采用极其严肃,甚至是悲怆的艺术形式,又会脱离鲜活而具体可感的现实,让读者难以接受与认同。扎迪·史密斯则非常明智地将幽默讽刺的运用与深厚的社会文化主题完美地结合起来,嘲讽而不刻薄,深沉而不刻板,保持了喜剧性与严肃性的高度平衡。小说结尾处,霍华德开设伦勃朗公开课时忘带讲稿,扎迪·史密斯对其内心慌张与即兴发挥的描写即是典型一例。

扎迪·史密斯在哈佛大学执教过一年,对英美两国的社会文化与大学制度都非常熟悉。因此,她对大学内外文化冲突的描写并非随意杜撰,而是基于坚实的生活积累与丰富的艺术想象。《论美》在美国出版时也受到了文学界与读书界的热烈追捧。当代美国文学也有不少学院小说经典,如纳博科夫的《微暗的火》(*Pale Fire*,1962)、索尔·贝娄的《赫佐格》(*Herzog*,1964)、菲利普·罗斯的杰作《人性污点》(*The Human Stain*,2000)等。深受熏陶的美国读者对新作的挑剔程度自不必言,美国的批评界更是以苛刻与严厉出名。当下英美文坛,学院小说的创作方兴未艾,加上学院题材在艺术上仍有巨大的开拓空间,可以预料,像《论美》这样的闪光佳作必然会成为后来者效仿的又一个标杆。

注释

[1] Zadie Smith, "'Zadie, Take Three': Interview with Jessica Murphy Moo," *The Atlantic*, Oct. 2005. <http://www.theatlantic.com/magazine/archive/2005/10/zadie-take-three/304294. Accessed 30 May 2023.>

第七章

《大海》：艺术的胜利

第一节　2005年英国曼·布克奖

2005年10月，英国曼·布克奖大爆冷门，将五万英镑奖给了最不被看好的爱尔兰人约翰·班维尔（John Banville，1945—　）。对中国读者来说，班维尔其人其作相当陌生。其实在英语读书界，他的名字也未达到广为人知的程度。论名气，他无法与当红作家马丁·艾米斯、文坛新秀扎迪·史密斯相比；论影响，他赶不上伊恩·麦克尤恩、朱利安·巴恩斯、石黑一雄等实力派小说家。即使在当代爱尔兰，他的名字也不如威廉·特雷弗（William Trevor，1928—2016）、埃德娜·奥布莱恩（Edna O'Brien，1930—　）等人那样引人注目。然而，文学成就的大小、艺术价值的高低，似乎并不总是与声名、威望或人气指数成正比。在2005年的曼·布克奖角逐中，班维尔凭借实力不俗的《大海》（The Sea，2005）脱颖而出，力克巴恩斯、石黑一雄、扎迪·史密斯等呼声很高的作家而夺冠。曼·布克奖的初衷即是激发英国人对"严肃小说"的兴趣，曲高和寡的《大海》获奖倒是正中鹄的。

第七章 《大海》：艺术的胜利

2005年班维尔正好60岁，花甲之年夺得大奖，这在布克奖的历史上并不多见。不过，他的获奖小说《大海》并无"老气横秋"的感觉，而是透着一份深刻的忧郁。小说的主人公麦克斯·莫登是一位研究艺术史的学者，妻子因患癌症刚刚去世。他回到童年住过的滨海古宅，当年与富有的格雷斯一家的情感纠葛以及后来的种种变故宛如潮水一般涌上心头。他在勤奋的写作中不断回忆过去，翻检心理创伤，反思丧妻之痛，内心交织着错综复杂的忧伤、怀旧与桑榆暮景之情。小说并无多少故事情节，文体却非常优美。小说家用温婉而抒情的语言、舒缓的节奏以及闲适的笔调，表达着连绵的怅惘与细密的情愫。《大海》最终征服评委并获得大奖，其主要原因即在于此。

从班维尔的创作经历来看，《大海》获奖也绝非偶然。他从事文学创作近40年，迄今为止已出版长篇小说14部之多。他的文学成就主要建立在"科学四部曲"（Scientific Tetralogy）与"结构三部曲"（Frames Trilogy）之上。前者由《哥白尼博士》（*Doctor Copernicus*，1976）、《开普勒》（*Kepler*，1981）、《牛顿信札》（*The Newton Letter*，1982）和《魔鬼梅菲斯特》（*Mefisto*，1986）四部重要作品组成。它们分别以历史上的三位著名科学家哥白尼、开普勒、牛顿以及一位虚构的数学天才加伯利尔·斯万为主人公，主要探究作为意识形态的科学与叙事文学之间的深层关系。"结构三部曲"是指《证词》（*The Book of Evidence*，1989）、《幽灵》（*Ghosts*，1993）与《雅典娜》（*Athena*，1995）三部小说，其中《证词》曾在批评界产生过较大反响。它是一本狱中笔记、一份犯罪自白书，主要回忆主人公蒙哥马利入狱前的经历，其中对谋杀行为的超然描述，读后令人心灵震颤。该小说曾进入1989年布克奖决选名单，而且夺冠呼声很高，只是在最后一刻惜败于石黑一雄的《长日将尽》。

第二节　传之不朽的海洋文学

有人认为班维尔继承了爱尔兰"大房子文学"传统,以英裔爱尔兰人的老宅来隐喻英国殖民文化的衰落与纯真的丧失,但《大海》中的这一倾向并不明显。主人公所隐居的古宅只不过是一个并不复杂的小说场景,而若隐若现的大海则是这部作品不容忽视的一个重要意象。晚年丧妻的莫登回到古镇的滨海老宅,大海不仅是他连接记忆与沧桑人生的心理纽带,而且也是他反省自我、寻求心灵家园的精神归宿。现有的评论大多只注意到《大海》的文体特色,却很少有人意识到"大海"意象所具有的丰富的传统内涵与重要的文学价值。

说到"大海",我们首先会想到爱尔兰裔小说家默多克的布克奖小说《大海,大海》(The Sea, The Sea,1978)。小说的主人公是一位著名的戏剧导演,他年近晚年时毅然退出舞台,在海边购买一座别墅住下,希望就此享受宁静、反省自我,但"老夫聊发少年狂"的冲动引发了一波又一波的戏剧性冲突。而《大海》的路数却截然不同,主人公莫登倒是不折不扣地践行了默多克主人公的一句话:"生命在临终前应有一段怀想的岁月。"[1]莫登沉湎于怀旧之中,对过去的回忆、对生命的怀想宛如汹涌的波浪连绵不绝。他并没有像伯兰特·罗素(Bertrand Russell,1872—1970)在名篇《老年之道》("How to Grow Old",1956)中所提倡的那样,在品尝百味人生之后练就一份不惧死亡的坦然与旷达,而是对爱妻之死与老之将至充满无尽的玄思冥想,并且让生命深处的惆怅与感伤从记忆的大海中翻涌而出。在小说结尾,人格化的大海在他脑海中掀起一个怪异的波涛,呈现出小说家揭示人世苍凉的凄美意境:"整个大海汹涌澎湃……仿佛这个伟大的世界再次耸起冷漠的肩膀。"[2]

"大海"与"孤岛"意象是英国文学(包括爱尔兰文学)中影响深远的两大意象。由于特殊的地理位置,"岛"与"海"作为审美对象进入英国文学是一个非常普遍的现象。在英国文学中,与孤岛意象相联系的是一大批公认的文学经典,如托马斯·莫尔(Thomas More,1478—1535)的《乌托邦》(Utopia,1516)、莎士比亚的《暴风雨》(The Tempest,1623)、笛福的《鲁滨逊漂流记》(Robinson Crusoe,1719)、乔纳森·斯威夫特(Jonathan Swift,1667—1745)的《格里佛游记》(Gulliver's Travels,1726)、R. M.巴兰坦(R. M. Ballantyne,1825—1894)的《珊瑚岛》(The Coral Island,1857)、罗伯特·路易斯·史蒂文森(Robert Louis Stevenson,1850—1894)的《金银岛》(Treasure Island,1883)、戈尔丁的《蝇王》等。而直接以大海为题材的作品同样比比皆是,其中也不乏传之不朽的精品佳作,如塞缪尔·泰勒·柯勒律治(Samuel Taylor Coleridge,1772—1834)的《古舟子咏》(The Rime of the Ancient Mariner,1798)、乔治·戈登·拜伦(George Gordon Byron,1788—1824)的《恰尔德·哈罗尔德游记》(Childe Harold's Pilgrimage,1812—1818)、约瑟夫·康拉德的《水仙号上的黑鬼》(The Nigger of the "Narcissus",1897)与《吉姆爷》(Lord Jim,1900)等。

在现代作家康拉德的航海小说中,每一次的大海航行几乎都是探索人的内心世界的隐喻。意识流小说家弗吉尼亚·伍尔夫在《海浪》(The Waves,1931)中用海浪流动与潮起汐落来象征时光的流逝。现代主义大师乔伊斯在《芬尼根守灵夜》之后,计划写一部有关"海"的小说,希望让语言之河最终流入一望无际的虚无的大海中。但遗憾的是,他的计划未能完成。在当代英国小说家中,诺贝尔文学奖得主威廉·戈尔丁出版过"航海小说"三部曲,其中《过界仪式》(Rites of Passage,1980)曾获得1980年布克小说奖。在福尔斯《法国中尉的女人》中,女主人公萨拉远眺大海的凄迷意象让人难以忘怀。萨拉所面对的不只是大海尽头缥缈的天际,而且也是某种具有象征意味的虚空,一种20世纪现代人所深切感受到的存在主义的虚空。

古代中国有过一段世界航海大国的历史,但中华民族毕竟是大陆民族,以大海为直接审美对象的鸿篇巨制并不多见。可是在英国,人们对"海"的文学主题早已司空见惯,因此直接以"大海"为题材显然并不讨好,但《大海》最终能夺得大奖,除了优美的文体外,还应归功于班维尔写海的匠心与高超本领。班维尔对"海"的把握更接近乔伊斯的思路,"大海"不再是外在于主体的可恐惧、可讴歌或可鞭挞的对象,也不再是主体借以发挥想象、抒发情感或寄寓哲理的精神场域,而是隐藏在主体记忆的深处,内化成主体记忆(或意识或情感)与语言的一个重要组成部分。毫无疑问,《大海》必将成为英国(及爱尔兰)海洋文学宝库中的又一力作。

第三节 "回归文学"

有人欢呼2005年的曼·布克奖"回归文学",因为决选的六部小说均以文学性见长。至于什么是"文学性",学术界一直没有定论。一种观点认为,文学并没有什么纯粹的艺术本质,文学总是离不开特定的历史语境,总是与社会历史、意识形态紧密相关。不过,就班维尔的《大海》而言,对文学性的回归实际上是向通俗性、大众性、故事性告别,向文字美、形式美、意境美进发。它试图淡化当代爱尔兰的社会、历史与意识形态语境,用感性的、唯美的、富有洞察力的文体向记忆挺进,向生命挺进,向人性深处挺进。班维尔并不在意某些爱尔兰人的民族自豪感,而是特别强调《大海》的获奖是"艺术的胜利!"[3]在一次采访中,班维尔非常礼貌但相当坚决地反对将他的作品看作爱尔兰"经典"的一部分。他说:"不存在什么爱尔兰文学。"[4]在另一次访谈中,他说:"只有好的文学与坏的文学。"[5]

不过,对曼·布克奖来说,要想真正地"回归文学"还有以下种种主客观障碍:

第一,由于受名额限制,英国各出版社每年只能推荐两本小说参选。出版社为了确保市场份额与社会影响,往往会牺牲质量第一的原则,而将成名作家的平庸之作提交上去。

第二,五名评委短时间内要阅读数百部小说,挂一漏万的情况在所难免;而且评委们的艺术趣味与评价标准也不尽相同,经常会出现各有所爱、相持不下的情况。1983年的布克奖评审中,J. M.库切(J. M. Coetzee,1940—)的《迈克尔·K的生活与时代》(*Life & Times of Michael K*,1983)与拉什迪的《羞耻》形成对决的局面,备受好评的《羞耻》最后以一票之差惜败。

第三,经典佳作需要时间检验,当年评出的最佳小说随着斗转星移而逐渐被人淡忘,一些落选作品反而在时间的长河中愈发显示出恒久的艺术价值。例如,布克奖成立的1969年,《法国中尉的女人》连初选名单也未进入。马丁·艾米斯的两部杰作《金钱:绝命书》与《伦敦原野》也遭遇过同样的命运。

曼·布克奖与诺贝尔文学奖不同,它不是终身成就奖,而是单部小说奖、年度最佳奖。人们对"最佳"的理解也总是因时、因地、因人而各不相同。在2005年的曼·布克奖评选中,麦克尤恩的《星期六》第一轮即被淘汰出局,以《论美》入选的扎迪·史密斯第二次铩羽而归。可是在《纽约时报书评》的"年度十佳图书"评比中,《星期六》与《论美》均榜上有名,而班维尔的《大海》却名落孙山。

注释

[1] Iris Murdoch, *The Sea, The Sea* (London: Chatto & Windus, 1978), p.2. 引文系作者自译。

[2] John Banville, *The Sea* (London: Picador, 2005), p.264. 引文系作者自译。

[3] "14th Time Lucky," *The Guardian*, 12 Oct. 2005. <http://www.theguardian.com/books/2005/oct/12/bookerprize2005.bookerprize1. Accessed 30 May 2023.>

[4] Qtd. in "Novelist on the Novel: Roman Sheehan Talks to John Banville and Francis Stuart," *The Crane Bag*, 3, 1 (1979), p.78.

[5] C. W. E. Bigsby, "In Conversation with John Banville," in *Writers in Conversation with Christopher Bigsby*, Vol. 3 (Norwich: Unthank Books, 2001). <http://www.newwriting.net/2011/12/in-conversation-with-john-banville/. Accessed 30 May 2023.>

第八章

《团聚》：历史与记忆、情感与欲望的"家庭史诗"

第一节 2007年英国曼·布克奖

文坛瞩目的曼·布克奖经常冷门迭出，被看好的名家宿将常常铩羽而归，名不见经传者往往最后称王。2005年，名气不大的爱尔兰人约翰·班维尔以《大海》征服评委，而麦克尤恩、石黑一雄、朱利安·巴恩斯、库切、拉什迪等文坛大腕们纷纷落马。2006年，初出茅庐的印度小说家基兰·德赛（Kiran Desai, 1971—　）摘取桂冠，获奖小说是《失落的遗产》（*The Inheritance of Loss*，2006）。而初评入围的纳丁·戈迪默（Nadine Gordimer, 1923—2014）、巴里·恩斯沃斯、彼得·凯里、大卫·米切尔等人未能进入决赛。2007年11月，不起眼的爱尔兰女作家安妮·恩莱特（Anne Enright, 1962—　）凭借《团聚》（*The Gathering*，2007）出人意料地夺魁，而麦克尤恩的《在切瑟尔海滩上》虽然得奖呼声很高，最终名落孙山，复制了史诗级巨著《赎罪》的相同结局，再度让英格兰本土读者心痛牙痒。

《团聚》是安妮·恩莱特的第四部小说。这部关于记

第八章 《团聚》：历史与记忆、情感与欲望的"家庭史诗"

忆与爱尔兰家庭秘辛的小说，出版后并未引起广泛关注。论名望与资历，安妮·恩莱特难以与当红作家麦克尤恩一比高低；论人气和影响，令人"笑中带泪"的《在切瑟尔海滩上》已经卖出了十几万册，而《团聚》只有区区三千的销量。除了麦克尤恩外，新西兰实力派小说家劳伊德·琼斯（Lloyd Jones, 1955— ）、巴基斯坦"70后"作家默辛·哈米德也是夺冠大热门。琼斯的《皮普先生》(*Mister Pip*, 2007)讲述的故事发生在南太平洋的小岛上，一位白人教师在动乱的环境下，指导当地学童阅读狄更斯的《远大前程》(*Great Expectations*, 1860—1861)，创造了文学改变生活的当代传奇；而哈米德的《拉合尔茶馆的陌生人》(*The Reluctant Fundamentalist*, 2007)则描写"9·11事件"之后美国人对伊斯兰教徒的怀疑与不信任，表现了美国巴基斯坦移民的身份困惑与价值迷惘。因此，《团聚》最后折桂，不仅令热衷于预言的坊间评论家们跌破眼镜，而且也让未抱任何希望的小说家本人大感意外。

不过，文学作品若无不俗的实力，很难凭一时之运气而侥幸中奖。久负盛誉的曼·布克奖有一套严格的评选程序，《团聚》能连闯初评、复评与决选三道难关，绝不可能是乏善可陈的平庸之作。在决选阶段，此届评委会还独创了一套更加合理的决策机制，在评估、排序与票决三个环节，《团聚》均毫无争议地名列六部参评小说之首。就作品本身而言，《团聚》的情节虽然简单，内涵却极为丰富。它呈现给读者的是一部关于历史与记忆、情感与欲望的"家庭史诗"。小说以第一人称叙事手法，讲述了女主人公维罗妮卡在料理沉海自溺的哥哥的后事时，从纠结的记忆深处挖掘家族内部隐秘的欲望历史，同时在连绵的意识流动中审视女性自我复杂的内心焦虑与精神创痛。恩莱特的笔调阴郁、阴沉，甚至有点阴暗，但笔力相当犀利老到，文体略带粗糙但不失细腻优美。用评委会主席霍华德·戴维斯（Howard Davies）的话来说："《团聚》用硬朗而出众的语言对一个伤悼的家庭进行了毫不畏怯的观照。"[1]

安妮·恩莱特1962年出生于都柏林，早年就读于古老的都柏林大学三一学院，后来求学于英国东英格兰大学，师从著名小说家布莱德伯里和安吉拉·卡特,获文学创作硕士学位。恩莱特毕业后曾在爱尔兰电视台工作多年,1993年开始成为职业作家。短篇小说集《迷你处女》(The Portable Virgin, 1991)是她的第一部著作,出版后大受好评,被她的文学导师卡特称之为"高雅、精细、睿智、绝对原创之作"[2]。除了《团聚》外,恩莱特还发表过另外三部小说:《父亲的假发》(The Wig My Father Wore, 1995)、《你长得像谁?》(What Are You Like?, 2000)、《喜不自禁》(The Pleasure of Eliza Lynch, 2002)。这些作品均以描写女性心理而见长,在圈内不乏赏识之人,而且也捧得过好几项文学奖杯,但它们受关注的程度极低,文学影响力也相对有限。

第二节 对记忆与自我的解构

形成于17世纪的英爱文学(Anglo-Irish literature),即爱尔兰英语文学,由于历史渊源与文化亲缘的关系,经常被纳入英国文学的范畴。但不可否认,英爱文学有着自己独特的传统,每个重要阶段都有自己代表性的作家。尤其是在20世纪,英爱文学群星璀璨,流光溢彩,曾有四位作家荣获诺贝尔文学奖:萧伯纳(Bernard Shaw, 1856—1950)、W. B. 叶芝(W. B. Yeats, 1865—1939)、谢默斯·希尼(Seamus Heaney, 1939—2013)、贝克特。此外,王尔德、乔伊斯等人的文学成就也极为骄人,在世界文坛享有不可替代的巨大声誉。

爱尔兰英语文学与现代爱尔兰民族的复兴运动密不可分。爱尔兰民族运动的领导人约翰·奥利里(John O'Reilly, 1844—1890)说:"永恒的英爱文学的发展,取决于一个作家是否能够和愿意把民族主义事业视为己任……没有一种伟大的文学可以脱离它的民族而存在。一个民族如果离开了伟大的文学,也就无法确定它的特性。为了摆脱英国在政治和文化上的束缚,爱尔兰作家必须为发展爱尔兰独特的民族想象力创造条件。"[3]在爱尔兰文艺复兴运动中,大诗人叶芝从爱尔兰的英雄传奇与歌谣中挖掘诗歌素材,从古老而丰富的爱尔兰文化中汲取精神营养，从而创作出颇具爱尔兰文化特色的现代主义诗歌。同样，以乔治·穆尔（George Moore，1852—1933）和乔伊斯为代表的爱尔兰现代小说家，正是因为对民族前途、民族命运深表关切和忧虑，才创造出了表现民族身份认同与民族文化重构的爱尔兰现代主义小说。

就《团聚》而言，安妮·恩莱特部分地继承了爱尔兰现代主义小说传统，充分发挥了丰富的爱尔兰民族想象力。有评论家发现，《团聚》与乔伊斯的《都柏林人》（*Dubliners*，1914）不无相似之处。乔伊斯曾经说过："我要为我的国家写一章道德史。我选择了都柏林作为小说背景，因为这个城市是瘫痪的中心。"[4] 作为乔伊斯的崇拜者，恩莱特通过对三代都柏林人心理创伤的描写，试图揭示当代爱尔兰人的精神瘫痪状态与道德困境。《团聚》的家族小说题材，棺柩、守灵、葬礼等小说意象，意识流手法，以及回忆的视角，也无不打上爱尔兰现代主义小说的深深烙印。不过，与爱尔兰现代作家有所不同的是，恩莱特所面对的是一个后天主教时代、后现代的爱尔兰：政治独立、经济繁荣、民众富裕、宗教宽容、社会飞速变化、生活节奏加快，而人的道德情感与精神世界却遭遇更大困境。因此，在《团聚》中，恩莱特用抒写心灵伤痛的个人叙事消解了"现代性"的宏大叙事，民族认同或文化建构已不再是小说家表现的重要主题，对记忆与自我的解构取代了传统的对宗教矛盾与文化冲突的再现。

作为女性作家，安妮·恩莱特还成功地续写了爱尔兰女性小说创作传统。她把深沉而细腻的女性经验带入爱尔兰文学创作领域，有力地消解了传统文学中由来已久的男性意识形态话语。具体地说，《团聚》用独特的视角回忆了三代爱尔兰女性——祖母、母亲与女主人公本人——的情感生活，准确地再现了她们或沉溺于爱恋与欲望，或自陷于家庭烦扰，或迷失于虚幻和忧虑的精神世界，深刻揭示了复杂家庭关系中女性生存的迷误。就题材与主题而言，《团聚》与老一辈女作家玛丽·拉汶（Mary Lavin，1912—1996）、埃德娜·奥布莱恩、朱莉娅·奥法莱恩（Julia O'Faolain，1932—2020）和珍妮弗·约翰斯顿（Jennifer

Johnston，1930— ）等人的小说一脉相承，但摒弃了爱尔兰女性小说中常见的现实主义创作手法。它的表现技巧更接近于爱尔兰女作家伊丽莎白·鲍恩的小说，即注重心理分析，擅长使用意识流技巧，探讨特定社会环境下人的复杂微妙心理和情感历程上的挫折与磨难。但是，"60后"作家恩莱特与19世纪末出生的鲍恩毕竟不同。《团聚》用诗意的语言、抒情的文体、梦幻的意境，以及回忆的视角，展示了细密、伤感、忧郁、多层次的女性精神世界，体现出一种独特的当代美学风格。不过，《团聚》中过多的性描写则颇为评论家们所诟病。

第三节　撇开争议归正途

此届曼·布克奖决选前，曾有批评家断言：安妮·恩莱特夺冠的概率几乎为零，因为评委会绝无可能在三年内将此项大奖颁给第二位爱尔兰作家，而印度女作家基兰·德赛又刚刚捧走了上一届奖杯。但是评选结果的最后揭晓，让流传已久的"地域平衡说"与"性别考量论"不攻自破。与龚古尔文学奖（Prix Goncourt）不同的是，曼·布克奖自创办以来，从未组建过常设评委会，评委也不搞终身制。它的五位评委年年更新，每位评委第二次入选的机会极低。因此，从理论上讲，每一届评委都不会背上任何历史包袱，可以将全部注意力集中在单部小说的审美判断上，从而最大限度地避开了一些非文学因素的干扰。

当然，文学作品不同于体育竞赛，难以用分秒之差或高低长短来判定输赢。常言道，文无第一，武无第二。因此，任何一届曼·布克奖的评选，都很难取得媒体、专家或读者的一致认同。可称道的是，曼·布克奖的宗旨是奖掖严肃小说创作，激发读者大众对严肃小说的兴趣。《团聚》的胜出，在很大程度上顾及了此项大奖成立时的初衷。不难预见，《团聚》将会借曼·布克奖的光环凝聚数十倍乃至上百倍的人气与读者。此外，未必稍逊一筹的五部落选作品同样也将受益匪浅。《在切瑟尔海滩上》获提名后销量大增即是例证。而劳伊德·琼斯、默辛·哈米德等人的提名小说也将为更多的读者所熟悉。

2009 年,曼·布克奖的评选进入第 40 个年头。在提携新人、推动严肃小说创作方面,曼·布克奖早已成就卓著,蜚声世界文坛。奈保尔、戈迪默、库切、拉什迪、阿特伍德、麦克尤恩等众多英语小说大家,出道时或籍籍无名,或举步维艰,但无一不是借曼·布克奖的平台而声名鹊起,最终跻身世界一流作家的行列。不过,曼·布克奖也常为争议所包围。评选规则对美国作家的排斥曾引起过"英不敌美"的文坛纷争,但聪明的英国人设立了奖金更高的曼·布克国际文学奖,既维护住了弥足珍贵的英国文化传统而避免"美国化",又巧妙地将新锐美国文学纳入泛英国文学占主导地位的全球格局中。2002 年评委会对通俗小说的青睐也曾引发过一场引人瞩目的"路线之争"。就评选宗旨而言,曼·布克奖理应是对曲高和寡者的严肃推销,而不应该沦为对畅销与流行的媚俗追认。从基兰·德赛的《失落的遗产》到安妮·恩莱特的《团聚》,曼·布克奖显然已撇开了争议而又重归正途。

注释

[1] "Outsider Enright Wins Booker Race," *BBC News*, 16 Oct. 2007. <http://www.bbc.co.uk/news/1/hi/entertainment/7046443.stm. Accessed 30 May 2023.>

[2] 参见 *The Portable Virgin*(London & New York: Vintage,1991)英文版封面。

[3] 陈恕:《爱尔兰文学》,昆明:云南人民出版社,2011 年,第 115—116 页。

[4] Qtd. in Eric Bulson, *The Cambridge Introduction to James Joyce* (Cambridge: Cambridge University Press, 2006), p.33.

附录一

卡里尔·菲利普斯访谈录[1]

卡里尔·菲利普斯是当代英国著名族裔小说家。他出生于加勒比海的圣基茨岛,四个月大时随父母移居英国。他的长篇小说代表作有《高地》(*Higher Ground*, 1989)、《剑桥》《渡河》《血液的本质》《远岸》等,其中《渡河》获1993年布克小说奖提名,《远岸》获2004年英联邦最佳作家奖。他的作品主要以描写非裔流散者为主,涉及黑奴贸易的历史以及当代西方社会的种族问题。在访谈中,他谈及早年生活与创作动机、历史观、奴隶叙事、小说结构、创作渊源、归属与错位、部落主义、文化混杂,以及耶鲁大学执教的经历等。

张和龙(下文简称张):您在早年写过几部优秀的戏剧作品。能否谈谈是什么促使您从剧作家转变成小说家的?

菲利普斯(下文简称菲):嗯,一直以来我就想写小说。但在当时,作为一个年轻的作家,我只懂得戏剧创作。在学生时代,我曾执导过五六部戏。我明白要想写小说,必须先静下心来读许多小说才行,而这需要大量的时间。于是在大学毕业后的五六年里,我埋头苦读,力图理解小说的形式。然而到开始动笔时,我还是决定从戏剧入手,因为从写作技巧上来说这是我最熟悉的。就这样,我开始写剧本。

张：几年前您出版了一篇短篇小说,叫《成长的烦恼》(*Growing Pains*, 2005)。它也被收入您的新书《给我着上英国色》(*Colour Me English*, 2011)中。能否简要谈谈您自己早年时成长的烦恼呢？它们在您的作品中扮演了怎样的角色？

菲：一个人年少时的经历,总是会以某种方式塑造其长大成人。这是个人体验的一部分。小时候发生在我身上的一切,无论是好是坏,我都欣然接受。在我看来,童年时期深深影响着我的创作和思想。很明显的一个因素是我经常搬家,从未在一所学校待过很长时间。我总是在父母之间两头跑,从城市的一头跑到另一头。因此,即使还是一个孩子,我也并不觉得我在某个地方长期生活过。我认为就是这种感觉,一直到我成年时还在发挥影响。在作品中我写到过它：比如那些在世界上漂泊、迁移的人,所以说我的这段童年经历的确在发挥作用。

还有一个因素也在起作用,那就是我的移民身份。任何一位移民终将意识到,其参与民族叙事的过程同他的朋友或同学比起来,是稍有不同的。这也肯定是我自己童年时期的一大影响。最后我渐渐发现英国的民族叙事并不总是将我包括在内。

最后一个因素是阶级观。我在英格兰北部长大,知道大家普遍认为我们与英格兰南部的人不一样。小时候看过的电视节目与在英格兰南部旅行的见闻,使我很早就非常清楚这一点。显然,在英格兰北部我们是一个国中之国。当我18岁去牛津上大学时,这种阶级观就愈加明显了。

张：在20世纪80年代,您出版了两部小说：《最后通道》(*The Final Passage*, 1985)和《独立状态》(*A State of Independence*, 1986)。您曾说过,这两部早期小说采用的是传统的线性写法,即按照时间的先后来展开故事情节。作为一位成名作家,您现在回过头来看这两部作品,会有什么样的感觉？

菲：实际上,《最后通道》第一部分的标题叫"结尾",因此这不是按时间顺序来写的。《独立状态》倒是很符合时间规律。然而在《最后通道》这本书中，题词来自艾略特，是关于时间的。我认为即使在写作第一部小说时，我也十分清楚，要让时间运动起来，要避免完全按照时间顺序安排情节。我原本可以把小说开篇的地点放在加勒比地区，然后再逐步过渡到英格兰，但是我并没有这样做。从一开始我就对叙事与时间的关系很感兴趣。

我的第三个剧本《庇护所》(*The Shelter*, 1984)实际上就是以两段不同的时期为背景的，第一幕在 18 世纪，而第二幕在 20 世纪 50 年代。这个剧本出版并上演于 1983 年，比《最后通道》出版还早两年。所以在《最后通道》出版前，我就渐渐有意识地在尝试换种方式来讲故事，以便能更有创造性地利用与时间有关的各种因素。

至于《独立状态》这部小说，您完全说对了。相比之下，它在形式上更加符合时间规律，是一种传统叙事。可能这与它的创作渊源有关，因为我观察到当时加勒比地区正处于一个重要的转折点上。这是一部当代小说，或半政治性小说，因此我觉得不会有多少空间允许时间进行挪移变换。我只是想讲一个在我看来是很重要的故事罢了。

张：接下来的三部小说，《高地》《剑桥》和《渡河》，将您带入了最优秀的小说家行列。与您的早期作品相比，这三部小说显示出了您的创作转向。那么请问在这段时期您的心态如何？

菲：我想，显然我开始更加频繁地旅行。在这期间我有幸能多次访问美国。此外，20 世纪 80 年代我还经常去加勒比地区。因而我开始渐渐发现英国、美国和加勒比地区三者之间的关系，并且努力去设法理解这种关系在各个时代的内涵：它不仅存在当代意义，还涉及历史叙事。可以说，过去这些故事一直"流传"在上述三个地区之间。在这些社会里有大量未被言说的叙事。

至于我当时的心态，这真是个好问题。这段时期我经常外出旅行的经历，我想，绝对影响了我的心态。我于 1990 年至 1992 年在美国生活与教学。在来美国担任教职前我写了《剑桥》这部小说，并于 1990 年写完,当时我正在加勒比地区。1990年9月,我开始了在美国的第一份工作,在马萨诸塞州做教师。所以《渡河》这部作品,才算是我完全在美生活期间创作的第一部小说。而《剑桥》则是我在加勒比地区旅居时完成的。

张:这三部小说代表了您对历史的浓厚兴趣。在呈现历史方面,您既别具一格又富于启发。请问您是如何看待历史,以及它与小说的关系的?

菲:在我看来,历史就是故事。实际上,历史二字中就包含了故事二字。人们通过构建故事,来说明作为集体的我们的身份,无论我们是中国人、美国人、还是英国人;人们通过构建故事,向我们解释我们是谁,这就是我对历史的看法。对我来说它就是一个故事,如何解释它完全是开放性的。它可以被质疑、被重写、被重构。有开放的空间去表现它的一切。你知道,它不可能是圣经故事。但是,我们在学校所接受的传统的历史观,则强调故事只有一个。我从不相信别人告诉我的那些关于英国历史的故事,这是我成长的环境造成的。我也从未真正相信,只要是别人告诉我的就是历史,因为我一直就知道,历史是可以进行自由阐释的。我的这种观点在20世纪80年代初得到了强化,当时我正在冷战铁幕背后的东德和波兰等国到处旅行,在这些地方,人们的历史观明显是由苏联构建起来的。确切地说,那根本就不是他们的历史。无论我走到哪里,看见的都是虚假的历史。因此对我来说,小说就是另一种历史。它是另一种讲故事的方式,而且我希望,是一种更有吸引力的方式。

张:正因如此,您的历史观通常既具有颠覆性,又具有多维度。能否谈谈您对奴隶贸易史的主要态度?

菲:历史取决于其书写者是谁。如果叫一个种植园主的后代来谈谈他对蓄奴制的看法,那么他会讲到一个方面。如果再叫一个奴隶的后代来谈同一个话题,那么他则会讲到另一个方面。如果叫一个亲身体验过弗吉尼亚州蓄奴制的人来谈,他会告诉你其他一些东西。如果再叫一个非洲人来谈，他就会告诉你另外一些东西。因此历史完全取决于你找谁去谈。我个人觉得，真相同讲述故事的人有关。没有哪种方式能够观照到蓄奴制的所有方面，也没有绝对的真相，只有各种各样的个体生存经历。对于一个种植园主来说，历史可能是一个与失落有关的悲剧故事，围绕生产资料展开：我失去了房子、土地和财产。而对于一个奴隶来说，历史则可能也是一个与丢失有关的悲剧故事，但是围绕解放和自由展开：我没有任何房子或财产，而且我失去了自由。

张：关于奴隶叙事，小亨利·路易·盖茨（Henry Louis Gates Jr., 1950—　）教授曾经说过，在人类被奴役的历史长河中，只有美国黑奴创造出了一种独一无二的文学体裁。[2]您的作品似乎也在走这种文学类型的道路，但很明显用的是另一种方式。请问您是否受到以前的奴隶叙事的影响？它们又是如何影响您的？

菲：我读过几本奴隶叙事的小说，不过并没有受到此类小说的形式或实际结构的影响，也没有真正受到任何相关评论的影响。在我看来，奴隶叙事真实存在，这才是最重要的影响因素。奴隶，或者前奴隶，发觉书写他们的故事是可能的，这个事实意味着我可以在写作中利用那种表达模式。奴隶确实书写了他们的故事，因而我也可以将自己想象成为他们中的一员，去创作一个故事。奴隶叙事确然存在，这十分重要，正因如此我才具有了想象的可能。但我从未刻意将奴隶叙事视为一种文学体裁，并认为它们具有影响力。

张：为了更好地理解您的小说，我一直在考虑使用一些新的术语，如"新奴隶叙事"或"后奴隶叙事"。我使用"新奴隶叙事"这个术语，意思是您采用了新的文学表达模式与历史观。您的作品既反传统，又具有高度的试验性。请问在写作这些小说时，您是否在有意识地进行试验？

菲：并非如此。我认为，回想当年，要我现在去读自己十几二十年前的作品，我会对自己说：看，这种写法太大胆了。

张：在写作时，您是否有意去进行一些试验性的尝试？

菲:没有。我只是觉得故事就应该那样去讲述。

张:也就是说,故事的性质决定着您讲述它们的方式?

菲:对,这就是我创作所有作品的过程。现在我正在写的是一部剧本,但在开始动笔前我并不知道会写成这样。动笔后我觉得似乎用对话更有利于创作,就这样,它就有了剧本的形式。至于剧本会是哪种类型,我不知道,我正在努力将这个问题弄清楚。我也是这么写小说的。在开始动笔时,关于小说人物我只有一点想法。但是如果小说开始采用或利用了一些不那么常规的形式与结构,我也只能继续写下去,心里希望着这样写能奏效或者有意义。

张:在《高地》《剑桥》和《渡河》这三部小说中,我发现了一些重要的具有一致性的地方。在我看来,似乎可把它们归入一个三部曲。从主题的一致性与形式的试验性来说,您是否有意为之,令它们彼此关联?

菲:不,不是这样。不过显然创作它们的时间挨得很近,因此您将它们视为三部曲,也许是有道理的。我并未有意这样做,只是心里想着我要写下一部小说。我认为它们之间不存在什么联系。

张:我注意到这三部小说在结构上很相似。每部小说通常都由几个既独立成篇又互相关联的部分组成。您期望这种结构能产生什么效果?

菲:我希望这种结构只产生一个效果,那就是通过挑战读者的阅读过程,来促使他们思考人物、地点及时间三者之间的关系,也许这些关系他们以前还没有考虑过。有时我会觉得自己扮演的角色,是在书籍的不同部分之间努力搭建桥梁,挖掘隧道,目的是将它们联结起来。而这些不同的部分本身不会总是像传统小说里一样,依靠各类人物就能相互关联。我们读一部小说,通常不会在进程过半时发现一个全新的人物,或者突然跳到另一个完全不同的世纪,因为这会打乱人物、地点及时间三者的统一。但我希望读者能理解,上述三者的统一并不总是适用于我的小说中那些人物的生活。如果他们经常遭受移民、蓄奴制或其他干扰的危害,那么要想基于时间、地点及人物三者的传统关系,来创作一部小说反映他们的生活,这是非常困难的。因为这样做就是想当然,认为世界多半是静止不变的。大部分19世纪小说里描述的重大事件都与人的情感有关。它们不会总是历史的巨变,不会导致家庭分崩离析,迫使亲人远离故土,不得不学习新的语言。因此我无法用传统的方式,去写一部需要反映这些有关巨变、分裂及迁移等主题的小说。我无法想当然地以为,从我夜晚上床睡觉到第二天早上起床,这个世界没有发生任何变化。所以在创作时,我必须找到一种新方法来反映书中人物的生活。为了表现生活中的混乱、中断以及意外,我必须找到一种方式将书中人物同读者联系起来。这就是我在小说中致力做的事:对小说的形式进行一些创新,以表达这些人物生活中的颠沛流离。

张:在《血液的本质》中,您既描述了古代及当代犹太人遭受的迫害,也描述了黑人所遭受的创伤。能否谈谈您这样将二者并置的动机和意图是什么?

菲:我将二者并置在一起,是因为在我看来他们是有联系的。如果一个人在欧洲长大,那么他就会知道,关于缺失、断裂的宏大叙事指的就是大屠杀叙事,即发生在20世纪中叶针对六百万无辜犹太人的谋杀。我认为,如果您像我一样,对如何参与一个社会中的事务,何时才能成为其内部稳定的一员感兴趣的话,那么在20世纪中叶这些犹太人所经历的,就是一个充满几乎难以想象的哀伤,又极为恐怖的故事,因为他们当时身处奥地利、德国、法国,以及其他许多国家,不仅在社会边缘参与各种事务,而且无论在社会上还是文化上都是国家的中坚力量。如果这个故事能被人理解或接受,那么它就会以某种方式让我想起流散中的黑人,这不仅指欧洲的黑人,还包括非洲、加勒比地区,以及美国的黑人,想起他们所遭受的那种破坏与分裂,那种必须面对的重重困难。我会想到,你可以参与到社会中去,但也可以转眼间就丧失这种权利。你可以因为偏见、歧视而丢掉一份工作。所以这两者在我的脑海里似乎产生了关系,毕竟我在欧洲长大,对大屠杀事件具有充分的意识。

张：在《远岸》和《落雪》(In the Falling Snow，2009)这两部小说中，您将背景和主题从历史转换到了当代世界，但我仍能发现您在主题关注上的某种连续性。请问在历史和当代世界之间，您希望建立一种什么样的联系？

菲：我并没有仔细思考过这两部小说中的历史性。我的意思是说，显然它们都表现了对历史的关注，但我的创作动机却是对英国的一种真切失望。我经常回英国去，但已经有十多年没有真正居住在那里了。在创建具有更加多元文化的和谐社会的变革之路上，英国社会没有迈出更彻底、更积极的步伐，我对这一点感到有些失望。我童年时候的一些老问题，在当前英国依然存在。从这个意义上说，没错，历史为这两部小说提供了养料，因为在我看来，完全相同的一幕还在重演。但我努力想说的是，这个国家目前位于何处，人民的生活如何正在遭受一些问题的严重侵害；这些问题与历史上出现过的完全相同，都是由于人民无法接受他们在英国的历史而造成的。

张：实际上，这两部小说是您在美国期间创作的。离开英国这么长时间，您觉得理解当代英国困难吗？

菲：不困难，因为我经常去英国。我在那里旅行和工作，我的戏剧在那里上演，我的广播剧也在那里制作。此外我还给那里的报纸写稿。所以说我经常在那里，并不觉得理解上会很困难。

张：像您的其他作品一样，《远岸》的试验性令人印象深刻。这有点让我想起了 B. S. 约翰逊在写作技巧上的试验，他的小说是放在盒子里的一叠活页，可以按照任意顺序去阅读。然而您使用的技巧与之不同，却更为成功。请问您的灵感来自何处？

菲：实话实说，我真的不知道。我只是想写小说，它的实际形式是在我写作过程中出现的。我很少做计划，一般说来也没有参考过什么模板。

张：在某种程度上，读者有时也可以用任何顺序读您的小说。先读其第二部分，再读第一部分。这样做似乎没什么问题。

菲：按照我写作时的顺序来读，这样的体验应该会更好。但是我写的小说并不以情节、悬念，以及事件发生的先后为基础。所以从这个意义上说，读者大可以随便翻开我小说的一页，然后读下去。

张：《黑暗中的舞蹈》(*Dancing in the Dark*, 2005)令人耳目一新，因为它讲述的完全是美国的故事。您已在美国生活了20多年，现在也是美国公民。将来是否有可能，像纳博科夫一样，您会被贴上美国作家的"标签"？

菲：不，我觉得不可能。关于这个问题，首先我想说的是我管不了别人给我贴标签。人们想怎么称呼我，那完全是他们自己的事。虽然我的作品被收入了《诺顿非裔美国文学选集》(*The Norton Anthology of African American Literature*, 1996)中，但是我并不觉得自己是美国作家。

张：您喜欢这种流动的身份吗？

菲：我想如果能选择的话，我会说我是一个英国作家。但人们经常称我为"加勒比作家"。这个周末我要去南非，那里的人发邮件问我，"我们能否在项目简介中将您的国籍写成圣基茨-不列颠？"人们经常会问我这样的问题。不管他们怎么问，我一般都表示同意。但是如果他们要说我是美国人，那我就要否认了。我不住在英国，所以那里的人们在某种程度上对我持怀疑的态度。不过我很喜欢离开英国带来的自由感。我不参加文学聚会，从不和其他作家一起拍照，也不和他们一起参加晚宴。所以我有充分的自由，不必同别人进行文学博弈。但这也带来了某种风险，因为有时别人可能无法确切将我归类；他们不是很确定，而我却很可能宁愿选择这样的自由。

张：我曾在某处读到过，您最喜爱的美国作家有拉尔夫·埃里森(Ralph Ellison, 1914—1994)、理查德·赖特(Richard Wright, 1908—1960)、詹姆斯·鲍德温(James Baldwin, 1924—1987)。他们的作品通常以描写当代非裔美国人的生活为主，而您却反其道而行之，在许多作品中深入挖掘历史。尽管存在这些差异，您能否谈谈他们可能给您带来的影响？

菲：他们对我的影响显而易见。我非常喜爱埃里森写的散文，也很欣赏他在文中为克服所谓"表象的负担"所做的努力。他不想去代表那些当时被称为"黑鬼"的人。他只想努力成为一个作家，没有那种负担的干扰。我很佩服他所做的事，也很喜欢他的散文为探讨这个话题所采用的多种方式。

我喜欢赖特，因为他的首部小说《土生子》（*Native Son*，1940）点燃了我想当作家的激情。正是这本书极大地改变了我对小说的看法，向我揭示了小说巨大的潜力。因此这部小说对我来说十分重要。

还有鲍德温，因为我认识他，他是我的朋友，很明显我喜欢他的作品。他同我能坐下来聊天，是我结识的第一个真正的作家。

这样看来，我对这三位作家的喜爱有着截然不同的原因。他们，甚至是埃里森，都在国外生活了相当长的时间。众所周知，鲍德温和赖特在法国生活，也在那里去世。而埃里森则去了意大利，他也到过法国。虽说埃里森表现得没有另外两人那么强烈，但我认为他们三人都难以认同我所谓的民族叙事。他们参与其中并作出贡献，却又不想过度。我发现我也有这种问题。我认为赖特和鲍德温对于美国都有一种相似的问题。他们在对美国写作，希望它有所改变，而与此同时又不愿意总是待在美国，他们不愿做美国坚定的支持者。

张：我记得在一次访谈中您曾表示，有一部作品受到了库切的启发。您也曾在演讲中多次提及石黑一雄、萨尔曼·拉什迪、奈保尔和德里克·沃尔科特（Derek Walcott，1930—2017）等作家。请问您和他们在文学上有着怎样的近似之处或密切关系？

菲：和我产生共鸣的人有许多，所以我看到的是作品中的一些共性。他们的一些作品，其中常常会有一两部对我意义非凡，能触动我的内心。

拉什迪的文集《想象的家园》（*Imaginary Homelands*，1992）就十分精彩，里面的文章分析了20世纪80年代撒切尔夫人当政时的英国状况。

石黑一雄的《长日将尽》在我看来是一部非常优秀的小说,我也很喜欢他的两部早期作品,《远山淡影》和《浮世画家》。我爱读这些小说,因为作者在讲故事时优雅而沉静。

库切来自南非,也是我喜欢的作家。作为一个生活在南非的白人,他必须承担表象的压力;作为一个南非人,他又必须应对那种异常困难的历史观。这一观念是他继承自祖先的部分遗赠,他会发挥他的创造力,小心翼翼地处理这类问题。

沃尔科特和奈保尔来自加勒比地区,那里以前是大英帝国的边缘。我注意到他们一直在英语文学界笔耕不辍,希望能占据一席之地;同时也一直在努力应对帝国主义和莎士比亚的双重遗产。所以,在他们所有人中有着能引起我共鸣的不同因素。

张:在奥涅卡奇·旺布(Onyekachi Wambu)编著的文选《帝国疾风号:英国黑人文学50年》(*Empire Windrush: Fifty Years of Writing about Black Britain*,1998)中,有一群作家被收在"怒目回视"这个标题之下,您也位列其中。[3] 请问在多大程度上,您觉得您的作品是一种对历史上的帝国主义与殖民主义的怒视?

菲:我认为,如果心怀怒气,你是无法静下心来写作的。你有什么可生气的呢?你有机会讲故事,有机会与人交流。要是没有机会你才会生气。如果你无法投票,如果你感到没人读你的书,没人听你说话,你才会生气。然而如果你能写故事或剧本,而且你有理由相信它们有机会出版或上演,那么你就是非常幸运的。

张:"怒目回视"不仅具有字面意义。也许在您作品的字里行间,人们读出了某种与您的情绪有关的东西。

菲:我觉得这种情绪不是愤怒,而是一种确然的沮丧和失望。对于英国,我感到沮丧。这一点毫无疑问。我没有必要生气,因为我有地方书写这种沮丧,这是我排解它的渠道。读报纸时,如果我读到一则报道,眼见其内容却无法做任何事,那么我会生气。可事实是我感到沮丧,这种情绪驱动我创作出许多作品。我写了很多,皆因失望所致。

张：您编写的《奢侈的陌生人：归属文学选》(*Extravagant Strangers: A Literature of Belonging*, 1997) 涉及那些出生在英国本土之外的作家，您对他们的归属性进行了深入的思考。对您自身来说，这个"令人烦恼的归属问题"[4]是如何与您小说中对文学传统的颠覆产生可能的关系的？

菲：我非常关注归属问题，而且将其与文学联系起来颇有趣味。我认为，许多前辈作家都曾跳出英国，放眼世界，从别处获取能激发他们文学灵感的影像。他们有的留心拉丁美洲或者远东的动态，有的则关注美国的发展。这样一来，在传统英国文学内部，作者用于表达自我的文学形式与方法就发生了改变，因为在某种意义上这些作家感觉不到他们属于英格兰。他们准备好了向别处去寻求叙事上的突破。别忘了这里可是莎士比亚、弥尔顿、德莱顿和狄更斯的国度，你不由会觉得，在这里你能找到文学上需要知道的一切。或许早期的几代人只会指望从其他英国作家身上发掘灵感来源。但在20世纪后半叶，由于种种原因许多作家找不到归属感，他们忽然向别处借鉴学习，并给现在我们所谓的英国文学带来了这些与众不同的文学传统。

不过关键词是归属，这十分重要。原因是如果你属于某处，那么就会有安全感、参与感，你才会有成长的可能。如果你无法体会到这种归属感，那么就会一直担惊受怕，永远无法真正感到自在。在世界各地很多人都是这样，他们难以真正感到属于某个地方。因此我不会仅从英国或种族方面去观照归属问题，在我看来它是世界性的，与阶级、宗教、性别、种族有着千丝万缕的复杂联系。无法归属于一个社会，却又想被这个社会接纳，这是一个普遍的现象。

张：在《世界新秩序》(*A New World Order: Essays*, 2002) 中，您写道，"我认识这个地方，有家的感觉，但我不属于这里。我既是这里的，也不是这里的。"[5]您在书中将这番话重复了好几次。你个人的归属感与小说中许多人物的错位通常是一种什么样的关系？

菲：你说的没错。我对那些找不到归属的人物很着迷，因为在他们身上我看到了一部分东西，不是全部，但它们反映了我亲身经历的一种困境。正如我在书中所说，这种困境既属于某地，在某种程度上又不属于它。所以这类感到进退两难的人物尤其能引起我的注意。

张：您的作品关注迁移与错位。请问您写这些的动机是什么？

菲：所有创作背后的动机，首先是确保一切都被记录下来。比如人们遭受的困苦，遇到的问题，以及他们如何勇敢应对，我们要确保这些都被记录在案。这是首先要做到的。如果我们从不记录自己的人生经历，和那种有关缺失、爱和错位的感受，那么就会失去标准，无法正确看待自我，也无法真正理解我们在这个世界上的身份与行为。记录是第一要务。

其次，人们无疑都希望改变世界。这是件大事。我希望读者在读完我的一本书，或看完我的一部剧之后，会稍微用一种不同的方式思考这个世界。这是希望所在。就像看一部优秀电影，我坐在银幕前，总能稍微换一种方式思考世界，因为导演让我看到了一些新的东西。

张：在《欧洲部落》(*The European Tribe*，1987)中，您意在"处理欧洲灵魂深处更加具体的部落主义与种族主义问题"[6]。在您的新书《给我着上英国色》中，有一篇题为"美国部落主义"("American Tribalism")的文章。请问"部落主义"(tribalism)作为一个带有种族主义与民族主义色彩的理念，是否是一种普遍现象？

菲：对，它是一种普遍现象。不过，只有十分了解才能写它。您知道，我住在美国很长时间了，所以能清楚看到这个国家部落主义的一些方面，如种族歧视，不平等待遇等。起初刚来美国生活时我是看不到这些的。至于欧洲的部落，当然我出生在那里，所以看得见欧洲的伪善。我亲眼所见，这就是为什么我想写这些东西，因为相对来说没有多少人谈到过它们。部落主义、种族歧视和偏见的这些方方面面，必须要有人将它们记录在案，而作家能帮上不少忙。

张：您小说中的许多人物，如埃米莉、剑桥、玛莎、特拉维斯、加布里埃尔，最终都死于非命。这是否意味着您对世界持一种悲观冷酷的态度？

菲：对于世界我还是很乐观的。我知道这会让很多人吃惊，因为有人说过我有十分悲观的视野。我倒真不觉得它有多么悲观。这就是一个关于挣扎，关于人们努力相互沟通的问题。例如，《远岸》中的两个人物多萝西和加布里埃尔，他们实际上会相互诉说，相互对话。他改变了她的人生，令她对自己有了不同的看法。而她也改变了他的人生。的确，结尾并不圆满，但是因为他们那次邂逅，人生都不同了。这种相遇相知十分少见，一个是来自非洲的难民，另一个则是50多岁的英国女人。对我来说，他们之间的那种交流，那种不顾一切阻碍的人性上的接触，真是乐观到令人难以置信。这说明沟通的愿望是可能实现的，一个完全不同的人，你可以和他成为朋友，一起去喝杯茶，聊聊天。那么，虽然加布里埃尔死了，没错，而多萝西最后精神上也受到打击，但是他们的确交谈过、沟通过。我觉得这就非常乐观。这种相互沟通交流的能力，有时候就是我们希望看到的最好结局。

张：鉴于您的背景，您是否可能身处几种文化或亚文化之间，如英国文化，加勒比文化，非洲文化，以及美国文化？您是否经历过文化上的冲突？您是如何看待文化混杂的？

菲：如果你想描写一个社会，就必须对它十分熟悉，而不应该仅仅依靠一些对这个社会浅尝辄止的了解，就去构建小说人物的场景。你对社会的认识必须足够深入。我认为，就个人经历而言，我可以写这种背景设定在英国、美国，或者加勒比地区的小说。

在某种程度上，我是个文化混杂的人，因为我不仅理解美国文化的许多方面，也十分熟悉加勒比文化和英国文化。不过这并不是与生俱来的，不是流淌在我血液中的东西，这些文化经验都是通过在当地生活得来的。我在这三个地方都生活过。

张：哪一种文化在您身上占据优势呢，是英国文化、加勒比文化，还是非洲文化，抑或是美国文化？

菲：不是非洲文化。我想应该是英国文化。我在英国长大，母语是英语，在那里我学会要有梦想。我会一直说是英国。假如我在美国生活了 50 年，很可能我还是会说是英国。因为英国是我开始写作、第一次将自己视为作家的地方。然而我的确对美国生活中的复杂问题有所领悟，因为在这个国家我既教过许多届学生，也有幸一边阅读一边游历了各个不同的地方。通过旅行我对美国有了比较深入的了解，但无论如何还是不及我对英国的认识。

张：您在美国多所大学担任住校作家已有 20 多年了。请问您是如何维持教学与写作这两者间微妙的平衡的？

菲：要做到保持平衡，我把时间清楚地区分开来。在教学时，我会花很多时间和精力在学生身上，课余的时间则供我自由支配。当然我不可能总是把时间分割得这么清楚，但我这样做已经很久了。一开始来到美国时，我不清楚这里大学的体制是如何运作的，花了很长时间才弄清楚美国的学术体系。我认为，当时头脑里有一种幻想，以为能去办公室做自己的事，课余时间也能去那里写作，而没人会打扰我。实际上有人打扰我，向我提问。学生会来找我谈话，在外面走廊里也会有人叫住我，说"你听说了吗？学校打算任命一个新人去教授华兹华斯。"然后我就会说，"哦，是吧。"而对方就说，"不，不对，我们要投票表决，我要你来参加会议。"所以说起初我是很不适应的。然后我才意识到要想管理好时间，唯一的办法就是在教学之外与学校保持一定的距离。

张：您是否有可能从教学经历中获得灵感，来创作您的下一部作品？

菲：不，我觉得不可能。大概在十年前，我写过一个电影剧本。不过没有拍。这个剧本是个喜剧，场景设在美国一个大学校园。我用这种方式来处理美国学术生活中的荒诞性。剧中的英国作家来到美国一所大学当了一年老师，其间发生了一些疯狂的事。如果你问我，把自己的一些教学经历写进作品里会得到什么，那么这个剧本是最接近的答案。我觉得我不会写一部校园小说。我讲到过教学是怎样帮助我的，它能帮我理解美国，理解这些年轻的美国人如何同世界发生联系。当然，我的一些学生已经不再年轻了。今天晚上我要去见一个学生，

20年前我教过他。现在他快40岁了,一直和我保持着联系。所以说我是看着这些学生成长的,他们进入社会,结婚生子。我看着其中一些人写小说,也有做律师或医生的。通过观察他们,我还在理解美国。有机会当年轻人的老师,跟着他们走进世界,与他们保持联系,看着他们成为公民,这是理解一个社会的绝好途径。

张:这样看来,也可以说,这是以一种不同的方式在帮助你写作。

菲:是的,的确如此,一种不同的方式。在我对美国生活的认识方面,我会感到更加有保障。

张:作为一个职业作家,您已经写了30多年。对于所取得的成就,您感到满意吗?

菲:我完成了一开始打算要做的事。我不认为,我希望我写了那个;我希望我做了这个。如果30年前你对我说:这是你该写的,这是你该制作的,我应该会很满意。所以我感到十分幸运。我记得十年前在伦敦一个酒吧里和朋友聊天。他问我接下去要写什么,我说,"我想写一些杂文,我对理解美国'9·11事件'之后的种族和偏见等问题很感兴趣。"当时我记得说过那是最想做的。然后我写了几篇相关文章,收入了新书里。我有许多想做的事情,所以不会失望。

张:有一次您在哈佛大学和扎迪·史密斯一起开读书会,您说您不喜欢"标签"。但是一个有理有据的"标签"通常代表着一种批评视角,或理解作家的一个有效途径。请问您希望评论家如何看待您的小说?

菲:我不知道。首先,我很高兴他们选择读我的小说,对它们进行思考,并撰写评论。我希望永远不会想当然地以为,因为我是作家所以评论家就必须对我的作品进行解读。我不这么想。我一直觉得,要是有人愿意花上几年时间,通过研究我的作品来攻读硕士或博士学位,我会很高兴。他们想要认真对待我的作品,这是我的荣幸。因为如果没有批评反馈,我的作品就不是艺术。我的意思是,电视不是一种艺术媒介,因为没有,或很少有人会写关于电视的正式评论文章。它被视作一种娱乐。因此我们作家必须要有批评反馈,必须要有人思考我们的作品。至于这些人会说些什么,我不得而知。

有人通过网络给我发了一份有关我作品的评论书目,我看了很高兴。这些文献里不是只有英美两国的评论文章。我很高兴评论来自世界各地。所以这说明了我一直希望看到的一点,那就是我的作品中有一些方面,可以超越国内批评的藩篱。我就不仅仅是一个英国作家、加勒比作家,或美国作家了。世界各地的人似乎能从我的作品中找到对他们有意义的东西,这是我乐于看到的。无论他们撰写评论文章时身在何处,也许是新加坡,也许是巴西或者土耳其,我希望这种状况能继续下去。

张:我的最后一个问题是我们对您的下一部作品可以有何种期待?
菲:我不知道。
张:您现在在写一部新小说吗?
菲:我在写一个剧本,没有写小说。我决定用一年的时间来读书。所以我一直在读。
张:能否谈谈您为什么现在又转向写剧本了?
菲:我在2007年写过一个剧本,在英国许多城市上演。它改编自一本历史书,叫《艰苦的跨越》(*Rough Crossings*)。我很高兴创作出这部戏剧,演员都非常著名。此外我也感到很愉快,能坐在观众席上同大家一起看表演,能坐下来和导演一起讨论各种细节。也许我会再写一部原创剧本,但是不会写小说了。因此我决定给自己一年的时间,只用来读书,其他什么也不做,不写任何东西。我发现要做到不写作非常困难。不过我信守诺言,没有写小说。这就是我写剧本的原因。

张:这就像是一个循环。您从写剧本开始,现在又回到了最初做的事。

菲:我希望会写出下一部小说。只是现在需要休息一会,读一些书。

张:无论是戏剧还是小说,我们都很期待读您的新作。非常感谢您。

注释

[1] 2011年3月,笔者受中美富布莱特基金会资助在耶鲁大学英文系从事访问研究期间,对英国著名小说家、耶鲁大学英文系教授卡里尔·菲利普斯进行了录音访谈。访谈英文版刊登于《外国文学研究》2011年第3期,其中有删节。本书收录的是访谈全文。

[2] Henry Louis Gates Jr., *The Classic Slave Narratives* (London & New York: Penguin, 1987), p. xi.

[3] Onyekachi Wambu ed., *Empire Windrush: Fifty Years of Writing about Black Britain* (London: Victor Gollancz, 1998).

[4] Caryl Phillips, *Extravagant Strangers: A Literature of Belonging* (London: Faber & Faber, 1997), p. viii.

[5] Caryl Phillips, *A New World Order: Essays* (London & New York: Vintage, 2002), p.1.

[6] Caryl Phillips, *The European Tribe* (London: Faber & Faber, 1987), p. xi.

附录二

主要作家作品中英对照表

(作家按译名拼音排序,作品按出版时间排序)

阿莉·史密斯(Ali Smith, 1962—)
《饭店世界》(*Hotel World*, 2001)
《意外》(*The Accidental*, 2005)
《艺想》(*Artful*, 2012)
《怎样两者皆有》(*How to Be Both*, 2014)

艾丽丝·默多克(Iris Murdoch, 1919—1999)
《黑王子》(*The Black Prince*, 1973)
《大海,大海》(*The Sea, The Sea*, 1978)

艾伦·霍林赫斯特(Alan Hollinghurst, 1954—)
《游泳池图书馆》(*The Swimming Pool Library*, 1988)
《折叠的星星》(*The Folding Star*, 1994)
《咒语》(*The Spell*, 1998)
《美丽线条》(*The Line of Beauty*, 2004)

艾伦·西利托(Alan Sillitoe, 1928—2010)
《星期六晚上和星期天早上》(*Saturday Night and*

Sunday Morning,1958)

《孤独的长跑运动员》("The Loneliness of the Long-Distance Runner",1959)

艾玛·坦南特(Emma Tennant,1937—2017)
《伦敦的两个女人》(Two Women of London,1989)

安德烈娅·利维(Andrea Levy,1956—2019)
《小岛》(Small Island,2004)

安东尼·伯吉斯(Anthony Burgess,1917—1993)
《发条橙》(A Clockwork Orange,1962)
《缺失的种子》(The Wanting Seed,1962)

安格斯·威尔逊(Angus Wilson,1913—1991)
《毒药及以后》(Hemlock and After,1952)

安吉拉·卡特(Angela Carter,1940—1992)
《马戏团之夜》(Nights at the Circus,1984)

安妮·恩莱特(Anne Enright,1962—)
《迷你处女》(The Portable Virgin,1991)
《父亲的假发》(The Wig My Father Wore,1995)
《你长得像谁?》(What Are You Like?,2000)
《喜不自禁》(The Pleasure of Eliza Lynch,2002)
《团聚》(The Gathering,2005)

A. S. 拜厄特(A. S. Byatt, 1936—2023)
《占有》(*Possession: A Romance*, 1990)

巴里·恩斯沃斯(Barry Unsworth, 1930—2012)
《神圣的渴望》(*Sacred Hunger*, 1992)

保尔·司各特(Paul Scott, 1920—1978)
《眷恋》(*Staying On*, 1977)

贝里尔·班布里奇(Beryl Bainbridge, 1932—2010)
《各自逃生》(*Every Man for Himself*, 1996)
《大师乔治》(*Master Georgie*, 1998)

本·奥克瑞(Ben Okri, 1959—)
《饥饿之路》(*The Famished Road*, 1991)

彼得·艾克罗伊德(Peter Ackroyd, 1949—)
《霍克斯默》(*Hawksmoor*, 1985)
《查特顿》(*Chatterton*, 1987)

彼得·凯里(Peter Carey, 1943—)
《凯利帮真史》(*True History of the Kelly Gang*, 2001)

B. S. 约翰逊(B. S. Johnson, 1933—1973)
《阿尔伯特·安琪罗》(*Albert Angelo*, 1964)

C. P. 斯诺(C. P. Snow, 1905—1980)
《陌生人与亲兄弟》(*Strangers and Brothers*, 1940—1970)

《院长们》(*The Masters*, 1951)

大卫·米切尔(David Mitchell, 1969—)
《幽灵书写》(*Ghostwritten*, 1999)
《云图》(*Cloud Atlas*, 2004)

戴维·洛奇(David Lodge, 1935—)
《换位》(*Changing Places*, 1975)
《小世界》(*Small World*, 1984)
《美好的工作》(*Nice Work*, 1988)

戴维·斯托利(David Storey, 1933—2017)
《如此运动生涯》(*This Sporting Life*, 1960)

D. M. 托马斯(D. M. Thomas, 1935—2023)
《白色旅馆》(*The White Hotel*, 1981)

多丽丝·莱辛(Doris Lessing, 1919—2013)
《野草在歌唱》(*The Grass is Singing*, 1950)
"暴力的孩子们"系列小说(Children of Violence, 1952—1969)
《金色笔记》(*The Golden Notebook*, 1962)
《19号房》("To Room Nineteen", 1963)
《四门之城》(*The Four-Gated City*, 1969)

格兰·邓肯(Glen Duncan, 1965—)
《一天一夜又一天》(*A Day and a Night and a Day*, 2009)

格雷厄姆·斯威夫特(Graham Swift, 1949—)
《水之乡》(*Waterland*, 1983)

基兰·德赛(Kiran Desai, 1971—)
《失落的遗产》(*The Inheritance of Loss*, 2006)

J. G. 巴拉德(J. G. Ballard, 1930—2009)
《千禧人》(*Millennium People*, 2003)

J. G. 法雷尔(J. G. Farrell, 1935—1979)
《克里希纳普围城记》(*The Siege of Krishnapur*, 1973)

杰基·凯(Jackie Kay, 1961—)
《喇叭》(*Trumpet*, 1998)

J. M. 库切(J. M. Coetzee, 1940—)
《迈克尔·K 的生活与时代》(*Life & Times of Michael K*, 1983)

金斯利·艾米斯(Kingsley Amis, 1922—1995)
《幸运的吉姆》(*Lucky Jim*, 1954)

卡里尔·菲利普斯(Caryl Phillips, 1958—)
《庇护所》(*The Shelter*, 1984)
《最后通道》(*The Final Passage*, 1985)
《独立状态》(*A State of Independence*, 1986)
《欧洲部落》(*The European Tribe*, 1987)
《高地》(*Higher Ground*, 1989)
《剑桥》(*Cambridge*, 1991)

《渡河》(Crossing the River, 1993)

《奢侈的陌生人：归属文学选》(Extravagant Strangers: A Literature of Belonging, 1997)

《血液的本质》(The Nature of Blood, 1997)

《世界新秩序》(A New World Order: Essays, 2002)

《远岸》(A Distant Shore, 2003)

《成长的烦恼》(Growing Pains, 2005)

《黑暗中的舞蹈》(Dancing in the Dark, 2005)

《落雪》(In the Falling Snow, 2009)

《给我着上英国色》(Colour Me English, 2011)

科尔姆·托宾(Colm Tóibín, 1955—　)

《大师》(The Master, 2004)

劳伦斯·达雷尔(Lawrence Durrell, 1912—1990)

"亚历山大四部曲"(The Alexandrian Quartet, 1957—1960)

劳伊德·琼斯(Lloyd Jones, 1955—　)

《皮普先生》(Mister Pip, 2006)

露丝·鲍尔·贾华拉(Ruth Prawer Jhabvala, 1927—2013)

《热与尘》(Heat and Dust, 1975)

马丁·艾米斯(Martin Amis, 1949—2023)

《雷切尔文件》(The Rachel Papers, 1973)

《死婴》(Dead Babies, 1975)

《成功》(Success, 1978)

《其他人》(Other People, 1981)

《金钱:绝命书》(*Money: A Suicide Note*,1984)

《爱因斯坦的怪物》(*Einstein's Monsters*,1987)

《伦敦原野》(*London Fields*,1989)

《时间之箭》(*Time's Arrow*,1991)

《隐情》(*The Information*,1995)

《异性恋小说》("Straight Fiction",1995)

《夜行列车》(*Night Train*,1997)

《重水》(*Heavy Water and Other Stories*,1999)

《黄狗》(*Yellow Dogs*,2003)

《孤独群体的声音》("The Voice of the Lonely Crowd",2008)

《莱昂内尔·阿斯博:英格兰现状》(*Lionel Asbo: State of England*,2012)

《兴趣之地》(*The Zone of Interest*,2014)

马尔科姆·布莱德伯里(Malcolm Bradbury, 1932—2000)

《历史人物》(*The History Man*,1975)

《兑换率》(*Rates of Exchange*,1983)

《现代英国小说(1878—2001)》(*The Modern British Novel 1878-2001*,2001)

马尔科姆·洛利(Malcolm Lowry, 1909—1957)

《在火山下》(*Under the Volcano*,1947)

玛格丽特·阿特伍德(Margaret Atwood, 1939—)

《盲刺客》(*The Blind Assassin*,2000)

玛格丽特·德拉布尔(Margaret Drabble, 1939—)

《闪光之路》(*The Radiant Way*,1987)

《天生的好奇心》(*A Natural Curiosity*,1989)
《象牙门》(*The Gates of Ivory*,1991)

迈克尔·翁达杰(Michael Ondaatje, 1943—)
《英国病人》(*The English Patient*,1992)

莫妮卡·阿里(Monica Ali, 1967—)
《砖巷》(*Brick Lane*,2003)

默辛·哈米德(Mohsin Hamid, 1971—)
《拉合尔茶馆的陌生人》(*The Reluctant Fundamentalist*,2007)

派特·巴克(Pat Barker, 1943—)
《幽灵之路》(*The Ghost Road*,1995)
《双重视域》(*Double Vision*,2003)

乔治·奥威尔(George Orwell, 1903—1950)
《动物庄园》(*Animal Farm*,1945)
《一九八四》(*Nineteen Eighty-Four*,1949)

萨尔曼·拉什迪(Salman Rushdie, 1947—)
《午夜之子》(*Midnight's Children*,1981)
《羞耻》(*Shame*,1983)
《撒旦诗篇》(*The Satanic Verses*,1988)
《想象的家园》(*Imaginary Homelands*,1992)
《小丑萨利玛》(*Shalimar the Clown*,2005)

萨拉·沃特斯(Sarah Waters, 1969—)
《南茜情史》(*Tipping the Velvet*, 1998)
《指匠》(*Fingersmith*, 2002)
《巡夜》(*The Night Watch*, 2006)

塞巴斯蒂安·福克斯(Sebastian Faulks, 1953—)
《鸟鸣》(*Birdsong*, 1993)

石黑一雄(Kazuo Ishiguro, 1954—)
《远山淡影》(*A Pale View of Hills*, 1982)
《浮世画家》(*An Artist of the Floating World*, 1986)
《长日将尽》(*The Remains of the Day*, 1989)
《别让我走》(*Never Let Me Go*, 2005)

斯坦·巴斯托(Stan Barstow, 1928—2011)
《一种爱》(*A Kind of Loving*, 1960)

汤姆·麦卡锡(Tom McCarthy, 1969—)
《记忆残留》(*The Remainder*, 2005)

V. S. 奈保尔(V. S. Naipaul, 1932—2018)
《比斯瓦斯先生的房子》(*A House for Mr. Biswas*, 1961)
《自由的国度》(*In a Free State*, 1971)
《河湾》(*A Bend in the River*, 1979)
《抵达之谜》(*The Enigma of Arrival*, 1987)

威廉·戈尔丁(William Golding, 1911—1993)
《蝇王》(*Lord of the Flies*, 1954)

《继承者》(*The Inheritors*,1955)

《品彻·马丁》(*Pincher Martin*,1956)

《自由坠落》(*Free Fall*,1959)

《黑暗昭昭》(*Darkness Visible*,1979)

《过界仪式》(*Rites of Passage*,1980)

威廉·库珀(William Cooper,1943—2001)

《外省生活花絮》(*Scenes from Provincial Life*,1950)

《婚姻生活花絮》(*Scenes from Married Life*,1961)

《都市生活花絮》(*Scenes from Metropolitan Life*,1982)

希拉里·曼特尔(Hilary Mantel,1952—2022)

《狼厅》(*Wolf Hall*,2009)

亚当·马斯琼斯(Adam Mars-Jones,1954—)

《迷惘压顶》(*The Monopolies of Loss*,1992)

伊恩·麦克尤恩(Ian McEwan,1948—)

《水泥花园》(*The Cement Garden*,1978)

《陌生人的慰藉》(*The Comfort of Strangers*,1981)

《时间中的孩子》(*The Child In Time*,1987)

《无辜者》(*The Innocent*,1990)

《黑犬》(*Black Dogs*,1992)

《阿姆斯特丹》(*Amsterdam*,1998)

《赎罪》(*Atonement*,2001)

《星期六》(*Saturday*,2005)

《在切瑟尔海滩上》(*On Chesil Beach*,2007)

《追日》(*Solar*,2010)

《甜牙》(*Sweet Tooth*, 2012)
《儿童法案》(*The Children Act*, 2014)

约翰·班维尔(John Banville, 1945—)
《哥白尼博士》(*Doctor Copernicus*, 1976)
《开普勒》(*Kepler*, 1981)
《牛顿信札》(*The Newton Letter*, 1982)
《魔鬼梅菲斯特》(*Mefisto*, 1986)
《证词》(*The Book of Evidence*, 1989)
《幽灵》(*Ghosts*, 1993)
《雅典娜》(*Athens*, 1995)
《大海》(*The Sea*, 2005)

约翰·布莱恩(John Braine, 1922—1986)
《楼顶上的房间》(*Room at the Top*, 1957)

约翰·福尔斯(John Fowles, 1926—2005)
《捕蝶者》(*The Collector*, 1963)
《法国中尉的女人》(*The French Lieutenant's Woman*, 1969)
《一部未完成手稿的笔记》("Notes on an Unfinished Novel", 1969)

约翰·韦恩(John Wain, 1925—1994)
《每况愈下》(*Hurry On Down*, 1953)

扎迪·史密斯(Zadie Smith, 1975—)
《白牙》(*White Teeth*, 2000)
《签名收藏家》(*The Autograph Man*, 2002)
《论美》(*On Beauty*, 2005)

詹妮特·温特森(Jeanette Winterson, 1959—)

《橘子不是唯一的水果》(*Oranges Are Not the Only Fruit*,1985)

《给樱桃以性别》(*Sexing the Cherry*,1989)

《写在身体上》(*Written on the Body*,1992)

朱利安·巴恩斯(Julian Barnes, 1946—)

《福楼拜的鹦鹉》(*Flaubert's Parrot*,1984)

《十卷半世界史》(*A History of The World in $10\frac{1}{2}$ Chapters*,1989)

《画像师》("The Limner",2009)

参考文献

"14th Time Lucky." *The Guardian*, 12 Oct. 2005. ＜http://www.theguardian.com/books/2005/oct/12/bookerprize 2005. bookerprizel. Accesed 30 May 2023.＞

Ableman, Paul. "Sub-Texts." *Spectator*, 15 Apr. 1978, pp. 23-24.

Abrams, M. H. *A Glossary of Literary Terms*. 7th ed., New York: Harcourt Brace College Publishers, 1998.

Acheson, James ed. *The Contemporary British Novel Since 2000*. Edinburgh: Edinburgh University Press, 2017.

Adiseshiah, Siân, and Rupert Hildyard eds., *Twenty-First Century Fiction: What Happens Now*. London & New York: Palgrave Macmillan, 2013.

Agamben, Giorgio. *Homo Sacer: Sovereign Power and Bare Life*. Daniel Heller-Roazen trans. Stanford: Stanford University Press, 1998.

———. *State of Exception*. Kevin Attell trans. Chicago: The University of Chicago Press, 2005.

———. *Profanations*. Jeff Fort trans. New York: Zone Books, 2007.

Allen, Walter. *Tradition and Dream*. London: Phoenix House, 1964.

Allsop, Kenneth. *The Angry Decade*. 3rd ed., London: Peter Owen, 1964.

Amis, Kingsley. *Lucky Jim*. New York: The New York Review Books, 2012.

Amis, Martin. *Money: A Suicide Note*. London & New York: Penguin, 1984.

——. *London Fields*. New York: Alfred A. Knopf, 1989.

——. "Thoroughly Post-modern Millennium." *The Independent*, 8 Sept. 1991.

——. *Time's Arrow*. London & New York: Penguin, 1992.

——. "Survivors of the Cold War." *The New York Times*, 5 Oct. 1997, pp. 12-13.

——. *Night Train*. London & New York: Vintage, 1998.

——. *Experience*. London: Jonathan Cape, 2000.

——. "Sex in America." *Talk*, Feb. 2001, pp. 98-103, 133-135.

——. *The War Against Cliché: Essays and Reviews, 1971-2000*. London & New York: Vintage, 2002.

——. *The Second Plane: September 11: Terror and Boredom*. New York: Alfred A. Knopf, 2008.

Araújo, Sofia de Melo and Fátima Vieira. *Iris Murdoch, Philosopher Meets Novelist*. Newcastle: Cambridge Scholars Publishing, 2011.

Arendt, Hannah. *The Origin of Totalitarianism*. New York: Meridian Books, 1951.

Arias, Rosario. "Life After Man?: Posthumanity and Genetic Engineering in Margaret Atwood's *Oryx and Crake* and Kazuo Ishiguro's *Never Let Me Go*." *DQR Studies in Literature*, vol. 47, no. 1 (2011), pp. 379-394.

Atala, Anthony et al. "Tissue-engineered Autologous Bladders for Patients Needing Cystoplasty." *The Lancet*, vol. 367 (2006), pp. 1241-1246.

Aubrey, James R. "John Fowles and Creative Non-Fiction." James Acheson ed., *John Fowles*. London & New York: Palgrave Macmillan, 2013, pp. 34-48.

Banville, John. *The Sea*. London: Picador, 2005.

Barker, Pat. *Regeneration*. London & New York: Penguin, 1991.

Barnes, Harper. "Ishiguro's Chilling Tale Rooted in SF." *STL Today*, 10 Apr. 2005, p. 6.

Barnes, Julian. *Flaubert's Parrot*. London: Jonathan Cape, 1984.

——. *A History of the World in 10½ Chapters*. New York: Alfred A. Knopf, 1989.

Barnes, Sophia. "'So Why Write Novels?' *The Golden Notebook*, Mikhail Bakhtin, and the Politics of Authorship." Alice Ridout, Roberta Rubenstein and Sandra Singer eds., *Doris Lessing's The Golden Notebook After Fifty*. London & New York: Palgrave Macmillan, 2015, pp. 135-152.

Barnum, Carol M. "An Interview with John Fowles." Dianne L. Vipond ed., *Conversations with John Fowles*. Jackson: University Press of Mississippi, 1999, pp. 102-118.

Barthes, Roland. *Image-Music-Text*. Stephen Heath trans. London: Fontana, 1977.

Beasley, Chris. *What is Feminism? An Introduction to Feminist Theory*. London: Sage, 1999.

Beedham, Matthew. *The Novels of Kazuo Ishiguro: A Reader's Guide to Essential Criticism*. London & New York: Palgrave Macmillan, 2010.

Begley, Jon. "Satirizing the Carnival of Postmodern Capitalism: The Transatlantic and Dialogic Structure of Martin Amis's *Money*." *Contemporary Literature*, vol. 45, no. 1 (2004), pp. 79-105.

Benhabib, Seyla. "Hanna Arendt and the Redemptive Power of Narrative." *Social Research: An International Quarterly*, vol. 57, no. 1 (1990), pp. 167-196.

Bentley, Nick. *British Fiction of the 1990s*. London & New York: Routledge, 2007.

Bényei, Tamás. "The Passion of John Self: Allegory, Economy, and Expenditure of Money." Gavin Keulks ed., *Martin Amis: Post-modernism and Beyond*. London & New York: Palgrave Macmillan, 2006, pp. 36-54.

Bergonzi, Bernard. *The Situation of the Novel*. London & New York: Palgrave Macmillan, 1979.

Bigsby, C. W. E. "In Conversation with John Banville." *Writers in Conversation with Christopher Bigsby*, vol. 3. Norwich: Unthank Books, 2001. <http://www.newwriting.net/2011/12/in-conversation-with-john-banville/. Accessed 30 May 2023.>

Birkerts, Sven. "Postmodernism: Bumper-Sticker Culture." *American Energies*. New York: William Morrow, 1992, pp. 21-23.

Bizzini, Silvia Caporale. "Recollecting Memories, Reconstructing Identities: Narrators as Storytellers in Kazuo Ishiguro's *When We Were Orphans* and *Never Let Me Go*." *Atlantis: Journal of the Spanish Association of Anglo-American Studies*, vol. 35, no. 2 (2013), pp. 65-80.

Black, Shameem. "Ishiguro's Inhuman Aesthetics." *Modern Fiction Studies*, vol. 55, no. 4 (2009), pp. 785-807.

Boxall, Peter. *Twenty-First-Century Fiction: A Critical Introduction*. Cambridge: Cambridge University Press, 2013.

Bradbury, Malcolm. *The Novel Today: Contemporary Writers on Modern Fiction*. London: Fontana, 1977.

——. *The Modern British Novel 1878-2001*. London & New York: Penguin, 2001.

Bradford, Richard. *The Novel Now: Contemporary British Fiction*. Malden, MA & Oxford: Wiley-Blackwell, 2007.

Brooker, Joseph. "Satire Bust: The Wagners of Money." *Law and Literature*, vol. 17, no. 3 (2005), pp. 321-346.

Browning, James. "Hello, Dolly: *When We Were Orphans*: Novelist Kazuo Ishiguro Pens a '1984' for the Bioengineering Age." *The Village Voice*, 22 Mar. 2005, p. 75. <https://www.villagevoice.com/2005/03/22/hello-dolly-2/. Accessed 25 Dec. 2022.>

Buhhos, Shirley. *The Theme of Enclosure in Selected Works of Doris Lessing*. Troy, NY: Whitson, 1987.

Bulson, Eric. *The Cambridge Introduction to James Joyce*. Cambridge: Cambridge University Press, 2006.

Burgess, Anthony. *The Novel Today*. Folcroft: Folcroft Library Editions, 1971.

——. *1985*. London: Hutchinson, 1978.

Byrd, Deborah. "The Evolution and Emancipation of Sarah Woodruff: *The French Lieutenant's Woman* as a Feminist Novel." *International Journal of*

Women's Studies, vol. 7 (1984), pp. 306-321.

Cahn, Steven M. "*A Clockwork Orange* is Not about Violence." *Metaphilosophy*, vol. 5, no. 2 (1974), pp. 155-157.

Caserio, Robert L. ed. *The Cambridge Companion to the Twentieth-Century English Novel*. Cambridge: Cambridge University Press, 2009.

Childs, Peter. *Contemporary Novelists: British Fiction Since 1970*. London & New York: Palgrave Macmillan, 2005.

Chomsky, Noam. *9-11*. New York: Seven Stories Press, 2001.

Connell, R. W. *Masculinities*, 2nd ed. Oakland, CA: University of California Press, 2005.

Conroy, Mary. "A Novelist on the Knowledge." *Times*, 14 Jun. 1969.

Coole, D. H. *Women in Political Theory: From Ancient Misogyny to Contemporary Feminism*. Wheatsheaf: Harvester, 1993.

Crawford, Paul. *Politics and History in William Golding: The World Turned Upside Down*. Columbia: University of Missouri Press, 2002.

Cuddon, J. A. ed. *Dictionary of Literary Terms and Literary Theory*. London & New York: Penguin, 1999.

D'Haen, Theo, and Hans Bertens eds. *British Postmodern Fiction*. Amsterdam & New York: Rodopi, 1993.

Darlington, Joseph. "*A Clockwork Orange*: The Art of Moral Panic?" *The Cambridge Quarterly*, vol. 45, no. 2 (2016), pp. 119-134.

Däwes, Birgit. *Ground Zero Fiction: History, Memory, and Representation in the American 9/11 Novel*. Heidelberg: Universitätsverlag Winter, 2011.

DeCurtis, Anthony. "Britain's Mavericks." *Harper's Bazaar*, Nov. 1991, pp. 146-147.

DeLillo, Don. "In the Ruins of the Future: Reflections on Terror and Loss in the Shadow of September." *Harper's Magazine*, no. 12 (2001), pp. 33-40.

Diedrick, James. *Understanding Martin Amis*. Columbia: University of South Carolina Press, 1995.

——. "The Fiction of Martin Amis: Patriarchy and Its Discontents." *Contemporary*

British Fiction. Cambridge: Polity Press, 2003, pp. 239-255.

Dillon, Sarah ed. *Mitchell: Critical Essays*. Canterbury: Gylphi Limited, 2011.

Doan, Laura L. "'Sexy Greedy Is the Late Eighties': Power Systems in Amis's Money and Churchill's Serious Money." *Minnesota Review*, vol. 34 - 35 (1990), pp. 69-80.

Dosse, François. *History of Structuralism*, vol. 2. Deborah Glassman trans. Minneapolis: University of Minnesota Press, 1997.

Dzhumaylo, Olga. "What Kathy Knew: Hidden Plot in *Never Let Me Go*." Cynthia F. Wong and Hülya Yildiz eds., *Kazuo Ishiguro in a Global Context*. Surrey: Ashgate, 2015, pp. 91-100.

English, James F. ed. *A Concise Companion to Contemporary British Fiction*. Malden, MA & Oxford: Blackwell, 2006.

Fabre, Genevieve and Robert O'Meally eds. *History and Memory in African-American Culture*. Oxford: Oxford University Press, 1994.

Finney, Brian. "Narrative and Narrated Homicides in Martin Amis's *Other People* and *London Fields*." *Critique*, vol. 37, no. 1 (1995), pp. 3-15.

——. *Martin Amis*. London & New York: Routledge, 2008.

——. "David Mitchell: Global Novelist of the Twenty-First Century." James Acheson ed., *The Contemporary British Novel Since 2000*. Edinburgh: Edinburgh University Press, 2017, pp. 27-36.

——. "What's Amis in Contemporary British Fiction: Martin Amis's *Money* and *Time's Arrow*." <http://home.csulb.edu./~bhfinney/amismoney.html. Accessed 30 May 2023.>

FitzHerbert, Claudia. "Amis on Amis." *Electronic Telegraph*, 12 Nov. 2001. <https://www.telegraph.co.uk/culture/4726512/Amis-on-Amis.html. Accessed 27 Dec. 2022.>

Floyd, Jami. "The Administration of Psychotropic Drugs to Prisoners: State of the Law and Beyond." *California Law Review*, vol. 78, no. 5 (1990), pp. 1243-1285.

Fokkema, Douwe, Douwe Fokkema, and Hans Bertens eds. *Approaching*

Postmodernism. Amsterdam & Philadelphia: John Benjamins, 1986.

Foucault, Michel. *The History of Sexuality*, vol. 1. Robert Hurley trans. New York: Random House, 1978.

——. *Discipline & Punish: The Birth of the Prison*. Alan Sheridan trans. London & New York: Vintage, 1997.

Fowles, John. *Poems*. New York: Ecco Press, 1973.

——. "Notes on an Unfinished Novel." Malcolm Bradbury ed., *The Novel Today: Contemporary Writers on Modern Fiction*. London: Fontana, 1977, pp. 137-150.

Frost, Adam. "Amis, Martin." *Literature Online Biography*. ＜http://lion.chadwyck.co.uk/authors/. Accessed 30 May 2023.＞

Gane, Nicholas. "When We Have Never Been Human, What Is It to Be Done? Interview with Donna Haraway." *Theory, Culture and Society*, vol. 23, no. 7-8 (2006), pp. 135-158.

Gasiorek, Andrzej. *Post-War British Fiction: Realism and After*. London: Edward Arnold, 1995.

Gates Jr., Henry Louis. *The Classic Slave Narratives*. London & New York: Penguin, 1987.

Gehrke, Pat J. "Deviant Subjects in Foucault and *A Clockwork Orange*: Congruent Critiques of Criminological Constructions of Subjectivity." *Critical Studies in Media Communication*, vol. 18, no. 3 (2001), pp. 270-284.

Gheorghiu, Oana-Celia. *British and American Representations of 9/11: Literature, Politics, and the Media*. London & New York: Palgrave Macmillan, 2018.

Gindin, James. *Postwar British Fiction: New Accents and Attitudes*. Westport, CT: Greenwood Press, 1962.

Griffin, Gabriele. "Science and the Cultural Imaginary: The Case of Kazuo Ishiguro's *Never Let Me Go*." *Textual Practice*, vol. 23, no. 4 (2009), pp. 645-663.

Haffenden, John. *Novelists in Interview*. London & New York: Methuen, 1985.

Hamilton, Ian. "Martin and Martina." *London Review of Books*, 20 Sept.-3 Oct. 1984, pp.3-4.

Harris, Greg. "Men Giving Birth to New World Orders: Martin Amis's *Time's Arrow*." *Studies in The Novel*, vol. 31, no. 4 (1999), pp.489-505.

Harrison, M. John. "Clone Alone." *The Guardian*, 26 Feb. 2005, p.5. <www.theguardian.com/books/2005/feb/26/bookerprize2005. p5. bookerprize. Accessed 25 Dec. 2022.>

Hassan, Ihab. *The Postmodern Turn: Essays in Postmodern Theory and Culture*. Columbus, OH: The Ohio State University Press, 1987.

Head, Dominic. *The Cambridge Introduction to Modern British Fiction 1950-2000*. Cambridge: Cambridge University Press, 2002.

——. *The State of the Novel: Britain and Beyond*. Malden, MA & Oxford: Wiley-Blackwell, 2008.

Henning, Peter. "Interview with Don DeLillo." *Frankfurter Rundschau*, no. 271 (20 Nov. 2003), pp.27-40.

Hewison, Robert. *In Anger: British Culture in the Cold War, 1945-1960*. London: Weidenfeld & Nicholson, 1981.

Horton, Emily, Philip Tew, and Leigh Wilson. "Critical Introduction." *The 1980s: A Decade of Contemporary British Fiction*. London: Bloomsbury, 2014, pp.1-20.

Hutcheon, Linda. *A Poetics of Postmodernism: History, Theory, Fiction*. London & New York: Routledge, 1988.

——. *The Politics of Postmodernism*. London & New York: Routledge, 1989.

Ingersoll, Earl G. ed. *Lawrence Durrell: Conversations*. Madison: Fairleigh Dickinson University Press, 1998.

Ishiguro, Kazuo. *Never Let Me Go*. London & New York: Vintage, 2006.

Jakobson, Roman. "The Dominant." *Selected Writings III: Poetry of Grammar and Grammar of Poetry*. Hague: Mouton, 1981, pp.751-756.

Jameson, Fredric. *Postmodernism, or, the Cultural Logic of Late Capitalism*. Durham: Duke University Press, 1991.

Johnson, B. S. "Introduction to *Aren't You Rather Young to be Writing Your Memoirs?*" Malcolm Bradbury ed., *The Novel Today: Contemporary Writers on Modern Fiction*. London: Fontana, 1977, pp. 151-168.

———. *Omnibus: Albert Angelo; Trawl; House Mother Normal*. London: Picador, 2004.

Karl, Frederick R. *A Reader's Guide to the Contemporary English Novel*. Syracuse: Syracuse University Press, 2001.

Kastan, David Scott. *The Oxford Encyclopedia of British Literature*, vol. 1. Oxford: Oxford University Press, 2006.

Kempner, Brandon. "'Blow the World Back Together': Literary Nostalgia, 9/11, and Terrorism in Seamus Heaney, Chris Cleave, and Martin Amis." Cara Cilano ed., *From Solidarity to Schisms: 9/11 and After in Fiction and Film from Outside the US*. Amsterdam & New York: Rodopi, 2009, pp. 53-74.

Keulks, Gavin. *Father and Son: Kingsley Amis, Martin Amis and the British Novel Since 1950*. Madison: University of Wisconsin Press, 2003.

Konstantinou, Lee. *Cool Characters: Irony and American Fiction*. Cambridge, MA: Harvard University Press, 2016.

Korde, Rajabhau Chhaganrao. *Iris Murdoch's Thoughts on Marxism and Buddhism*. Raleigh: LuLu Publication, 2019.

Kunio, Shin. "The Politics of Anti-modernism: Realism, Modernism, and the Problem of the Welfare State in Kingsley Amis's *Lucky Jim*." *Studies in English Literature*, vol. 54, no. 55 (2014), pp. 1-18.

Lee, Alison. *Realism and Power: Postmodern British Fiction*. London & New York: Routledge, 1990.

Lemahieu, Michael. "The Novel of Ideas." David James ed., *The Cambridge Companion to British Fiction Since 1945*. Cambridge: Cambridge University Press, 2015, pp. 177-191.

Lessing, Doris. *The Golden Notebook*. New York: Bantam, 1973.

Levin, Harry. "What Was Modernism?" *Refractions: Essays in Comparative Literature*. Oxford: Oxford University Press, 1966, pp. 271-295.

Levy, Marla. "Martin Amis." *Dictionary of Literary Biography*, vol. 14. Detroit: Gale, 1983, pp. 21-32.

Levy, Titus. "Human Rights Storytelling and Trauma Narrative in Kazuo Ishiguro's *Never Let Me Go*." *Journal of Human Rights*, vol. 10, no. 1 (2011), pp. 1-16.

Lichtenberg, Ilya, Howard Lune and Patrick McManimon. "'Darker Than any Prison, Hotter Than any Human Flame': Punishment, Choice, and Culpability in *A Clockwork Orange*." *Journal of Criminal Justice Education*, vol. 15, no. 2 (2004), pp. 429-449.

Lodge, David. "The Modern, the Contemporary, and the Importance of Being Amis." *Critical Quarterly*, vol. 5, no. 4 (1963), pp. 335-354.

——. *The Modes of Modern Writing: Metaphor, Metonymy and the Typology of Modern Writing*. Chicago: The University of Chicago Press, 1977a.

——. "The Novelist at the Crossroads." Malcolm Bradbury ed., *The Novel Today: Contemporary Writers on Modern Fiction*. London: Fontana, 1977b, pp. 84-135.

——. *Working with Structuralism: Essays and Reviews on 19th and 20th Century Literature*. Boston: Routledge & Kegan Paul, 1981.

——. *After Bakhtin: Essays on Fiction and Criticism*. London & New York: Routledge, 1990.

——. *The Art of Fiction: Illustrated from Classic and Modern Texts*. London & New York: Penguin, 1992.

——. *The Practice of Writing: Essays, Lectures, Reviews and a Diary*. London: Secker & Warburg, 1996.

Londe, Greg. "Lucky Kingsley Amis and the Condition of England." Marin Mackay and Lyndsey Stonebridge eds., *British Fiction After Modernism: The Novel at Mid-Century*. London & New York: Palgrave Macmillan, 2007, pp. 131-144.

MacKinnon, Catharine A. "Feminism, Marxism, Method, and the State: An Agenda for Theory." *Signs: Journal of Women in Culture and Society*, vol. 7, no. 3 (1982), pp. 515-544.

Mandal, Mahitqsh. "'Eyes a Man Could Drown In': Phallic Myth and Femininity in John Fowles's *The French Lieutenant's Woman.*" *Interdisciplinary Literary Studies*, vol. 19, no. 3 (2017), pp. 274-298.

Marsh, Nicky. "Taking the Maggie: Money, Masculinity and Sovereignty in British Fiction." *Modern Fiction Studies*, vol. 53, no. 4 (2007), pp. 845-866.

Mars-Jones, Adam. *Venus Envy: On the Womb and the Bomb*. London: Chatto & Windus, 1990.

Massie, Allan. *The Novel Today: A Critical Guide to the British Novel 1970-1989*. London & New York: Routledge, 1990.

McCracken, Steven. "Free Will and Ludovico's Technique." Mark Rawlinson ed., *Clockwork Orange: Authoritative Text, Backgrounds and Contexts, Criticism*. New York: Norton, 2011, pp. 275-290.

McDonald, Keith. "Days of Past Futures: Kazuo Ishiguro's *Never Let Me Go* as 'Speculative Memoir'." *Biography: An Interdisciplinary Quarterly*, vol. 30, no. 1 (2007), pp. 74-83.

McEwan, Ian. *Atonement*. London & New York: Vintage, 2001.

McHale, Brian. *Postmodernist Fiction*. London & New York: Methuen, 1987.

——. *The Cambridge Introduction to Postmodernism*. Cambridge: Cambridge University Press, 2015.

—— and Len Platt eds., *The Cambridge History of Postmodern Literature*. Cambridge: Cambridge University Press, 2020.

Mengham, Rod ed. *An Introduction to Contemporary Fiction: International Writing in English Since 1970*. Cambridge: Polity Press, 1999.

Michael, Magali Cornier. "'Who is Sarah?': A Critique of *The French Lieutenant's Woman*'s Feminism." *Critique: Studies in Modern Fiction*, vol. 28, no. 4 (1987), pp. 225-236.

Mills, Sara. "Working with Sexism: What can Feminist Text Analysis Do?" Peter Verdonk and Jean Jacques Weber eds., *Twentieth-Century Fiction from Text to Context*. London & New York: Routledge, 1995, pp. 206-220.

Miracky, James. J. "Hope Lost or Hyped Lust-Gendered Representations of 1980s Britain in Margaret Drabble's *The Radiant Way* and Martin Amis's *Money*." *Critique: Studies in Contemporary Fiction*, vol. 44, no. 2 (2003), pp. 136-143.

Monterrey, Tomás. "Julian Barnes's 'Shipwreck'; or, Recycling Chaos into Art." *CLIO*, vol. 33, no. 4 (2004), pp. 415-426.

Morrison, Susan. "The Wit and Fury of Martin Amis." *Rolling Stone*, 17 May 1990, pp. 95-102.

Moseley, Merritt. *Understanding Kingsley Amis*. Columbia: University of South Carolina Press, 1993.

——. *Understanding Julian Barnes*. Columbia: University of South Carolina Press, 1997.

——. "Amis, Father and Son." *A Companion to The British and Irish Novel 1945-2000*. Malden, MA & Oxford: Blackwell, 2005, pp. 302-313.

Murdoch, Iris. *The Sea, The Sea*. London: Chatto & Windus, 1978.

Nance, Kevin. "The Literature of 9/11." *Poets & Writers*, no. 5 (2011), pp. 42-48.

Nealon, Jeffrey T. *Post-postmodernism, or, The Cultural Logic of Just-in-Time Capitalism*. Stanford: Stanford University Press, 2012.

Neustatter, Angela. "Amis and Connolly: The Best-Seller Boys." *Cosmopolitan*, vol. 185 (1978), pp. 71-72.

Newman, Judie. "Review of *After the Fall: American Literature Since 9/11*." *Journal of American Studies*, vol. 46, no. 1 (2012), pp. 263-266.

Newton, Adam Zachary. *Narrative Ethics*. Cambridge, MA: Harvard University Press, 1995.

"Novelist on the Novel: Roman Sheedan Talks to John Banville and Francis Stuart." *The Crane Bag*, 3, 1 (1979), p. 78.

O'Brien, Darcy. *The Conscience of James Joyce*. Princeton: Princeton University Press, 1968.

O'Connor, William Van. "Two Types of 'Heroes' in Post-War British Fiction."

PMLA/Publications of the Modern Language Association of America, vol. 77, no. 1, 1962, pp. 168-174.

——. *The New University Wits and the End of Modernism*. Carbondale: Southern Illinois University Press, 1963.

Onega, Susana. *Form and Meaning in the Novels of John Fowles*. Ann Arbor & London: UMI Research Press, 1989.

"Outsider Enright Wins Booker Race." *BBC News*, 16 Oct. 2007. <http://www.bbc.co.uk/news/1/hi/entertainment/7046443.stm. Accessed 30 May 2023.>

Padhi, Shanti. "Bed and Bedlam: The Hard-Core Extravaganzas of Martin Amis." *Literary Half-Yearly*, vol. 23, no. 1 (1982), pp. 36-42.

Palmer, William J. *The Fiction of John Fowles*. Columbia: University of Missouri Press, 1974.

Parker, Emma. "Money Makes the Man: Gender and Sexuality in Martin Amis's *Money*." Gavin Keulks ed., *Martin Amis: Postmodernism and Beyond*. London & New York: Palgrave Macmillan 2006, pp. 55-70.

Phillips, Caryl. *The European Tribe*. London: Faber & Faber, 1987.

——. *Extravagant Strangers: A Literature of Belonging*. London: Faber & Faber, 1997.

——. *A New World Order: Essays*. London & New York: Vintage, 2002.

——. *Colour Me English*. London: Harvill Secker, 2011.

Prescott, Evart. "Fowles' *The French Lieutenant's Woman* as Tragedy." *Critique*, vol. 13, no. 3 (1972), pp. 57-69.

Price, James. "Review of *Dead Babies*." *Encounter*, Feb. 1976, p. 68.

Raaberg, Gwen. "Against 'Reading': Text and/as Other in John Fowles' *The French Lieutenant's Woman*." *Women's Studies: An Interdisciplinary Journal*, vol. 30 (2001), pp. 521-542.

Rabinovitz, Rubin. *The Reaction Against Experiment in the English Novel, 1950-1960*. New York & London: Columbia University Press, 1967.

Randall, Martin. *9/11 and the Literature of Terror*. Edinburgh: Edinburgh

University Press, 2011.

Rankin, Elizabeth D. "Cryptic Coloration in *The French Lieutenant's Woman*." *Journal of Narrative Technique*, vol. 3, no. 3 (1973), pp. 193-207.

Ray, Mohit Kumar. *V. S. Naipaul: Critical Essays*, vol. Ⅲ. New Delhi: Atlantic, 2002.

Richards, I. A. *Principles of Literary Criticism*. London & New York: Routledge, 2004.

Robbins, Bruce. "Cruelty is Bad: Banality and Proximity in *Never Let Me Go*." *Novel: A Forum on Fiction*, vol. 40, no. 3 (2007), pp. 289-302.

Rose, Nikolas. *The Politics of Life Itself: Biomedicine, Power, and Subjectivity in the Twenty-First Century*. Princeton: Princeton University Press, 2008.

Roston, Murray. *The Comic Mode in English Literature: From the Middle Ages to Today*. London & New York: Continuum, 2011.

Rowe, Anne and Avril Horner eds. *Iris Murdoch: Texts and Contexts*. London & New York: Palgrave Macmillan, 2012.

Rubinstein, Boberta. *The Novelistic Vision of Doris Lessing: Breaking the Forms of Consciousness*. Urbana, Chicago & London: University of Illinois Press, 1979.

Ryan, Kiernan. "Sex, Violence and Complicity: Martin Amis and Ian McEwan." Rod Mengham ed., *An Introduction to Contemporary Fiction: International Writing in English Since 1970*. Cambridge: Polity Press, 1999, pp. 203-218.

Salami, Mahmoud. *John Fowles's Fiction and the Poetics of Postmodernism*. London & Toronto: Associated University Presses, 1992.

Scott, James B. "Parrot as Paradigms: Infinite Deferral of Meaning in *Flaubert's Parrot*." *Ariel: A Review of International English Literature*, 21 Jul. 1990, pp. 57-68.

See, Carolyn. "Humanity is Washed Up—True or False." *The New York Times*, 7 May 1987, p. 28.

Servitje, Lorenzo. "Of Drugs and Droogs: Cultural Dynamics, Psychopharmacology, and Neuroscience in Anthony Burgess's A Clockwork Orange." *Literature and*

Medicine, vol. 36, no. 1 (2018), pp. 101-123.

Sexton, David. "Still Parroting on about God." *Sunday Telegraph*, 11 Jun. 1989, p. 42.

Shaffer, Brian W. *Reading the Novel in English 1950 - 2000*. Malden, MA & Oxford: Blackwell, 2006.

Showalter, Elaine. "Ladlit." Zachary Leader ed., *On Modern British Fiction*. Oxford: Oxford University Press, 2002, pp. 60-76.

Simpson, David. "Review of *Ground Zero Fiction: History, Memory, and Representation in the American 9/11 Novel*." *Modern Language Quarterly*, vol. 73, no. 2 (2012), pp. 251-254.

Smith, Zadie. "'Zadie, Take Three': Interview with Jessica Murphy Moo." *The Atlantic*, Oct. 2005. <http://www.theatlantic.com/magazine/archive/2005/10/zadie-take-three/304294. Accessed 30 May 2023.>

Snow, C. P. "Storytelling for the Atomic Age." *New York Times Book Review*, 30 Jan. 1955, p. 1.

Squier, Susan. "Reproducing the Posthuman Body: Ectogenetic Fetus, Surrogate Mother, Pregnant Man." Judith Halberstam and Ira Livingston eds., *Posthuman Bodies*. Bloomington & Indianapolis: Indiana University Press, 1995, pp. 113-134.

Stephenson, William. *Fowles's* The French Lieutenant's Woman. London & New York: Continuum, 2007.

Stout, Mira. "Martin Amis: Down London's Mean Streets." *The New York Times*, 4 Feb. 1990, pp. 32-26, 48.

Swinden, Patrick. *The English Novel of History and Society, 1940 - 1980*. New York: St. Martin's Press, 1984.

Tarbox, Katherine. "Interview with John Fowles." Dianne Vipond ed., *Conversations with John Fowles*. Jackson: University Press of Mississippi, 1999, pp. 149-167.

Taylor, D. J. *After the War: The Novel and England Since 1945*. London: Chatto & Windus, 1993.

Taylor, Victor and Charles E. Winquist. *Encyclopedia of Postmodernism*. London & New York: Routledge, 2001.

Tew, Philip. *The Contemporary British Novel*. London & New York: Continuum, 2004.

Thacker, Eugene. "The Science Fiction of Technoscience: The Politics of Simulation and a Challenge for New Media Art." *Leonardo*, vol. 34, no. 2 (2001), pp. 155-158.

Thomson, David. "Martin Amis." *Dictionary of Literary Biography*, vol. 194. Detroit: Gale, 1998, pp. 7-18.

Toker, Leona, and Daniel Chertoff. "Reader Response and the Recycling of Topoi in Kazuo Ishiguro's *Never Let Me Go*." *Partial Answers: Journal of Literature and the History of Ideas*, vol. 6, no. 1 (2008), pp. 163-180.

Tredell, Nicolas. *Conversations with Critics*. London: Carcanet, 1994.

——. *The Fiction of Martin Amis*. Cambridge: Icon, 2000.

Updike, John. "Nobody Gets Away with Everything." *New Yorker*, 25 May 1992, pp. 84-88.

Versluys, Kristiaan. "9/11 Was a European Event." *European Review*, vol. 15, no. 1 (2007), pp. 65-79.

Vice, Sue. *Malcolm Lowry Eighty Years On*. London & New York: Palgrave Macmillan, 1989.

——. *Holocaust Fiction*. London & New York: Routledge, 2000.

Vorda, Allan, Kim Herzinger, and Kazuo Ishiguro. "An Interview with Kazuo Ishiguro." *Mississippi Review*, vol. 20, no. 1/2 (1991), pp. 131-154.

Wagner, Hans-Peter. *A History of British, Irish and American Literature*. Hans-Peter Wagner Trier: WVT Wissenschaftlicher Verlag Trier, 2021.

Walter, Allen. "The Achievement of John Fowles." *Encounter*, vol. 35, no. 2 (1970), p. 64-67.

Wambu, Onyekachi ed. *Empire Windrush: Fifty Years of Writing about Black Britain*. London: Victor Gollancz, 1998.

Waugh, Patricia. *Metafiction: The Theory and Practice of Self-Conscious Fiction*.

New York & London: Methuen, 2002.

Weber, Max. *From Max Weber: Essays in Sociology*. H. H. Gerth and Wright Mills trans. and eds. Oxford: Oxford University Press, 1946.

Wells, Lynn. *Ian McEwan*. London & New York: Palgrave Macmillan, 2010.

Wersching, Greg. "Review of *Ground Zero Fiction: History, Memory, and Representation in the American 9/11 Novel.*" *Journal of American Studies: Exclusive Online Reviews*, vol. 46, no. 3 (2012), p. 58.

White, Hayden. *The Content of the Form: Narrative Discourse and Historical Representation*. Baltimore: The John Hopkins University Press, 1987.

Wickes, George. *Masters of Modern British Fiction*. London & New York: Palgrave Macmillan, 1963.

Williams, Raymond. *Keywords: A Vocabulary of Culture and Society*. London: Fontana, 1976.

Wong, Caroline M. "Chemical Castration: Oregon's Innovative Approach to Sex Offender Rehabilitation, or Unconstitutional Punishment?" *Oregon Law Review*, vol. 80, no. 1 (2001), pp. 267-301.

Wood, Michael. "In Search of Love and Judgment." *Times Literary Supplement*, 6 Jun. 1989, p. 713.

Young, Kenneth. "Review." *Yorkshire Post*, 15 May 1962, p. 20.

Zak, Michele Wender. "*The Grassing is Singing*: A Little Novel About the Emotions." *Contemporary Literature*, vol. 14, no. 4 (1973), pp. 481-490.

Žižek, Slavoj. "How to Begin from the Beginning." *New Left Review*, no. 57 (2009), pp. 43-55.

艾米斯:《夜行列车》,王之光译,南京:译林出版社,2001年。

——:《异性恋小说》,何楚、梅丽译,《外国文学》,2006年第2期。

阿甘本:《神圣人:至高权力与赤裸生命》,吴冠军译,北京:中央编译出版社,2016年。

奥古斯丁:《忏悔录》,周士良译,北京:商务印书馆,1991年。

巴恩斯:《画像师》,张和龙、程汇涓译,《外国文学》,2009年第4期,第11—15页。

巴赫金:《陀思妥耶夫斯基诗学问题》,白春仁译,北京:三联书店,1988年。

鲍曼:《现代性与大屠杀》,杨渝东等译,南京:译林出版社,2002年。
贝尔:《资本主义的文化矛盾》,赵一凡等译,北京:三联书店,1989年。
波德里亚:《消费社会》,刘成富、全志钢译,南京:南京大学出版社,2001年。
伯吉斯:《发条橙》,王之光译,南京:译林出版社,2000年。
布尔迪厄:《男性统治》,刘晖译,北京:中国人民大学出版社,2011年。
布拉伊多蒂:《后人类》,宋根成译,郑州:河南大学出版社,2016年。
布雷德伯里:《现代主义的城市》,布雷德伯里、麦克法兰编《现代主义》,胡家峦等译,上海:上海外语教育出版社,1992年,第76—83页。
布斯:《小说修辞学》,华明等译,北京:北京大学出版社,1987年。
曹莉:《历史尚未终结——论当代英国历史小说的走向》,《外国文学评论》,2005年第3期,第136—144页。
陈恕:《爱尔兰文学》,昆明:云南人民出版社,2011年。
德拉布尔:《牛津英国文学词典》,北京:外语教学与研究出版社,1996年。
《法国作家论文学》,王忠琪译,北京:三联书店,1984年。
法特:《法与生命的神圣性》,汪民安、郭晓彦主编《生产》第7辑,南京:江苏人民出版社,2011年,第97—114页。
费瑟斯通:《消费文化与后现代主义》,刘精明译,南京:译林出版社,2000年。
福尔斯:《法国中尉的女人》,刘宪之、蔺延梓译,天津:百花文艺出版社,1986年。
——:《哈代与巫婆》,《小说的艺术》,张玲等译,北京:社会科学文献出版社,1999年。
福柯:《规训与惩罚》,刘北成、杨远婴译,北京:三联书店,1999年。
葛红兵:《关于道德主义批评的几个问题》,《南方文坛》,2001年第3期,第10—13页,第40页。
海德:《城市诗歌》,布拉德伯里、麦克法兰《现代主义》,胡家峦等译,上海:上海外语教育出版社,1992年,第310—331页。
侯维瑞、李维屏等:《英国小说史》,南京:译林出版社,2005年。
胡全生:《英美后现代主义小说叙述结构研究》,上海:复旦大学出版社,2002年。
黄梅:《女人和小说》,杭州:浙江文艺出版社,1991年。
昆德拉:《被背叛的遗嘱》,孟湄译,上海:上海人民出版社,1995年。
蓝江:《从赤裸生命到荣耀政治——浅论阿甘本homo sacer思想的发展谱系》,《黑龙江社会科学》,2014年第4期,第1—10页。

李景端:《仿佛小说的"另类"人物传记》,《光明日报》,2005年12月12日。

李俊国:《日常审美·欲望狂欢·时尚拼贴——消费主义时代的文艺审美特征及其功能悖论》,《华中科技大学学报》,2005年第4期,第83—87页。

李维屏、宋建福等:《英国女性小说史》,上海:上海外语教育出版社,2011年。

李维屏、张定铨等:《英国文学思想史》,上海:上海外语教育出版社,2012年。

李银河:《同性恋亚文化》,北京:今日中国出版社,1998年。

里蒙-凯南:《叙事虚构作品》,北京:三联书店,1989年。

林菲尔德:《反对乌托邦:多丽丝·莱辛访谈录》,张和龙译,《英美文学研究论丛》第8辑,2008年,第233—245页。

刘立辉:《〈四个四重奏〉的时间拯救主题》,《外国文学评论》,2002年第3期,第29—36页。

刘易斯:《论时代的分期》,洛奇编《二十世纪文学评论》下册,文美惠译,上海:上海译文出版社,1993年,第138—161页。

陆建德:《二战后英国小说回顾》,陆建德主编《现代主义之后:写实与实验》,北京:中国社会科学出版社,1997年,第1—21页。

梅丽:《危机时代的创伤叙事:石黑一雄作品研究》,北京:中央编译出版社,2017年。

莫特:《导论:消费论面面观》,《消费文化》,余宁平译,南京:南京大学出版社,2001年。

瞿世镜、任一鸣等:《当代英国小说史》,上海:上海译文出版社,2008年。

阮炜:《钱与性的世界——评马丁·艾米斯的〈钱:自杀者的绝命书〉》,《外国文学评论》,1997年第4期,第75—82页。

——:《严肃的艾米斯与"恶心的快乐"》,《读书》,2002年第2期,第115—121页。

——:《子虚乌有的"后现代"》,《解放军外国语学院学报》,2004年第5期,第65—68、78页。

尚必武:《交融中的创新——21世纪英国小说创作论》,《当代外国文学》,2015年第2期,第132—139页。

盛宁:《文本的虚构性与历史的重构——从〈法国中尉的女人〉的删节谈起》,《外国文学评论》,1991年第4期,第9—16页。

瓦茨伯格:《诺贝尔文学奖颁奖演说》,曹航译,《英美文学研究论丛》第8辑,2008年,第212—215页。

王尔德:《道连·葛雷的画像·自序》,荣如德译,《王尔德全集》第1卷,香港:中国文学出版社,2000年,第3—4页。

王岚:《反英雄》,《外国文学》,2005年第4期,第46—51页。

王先霈等主编:《文学批评术语词典》,上海:上海文艺出版社,1999年。

王烨:《石黑一雄长篇小说权力模式论》,武汉大学博士论文,2012年。

王岳川:《后现代主义文化研究》,北京:北京大学出版社,1992年。

王之光:《有意思的〈发条橙〉》,伯吉斯《发条橙》,南京:译林出版社,2000年,第1—20页。

王佐良等主编:《英国二十世纪文学史》,北京:外语教学与研究出版社,2006年。

伍尔夫:《论小说与小说家》,瞿世镜译,上海:上海译文出版社,2000年。

伍茂国:《叙事伦理:伦理批评新道路》,《浙江学刊》,2004年第5期,第123—129页。

严忠志:《〈坠落的人〉的隐喻意义和叙事手法》,德里罗《坠落的人》,南京:译林出版社,2010年,第1—10页。

杨金才:《当代英国小说的核心主题与研究视角》,《外国文学》,2009年第6期,第55—61、127页。

——:《当代英国小说研究的若干命题》,《当代外国文学》,2008年第3期,第64—73页。

——:《关于后9·11文学研究的几点思考》,《外国文学动态》,2013年第1期,第4—5页。

伊格尔顿:《历史中的政治、哲学、爱欲》,马海良译,北京:中国社会科学出版社,1999年。

张和龙:《幽默缘何染黑色》,《外国文学》,1997年第5期,第89—91,94页。

——:《人类社会的自由难题——评安东尼·伯吉斯的〈发条橙〉》,《外国文学评论》,2002年第1期,第63—71页。

——:《英国"文坛坏小子"马丁·艾米斯》,《文景》,2006年第11期,第70—74页。

——:《战后英国小说》,上海:上海外语教育出版社,2004年。

——:《小说史的模式、问题与细节——评〈当代英国小说史〉》,《当代外国文学》,2009 年第 4 期,第 163—167 页。

——:《卡里尔·菲利普斯访谈录(英文)》,《外国文学研究》,2011 年第 3 期,第 1—7 页。

赵毅衡:《序·关于"西方后现代主义小说"》,约翰·霍克斯《情欲艺术家》,北京:作家出版社,1994 年,第 1—7 页。

周春宇:《道德批评的前途》,《文艺评论》,1998 年第 1 期,第 86—89 页。

周大新:《奇妙的〈发条橙〉》,《中华读书报》,2000 年 3 月 29 日。

周小仪:《唯美主义与消费文化》,北京:北京大学出版社,2002 年。

后　记

结缘"当代英国小说",归功于侯维瑞教授(1943—2021)的引领。他在完成《现代英国小说史》后,一直想写一部《当代英国小说史》,但他英年早逝,愿望落空。先师指导我们几位弟子时,希望我们关注二战后英国小说。时值"后现代热"兴起,我选择了约翰·福尔斯作为博士论文选题,自此踏入这一研究领域。博士毕业后,完成一个青年基金项目,还出版小书《战后英国小说》,开设研究生课程"战后英国小说"(后改名"当代英国小说")。粗粗算来,在这个领域既教又研,不知不觉二十余载,指导过的硕士生、博士生已有几十位,选过课的同学当数以百计。近十年来,因为受兴趣驱使译了几本小书,又身不由己地申报项目,还受邀参与其他课题研究,加上琐事杂务缠身,经常将理应是"主业"的当代英国小说搁置一旁,说来不免汗颜。梁启超说过,学无专精则不能成。此言甚是。拙书即将出版,写下这些文字,除了却顾来径、反躬自省外,意在追本溯源,常怀感恩之心。

由衷感谢李维屏教授和阮炜教授欣然应允为本书撰写序言。1991年来上外读硕时,师从李维屏教授,毕业后留校任教,迄今已三十余年,所获教诲与提携非文字所能罄也。1995年受学校委派,赴深圳大学教书半年,认识阮炜教授,长期关注和拜读他的著述,受益极大。感谢耶鲁大学英文系卡里尔·菲利普斯教授。2010—2011年，我受富布莱特基金资助赴美访学，他是我的合作导师。他允许我"shadow"（观摩）他的两门课程，常常拨冗与我餐叙，邀我在他纽约寓所接受访谈，其情其景，至今难忘。感谢当年同在耶鲁访问的杨惠玉老师根据采访录音整理成文字，感谢晏凯博士将访谈翻译成中文。感谢对书稿提出宝贵建议的匿名评审专家。感谢上海外语教育出版社孙玉社长和学术部孙静主任的鼎力相助，感谢责编苗杨女士认真而细致的编校工作，感谢特约编辑陈广兴副教授。感谢韩海琴博士、晏凯博士和钱瑜同学，本书部分章节源自合撰的论文。感谢陈军、韩海琴、林萍、孟胜昆、邹笃双、文蓉、陈诗凡、王靖民、谭婳、严婷文等已毕业和在读同学，他们在文献整理、资料检索、文字校对等方面提供了十分有益的支持。本书还得到上海外国语大学校级科研项目资助，前期成果曾在《外国文学》《外国文学研究》《当代外国文学》《江西社会科学》《四川大学学报》《深圳大学学报》《复旦外国语言文学论丛》《文艺报》等多家专业期刊和报纸上发表过，特此鸣谢！

张和龙

2024年5月6日